21세기 한국소설의 다문화와 이방인들

푸른사상 학술총서 21

21세기
한국소설의
다문화와
이방인들

이미림

Multiculture and Strangers
of the 21st century
Korean modern novels

또 한 권의 책이 나왔다. 책 출간은 저자의 수준과 학문적 기여도
가 냉정하게 평가되기에 고통의 순간을 대면하는 일이다. 월북작가
「이기영 장편소설 연구」(1994)로 박사학위를 받은 후 여행을 하며 소
일하다가 여행모티프에 착안하여 『우리 시대의 여행소설』(2006)과 『한
국현대소설의 떠남과 머묾』(2007)을 출간하였다. 1990년대 여행연구는
2000년대의 이주로 옮겨와 디아스포라, 다문화, 탈경계, 혼종성, 다중
적 정체성을 연구토록 하였다. 동일성과 전체성을 기초하는 근대국
민국가의 이방인이자 마이너리티인 이주자는 차별과 배제, 소외와
폭력을 경험한다. 전쟁과 혁명, 기술과 자본의 20세기 전체주의적 근
대가 21세기에 회귀하고 있다. 이주자는 21세기의 가장 남루하고 비
극적인 인간상으로 문학 속에 재현되고 있다. 타자적 정체성을 지닌
디아스포라는 주변부로 위치 지어지며 국민의 외부, 국가의 바깥에
머문다.

내가 이주자나 여행자에 주목한 이유는 나 역시 타자적 존재이기
때문이다. 디아스포라는 나의 관심과 환대를 받기에 충분하였다. 여

성, 지방, 주변, 동양, 문학, 386세대, 피부색 등의 헤아릴 수 없는 나의 이방인 정체성은 쭈뼛거리거나 움츠린 태도에서 나타나는 자의식을 동반한다. 이주자가 갖는 고아의식, 난민의식, 이방인의식은 진정성이 결여된 장소상실의 시대를 살아가는 우리 안의 타자적 요소들이다. 강원도라는 지역적 위치는 주변부 시각을 갖게 했으며, 지구공간과 한국사회가 여전히 불편하고 어색한 나는 영원한 이방인이다. 여성, 이주자, 여행자, 동물의 권리에 관심을 갖는 나는 뼛속까지 마이너리티이다. 우리 모두 언젠가 집을 떠나기 마련이다. 타자와의 공감이 '격하게' 형성되는 이유도 이 때문이다. 문학이란 타인의 고통과 상처를 이해하고 공감하는 상상력에서 출발한다. 주체, 주인, 주류와 타자, 노예, 비주류의 이분법적 지위가 여전히 작동하고 있고 '우리'끼리 '그들'을 배척하는 한 슬프고 아픈 타자들은 존재할 것이다. 이들이 등장하는 2000년대 한국소설을 사이와 차이와 경계의 문학이라고 할 수 있다. 레비나스, 칸트, 가라타니 고진의 담론이나 다문화주의가 자본주의적 욕망 아래서 공허한 울림처럼 신음하지만 그럼에도 불구하고 아름다운 공동체를 소망해본다.

최근 4년간 발표한 논문들을 정리하다 보니 다문화와 타자성, 이주, 이방인 등의 키워드를 품고 있었다. 출간하는 순간부터 감추고 싶은 또 하나의 책을 세상에 내놓으면서 고마운 분들이 많다. 누가 될까봐 한 번도 거론하지 못했던 채훈 지도교수님께 감사드린다. 학문의 깊이가 일천하기에 이제서야 제자임을 밝히는 불초제자를 용서하시리라 믿는다. 비평숲길 세미나 학우들에게도 고마움을 전한다. 함께 한 철학서적 강독이 다문화담론 및 이론적 배경이 되었다. 살기가 점점 각박하고 비인간적인 세상에서 묵묵히 공부하고 문학을 사랑하는 삶이 있어 참으로 다행이다. 요즘 나의 최고의 사치는 니체를 읽는 일이다. 니체는 연민, 배려, 동정, 측은지심에 다소 경도된 나의 비겁함과 용기 없음, 방관적이고 피상적인 삶의 태도를 반성하게 했고, 디오니소스적 광기와 열정, 냉철함, 자유정신을 가르쳐 줌으로써 인식의 균형을 잡게 했다.

『21세기 한국소설의 다문화와 이방인들』을 많이 질책해주고 비판해 주길 바란다. 다음의 연구테마가 무엇이 될지 나조차도 궁금하지만 타자의 권리와 강원문화, 여성문학 등이 되지 않을까 싶다. 혹독했던 겨울 추위를 지나 찬란하고 아련한 봄날을 기다린다.

2014. 봄
강릉원주대 연구실에서
저자 씀

차례

제3부 경계인 · 혼종성 · 다문화성

제4부 이주 · 여성 · 타자성

제5부 맺음말

제1부

머리말

1장 다문화·자본의 전지구화·세계화

글로벌 경제의 특징인 전지구적 자본과 노동의 유연화는 월경(越境 trans~)하는 이주자의 디아스포라적 삶을 가져왔다. 단일민족신화와 핏줄의식이 강한 우리 사회도 노동력과 신부부족 현상으로 다문화사회가 되고 있다. 전체 인구의 3%가 외국인으로 구성됨으로써, 피부색과 문화가 다른 이방인들과 공존한다. 다문화사회는 수용유무를 떠나 세계화로 인한 필연적인 현상으로 받아들일 수밖에 없으며, 외국인 노동자와 결혼이주여성, 코리안 디아스포라―조선족, 고려인, 자이니치 등 ―그리고 해외입양인과 북한이탈주민이 우리 곁에 머물고 있다.

소련의 몰락과 동구권의 붕괴, 1990년대 여행의 자유화, 한소·한중·한베 수교, 신자유주의 등의 사회적 변화로 국경을 넘는 여행자와 이주자가 많아졌다. 여행문화에 대한 욕구, 교통과 숙박시설의 발달은 현대인을 이동하게 했으며, 자본의 전지구화와 노동의 유연성, 종교적 갈등, 내전 등으로 이주노동자, 난민이 양산되었다. 고향이나 고국에서 정주하지 않고 결혼, 출장, 노동, 연수, 이민, 망명, 여행 등의 이유로 탈국경하는 삶이 일상화된 것이다. 시공간의 간격이 응축됨으로써 70억의 지구촌 인구 중 2억이 지구를 떠돌며, 디아스포라 상황에 놓인다.

국제적 프롤레타리아트들은 법적·도덕적·문화적 타자성과 비국민 즉 난민으로서의 이방인 정체성을 지닌다. 시민의 권리는 정착과 보조를 맞추어 진행되었고, 고정된 주소가 없고 국적이 없다는 것은 법을 수호하고 법으로 보호되는 공동체로부터 배제됨을 의미했으며 종종 적극적 박해는 아닐망정 법적 차별[1]을 가져다주었다. 상호 결속의 시대인 고체근대와 달리 유동적인 근대는 결속 끊기, 회피, 손쉬운 도주, 절망에 찬 추격의 시대[2]로 인간의 유대와 네트워크가 해체되고 취약해지고 있다. 세계화된 지구, 강압적으로 '개방'된 사회의 시민들이 사는 지구는 불평등하게 세계화된[3] 디스토피아로 종종 평가된다. 유동적이고 불안정한 액체근대사회는 관계형성이 불가능한[4] 유목민의 시대이다.

20세기 후반을 이주의 시대(the age of migration)라고 하듯이 우리 사회는 다인종문화화되고 있다. 보다 나은 삶을 위해 국경을 넘는 일이 빈번해졌으며, 지구촌은 국경을 초월하여 치열한 생존경쟁의 각축전이 되었다. 국경을 넘는다는 사실은 기회가 주어진 동시에 좌절

---

1) 지그문트 바우만, 이일수 역, 『액체근대』, 강, 2009, 23쪽.
2) 위의 책, 194쪽.
3) 지그문트 바우만, 함규진 역, 『유동하는 공포』, 산책자, 2009, 161~162쪽.
4) 현대사회를 강요하지 않아도 죽도록 일만 하여 우울증, 피곤, 경계성성격장애를 갖게 되는 '피로사회'(한병철), 거대한 풍요를 이룩한 근대산업사회의 원리와 구조 자체가 파멸적인 재앙의 사회적 근원으로 변모하는 '위험사회'(울리히 벡), 희박해진 혈연, 고용악화, 지역사회의 인연상실, 사회양극화로 인한 '무연사회'(NH무연사회프로젝트팀) 등으로 표현함으로써 여러 학자들이 비관적이고 절망적인 전망을 내놓고 있다.

과 고통을 대면하는 일이기도 하다. 세계 자본주의는 불평등, 소비주의, 착취, 만연한 빈곤과 질병에 대한 대처 능력 부족, 지역의 전통과 문화를 무시하는 구제불능의 둔감함, 물질적 풍요와 나란히 가는 영혼의 빈곤함5)이라는 부작용을 낳았다. 세계화는 언어적 다양성과 생활방식의 다양성을 위협하며 소수공동체는 그 사회에 통합되지 못하고 하나의 게토 속에 유폐6)되고 말아 문화적 다양화는 요원하다.

자본과 기계의 압도적 발전은 인간 노동력을 '잉여', '나머지(remainder)', '쓰레기'로 만들어 버리며 생활양식의 변화를 가져왔다. 외국인 150만 명으로 구성된 우리 사회는 조선족 60만, 탈북자 2만 6천, 해외입양인 20만 명 등 준비 없이 다문화사회로 진행 중이고 700만 명의 해외한인동포와도 유기적인 네트워크가 형성된 가운데 이들에 대한 타자적 시선과 배타적 태도로 인권문제를 야기한다.

지구촌 사회가 형성됨으로써 국경의 넘나듦이 빈번하고 수월해지면서 이동하는 국적과 국경, 월경(越境)하는 타자들이 출현하고 있다. 고향/고국을 떠나 타향/타국에 정착한다는 것은 단일정체성이 아니라 다원성의 이중자아 혹은 이산자아를 획득하는 것이며, 국민/비국민(난민)으로서의 차별과 배제를 인식하는 것이다. 디아스포라7)는 국

---

5) 조녀선 색스, 임재서 역, 『차이의 존중』, 말글빛냄, 2007, 43쪽.
6) 아민 말루프, 박창호 역, 『사람 잡는 정체성』, 이론과실천, 2006, 153쪽, 181쪽.
7) 디아스포라의 어원은 그리스어 'diaspeirein'으로 'diaspora'는 '씨를 뿌린다(to scatter)'라는 의미의 'spora'와 '여러 방향으로, 경유(through)'의 의미를 지닌 'dia'가 합친 그리스어이다. 이산을 의미하는 Diaspora는 팔레스타인 땅을 떠나 세계 각지에 거주하는 이산 유대인과 그 공동체를 의미하지만 최근에는 diaspora라는 소문자로 다양한 이산의 백성을 지칭하는 의미로 확장되었다. 디아스포라는 그 의미와 속성에서 다양하게 정의되는데, 사프란(William Safran)은 ①특정지역에서 외국의 주변적 장소로의 이동 ②조국에 대한 집합적 기억이나 신화의 공유 ③거주국 사회로의 온전한 진입에 대한 희망의 포기와 그로 인한 소외와 고립 ④후손들이 결국 귀환해야 할 장소로서 조국의 이상화 ⑤조국의 회복과 유지, 번영을 위한 정치경제적

민의 지위를 획득하느냐 하지 못하느냐에 따라 법적·인간적 우열이 갈라진다. 디아스포라는 '나는 누구인가'라는 정체성에 의문을 품으며, 무국적자, 경계인, 소수자, 난민, 실향민과 같이 조국과 거주국 사이에서 아슬아슬한 균형을 이룬 채 방황하고 고뇌하며 자신의 뿌리와 경로(루트)를 확인하는 삶을 영위한다. 이들은 마녀프레임[8]이나 희생양 메커니즘[9]의 대상이 되어 인권을 유린당하는 벌거벗은 생명으로 규정지어진다. 고향/고국을 떠난 피난민, 망명자, 이주자는 지구화가 생산한 쓰레기 혹은 전지구적 힘들의 유령이자 화형식에 바쳐질 안성맞춤의 제물[10]로서 헤게모니의 절합 과정 후에 버려지거나 그것으로부터 탈주한 나머지(remainder)[11]로 재현된다. 이주자는 민족과 국가의 테두리 안에서 벗어남으로써 자국민의 제노포비아[12], 혼

헌신 ⑥조국과의 지속적인 관계유지와 공속의식을, 윤인진은 ①한 기원지에서 많은 사람들이 두 개 이상의 외국으로 분산한 것 ②정치적·경제적 기타 압박 요인에 의하여 비자발적이고 강제적으로 모국을 떠난 것 ③고유한 민족문화와 정체성을 유지하고자 노력하는 것 ④다른 나라에 살고 있는 동족에 대해 애착과 연대감을 갖고 노력하는 것 ⑤모국과의 유대를 지키려고 노력하는 것을, 서경식은 근대의 노예무역, 식민지배, 지역분쟁, 세계전쟁, 시장경제 글로벌리즘 등 몇 가지 외적인 이유에 의해 대부분 폭력적으로 자기가 속해 있던 공동체로부터 이산을 강요당한 사람들 및 그들의 후손을 가리키는 용어로 사용한다고 설명하고 있다.

8) 자본-민족-국가라는 삼위일체를 유지하기 위한 예외상태로 남아 있는 마녀라는 존재는 여전히 마녀프레임을 작동하게 하는 원천으로, 이 예외적 존재야말로 근대 국가를 위한 희생양이다. 과거엔 여성, 유태인, '빨갱이'였지만 오늘날엔 무슬림이고 동성애자이고 이주노동자의 모습으로 현신하고 있다(이택광, 『마녀프레임』, 자음과모음, 142쪽).

9) 하나의 희생양으로 모든 가능한 희생양들을 대신하는 것으로, 여인, 아이, 노인과 같은 약자, 외국인, 타향인, 고아, 명문가 자제나 빈털터리, 장애자, 민족적·종교적 소수파, 성적 범죄자 등이 해당된다(르네 지라르, 김진식 역, 『희생양』, 민음사, 1998, 25~38쪽).

10) 지그문트 바우만, 정일준 역, 『쓰레기가 되는 삶들』, 새물결, 2008, 124쪽.

11) 존 베벌리, 박정원 역, 『하위주체성과 재현』, 그린비, 2013, 8쪽.

12) 제노포비아(Xenophobia, 외국인 혐오증)는 이방인이나 외국인에 대한 혐오라는 뜻을 지닌 개념으로 특정의 타종족, 타민족, 타인종과는 다르다는 데

재공포증[13)에 직면하는 것이다.

다양한 문화의 혼효는 갈등과 오해와 분쟁을 야기하며, 똘레랑스, 다문화의식, 차이의 철학, 인정의 정치학에 대한 이해부족으로 시행착오를 겪는다. 세계가 글로벌화되면서 사회적 배제는 심화되며, 폐쇄적이고 여성배제적인 노동조건은 빈곤의 극한으로 아시아여성을 몰아가고 있다. 가난한 아시아에서의 매춘관광이 성행하고 있으며, 국경을 넘는 탈북여성과 결혼이주여성, 여성노동자에 대한 차별이 심각하다. 이주여성뿐만 아니라 난민, 탈북자, 제3세계 노동자, 재일조선인 등 소수자의 월경을 통한 이국생활은 갈등과 폐해를 낳고 있다. 이들은 이방인 혹은 경계인의 디아스포라적 삶을 견지하면서 고국과 이주국, 그 어느 곳에서도 법의 보호를 받지 못하는[14) 벌거벗은 생명이자 산주검(undead)[15)의 정체성을 지닌다. 예외의 형상에 포함된 타자들은 어느 곳에도 포함되거나 소속될 수 없는 벌거벗은 삶을 영위하며 헐벗은 몸, 유순한 몸을 요구받는다. 21세기 유동성의 시대에 디아스포라는 가장 남루하고 비참하며 슬픈 타자로 재현되고 있다.

에 바탕을 둔 정서 및 의식과 관련되며, 공동체의 정체성 유지나 자기보존을 위해 타자를 배제해야 한다는 것을 포함하고 있다(김세균 외 역, 『유럽의 제노포비아』, 문학과학사, 2006, 17쪽).

13) 낯선 사람과 낯섦에 알레르기적으로 과민 반응하는 것으로, 압도적인 불안감 때문에 촉발되는 정서를 말한다(지그문트 바우만, 권태우 외 역, 『리퀴드 러브』, 새물결, 2013, 258쪽).

14) 예를 들어 18년간 한국에 거주해 한국어가 더 편하다는 네팔인 미누를 강제로 추방한 사건이나 장애인 남편의 폭행으로 사망한 베트남신부 이야기, 이주노조위원장 미셸 카투이라에 대한 출국명령 등을 통해 이민자의 신분이 얼마나 불안하고 인권유린과 불법의 위험에 놓여 있는지를 알 수 있다.

15) 복도훈은 "자신이 속한 현실의 총체에 포함될 수 없고 자신이 이미 포함된 집합에 소속될 수 없는" 예외적 인간이라는 아감벤의 말을 인용하여 불법체류자, 노숙자, 난민, 유맹(流氓) 등을 예로 설명하고 있다(복도훈, 「산주검」, 『문학과사회』, 2007.가을, 276쪽).

2장 이방인 정체성과 타자적 위치:
21세기 비극적 인간상

　다인종, 다언어, 다민족, 다종교가 혼효되는 다문화사회는 갈등과 폭력, 억압과 차별을 낳고 있으며 이러한 사회현상을 반영하는 문학 텍스트에서도 다문화현상과 이방인이 주인공으로 등장하는 작품들이 발표되고 있다. 이들은 문화의 혼종과 이주를 통한 트랜스내셔널 글로벌 시민과 난민의 경계에 머물며, 단일한 정체성을 갖고 있는 정착민에 의해 무시되고 차별을 겪는다. 이들이 지닌 다문화성, 다양성, 다국적성은 긍정적 요소이기보다는 타자성으로 인식되며, 자발적으로 선택하지 않은 속성 때문에 정체성의 분열과 혼란에 직면한다. 영원한 문학의 테마인 정체성과 자아 찾기가 또다시 주목받는 최근의 문학을 사이와 차이와 경계의 문학이라고 말할 수 있다.

　20세기가 이데올로기의 정치가 압도했던 시대였다면 오늘날은 정체성 정치의 시대로 돌입[16]하고 있다. 정체성이 왜 문제인가? 한 지

---

16) 조너선 색스, 임재서 역, 앞의 책, 29~30쪽.

역에서 태어나 성장하고 결혼하며 직장생활을 하는 근대사회와 달리 오늘날의 정체성은 다원적 성격과 다양한 함의를 지닌다. 출장·연수·무역·여행, 국제결혼, 문화적 접촉, 행동양식의 혼종화, 탈국경 이주(이민), 신유목사회의 지구촌 사회는 복합적 정체성을 특징으로 한다. 정체성이란 단 한 번에 완전한 형태로 주어지지 않으며 한 사람의 일생동안에 걸쳐서 형성[17]되는 것이다. 조선인부모를 두었지만 어디에서 출생하고 성장했느냐에 따라 일본 출신(자이니치), 중국 출신(조선족)이나 러시아 출신(카레이스키)의 청년이 있으며, 고국에서 유기되어 자신을 '에어플레인 피플' 혹은 반쪽 한국인이라고 여기는 입양인들, 그리고 외국인 노동자 가정이나 다문화가정 2세처럼 단일한 정체성이 아닌, 복합적 정체성을 구성하는 지구촌 세계시민이 양산되고 있다. 그러나 하나의 소속이 아닌 복잡한 소속의 정체성은 그 사회의 변두리 계층으로 소외[18]되고 있다. 귀속성 자체, 자신의 언어 속 존재 자체를 전유하기 위해 모든 정체성과 모든 귀속의 조건을 거부하는 임의적 특이성은 국가의 주적[19]이 되고 만다. 따라서 정체성을 고립주의적으로 이해하는 것은 전세계적 테러리즘을 극복하거나 이데올로기적으로 조직된 대규모 폭력이 사라진 세계를 만드는 데 심각한 장애물이 되므로 다중적 정체성을 인정하고 종교적 소속 관계를 넘어서는 세계를 수용하는 것은 혼란스럽고 불안한 세계에 얼마간의 변화[20]를 만들어낼 수 있다. 단일정체성, 단일민족신화, 제국주의적이고 근대국가가 지향하는 일자적 사유, 국가 담론 안에

---

17) 아만 말루프, 박창호 역, 앞의 책, 34쪽.
18) 위의 책, 7쪽.
19) 조르조 아감벤, 이경진 역, 『도래하는 공동체』, 꾸리에, 2014, 120쪽.
20) 아마르티아 센, 이상환 외 역, 『정체성과 폭력』, 바이북스, 2009, 141쪽.

서의 인권(시민권)에 머물 때 타자의 고통과 눈물은 계속될 것이며 화해와 평화, 타자와의 공존은 요원할 것이다. 국민 이외의 이방인이 관행과 질서, 규칙에 순응하고 개종하고 동화되길 바라는 국민국가에 의해 인종, 국적, 피부색, 빈곤, 종교에 따른 차이의 인정이나 관용 없이 차별과 배제가 지구촌에서 자행되고 있다.

외국인은 유령, 난민, 경계인, 주변인으로서의 타자적 정체성을 지닌 소수자이다. 한 국가의 출산이나 노동력과 같이 필요에 의해 수입과 방출을 당하는 이주자는 '여름철 파리만큼이나 미미한 존재'[21]인 것이다. 노동, 결혼, 정치적 망명, 난민적 상황 등으로 고국에 머물 수 없는 이주자는 디아스포라라는 이름으로 명명되고 있다. 디아스포라는 폭력적으로 자기가 속해있던 공동체로부터 이산을 강요당한 사람들 및 그들의 후손[22]을 가리키는 용어로 최근에는 생계를 위해 고국을 떠난 이민자, 북한이탈주민과 해외한인동포도 해당된다. 이들은 조국과 고국과 모국이 일치하지 않거나[23] 이름에서 다문화성, 다국적성의 흔적을 지닌 경계인간이다.

새로운 삶을 위해 탈국경 혹은 도강, 밀입국을 한 이주자는 신산하고 고통스러운 이주생활을 한다. 비서구, 왜소한 체격, 피부색, 빈곤국 출신이라는 타자적 조건과 더불어 지배권력언어를 갖지 못한 이주자는 자국민에게 배척의 대상이 되고 있다. '무국적자', '난민', '미등록자', '불법체류자'로 명명되는 이들은 법이나 정치적 관습에 의해 보호받지 못하며 지구상에 발을 디딜 수 없는 유령이거나 자신

---

21) 위의 책, 136쪽.
22) 서경식, 김혜신 역, 『디아스포라 기행』, 돌베개, 2006, 14쪽.
23) 서경식은 디아스포라의 특징으로 조국은 선조의 출신국이며, 고국은 자기가 태어난 곳, 모국은 현재의 국민으로 속해 있는 나라의 삼자가 분열된 것이라고 설명한다(위의 책, 114쪽).

을 확인받을 수 없는 사회적 좀비이며 목숨만 붙어있는 이중적 배제 즉 예외상태의 날것의 생명이다. 무국적 상태의 비인간, 산주검 (undead), 노바디(nobody)로서의 이방인 정체성을 지닌 이주자는 근대국 민국가에서 탈근대세계시민사회로 나아가는 과정에서 인권을 유린당 하고 있다. 단일민족국가로서 오랜 세월 '우리'끼리 살아왔던 습성 때문에 '그들'을 배척하고 경멸하며 무시하는 태도를 가짐으로써 사 회통합의 걸림돌이 되고 있다.

이들은 마치 고대 그리스에서 시민권을 인정받지 못한 노예나 외 국인과 같은 메틱(metics)24)이거나 세계 안에서 가치 있는 삶을 영위 하는 비오스(bios)와 달리 단지 살아 있음의 생물학적 존재에 불과한 조에(zoe)로서의 벌거벗은 생명 즉 호모 사케르25)로 명명되기도 한다. 또한 최소한의 수치심과 자존감조차도 무감각한, 유대인의 수감자인 무젤만(Muselmann)으로 은유될 수 있다. 페러네스는 필리핀 가사노동자 들을 '전세계의 하녀(global servants)'라고 명명하며 자렘브카는 '미국의 온갖 더러운 일들을 도맡아서 하는 현대판 노예'라고 설명한다. 존 버거와 장 모르는 터키 노동자와 같은 빈곤층들이 국경을 넘어 다른 공간을 찾아 떠돌게 되는 국경 없는 노동자를 '제7의 인간'으로 부 르며 거주국에서 '제2등 국민'으로 취급된다. 이주노동자는 잠재적 시민으로 인정받지 못하며 포괄적 성원권의 지위를 획득하지 못한 채 자국민에게 오리엔탈리즘적·제국주의적·자문화(민족)중심주의적 시선에 노출되며 법의 보호에서 벗어나 있다. 이러한 사실은 해외동

---

24) 메틱은 아테네의 외국인 거주자들로 도시를 방어하는 일에 참여할 것을 요구받았음에도 정치적 권리나 복지권은 전혀 주어지지 않는 등 경멸적인 대우를 받았다(손철성, 「공동체의 성원권과 외국인 노동자의 지위」, 『윤리 교육연구』 29권, 2013, 372쪽).
25) 조르조 아감벤, 박진우 역, 『호모 사케르』, 새물결, 2008, 33쪽.

포나 해외입양인에게도 마찬가지인데 자이니치(재일조선인)들은 거주국에서 해외여행 후 귀국하면 재입국 허가가 필요한 외국인 취급을 당하며 거주를 목적으로 여행하는 자, 즉 난민[26) 취급을 당하는 수모를 겪는다. 중국에 거주하는 조선족은 한국사회에서 '어눌한 연변 사투리를 구사하며 식당에서 일하는 중년여성' 이미지로 각인되는 주변부에 머물며, 일제강점기에 연해주로 이주한 고려인은 1937년 스탈린의 강제이주정책으로 중앙아시아로 재이주해 철저히 순응하기 위해 자신의 문화와 역사를 망각하고 상실하며 살아왔다. 또한 고국으로부터 버려져 타국에서 자란 해외입양인의 분열된 자아와 이중적 정체성을 지닌 경계인적 삶도 디아스포라 운명을 보여준다. 고국을 찾아오는 해외한인은 거주국에서 소수민족 타자성을 지니며 귀국해서는 자신들이 한국인인지 중국인/러시아인/일본인인지에 대한 이산 자아적 분열을 겪거나 주변부로 위치 지어지며, 뿌리와 친부모를 찾기 위해 고국을 방문한 해외입양인도 자신의 탈경계적 정체성의 혼란에 직면한다.

이방인이 현실과 문학 속에서 비관적이고 불완전하게 표상되는 이유는 국경과 국적, 국가가 단호하고 냉정하며 이익에 반하는 일에 대해서 포용과 관용을 보이지 않기 때문이다. 외국인 노동자의 지위는 열악하며, 그나마 국민이 될 가능성이 높은 결혼이주여성조차도 심정적으로 배척당하는 결혼생활을 영위하며 다문화가정 2세의 혼혈성과 혼종성으로 인한 상처는 깊게 각인되고 있다. 특히 단일민족신화, 가부장제, 보수주의, 반공이데올로기, 혈통의식이 강한 한국사회는 경직되고 획일적이기에 이주자들은 인권을 유린당하고 이에 적대

---

26) 서경식, 임성모 외 역, 『국민과 난민 사이』, 돌베개, 2006, 32쪽.

감과 분노를 표출한다. 이주노동자는 우리 사회의 필요에 의해 입국하였으나 시민으로 인정받지 못하므로 최소한의 건강권, 주거권, 노동권을 보장받지 못하는 현실에 놓인다. 따라서 경제적·정치적·자율적·강제적인 이유로 국경을 넘은 이주자에 대한 초국가적 논의가 필요하다.

3장 최근의 문학적 경향과 철학적 담론들

1990년대 여행의 자유화와 미시담론에 대한 관심은 노동, 민주화, 독재에 주목한 1980년대 문학의 특징에서 벗어나게 하였다. 거대담론이 사라지고 자아와 성 정체성, 실존과 근원적 사유를 탐색하면서 문학적 전환을 가져온 것이다. 길 떠남과 공간적 배경의 확대 그리고 여행모티프를 1990년대 문학의 특징 중 하나라고 볼 때 2000년대 문학은 이주, 디아스포라, 다문화라는 키워드를 동반한다. 글로벌 경제와 신자유주의는 비정규직과 청년백수를 양산하거나 3D업종 부분의 노동력 부족, 고령화로 인한 농촌신부 부족으로 국경을 넘어 이산생활을 하는 이주자를 낳았다. 우리와 다른 낯선 사람들의 도래와 공생을 가져왔고 민족, 국가, 국민, 한국문학의 범주와 기준에 대한 화두를 던진다.

단일민족사회에서 다민족사회로 변화되고 있는 한국사회는 이에 대한 대비가 부족한 실정이다. 동남아시아에서 이주한 노동자와 결혼이주여성이 등장하는 다문화소설에 재현된 현실은 다문화 없는 다문화주의의 공허한 울림만이 있을 뿐이다. 국제적 분업화와 세계화는 아시아적 신체의 훼손에서 지적하듯이 아시아여성과 아동 같은 사회적 약자에게 극심하다. 차별과 폭력 속에서 소외되고 고통받는 이들의 매춘이나 장기매매 실태는 충격적이며 인권의 사각지대에 놓임을 증명한다. 비교적 부강한 일본, 한국, 대만, 싱가포르를 제외한 태국, 필리핀, 인도네시아, 베트남, 캄보디아 여성노동자들이 성노동에 종사하거나 화폐교환의 대상으로 인식된다. 인권유린적인 맞선을 통해 유입된 결혼이주여성은 배달민족신화에 차단되어 이주사회에서 뿌리내리지 못한 채 국민/비국민 경계에 위치 지어진다. 여성의 이주화는 이주의 여성화, 빈곤의 여성화를 초래하며, 아시아여성의 국제결혼은 탈식민주의, 다문화주의, 여성주의 등이 혼종화되어 복잡한 양상을 띤다.

최근엔 관변 위주의 사회통합정책이나 이민정책이 시행되고 있으며, 이들을 포용하려는 홍보 및 계몽이 활발하다. 그러나 일회적이거나 전시행사성 정책 위주이고 그 대상도 다문화가정에 집중되고 있어 외국인 노동자나 한국어를 할 줄 아는 조선족, 탈북자를 소외시킨다. 다문화교육 및 정책은 외국인 중심의 동화주의 교육—한국어, 한국문화, 한국음식, 예절, 전통만을 가르치는 방식—에서 벗어나야 하며 동시에 자국민 대상의 다문화의식의 함양이 필요하다.

이러한 사회적 변화를 반영하는 다문화소설은 단일문화문학과 대조되는 개념으로 한국문학의 범주와 정의를 확장시킨다. 일반적으로 국문학이라고 하면, 작가의 국적, 발표장소, 언어가 기준인 속인주의, 속지주의, 속언주의 요소를 갖추어야 하는데, 최근에는 다문화주의와 디아스포라에 관심을 갖게 되면서, 해외한인문학도 포용하는 경향이다. 이는 글로벌화되고 다양성을 추구하는 시대적 분위기와 더불어 한국문학의 저변을 넓힌 일이고, 해외 한인들의 문학을 한국문학의 한 분야로 수용할 만한 인식상의 여건을 마련[27]한 일이다. 탈국경 상상력과 지구적 관점의 지리적 영역을 확장하는 문학에 대한 관심이 최근의 학계 동향이며 이는 학회의 주제[28]가 디아스포라, 다문화, 이주, 소수자로 집중되고 있음을 통해서도 알 수 있다.

연구방향은 재외한인문학연구[29]와 국내에서 발표된 다문화문학연구로 나눌 수 있다. 재외동포 작가들은 거주국에서 문학상[30]을 받으며 작가로서의 입지를 굳히고 있다. 이들은 재미교포들처럼 아메리카 드림을 꿈꾸며 신분상승을 위해 이민한 경우도 있으나, 조선족, 자이니치, 고려인 작가처럼 식민지, 분단이 낳은 한국 근대사의 결과

---

27) 조규익, 「해외한인문학의 존재와 당위」, 『국어국문학』 152호, 2009, 126쪽.
28) 한국구비문학회, 하계학술발표회, "구비문학과 디아스포라", 2008. 8. 18~19, 한국현대소설학회, 32회 정기학술대회 "다문화주의와 한국소설", 2008. 11. 22, 세계한국어문학회, 추계학술대회 "세계한국어문학과 다문화주의", 2009. 11. 7, 한국여성문학학회, 22회 정기학술대회 "여성 이주와 정주 사이", 2009. 10. 10, 한국서사학회, 특별기획학술대회, "다문화서사의 전개와 가능성", 2010. 2. 20, 국제한인문학회, 학술대회 "한민족 디아스포라문학연구", 2010. 6. 19, 민족문학사연구소 창립20주년 기념심포지엄, "한국문학의 로컬리티와 디아스포라", 2010. 7. 22~23, 한국어문화연구소 "고통과 기억, 슬픔의 미학: 재일 디아스포라 논객의 글쓰기", 2012. 1. 28, 한국현대소설학회, 41회 학술대회, "한국현대소설에 나타난 이주의 인간학", 2012. 5. 19, 한국문학회, 춘계학술대회, "한국문학의 소수자 담론", 2012. 5. 19.
29) 김종회 편, 『한민족 문화권의 문학』, 국학자료원, 2003, 김종회, 『디아스포라를 넘어서』, 민음사, 2007, 정은경, 『디아스포라 문학』, 이룸, 2007, 최강민, 『탈식민과 디아스포라문학』, 제이앤씨, 2009.
30) 재미작가 이창래는 헤밍웨이문학상, 미국도서상, 반스앤노블스신인상, 펜 문학상, 오리건도서상을, 재일작가 서경식은 에세이클럽상을, 현월, 이회성, 이양지, 유미리도 아쿠타가와상을 각각 수상했다. 재러작가 아나톨리 김은 톨스토이문학상을 비롯하여 러시아의 각종 권위 있는 문학상을 받았으며, 조선족작가 허련순은 제1회 김학철문학상을, 입양아 출신 문인인 쉰네 순 리에스도 노르웨이의 브라게문학상을 받아 문학적 능력을 인정받고 있다.

로 고국에서 살지 못하고 강제 이주한 경우가 많다. 근대의 노예무역, 식민지배, 지역분쟁, 세계전쟁, 시장경제 글로벌리즘 등 몇 가지 외적인 이유에 의해 자기가 속해 있던 공동체로부터 대부분 폭력적으로 이산을 강요당한 사람들 및 그들의 후손을 가리키는 용어31)로 디아스포라32)를 설명한 서경식의 주장처럼 강제된 이주라는 점에서 비극적이고 운명적인 선택이다. 이들의 문학은 고국에 대한 기억과 귀국하고자 하는 열망이 강해 한국어를 잊지 않은 이민 1세대와는 달리 2, 3세대에 이르면 보편적인 인간의 삶을 그리거나 이주국에 동화되고 있다는 점에서 세대별 차이를 보인다.

재외동포문학은 한국문학의 특별한 현상이지만 언어의 측면에서 한글로 쓰여야 하고, 그 문학세계도 한국인 또는 재외동포들의 삶과 생각이 표현되어야 하는 것이 전제되는데, 중앙아시아로 추방되고 재이주한 고려인의 경우 한글을 잃어버려 현지어 작품이 많다. 한민족 디아스포라문학은 거주국 관점에서는 소수민족의 문학적 성취로 평가33)되는 동시에 한민족문학이기도 하다는 점에서 특수성을 지닌다. 이는 인류무형문화유산으로 아리랑을 등재하려는 중국의 시도나 윤동주 시인의 생가에 쓰여진 "중국 조선족 애국시인"이라는 표현에서 이들의 복합적인 위치를 말해 준다. 재외한인문학연구는 대학과 연구소 중심으로 진행되고 있다. 재일문학의 경우 국문학 전공자와

---

31) 서경식, 김혜신 역, 앞의 책, 14쪽.
32) 디아스포라(diaspora)는 "씨 뿌리다"라는 그리스어 'dia sperien(a scattering of seeds)에서 유래했으며 "야웨께서 너희들을 흩으실 것이다"라는 말 그대로 AD70년경 유대인들은 뿔뿔이 흩어졌고, 이 단어는 팔레스타인을 떠나 알렉산드리아 등지에 살게 된 유대인 공동체 곧 조국에서 살지 못하고 타국에 흩어져 사는 유대인이란 뜻이 되었다(김응교, 「이방인, 자이니치 디아스포라 문학」, 『한국근대문학연구』 21집, 2010, 123~124쪽).
33) 윤여탁, 「세계화시대의 한국문학」, 『국어국문학』 115집, 2010.

일문학 전공자에 의해 개별적으로 연구되며[34] 조선족문학은 아주대학교 연구소를 중심으로 단행본[35]이 출간되었고, 작가로는 리근전, 김학철, 우광훈[36] 그리고 허련순[37]에 대한 연구가 축적되었으며, 한중간의 문학적·학술적인 교류도 활발한 편이다. 이중언어능력이 필수적이고 각 나라마다 문학적 취향이나 표현방식이 달라, 오독 혹은 왜곡될 수 있어 경계해야 한다.

용어상의 문제도 혼란스럽다. 조선족은 중국의 개혁개방과 1992년 한중수교, 1994년부터 불기 시작한 '한국바람'으로 조선족 이주노동자 및 결혼이민자가 한국에 편입되었다. 중국에 거주하는 2백만 명

---

34) 이한창, 「재일 한국인문학의 역사와 그 현황」, 『일본연구』 5집, 1990, 이한창, 「재일교포문학의 주제 연구」, 『일본학보』 29집, 1992, 홍기삼, 『재일한국인문학』, 솔, 2001, 김환기 편, 「재일디아스포라연구」, 새미, 2006, 김학렬, 『재일동포 한국어문학의 전개 양상과 특징 연구』, 국학자료원, 2007, 한승옥, 『재일동포 한국어문학의 민족문학적 성격 연구』, 국학자료원, 2007, 전북대 재일동포연구소 편, 『재일동포문학과 디아스포라』 1,2,3, 제이앤씨, 2008, 김학동, 『재일조선인 문학과 민족』, 국학자료원, 2009, 윤정화, 『재일한인작가의 디아스포라 글쓰기』, 혜안, 2012.
35) 아주대 인문과학연구소 편, 『중국조선족문학의 탈식민주의 연구』 1, 2, 국학자료원, 2008, 2009.
36) 오상순, 『개혁개방과 중국조선족 소설문학』, 월인, 2001, 리광일, 『해방후 조선족소설 연구』, 경인문화사, 2003, 김경훈, 『중국조선족 시문학 연구』, 한국학술정보, 2006, 이해영, 『중국조선족 사회사와 장편소설』, 역락, 2006, 윤윤진, 『재중 조선인 문학연구』, 서우얼출판사, 2006, 정덕준 외, 『중국 조선족문학의 어제와 오늘』, 푸른사상, 2006, 오양호, 『만주이민문학연구』, 문예출판사, 2007, 최병우, 『리근전소설연구』, 푸른사상, 2007, 최병우, 「우광훈 초기소설의 주제 특성 연구」, 『한중인문학연구』 22집, 2007, 최병우, 「우광훈소설에 나타난 '고향'의 의미」, 『한중인문학연구』 23집, 2008.
37) 오상순, 「조선족 여성작가 허련순의 소설과 당대 남성작가들의 소설에 나타난 뿌리 찾기 의식 연구」, 『여성문학연구』 12집, 2004, 강진구, 「모국체험이 조선족 정체성에 미친 영향 연구」, 『다문화콘텐츠연구』 제2집, 2009, 김호웅 외, 「이중적 아이덴티티와 문학적 서사」, 『통일인문학논총』 47호, 2009, 차성연, 「중국조선족문학에 재현된 한국과 디아스포라 정체성」, 『한중인문학연구』 31집, 2010, 이광재 외, 「조선족 농촌여성의 실존적 특징」, 『한중인문학연구』 32집, 2011.

의 소수민족으로 흑룡강성, 길림성, 요녕성에 모여 사는 조선족은 재
중한국인, 한국계 중국인 등으로 불린다. 이름만큼이나 복합적 정체
성을 지닌 조선족은 중국에서는 소수민족으로, 한국에서는 한민족
디아스포라인 타자로서 주변부적 삶을 살고 있다. 재일(在日)이란 의
미의 자이니치 용어도 재일조선인, 재일한국인, 재일코리안 등 다양
하게 불린다. 이들은 일본에 거주하는 한반도 출신자와 그 자손의
명칭으로 식민지 시대엔 황국신민, 일본국민이었다가 일본 패전 후
엔 외국인으로 취급되므로 혹독한 차별과 배제를 체험하는 재일동
포이자 소수민족으로서의 한민족 디아스포라이다. 이들은 재일교포,
재일동포로 불리며, 민단과 조총련으로 구분되어 재일한국인과 재
일조선인으로 지칭되기도 한다. 그러나 역사적으로 볼 때 재일조선
인이라는 명칭이 타당하다. 자이니치에 대한 관심은 강상중, 서경식,
윤건차 등의 지식인 교수들에 의한 디아스포라 글쓰기를 특징으로
하는 저술활동에서 드러나고 있다. 특히 서경식은 비극적이고 불우
한 가족사를 배경으로 한 주옥같은 여행산문집을 출간하면서 감동
을 주고 있으며, 한민족 근대사의 비극과 디아스포라 운명을 되새
기게 한다.

고려인문학38)은 조선족, 자이니치와 달리 또 다른 아픔을 갖고 있
다. 사할린동포는 1992년부터 외무부, 적십자사 주관으로 영주귀국이
시작되어 3,100여 명이 우리 사회에 거주하고 있다. 이들은 1937년
스탈린에 의해 카자흐스탄, 우즈베키스탄을 비롯한 중앙아시아로 강

---

38) 이명재, 『소련지역의 한글문학』, 국학자료원, 2002, 이명재, 『억압과 망각
그리고 디아스포라』, 한국문화사, 2004, 김필영, 『소비에트 중앙아시아 고
려인 문학사』, 강남대출판부, 2004, 장사선 외, 『고려인 디아스포라 연구』,
월인, 2005, 김종회, 『중앙아시아 고려인 디아스포라문학』, 국학자료원,
2010.

제이주 당했으며 이민 3, 4세대는 한국어 의사소통이 거의 불가능[39] 해서인지 다문화문학 속에서 존재감이 미미하며 제한적인 작가연구[40]가 이루어졌다. 이외에도 해외입양인 작가문학도 관심[41]을 받고 있다. 조국에서 버려진 아이들이 유럽 및 미국에서 성장한 후 자신의 뿌리를 찾기 위해 한국을 방문하면서 분열된 주체로서 자신들의 목소리를 담아내고 있다. 해외입양인문학은 경계인 정체성의 혼란을 탐색하며 장르를 넘나드는 글쓰기[42]가 특징이다.

또 하나의 연구경향은 국내에서 발표된 외국인 및 한민족 디아스포라 재현 양상이다. 외국인 이주노동자[43], 결혼이주여성[44], 탈북자[45]가 다문화소설의 주인공으로 등장하고 있다. 결혼, 취업으로 이

39) 윤인진, 『코리안 디아스포라』, 고려대출판부, 2004, 88쪽.
40) 김현택, 「한국계 러시아작가 아나톨리 김의 문학세계 연구」 1, 2, 『한국학연구』 10, 11집, 1998, 1999.
41) 김윤규, 「재미 한인 입양소재 소설의 문제의식」, 『어문학』 78집, 2002, 유진월, 「이산의 체험과 디아스포라의 언어」, 『정신문화연구』 32권, 2009, 이소희, 「초국가적 시민주체」, 『탈경계인문학』 3권, 2010, 유진월·이화형, 「침묵하는 타자에서 저항하는 주체로의 귀환」, 『우리문학연구』 29집, 2010.
42) 요리책, 자서전, 산문집, 소설, 기행문, 시집 등 다양하게 발표되고 있다.
43) 천연희, 「현대소설을 통해본 이주노동자에 대한 한국인의 태도」, 전북대 석사학위논문, 2008, 강진구, 「한국소설에 나타난 이주노동자의 재현 양상」, 『어문논집』 41호, 2009, 최진희, 「다문화시대 문학교육을 위한 이주노동자의 타자성 연구」, 서강대 석사학위논문, 2009, 이미림, 「2000년대 다문화소설에 나타난 이주노동자의 재현 양상」, 『우리문학연구』 35집, 2012.
44) 문재원, 「이주의 서사와 로컬리티」, 『한국문학논총』 54집, 2010, 송현호, 「『잘 가라, 서커스』에 나타난 이주 담론 연구」, 『현대소설연구』 4호, 2010, 이미림, 「팔려가는 타자와 아시아적 신체의 훼손」, 『소설시대』 19호, 2011, 이미림, 「2000년대 소설에 나타난 조선족 이주여성의 타자적 정체성」, 『현대소설연구』 48호, 2011.
45) 고인환, 「탈북자 문제 형상화의 새로운 양상 연구」, 『한국문학논총』 52집, 2009, 강미라, 「황석영의 『바리데기』에 나타난 탈식민성 연구」, 한국교원대 석사학위논문, 2009, 홍용희, 「통일시대를 향한 탈북자 문제의 소설적 인식 연구」, 『한국언어문화』 40집, 2009, 이성희, 「탈북자소설에 드러난 한국자본주의의 문제점 연구」, 『한국문학논총』 51집, 2009, 유경수, 「다원적 소통을 향한 디아스포라적 상상력」, 『비교한국학』 제17집, 2009, 김은하, 「탈북

주해온 조선족의 수는 44만 명으로 불법체류자까지 합하면 60만 명에 달하며, 탈북자 2만 6천 명, 다문화가정 2세 15만 명을 넘어서는 것을 반영하듯이 이들이 등장하는 소설이 2000년대 이후 발표되고 있다. 미디어 및 공론장[46]에서와 마찬가지로 소설 속의 이주자는 타자화, 문제화, 유아화, 대상화되어 오리엔탈리즘적인 시각을 드러내며, 인권유린은 우리 사회의 균열을 드러내고 모순과 문제점을 성찰하도록 한다. 자국민이 갖고 있는 배타적 자세, 낯섦에 대한 경계와 포용력 부족이 새로운 화두로 제시된 것이다.

앞으로의 다문화문학은 편향되고 고착화된 이주자의 모습이 아닌, 다양하고 주체적인 한국구성원으로서의 삶을 그린 내용도 담아야 할 것이다. 또한 이주자 출신 작가가 배출되어 스스로 체험한 이산생활을 그릴 때 생동감 있고 리얼리티를 확보할 수 있을 것이다. 외국인과 다문화가정은 증가할 것이며, 다문화소설은 21세기 한국문학의 한 장르로 자리 잡게 될 것이다. 이 연구들은 한정된 작품을 대상으로 하기에 반복되거나 재생산되는 경향이 있어 다문화담론만큼이나 다양한 창작이 이루어져야 할 것이다.

21세기 탈근대는 20세기의 근대적 잣대에 대한 비판과 극복에서 시작된다. 자기동일성을 근거로 공동체를 구성하는 근대국가는 민족,

---

여성 디아스포라 재현의 성별 정치학」, 『한국문학논총』 55집, 2010, 문재원, 「경계 넘기의 서사적 재현」, 『현대문학이론연구』 41집, 2010.

46) 미디어 및 공론장에서의 결혼이민여성에 대한 재현의 유형

부인 및 오인의 방식	부인 및 오인의 내용
문제화	빈곤, 무력감, 무지, 무개성, 무인격, 계몽의 대상, 소통불능, 위협적 존재
대상화	피해자, 희생자, 지원의 대상, 동화 및 통합의 대상, 낮은 위계, 동정의 대상
타자화	순결, 구원, 수동적인 객체, 순진하고 약한 자, 어수룩하거나 교활한 자, 배타적 객체, 관념적 타자

(오경석 외, 『한국에서의 다문화주의』, 한울아카데미, 2007, 35쪽).

국민, 문화, 언어, 교육, 언론 등의 공통점을 지닌 동일자와 타자를 구분한 후 안으로 포섭되지 못한 자들을 배척하고 추방시키며 더 나아가 그들에게 폭력을 가하고 인권을 유린하고 희생양 역할을 하게 한다. 인류가 저지른 가장 끔찍한 범죄는 우월한 인종을 차이로 구획한 유대인 대량학살 즉 홀로코스트로 인간이란 무엇인가라는 의문을 품게 했다. 전쟁이나 식민지, 굶주림, 독재, 내전 등의 이유로 조국을 떠날 수밖에 없는 망명자, 난민, 이주자 들은 국민의 외부 혹은 국가의 바깥에서 귀속감 없이 불안하고 공포스러운 날것의 생명으로 살아간다.

전지구화로 인한 디아스포라의 출현은 윤리문제에 대해 성찰하게 한다. 전체성과 동일성의 횡포를 고발하면서 타자에 대한 인정, 차이의 윤리를 주창한 레비나스는 타자를 동일자로부터 보호하고 우리 삶에서 타자가 나타날 여러 가능성과 조건을 분석하며 타자와의 만남이 갖는 윤리적 뜻(the ethical)을 정식화하고자 노력[47]하였다. 타자의 윤리학, 타자 중심적 환대로 설명되는 그의 담론은 우리 모두가 타인을 위한 존재임을 주창한다. 2차 대전 때 남동생들이 나치에 의해 살해된 경험을 한 그는 타자의 사유만이 진정한 주체를 회복할 수 있는 길이라고 생각하며 타인을 수용하고 손님으로 환대하는 것이야말로 주체의 주체됨이자 윤리적 주체라고 말한다. 고아나 과부처럼 헐벗고 고통 받는 모습으로, 정신적·경제적·사회적 불의에 의해 짓밟힌 자의 모습으로 호소하는 타자를 수용하고 대신해서 짐을 지고 사랑하고 섬기는 주체[48]를 강조한다. 타인을 위해 고통 받고 타

---

47) 콜린 데이비스, 김성호 역, 『엠마누엘 레비나스』, 다산글방, 2001, 13쪽.
48) 강영안, 『타인의 얼굴』, 문학과지성사, 2005, 74~75쪽.

인을 위해 책임질 수 있는 것이야말로 타자의 사유, 타자의 철학이다. 생체험과 근대극복, 동일성과 전체성에 대한 그의 비판은 가장 많이 거론되고 있으며 다문화, 디아스포라 담론에도 유효하다.

알랭 바디우는 20세기를 스탈린식 공산주의와 나치의 범죄가 발생한 저주받은 세기이자 자본주의와 세계시장이 승리한, 사유의 무분별한 열정의 자유주의적 세기[49]라고 말한다. 타자에 대한 열림을 윤리[50]라고 말하는 그는 윤리학에 주목한다. 왜 다시 윤리학인가? 20세기가 전쟁과 폭력의 시대라면 21세기야말로 윤리의 시대가 되어야 한다고 주창하는 가라타니 고진은 세계시민으로서의 도덕인 윤리의 문제는 자신이 속한 공동체 내의 사고에 대해 의심해보는 데서 시작[51]되어야 한다고 하였다. 자본과 노동의 이동은 새로운 타자를 양산하였는바, 인종을 차별하거나 이민자를 배제시키는 민족주의, 자신과 다른 규칙을 갖고 있거나 다른 문화를 지닌 타자를 배척하는 단일문화주의, 가부장적 질서를 고착화하여 여성의 몸과 섹슈얼리티를 희생시키는 반여성주의 담론은 윤리문제를 재인식하게 하였다. 승자독식사회에서 주변부로 밀려나는 젠더화된 서발턴, 빈곤국 출신의 이민자의 타자성과 이타성이 윤리와 접촉한 것이다.

전지구적 자본주의 가부장 체제 아래서 이주노동자나 결혼이주여성을 목적(자유)으로 취급하지 않고 수단으로만 대하는 비윤리성이 21세기의 화두가 되고 있다. 조르조 아감벤은 사케르 삼부작에서 동물적인 삶인 조에와 사회적 존재로서의 삶인 비오스로 구분한다. 그는 예외상태가 일상적이고 규칙이 되어버린 상황 속의 인간이란 억

49) 알랭 바디우, 박정태 역, 『세기』, 이학사, 2014, 11~14쪽.
50) 알랭 바디우, 이종영 역, 『윤리학』, 동문선, 2001, 25쪽.
51) 가라타니 고진, 『윤리21』, 사회평론, 2001, 221쪽.

압적이고 폭력적인 국가기구나 이데올로기적 국가장치에 대한 비판을 함축한 푸코의 권력장치[52]에 놓인 존재라고 말한다. 사회에서 배제시키는 동시에 포함시켜야 하는 벌거벗은 생명 즉 호모 사케르는 난민, 이주자, 망명자, 비시민 같은 소수자를 분석함에 있어 종종 참조되고 있다.

레비나스의 타자의 윤리학과 아감벤의 사케르적 인간형 이론에 힘입어 합리적 근대주체로서의 동일자적 공동체가 아닌, 새로운 공동체를 창안하고자 하는 시도가 나타난다. 알폰소 링기스는 합리적 공통점을 공유하는 집단으로서의 공동체가 아닌 타자공동체는 단지 합리적 공동체에 흡수되기만 하는 것이 아니라 분신(分身, double)이나 그림자처럼 재발하면서 합리적 공동체를 괴롭히는 것이라고 설명한다. 즉 타자공동체는 타자를 대면하는 사람이 타자의 얼굴에서 정언명령을 인식할 때 형성되며 죽음과 '죽어야 할 운명'을 제외하면 '아무 것도 공유하지 않는 사람들의 공동체[53]인 것이다. 아감벤은 임의적 특이성을 도래하는 공동체로, 블랑쇼는 부정의 공동체로, 장―뤽 낭시는 마주한 공동체로서 귀속성 없는 유토피아를 상정하고 있다. 2000년대 우리 사회에 불현듯 등장한 아주 낯선 다른 사람들은 근원적인 성찰과 반성적 사유를 가져왔다. 국경의 열림과 다문화적 상황 속에서 우리 주변에 서성거리는 디아스포라의 아픔과 호소에 호응하고 윤리적 책무를 가져야만 아름다운 공동체를 형성할 수 있다.

21세기의 한국소설에 재현된 이주자라는 이방인이자 타자의 등장을 통해 문학의 근원적 문제인 도덕과 윤리, 정체성을 사유하게 한

---

52) 조르조 아감벤·양창렬,『장치란 무엇인가?』, 난장, 2010, 108쪽.
53) 알폰소 링기스, 김성균 역,『아무것도/공유하지 않은/자들의/공동체』, 바다출판사, 2013, 35쪽, 38쪽.

다. 레비나스, 알랭 바디우, 가라타니 고진, 칸트가 제시하는 타자의 윤리학, 세계시민의식의 구현, 근대극복을 통한 다문화와 다양성을 인정하는 공동체인, 그런 아름다운 세상을 지향해야 할 것이다. 21세기 문학은 타자성, 이방인, 다문화, 탈경계성의 주제의식을 통해 다중적 정체성을 지닌 디아스포라를 수용하고 환대하며 공존하고자 하는 메시지를 전달하고 있으며 정치적 방안이나 사회적 시스템의 구축이 마련되어야 할 것이다. 디아스포라, 이주여성, 난민(비국민)의 고통과 슬픔을 가져온 후기자본주의, 신자유주의, 세계화 현상을 비판하는 21세기 문학은 이방인을 대변하여 타자적 목소리를 내고 있다.

제2부

차이 · 생성 · 현대성

1장 방황하는 청춘과 여행 ·
디아스포라 · 다문화의식
◆ 해이수의 『캥거루가 있는 사막』, 『젤리피쉬』

1. 최근의 문학적 코드와 서사의 특징

21세기는 유동성의 시대[1]로 노마드(nomad)적 · 디아스포라(diaspora)적 삶이 진행되고 있다. 전세계의 인구이동은 필연적인 결과이며, 자발적이고 유희적인 관광과 여가를 위한 여행뿐만 아니라 난민, 탈북자, 외국인 노동자, 결혼이주여성과 같이 극빈층의 생존을 위한 월경(越境) 등 이동의 성격도 다양하다. 물질적 향유를 누리는 상류층의 여행이든 노동, 결혼, 생존을 위한 반(半)강제 이주든 21세기는 탈민족적 · 초국가적 · 전지구적 상황에 놓인다. 국경을 넘는다는 것은 타문

---

[1] 바우만은 모든 견고한 것들이 녹아버리는 근대의 징후로서의 액체근대 (liquid modernity)는 유동성, 액체성, 무일관성을 특징으로 하고 있다고 설명한다. 즉 고체근대가 상호 결속의 시대였다면 유동적인 근대는 결속 끊기, 회피, 손쉬운 도주, 절망에 찬 추격의 시대로서, 다르고 낯선 외래의 타자를 멀찍이 거리 두려는 노력으로 사회적 유대 관계에 대한 취약성과 유동성을 바탕으로 한 실존적 불확실성이 자리 잡고 있다고 진단한다. 지그문트 바우만, 이일수 역, 『액체근대』, 강, 2009, 176~194쪽 참조.

화, 타언어, 타민족과 대면하고 접촉함으로써 다양성과 타자성을 사유하는 것을 의미한다. 그런 점에서 디아스포라와 다문화의식은 여행을 바탕으로 하고 있다. 최근 학회에서도 이주, 디아스포라, 다문화주의라는 주제로 학술대회가 개최되는 것을 보면 우리 문학의 특징적 징후임을 알 수 있다. 여행자의 탈주는 유학과 이민, 교육과 노동의 경계가 모호하고 돌아올 수 있는 잠재성을 지니므로 여행과 디아스포라가 혼효되어 있다고 볼 수 있다.

1990년대 여행의 자유화 이후 여행서사를 바탕으로, 탈국경서사와 다문화서사가 출현하였다. 해이수 소설은 전지구적 자본의 재편입 현상 속에서 사회의 마이너리티이자 디아스포라로서의 타자성을 그리고 있다. 작가는 2000년대에 두 권의 소설집을 출간하였는데, 이에 수록된 10편의 소설[2]이 외국공간을 배경으로 한다. Homo Viator(여행하는 인간), Homo Migrans(이주하는 인간)로 유목민적 생활을 하는 소설 주인공은 실직을 하거나 미래가 불안정한 2, 30대 백수청년들이다. 해외여행 자유화 1세대인 작가와 1990년대 대학생들은 어학연수, 배낭여행, 워킹홀리데이 프로그램 등이 활성화되어 하나의 문화로 자리 잡은 비정규직 세대[3]들이다. 이들은 신자유주의 무한경쟁의 치열

---

2) 유학과 이민의 나라로 호주드림을 꿈꾸는 호주 배경의 소설로 유학생, 이민자, 가이드가 주인공인 「캥거루가 있는 사막」(『현대문학』, 2003.6), 「돌베개 위의 나날」(제8회 심훈문학상 수상작), 「어느 서늘한 하오의 빈집털이」(『현대문학』, 2005.2), 「우리 전통 무용단」(『현대문학』, 2003.12), 「젤리피쉬」(『현대문학』, 2007.2), 「마른 꽃을 불에 던져 넣었다」(『리토피아』, 2007.여름)와, 히말라야 설산과 네팔을 배경으로 하는 네팔 삼부작 「고산병 입문」(웹진 문장, 2007.7), 「루쿨라 공항」(『작가세계』, 2007.가을), 「아웃 오브 룸비니」(『현대문학』, 2008.1) 그리고 아프리카 여행을 그린 「나의 케냐 이야기」(『한국문학』, 2009.봄) 등이 연구대상 작품이다.
3) 우석훈은 이들을 자신의 이름조차 갖지 못한 세대, 아무도 아닌 자(Nobody), 산업화 이후 가장 빈곤할 세대, 가장 아픈 세대, 승자독식 세대, 희망고문세대, 배틀로열세대 그리고 한국의 20대 비정규직의 평균 월급에

함에서 벗어나기 위해 국경을 넘거나 문명의 영향권 밖으로 탈주한다는 점에서 마이너리티이자 타자이며, 시대와 불화하거나 시대 이념에 대한 정합성을 갖지 못해 늘 불안한 상태로 잃어버린 것을 찾아나서는 떠돌이이자 아웃사이더⁴⁾이다. 여행지는 유학, 연수, 이민의 적지로 평가받는 호주와 문명화되지 않은 천혜자연의 보고인 네팔과 아프리카 공간이다. 지구상에 얼마 남지 않은 원시적 공간이 여행의 목적지가 되는 이유는 근대성의 구조적 비진정성에 대한 반응으로서 진정성을 추구하는 한 형태⁵⁾가 관광(여행)이기 때문이다. 이주정책이 개방적이고 유연한 다문화국가인 호주는 1970년대 아메리칸 드림을 안고 떠났던 한국이주민의 대체공간이 되고 있다.

해이수 소설은 여행과 관광, 유학과 이주와 같은 이동의 서사구조를 이루는데 이와 같은 여행소설과 모험소설의 플롯은 인간을 노출시키고 도발시키는 특수한 상황에다 인간을 세워놓고 '인간 속의 인간'을 생소하고 예기치 않은 상황 속에서 타인과 만나게 하여 충돌⁶⁾시킨다. 세상에 내던져진 존재적 상황을 떠돎과 여행서사라는 문학적 장치를 활용하기 때문에 소목차⁷⁾는 시간의 흐름으로 짜여

서 착안한 88만원 세대라고 명명하고 있다(우석훈 외, 『88만원 세대』, 레디앙, 2007, 321쪽).

4) 이미림, 『우리 시대의 여행소설』, 예림기획, 2006, 35쪽.

5) 닝왕, 이진형 외 역, 『관광과 근대성』, 일신사, 2004, 122쪽.

6) 바흐친은 모험소설의 플롯이 도스토예프스키의 소설을 이해하는 데 유효하다고 설명하고 있다(미하일 바흐친, 김근식 역, 『도스토예프스키 시학』, 정음사, 1988, 156쪽).

7) 해이수 소설의 목차는 다음과 같다.
「돌베개 위의 나날」 : D-3, D-2, D-1, D-0
「우리 전통 무용단」 : 첫날 저녁, 둘쨋날 이른 아침, 둘쨋날 오후, 셋쨋날, 마지막날 아침
「어느 서늘한 하오의 빈집털이」 : 9:40a.m. In front of Campsie Station, 10:20a.m. The Lonely Rent-car Shop, 12:50p.m. Beach Apartment, 3:54p.m.

진다. 「돌베개 위의 나날」의 목차는 이민권 혹은 영주권을 획득하느냐 추방당하느냐의 기로에 서 있는 다급하고 불안한 시간을 뜻하고, 「우리 전통 무용단」은 3박 4일의 관광일정이며, 「어느 서늘한 하오의 빈집털이」에서는 오전 9:40에서 오후 3:54까지의 사건이 그려진다. 「루클라 공항」의 목차는 비행기를 기다리는 여행자의 초조한 기다림이, 「나의 케냐 이야기」에서는 9일간 깨달음의 시간들이, 「아웃 오브 룸비니」 역시 시공간이 배치되어 있다.

여행, 이민, 유학생활은 안정적인 삶이 아니라 소변을 보거나 담배를 피우는 시간조차 허락되지 않은 채 '빨리빨리'를 외치거나 일정 시간이 지나면 법의 보호조차 받지 못하는 불법체류자가 되거나 인종차별을 받는 생활로 그려진다. 여정을 좇는 순서대로 서술되는 그의 문학은 기행문과 서사의 중간적 성격을 띠며, 생존과 추방의 위협에 놓인 절실하고도 다급하며 불안한 상황 속의 인간을 제시한다. 사회·심리소설, 세태소설, 가정소설, 전기소설이 가족관계나 일상사에 관한 전기적 관계, 사회적 신분 및 사회적 계층관계가 모든 플롯의 구성이 되는 우연성 배제의 구조를 지니는 데 비해, 모험소설이나 여행소설에서는 가정적·사회적·전기적 상황에 기초하지 않고 그것들을 무시한 상태에서 전개[8]된다. 모험/여행에서는 에피소드들이 연결되지 못한 채 개연적 사건의 인과성이 생략되거나 단절된 채 기억과 상념으로 이야기가 진행되므로 정통소설의 플롯과는 차이

The Same Apartment
「고산병 입문」 : 고산병 징후, 고산병 초기, 고산병 중기, 고산병 말기, 고산병 후기
「루클라 공항」 : 휴항 삼 일째, 사 일째 오전, 사 일째 오후, 오 일째 오전, 오 일째 오후, 육 일째
「나의 케냐 이야기」 : 카이로스의 시간, 스쳐지나가는 시간, 야생동물 구호의 시간
「아웃 오브 룸비니」 : The Way to Lumbini, The Days in Lumbini, Out of Lumbini
8) 미하일 바흐친, 김근식 역, 앞의 책, 154~155쪽.

를 보인다.[9] 사람을 대하는 방식이 관계 맺기(relationships)에서 거래 (transaction)로 변화됨으로써 자신의 삶을 연속적인 이야기로 만들어 줄 수 있는 어떤 전후 연관성도 사라지게 하는 자본주의의 속성으로 인해 21세기는 삶의 서사(narrative)가 단절[10]된 시대이자 상호결속의 종말 시대[11]가 된 것이다. 즉 삶의 형태적 변화[12]가 소설의 위기, 서사의 위기를 가져왔으며, 탈국경서사, 여행서사, 다문화서사를 등장하게 하였다. 소설이라는 문학형식과 시장사회 내에서 일반적으로 인간과 상품 간의 일상적 관계, 나아가서는 인간들과 다른 인간들 간의 일상적 관계 사이에 엄격한 상동관계가 존재[13]한다고 할 때 서사의 위기는 필연적인 결과이다.

익숙하고 편안한 곳을 떠나 낯선 상황에 처하는 것이 외국여행이다. 작가는 불안의 상태에서 생을 가장 정확히 볼 수 있으며 이러한 상황이 여행[14]이라고 말한다. 익숙한 공간이 아닌 낯설고 탈일상적일 때 의외의 순간을 맞이할 수 있다. 타인의 지배 아래에 놓여 있는 일상세계에서 떨어져 나온 유한하고 고독하며 불안으로 가득 찬

---

9) 따라서 '갑자기', '문득', '바로 그 순간', '히뜩', '불쑥', '우연히', '예기치 못한'과 같은 임의의 시간적 불일치와 낯선 공간의 재구성으로 과거로 회귀하거나 연상되는 경우가 많다(이미림, 앞의 책, 2006, 33쪽).
10) 리처드 세넷, 유병선 역, 『뉴캐피탈리즘』, 위즈덤하우스, 2009, 36쪽, 234쪽.
11) 지그문트 바우만, 이일수 역, 앞의 책, 21쪽.
12) 세넷은 MP3형 조직과 사회는 피라미드의 중간층을 줄여 상부의 명령이 곧바로 하부에 연결되는 구조로 이와 같은 체계의 변화가 서사의 여지를 없앤다고 설명하고 있다. 또한 그는 "변화하지 않으면 죽는다. 장기적 관점을 버리고 단기적으로 승부하라. 남과 깊이 사귀지 말고 손해 보면서 호의를 베풀지 말라"는 것이 이 시대의 이상적인 가치로 강요되고 있다고 하면서 이러한 압박이 삶의 서사와 삶에 대한 통제력을 잃게 만들고 있다고 보고 있다(리처드 세넷, 앞의 책, 234쪽).
13) 루시엥 골드만, 조경숙 역, 『소설사회학을 위하여』, 청하, 1982, 21쪽.
14) 해이수, 「작가의 변」, 『젤리피쉬』, 이룸, 2009, 346쪽.

세계 그곳이야말로 우리의 본디적인 세계이며 그곳에서 비로소 존재 의미를 밝힐 수 있기에[15] 해외여행은 불안 속에서 참된 자기, 본디적 자기를 찾을 수 있는 상황으로 선택된 문학적 장치가 되고 있다. 해이수 소설을 이해하는 관건이 되는 문학적 코드가 시공간, 만남, 불안, 배려, 실존이라는 점에서 그의 문학은 하이데거적 사유[16]를 바탕으로 하며, 작가는 2000년대 삶의 특징을 여행(이주)서사와 불안[17]으로 보고 있다. 또한 그의 소설은 여행과 이주를 통해 출구가 보이지 않는 청년실업, 고용불안, 빈곤, 일자리 부족과 같은 생존문제를 다룬다는 점에서 한국사회의 키워드가 생존임을 피력하고 있다. 1990년대 여행소설과 달리[18] 여행과 이주의 바탕 속엔 먹고살기라는 현실의 절박함이 나타나 있다. 따라서 해이수 문학의 불안은 존재 망각의 결과로 인한 실존적 불안과 더불어 전지구적 제국주의와 화폐로 인한 사회적 불안을 의미한다.

작가는 타국에서 불법체류 이주노동자나 비정규직 노동자 혹은 백수로 살아가야 하는 이유가 신자유주의의 전면화 혹은 삶의 자본화, 독과점화의 강화[19]라는 사회적 변화 때문임을 포착하며 실업과

---

15) 마르틴 하이데거, 전양범 역,『존재와 시간』, 동서문화사, 1992, 579쪽.
16) 하이데거는 인간의 삶을 규정하는 것은 시간이며, 현대인을 사로잡는 근본적인 기분이 불안(Angst)으로 가장 고유한 자기가 불안에서 개시된다고 말하였다. 이러한 하이데거의 인간실존의 본래성을 해이수는 이국땅, 여행, 급박한 시간의 상황 속으로 여행자, 이민자를 상정하고 있다.
17) 바우만도 변덕스러움, 불안정성, 진입의 용이성이 우리 시대에 가장 널리 퍼진 삶의 조건들의 특색이라고 설명한다(지그문트 바우만, 이일수 역, 앞의 책, 256쪽).
18) 여행자들에게 향수나 조국에 대한 그리움이 드러나지 않는다는 점에서 1980년대 최인호의「깊고 푸른 밤」과 차이가 있으며, 실업과 생존문제를 다룬다는 점에서 삶의 저쪽을 통해 비의적 존재사유와 시원에의 추구로 일관한 1990년대 윤대녕의 여행소설과도 다르다.
19) 우석훈 외, 앞의 책, 80쪽.

먹고살기가 최고의 화두인 2, 30대 한국청년들의 삶을 불안과 공포의 상황 속에서 그려낸다. 다문화주의 및 디아스포라 연구는 외국인 노동자, 결혼이주여성, 탈북자에 대한 차별을 고발하거나, 재외거주민 작가—조선족작가, 재일·재러·재미작가—소설 속의 타자성을 보여주는 데 비해, 해이수는 한국인이 외국에서 겪는 차별과 배제를 드러내는 동시에 바깥의 시선으로 안을 들여다본다.

2. 유학과 이민의 나라, 호주공간의 디아스포라적 삶

해이수 소설은 한국 바깥에서 타자성을 인식하는 코리안 디아스포라문학이다. 주인공은 유학, 여행, 일로 국경을 넘은 이방인이자 경계인으로서 디아스포라적 삶을 영위한다. 유학생, 가이드, 여행자, 이주민인 2, 30대 주인공은 디아스포라 의식을 갖고 타국 땅에서 차별과 배제를 받는 소수자로서의 고통을 느낌으로써 한국인이 타자가 되어 겪게 되는 이국생활의 불안 심리와 생존문제를 제시한다. 처음엔 유학이 목적이었지만 이민을 결심하거나 불법체류자가 되기도 해 자발적/반강제적, 여행/이주의 경계가 모호하다.

완화된 이민정책으로 아시아인이 지속적으로 증가하고 있으며, 세계화(worlding)가 가장 잘 나타난 호주는 17세기 탐험과 함께 유럽인에게 알려져 영유권을 갖게 된 곳으로, 식민지 개척자들이 어떤 세계에 갔을 때 그 땅을 자신들이 이름을 붙여야 할 등록되지 않은 땅으로 여긴다는 스피박이 제기한 가설로 간주[20]되는 곳이다. 전지구적

---

20) 스티븐 모튼, 이운경 역, 『스피박 넘기』, 앨피, 2005, 43쪽.

자본주의와 국제적 노동분업이 이루어지면서 이민자에 의해 건국된 호주야말로 다문화·다인종의 장이자 아시아, 여성, 3D업종 노동자, 유색인의 타자성이 드러나는 공간이다. 유학생이자 이민자인 주인공은 등록금 마감에 쫓겨 새벽부터 육체노동을 해야 하는 급박한 시간의 지배를 받으며, 자국민보다 열배나 비싼 등록금액수부터 노동액수나 노동조건 자체가 다른 타자적 삶을 영위한다.

「돌베개 위의 나날」에서의 "D-day"는 컴퓨터학과의 준석사과정에 적을 둔 아내의 등록금 마감일을 뜻한다. 영문학과 박사과정을 밟기 위해 유학을 온 사내는 공부를 포기하고 아내가 새삼스레 공부를 하게 된 연유는 영주권을 따기에 유리한 체류조건 때문이다. 추방을 면하기 위해 전공이나 대상조차 바꿔버린 젊은 부부의 삶은 시간에 쫓기듯 늘 초조하고 바쁘고 남루하며 위험한 나날이다. 운동장, 화장실, 공장, 오피스, 슈퍼마켓, 홈 청소를 전전한 사내는 시드니에 사는 한국인들이 서로 경쟁하고 고발하는 사이이며, 최고학력자임에도 불구하고 청소나 세탁소, 봉제공장 일을 하고 있다는 사실을 알게 된다. 유학생의 노동단가가 싼 이유도 중간에 슈퍼바이저가 두세 명씩 끼기 때문으로 한국에서의 제3세계 노동자의 착취구조를 백인의 나라에서 실감하게 되는 것이다. 그러나 저임금, 부당대우, 노동력 착취의 3D업종에 종사하면서도 이곳에 머무는 이유는 한국이야말로 지역, 학벌, 촌수를 가르는, 세계에서 가장 인종차별이 심한 나라이기 때문이다. 영문학 박사를 취득하고 영주권을 받아 어머니를 모셔올 수 있으리라는 희망으로 이주를 선택했지만 타국생활은 추방의 위험을 느끼는 고달프고 불안한 일상의 연속이다. 탈북자나 제3세계 노동자가 한국에서 타자로서 고통을 받고 있듯이 고학력의 한국인들도 타국에서 타자가 되는 것이다.

"시드니에서 사는 게 참 똥 같다. 지난 삼 년간 맨날 먹고 싸기만 했어. 뭔가 큰 뜻을 세우거나 남을 위해 좋은 일 한번 한 적 없어"라고 고백하는 선배의 말에 사내도 공감한다. 불법체류자가 된 선배는 귀국을 결심하고 청소비를 사기당한 사내는 두 달 동안 성경책을 읽으며 무위도식하면서 호주 땅을 떠나야 하는 날을 무기력하게 기다리고 있다. 이 소설은 유학이라는 부푼 꿈을 안고 백인의 나라로 떠났으나 차별대우를 받으면서 전락해가는 젊은 부부의 고단한 일 년 간의 유학생활을 그리고 있다. 사내에게 타국에서의 삶은 '돌베개 위의 나날'이었다. 전세계적으로 신식민주의와 인종차별, 동일자의 타자들에 대한 배척은 여전하며, 피부색과 경제력, 영어 수준의 기준으로 타자성에 기반한 정체성으로 인한 차별대우와 불안정한 삶이 드러나고 있다. 이주한 땅에서 이민자는 언제나 '이방인'이자 토지, 언어, 문화를 공유하지 못한 소수자로 위치 지어진다. 외국에서 "휩쓸고 주름잡고 누비는" 한국인은 청소, 세탁, 미싱 일을 하는, 존재감 없는 동양인으로 인식될 뿐이다. 이 젊은 부부는 유학생이라는 신분에서 3D업종 노동자 혹은 불법체류자로 전락하며, 디아스포라 경험을 하는 것이다.

「어느 서늘한 하오의 빈집털이」는 오전 9시 40분에서 오후 3시 54분까지 일어나는 이야기를 담고 있다. 이혼한 마흔의 선배와 대학을 다니는 20대 중반의 '나'는 이사를 위해 48도가 넘나드는 엘리스스프링스의 사막지역을 여행 중이다. 아내의 우울증을 견디지 못해 이혼을 결심했다고 하소연하는 선배의 안절부절 못하거나 우왕좌왕하는 불안한 모습 때문에 나는 신경질과 짜증을 부리며 어렵게 아파트를 찾는다. 간단하다는 이삿짐이 생각보다 많아 밤새 쓴 에세이를 제출하러 학교에 가는 시간조차 맞추지 못한 나는 이 집에 있는 빛바랜 결혼사진 속의 남편과 우울증을 앓고 있는 환자가 선배임을 알게 된다. 이민생활 동안 이혼하고 병을 얻은 선배는 백인 의사에게 상담을 하는 처지에 놓인 것이다. 8차선 한가운데 정지된 차 속에서 눈물을 흘리며 길을 잃은 선배의 방향성 상실을 통해 이민자의 타자적 삶이 그려지며, "수줍게 웃던 결혼사진의 청년"은 먼 타국에서 꿈과 소망을 잃은 채 클랙슨 소리와 욕설이 터져 나오는 이국땅의 한가운데 멈춰져 있다. 이 소설은 1970년대 아메리칸 드림을 갖고 미국땅을 밟은 최인호의 「깊고 푸른 밤」처럼 2000년대 호주 드림을 꿈꾸던 이주민들이 극빈층으로 전락함으로써 극소수의 상류층과 대비되는 상대적 박탈감과 상실감을 보여준다.

두 편의 소설에 등장하는 선배들은 먼저 이국땅에 와서 경험한 아르바이트나 생활담을 주인공에게 전수하는 지로자(指路者)이자 멘토 역할을 하며 살아남기 위해 세속적이 되거나 일벌레가 되지만 결국 병을 얻거나 불법체류자가 되고 만다. 인종차별을 당하며 육체노동자로 전락함으로써 모멸감을 느끼며 자존심을 훼손당하지만 고향, 고국에 대한 향수가 드러나지 않는 이유는 한국 또한 호주에서 받는 차별의 시선이 작동하고 있기 때문이다. 이혼, 질병, 인종차별, 굴욕감과 절망감에 고통당하는 선배의 삶은 곧 다가올 주인공의 삶인 것이다.

「젤리피쉬」의 '나'는 박사과정 4년차에 이르면서 한계점에 도달한 유학생이다. 오 년간 막일을 했던 아내는 통증으로 몸져눕게 되고, 등록금 마감일에 시달리는 나는 교회의 주선으로 17살 한국 여자아이에게 한국어 과외를 하게 되면서 생활비와 집세를 해결한다. 등록금을 간청하기 위해 부목사의 집을 방문한 나는, 영화제에서 세계적으로 유명한 늙은 영화감독이 카메라 세례를 받으며 젊은 동양여자와 포즈를 취하는 TV화면을 보며, 아시안여자앨 입양해서 다 크면 갖지만 그래도 결혼하면 비난할 수 없다는 목사 부부의 얘기를 듣는다. 영어로 기도하는 목사야말로 식민화된 내면을 지닌 인물로 제국의 언어로 생각하고 제국의 관점으로 자기정체성을 구성해나가는 '바나나'적 정체성을 갖고 있다. 교회와 기독교는 유학생, 이주자에게 일거리나 정보를 제공해주지만 시혜적인 서양의 입장에서 이루어진다고 나는 비판한다.

욕설과 폭언, 속어, 반말을 일삼는 망나니이자 타자의식이 결여된 에밀리는 세상과 절연한 채 가족사진조차 없는 호화저택에 감금되어 있다. 나는 자기중심적인 에밀리에게 타인에 대한 배려와 한국어를 가르치며 미납분 마감일이 한 달밖에 남지 않은 상황에서 그녀의 도움으로 등록금을 해결하고 박사학위를 받는다. 그리고 이사 간 그녀의 집 앞 쓰레기통에서 비아그라를 발견함으로써 서양남자와 에밀리의 관계가 부녀지간이 아님을 알게 된다. 바다에 가본 적도 없이 감금되어 성적으로 착취당하는 그녀는 모국어를 갖지 못하며 스스로 말할 수 없는 성적(性的) 서발턴[21]이다. 뱀 모양의 젤리를 머리부터 씹고 구멍을 막아 개미를 괴롭히거나 강아지를 애완으로만 여기는 에밀리의 동물 학대는 무관심과 아동 학대가 낳은 정신적 황폐의 결과이며, 이렇게 성장한 아이는 남을 배려하는 능력이 없게 되는 것

---

21) 서발턴(subaltern)은 일반적으로 영국 군대의 하급장교를 의미하며, 그람시가 검열을 피하기 위해 사용한 용어인데, 이를 스피박이 차용하여 피식민지인, 여성, 노동자와 같은 하위주체의 개념으로 제안하였다(위의 책, 91~92쪽).

이다. 배려와 타자의식을 모르는 괴물이자 야만인으로 성장한 에밀리는 수업 중 '막막한 미납금에 대한 불안과 뜻밖에 몰아닥친 성욕이 뒤엉킨' 나의 성기를 능숙하게 다루며 배려한 것이라고 말함으로써 성기만 발달한 훼손된 소녀로 영어를 쓰는 나라에서 이방인으로 살고 있다. 영어도 한국어도 서툰 에밀리야말로 서발턴의 목소리를 전유당하고 침묵된 아시아적 신체[22]이자 호모 사케르[23]이다. 동양, 비서구적 타자, 외국인, 아이, 여성인 에밀리는 소문이나 추측으로 구성된 타자적 정체성을 형성하고 있다. 아시아여자애를 입양하여 키운 후 성적 대상으로 삼은 서양남성의 시선 속에서 그녀는 조국으로부터 버려진 아이이자 여성이며 동양인이라는 복합적 타자성을 지닌다. 에밀리야말로 백인/남성/어른/문화의 타자이자 가부장제하에 '감금된 여성'[24]이다.

「마른 꽃을 불에 던져 넣었다」에서의 준과 벡스는 우범지대인 킹스 스트릿에서 포켓볼 게임으로 인생의 승부를 걸기로 한다. 테이프

---

22) 양석일은 소외되고 고통받는 아시아 민중들의 삶을 아시아적 신체라고 명명하는데 특히 태국에서 자행되는 아동폭력, 아동매춘, 장기매매를 예로 들고 있다(김응교 역, 「삼십육만 원의 아시아적 신체」, 『어둠의 아이들』, 문학동네, 2010, 397~410쪽 참조).

23) 아감벤은 벌거벗은 생명-정치적 존재, 조에-비오스, 배제-포함이라는 범주쌍을 통해 정치의 근본범주를 설명하면서 난민, 수용소 수용자, 인간 모르모트와 같이 쫓겨난, 추방령을 받은, 터부시되는, 위험스러운 자, 속세 영역에서 배제된 자로 경계 영역에 놓고 있다. 이들은 무조건적인 살해의 가능성에 노출되어 있는 존재로서 정치 질서 속에 포함시키는 근원적인 예외를 성립시킨다(조르조 아감벤, 박진우 역, 『호모 사케르』, 새물결, 2008, 180쪽).

24) 어린 여성의 감금 모티프는 동화에서뿐만 아니라 『제인 에어』의 붉은 방에 갇힌 어린 제인이나 남편 로체스터에 의해 다락방에 갇힌 버사 메이슨에게서도 나타나고 있다. 그녀들은 이 방에서 절대적 침묵과 절대적 복종만이 살 길이라는 진실을 배우며, 이성이 수반되지 않은 열정과 반항은 단지 감힘과 모욕을 가져온다는 사실을 어린 시절에 이미 터득하게 된다(진 리스, 윤정길 역, 『광막한 사르가소 바다』, 펭귄클래식코리아, 2008, 264~265쪽).

칼리지(기술전문대학) IT코스에서 두 학기째 유학생활을 하는 '나'(준)는 경제적 궁핍으로 심신의 병을 얻은 채 호주학생보다 10배 비싼 등록금을 감내하며 파트타임 클리너로 생활비를 충당하는 극빈층 생활을 한다. 1998년의 유학생활은 IMF가 야기한 청년실업문제와 사회구조적 변화로 인해 여학생들은 남자와 동거하거나 업소로 등교를 하며 삶의 곤궁함을 해결해 나가고 있다. 아프리카 출신의 벡스와 친구가 된 나는 졸업과 귀국을 위한 마지막 수단으로써 게임을 하기로 한다. 용감한 전사의례를 회피한 벡스의 트라우마만큼이나 나 역시 위치에 대한 콤플렉스가 있다. 이는 바둑을 두던 시절 시합에서 패로 버티기를 거부하고 '싸움은 계속된다. 그것이 견딜 수 없다.'는 두 줄짜리 유서를 남기고 자살한 섭의 기억 때문이다. 그의 유서는 우리나라 20대들에게 주어질 게임의 룰인 승자독식(Winner-Takes-All)이 주는 미래에 대한 불안과 공포를 상징한다.

'Stairway To the Heaven' 클럽에서의 게임에서 불리해지자 나와 벡스는 난동을 부리고 도망가다 벡스는 경찰의 총에 맞고 피를 흘리며 쓰러진다. 앰뷸런스를 불러달라고 절규하지만 경찰은 아랑곳하지 않고 과잉 진압함으로써 백인 경찰의 흑인과 동양인에 대한 인종차별적 폭력이 이루어진다. 나는 온통 붉게 물들어 타오르는 벡스의 가슴에 3개월 동안 밀림 속에서 살아남은 자만이 볼 수 있다는 '천둥의 심장'이란 마른 꽃다발을 던진다. 치열한 생존경쟁에서 버티지 못하고 자살한 친구가 있는 한국을 떠난 나와 전사가 되지 못하고 아프리카를 떠나온 벡스는 상처를 공유한 타자로서 고국(아시아, 아프리카)과 타국(호주) 어느 곳에도 정착하지 못하는 경계인의 아슬아슬한 위치에 서 있다.

주인공들은 영주권을 얻지 못하면 대학등록금이나 노동조건에서 차별을 당하거나 법의 보호에서조차 벗어나 추방당하게 되는 상황에 놓여 있다. 한국에서 고학력자이자 전문직 종사자였던 유학생과 이민자가 청소, 세탁업에 종사하며 모멸감과 열등감을 느끼고 차별과 질병, 우울증, 이혼, 육체노동, 남루한 생활을 감수하며 이민을 선택한 이유는 한국이야말로 가장 인종차별이 심하고 학벌, 지역, 핏줄에 대한 배제의식이 강하다고 여기기 때문25)이다. 이와 같이 호주공간을 배경으로 하는 소설들은 외부에서 한국을 성찰하는 시선을 갖는다. 제3세계 노동자들이 한국에서 겪는 인종차별과 성적 학대를 백인의 나라, 호주 공간에서 한국인이 겪고 있다. 어린 동양여성을 입양해 키운 후 성적 대상으로 삼거나 유색인종이 박사학위를 따더라도 강사 자리조차 타민족에게 내어주지 않는 차별적 시선, 의식과 행동이 백인으로 동화된 이민자의 '바나나'적 모습은 우리 한국사회의 제3세계인에 대한 차별적 태도와 다르지 않다. 이민자들은 고정된 주소나 국적이 없다는 것만으로 배제되고 법적 차별을 받는 예외상태나 유스티티움26)의 상황에 놓인다. 호주를 공간으로 하는 소설들은 작가의 경험27)을 바탕으로 생생하고 현실감 있게 재현한다는 점에서 설득력을 지니며, 학비의 중압감, 실업대란에서 벗어날 수 없

---

25) 이러한 사실은 「돌베개 위의 나날」에서 "고향은 항시 喪家와 같드라. 父母와 兄弟들은 한결같이 얼골빛이 호박꽃처럼 누러트라"라는 서정주의 시 「풀밭에 누어서」를 인용하면서 소설이 시작된다는 점에서도 알 수 있다.

26) 이 용어는 말 그대로 법 자체의 효력 정지를 의미한다(조르조 아감벤, 김항 역, 『예외상태』, 새물결, 2009, 84쪽).

27) 1992년에 대학생이 된 M(multicultural, 다문화)세대 작가는 대학 졸업 후 호주 시드니에서 5년간 언어학을 공부하고 횡문화 소통(cross cultural communication) 분야 석사학위를 획득했다. 그에게 이종문화간 접촉이라는 주제는 자연스럽게 소설적 자양분이 됐다(이왕구, 「낯선 땅에 던져진 불안이 제 소설의 화두」, 『한국일보』, 2009.9.28).

는 한국 젊은이들의 현주소이기도 하다.

작품의 제목에 나타나는 '돌베개'는 각박한 이민생활의 불편함을, '빈집털이'는 이혼당한 후 집을 옮기는 과정을 도둑의 심정으로, '젤리피쉬'는 부표하는 유목민적 타자의 잠재력을, '마른 꽃'은 고학력자이자 전사가 이국땅에서 차별당하고 배척당하는 타자성을 상징한다. 호주유학 및 이민을 통해 유색인종의 소수자 노동(labour of minority)의 취약함과 불평등한 현실이 나타나는 이유는 사회경제적 불평등과 불안이 증가될수록 자기와 다르다고 생각되는 사람을 거부[28]하기 때문이다. 여행과 유동이 심한 21세기란 자본의 전지구적 영향과 경제와 이익만이 지배하는 비인간적이고 반규범적 사회의 현실이 조성되었으며, 인간으로서의 최소한의 품격과 배려, 존엄이 상실되는 지구촌이 형성되었음을 의미한다. 신자유주의가 야기하는 야만적이고 배타적인 산업화 앞에서 아시아적 신체가 훼손당하고 유린되며 매매되고 있음을 호주에서 포착하고 있다. 제1세계의 인간주체의 향락과 풍요로움은 제3세계 식민주체의 성적 억압과 착취에 빚지고 있는 것[29]이다. 외국인을 차별하는 호주 이민자의 삶을 통해 다문화 공생은 요원하며, 국가의 이익에 편성되는 다문화주의[30]임을 확인할 수 있다. 즉 현재의 다문화란 국가나 기업의 이익이 먼저인 채 그 아래에 종속되어 있는 다문화[31]이자 다문화 없는 다문화주의[32]일 뿐이다.

---

28) 마르코 마르티니엘로, 윤진 역, 『현대사회와 다문화주의』, 한울, 2002, 134쪽.
29) 스티븐 모튼, 이운경 역, 앞의 책, 59쪽.
30) 1978년 백호주의 정책을 포기한 호주는 기존의 유럽계 이민자가 아닌 아시아인을 유입하여 '새로운 호주인'으로 받아들였지만 호주의 다문화주의 헌법은 문화적 다양성을 인정하되 국가의 이익을 최우선으로 삼아야 함을 명시하고 있다(오경석 외, 『한국에서의 다문화주의』, 한울, 2007, 63~64쪽).
31) 서경식, 『고통과 기억의 연대는 가능한가?』, 철수와영희, 2009, 48쪽.
32) 2010년 들어 호주는 전문직 외국인만 수용한다는 이민정책을 발표하였으

3. 네팔 삼부작에 나타난 자본의 전지구화와 타자성

「고산병 입문」의 여행자인 '나'는 외국계 보험회사의 유능한 과장 아내를 둔 백수[33]이다. 결혼 후 사 년 가까이 가사를 담당하며 곰인형 발바닥을 붙여 270만 원을 벌어들인 나는 아내에게 포상여행 선물을 받는다. "존재감이 바닥을 치는 놈들일수록 마음 속에 설산을 품고 사는" 나는 한번쯤 세상을 발밑에 두고 싶기에 히말라야를 여행한다. 그러나 등산장비 구입 과정에서 주인아저씨의 장사수완에 넘어가 아내의 크레디트 카드로 과도하게 지출하여 심적으로 위축된다. 출발부터 돈, 카드, 기능성 등산용품과 같은 자본의 영향하에 놓인 것이다. 네팔의 수도 카트만두의 타멜에 도착한 나는 에베레스트 트레킹을 위해 루클라까지 아슬아슬한 비행기 여행을 한다. 무기력증과 두려움이 엄습하는 가운데 트레킹을 시작한 나는 스코트의 고산병을 치유하고자 네팔할머니의 의식을 흉내 내며 주문을 외워보지만 크레디트 카드에서 3000달러 결제를 확인하는 순간 헬리콥터가 이륙한다는 사실을 알게 되며 무소불위의 돈의 위력에 놀란다. 크레

며 태국과 싱가포르에서는 치안과 질병의 위험을 내세워 규제를 강화하고자 하였으며 한국에선 불법체류자를 강제추방된 미누사건이 발생했다. 이러한 움직임에는 필요하면 수용하고 내국인이 불이익을 당할 땐 가차 없이 추방하는 단일문화주의적 시각이 드러난다. 자국민을 우선시하는 정책은 이주노동자의 인권을 침해하며 여전히 그들을 '수상하고 위험한 외국인'으로 차별하는 것임을 말해주고 있다.

33) 비경제활동인구 260만 명, 청년 실업자 100만 명을 넘는 한국사회에서 최근 백수문학의 출현이 두드러졌다. 김애란의 「성탄 특선」, 구경미의 「노는 인간」, 박주영의 「백수생활백서」, 김미월의 「서울 동굴 가이드」 등이 일종의 백수소설이다. 백수 주인공 설정은 무갈등구조를 이루며 최근 우리 문학의 특징으로 나타나고 있다.

디트 카드야말로 "일종의 부적인 동시에 생사의 갈림길을 결정하는 필수품"이었던 것이다. 가장 성스러운 공간이자 반문명, 비자본의 자연공간에서조차도 돈과 카드가 신과 의술을 대신하고 있다. 전지구적 자본주의 질서가 재배치되고 이에 종속되면서 자본의 영향에서 벗어나는 영역이란 없으며 오염되지 않은 설산에서조차 신의 위치에 카드가 대체된 셈이다.

이 소설은 직장도 없고 돈도 못 버는 남편이 생계를 담당하는 아내의 눈치를 보며, 일상에서 탈출하여 대자연의 설산을 탐험하는 이야기로, 아내가 준 카드에 이백만 원밖에 없음을 아는 순간 현기증을 느끼면서 끝이 난다. 실직과 비정규직을 양산한 후기 자본주의 시대에 출근을 하지 못하거나 노동을 할 수 없는 남성의 자존심 훼손[34]은 치명적이므로, 일상의 탈출을 시도했지만 오히려 설산에서 돈이 곧 생명을 보존하는 일임을 확인할 뿐이다. 여행 내내 엉덩이를 배기게 하며 불편하게 했던 크레디트 카드는 그것 없이는 집을 나서지 못하는 현실을 반영한다. 또한 신용홍보회사가 홍보하는 이미지처럼 카드야말로 일상생활과 해외여행에서 맞닥뜨리는 온갖 문제를 해결해주는 긍정적 수단이자 구세주와 같다는 것[35]을 확인시켜주고 있다.

「루클라 공항」은 「고산병 입문」의 연작으로 에베레스트 베이스캠프 트레킹을 마치고 루클라 공항에 도착했으나 대폭설과 한파로 사

---

34) 실업은 개인으로 하여금 사회적 가치에 대한 신뢰를 훼손하게 하는데, 이는 유급노동을 함으로써 돈, 활동, 다양성, 일상생활(일의 리듬), 사회적 접촉, 자아 정체감을 얻기 때문이다. 특히 남성에게 있어서 자존심은 경제적 공헌을 통해 가족을 부양한다는 정체의식과 연결되어 있다(앤터니 기든스, 김미숙 외 역, 『현대사회학』, 을유문화사, 1992, 506쪽).
35) 로버트 D. 매닝, 강남규 역, 『신용카드 제국』, 참솔, 2002, 13쪽.

흘째 비행기가 운항되지 않아 고립된 여행자의 사흘 동안의 일을 담아낸다. 설산과 도시를 이어주는 교량지점에 위치한 루클라 공항은 자연과 문명, 도피와 현실 사이에 위치한 세계 최고지대의 공항이다. 알 수 없는 외국어들의 불평과 항의가 이어지는 가운데 '나'는 트레킹 중 만났던 여행자들과 재회한다. 그들은 여러 이유로 네팔에 왔다. 미국인 찰스는 현대 문명사회에 대한 회의 때문에, 웨일스에서 온 알란은 술, 담배를 끊기 위해, 호주여성 재클린은 실연의 아픔과 불교심취로 여승이 되기 위해 이곳까지 왔다. 결항된 비행기가 운항되길 기다리다 발이 묶이자 그들은 밤새 술과 담배 그리고 인터넷과 섹스를 즐긴다. 탕탕(넓고 먼 것)과 외외(높고 큼)하기를 바라는 마음으로 지구의 등뼈인 히말라야의 설산고봉을 여행한 나 역시 냉엄한 정신과 숭고함을 잊은 채 새로 사귄 챙의 행방만을 쫓을 뿐이다. 사람들이 비행기 운항을 하염없이 기다리는 와중에도 한국 산악자전거 동호회원들은 삼천 달러가 소요되는 헬기를 타고 유유히 떠난다. 두 다리를 가진 인간이면 모두 평등하다는 히말라야에서도 돈과 힘이 있는 자만이 이동할 자유가 있음을 작가는 보여주고 또한 백인주체뿐만 아니라 한국인이 돈과 권력을 통해 특권의식과 위선을 드러내고 있음을 꼬집고 있다.

「아웃 오브 룸비니」는 여행자가 절을 방문하고 귀국하는 여정을 그린다. 타이어가 금방이라도 펑크 날 것 같은 초만원의 미니버스로 이동하면서 여행자는 불안감에 휩싸인다. '한 생명의 무게란 어느 정도인가'라는 특별기획 원고를 청탁받고 마감일에 쫓긴 '당신'의 목적지는 네팔 남부 바이러하와이다. 히말라야에서 이십 일 동안 폭설에 헤매고 포카라에서 사흘 요양 후 탄센에서 부트왈을 거쳐 이곳에 온 후 당신은 파업으로 모든 교통편이 중지되었음을 알고 당황한다. 유일한 외국인 승객인 당신은 애처롭고 간절한 눈빛으로 자신을 선택해달라고 끈질기게 어필하는 릭샤꾼을 물리치지 못하고 가격을 흥정한다. 굽실굽실거리며 당장이라도 눈물을 떨어뜨릴 듯 두 손을 가슴 앞에 모으는 사내야말로 빈자, 고아, 과부의 얼굴로 현현한 타자[36]이다. 가난과 고통어린 얼굴의 현현으로 인해 타자의 무력함과 주인됨을 동시에 계시하는 모순[37]에 당신은 직면한다. 진정성이 느껴지는 사내의 태도에 자전거에 올라탄 당신은 지극한 평화와 지극한 빈궁의 길가 풍경에 "놓치고 싶지 않은 이익과 치열한 경쟁에서 승리하고픈 욕망"이 허망해짐을 느낀다. 중간 중간 비스킷과 초콜릿과 담배를 주며 릭샤꾼을 배려했지만 목적지에 다다르자 매서운 눈빛을 하며 한국사원까지 돈을 더 달라고 떼를 쓰고 대학 때 받은 명예의 시계까지 바꾸자며 치졸하고 비굴하다 못해 간교하게 군다. 당신은 타자가 자신의 지배력이나 가정을 빼앗는다 할지라도 그것을 받아들여야만 하는 무조건적 환대[38]에 응한 것이다. 왜냐하면 환대의 윤리는 타자 중심의 윤리적 지향이며 환대는 주체에 의해 베풀어지지만 타자의 권리이기도 하기 때문이다. 마지막까지 담배를 달라는 그의 몰염치하게 내미는 손과 얼굴에서 당신의 윤리적 책임성은 발현되며 인간은 타자를 위한 존재임을 알게 되는 것이다.

사원에 도착한 당신은 몇 년 동안 셀 수 없이 국경을 넘나든 자유인인 미쯔라는 일본인 청년과 남선생을 만난다. 닐가이를 찾아보라는 편집장의 말에 마을을 돌아다니는 당신은 법당에서 돈을 달라

---

36) 강영안, 『타인의 얼굴』, 문학과지성사, 2005, 37~38쪽.
37) 위의 책, 149쪽.
38) 자크 데리다, 남수인 역, 『환대에 대하여』, 동문선, 2004, 71쪽.

며 버티다가 치마를 내리고 음부를 가리키는 거지소녀의 매춘행동에 당황하며 아기를 안은 채 사과를 파는 젊은 아녀자와 대면한다. 일정을 마치고 다시 릭샤를 타고 공항으로 가는 당신은 식사를 하겠다고 갈 길을 멈춘 릭샤꾼 때문에 비행기를 놓칠까봐 불안해 하지만 곧 오토바이 운전자가 나타나 공항으로 안내를 한다. 그리고 카트만두행 비행기 안에서 닐가이가 자신을 도와준 남선생임을 깨달으며 원고문제도 해결한다.

네팔은 여행자에게 가장 인기가 많은 여행지로 문명의 혜택을 받지 못한 종교와 미신의 나라이다. 그럼에도 불구하고 여행자는 이곳에서 자본과 권력 속에 놓인 인간의 생명과 차별의식, 카드와 돈의 막강한 위력을 확인하게 됨으로써 자본의 전지구적 재편으로 인한 탈지리화를 확인한다. 여행자는 현실에서 느끼는 자신의 무력함과 콤플렉스, 부적응에서 벗어나기 위해 세계의 최고봉이자 지구의 등뼈를 통해 비움과 탕탕외외(蕩蕩巍巍)를 갖고자 하지만 여행이 끝나자 곧바로 현실적 삶에 복귀하게 되는 것이다. 네팔 삼부작은 승자독식, 인종차별, 고용불안, 차별과 배척이 심한 한국사회를 벗어나 여행과 이민을 선택하지만 그 또한 탈출구일 수 없음을 역설적으로 보여준다.

4. 여행을 통한 다문화주의의 수용과 본디적 자아 추구

「우리 전통 무용단」의 가이드인 '나'는 신혼여행단이나 골프모임 여행객이 아닌 시골의 청년회장과 할머니들로 구성된 여행객들로 난감해 한다. 버스 안에서 변소타령만 하거나 관광코스 면세점에서 물건을 사지 않는 할머니들이 관광코스에 흥미를 갖지 않아 박물관과 기념관을 취소하고 오페라 하우스에 당도하자 구형 카세트플레이어의 타령조 노랫가락을 틀더니 춤을 추며 맴돌기 시작한다. 세계적인 망신이 될까봐 나는 걱정하지만 오히려 외국인들은 인상적이고 독특한 공연이라며 무슨 예술단이냐고 되묻는다. 일체의 가식 없이 스스로 즐기기 위해 춤을 추는 할머니들의 춤이 끝나자 외국인들은 그녀들과 기념 촬영하느라고 야단이고 온갖 인종들이 뒤섞여 한바탕 신명난 춤판을 벌인다. 관광의 마지막 날 그토록 피곤하고 힘들게 했던 할머니들이 껌, 사탕, 카세트테이프와 오천 원을 내게 주고 출국장으로 나가자 나는 콧등이 시큰거리고 가슴이 울렁거린다. 그리고 이 할머니들이 젊었을 적 우리 역사의 거친 시절에 남편을 잃어버린 부녀자들의 모임이라는 사실을 알게 된다. 인류를 감탄케 했던 춤사위야말로 신명난 한풀이이자 타자의 몸짓이었던 것이다.

중학교를 마치고 호주로 이민 와 "한국인도 아니고 호주놈도 아닌" 나는 늙고 촌스러운 시골 할머니의 가식 없는 온정과 춤사위야말로 다문화주의로 나아가는 지향점임을 알게 된다. 또한 세계적으로 유명한 한국의 문화예술공연이 무엇이냐고 물었던 예술학부 대학원생인 데이비드의 질문에 대한 답을 찾는다. 기교나 연습을 통한 세련되고 짜 맞춰진 무용이 아니라 국가, 성별, 인종, 지역을 초월하여 지난한 삶의 울림이 있는 춤이야말로 감동과 공감을 얻는 것이다. 서양의 고급예술이 아닌, 늙고 한 많은 동양여성의 꾸밈없는 몸짓으로 이루어진 춤이야말로 전 인류의 보편적 지지를 얻는 열린 다문화적 시각의 가능성을 보여준다. 타자성과 다양성을 포용하고 다르지만 평등하게 사는 다문화사회로의 지향은 편견 없는 열린 마음과 무조건적 환대로 이루어지는 것이다.

「캥거루가 있는 사막」의 여행자는 취업 걱정이 태산 같은 삼류지방사립대학의 영문학과 사학년생으로 막노동을 해서 번 돈으로 호주 배낭여행 중인 '가련한 청춘'이다. 시드니, 캔버라, 멜버른, 애들레이드, 엘리스스프링스를 거쳐 에어스록 리조트에 도착한 '나'는 여자친구 아영이 있는 '이곳'과 '그곳'의 거리를 확인하며 선택의 기로에서 방황하는 중에 사막도시인 쿠버페디에서 일본인 여행자[39] 코바(고바야시 이사오)를 만나 동행한다. 10개월을 여행하면서 아무것도 하지 않았다고 대답하는 코바의 말에 "이십대 후반의 사지 멀쩡한 청년이 아무것도 하지 않는 경우가 거의 없는" 한국인인 나는 그의 말에 의아해 한다. 근대사회는 아무것도 하지 않거나 노는 인간형을 용납하지 않는 사회이기 때문이다.

임신한 아영과 동성동본이기에 근친상간 금지라는 법과 윤리에 부딪쳤고 그녀와의 관계가 버거워 여행을 떠났음을 나는 회상한다. 코바와 에어스록(Ayers Rock)에 도착하여 "특별하고 신성한 정신의 성역"인 바위 앞에서 '무엇 때문에 이곳을 오고 싶어했는가? 도대체 무엇 때문에 나는 이곳을 그토록 열망했는가?'를 스스로에게 묻는 내게 이 순간이야말로 고독한 단독자로서의 자기 자신 앞에 직면하게 되는 순간이며, 불안의 기분을 통해 고독하게 되는 현상이야말로

---

39) 여행자가 일본인을 자주 만나는데 그 이유는 일본 젊은이가 우리 젊은이와 놓인 상황이 비슷하기 때문이다. 일본 역시 초고령화 사회에 진입하면서 국가의 재정악화, 경기침체, 기업의 정리해고, 고용불안 탓으로 일본대학생의 65%가 미래의 꿈이 없다고 답변하였다. 이들을 '잃어버린 세대' 혹은 프리터(free+arbeiter), 니트족(Not in Education, Employment or Training), 패러사이트 싱글(경제적 독립을 이루지 못하고 부모에게 의지해서 사는 20대 후반~30대의 독신자)로 부르고 있다(『경향신문』, 2009. 4. 13, 2009. 5. 6).

인간실존의 깨달음인 것이다. 여행이 끝난 뒤 한국에 돌아가서도 뭘 해야 할지 모를까봐 두렵다고 말하자 코바는 알 때까지 다시 여행을 떠나라고 답한다. 그와 헤어지고 마그네틱 섬에 도착한 나는 아영의 선물로 부메랑을 사는데, 이 물건은 여행처럼 돌아갈 수밖에 없는 운명을 상징하며 사막에서 만난 캥거루는 절대 후진을 모르는 동물로 달리다가 죽을 캥거루를 낳는 일이 자신의 운명이며, 우리 삶도 캥거루와 다를 바 없는 존재라는 실존문제를 사유하게 하는 매개체이다. 이곳에서 나는 서른두 살의 우미코를 만나 관계를 맺고 그녀와 헤어진 후 여행을 끝내지만 여전히 취업과 결혼에 대한 고민에서 벗어나지 못한다. 그리고 우미코 역시 친동생과의 근친상간으로 방황 중이며 그가 바로 얼마 전 만난 코바라는 사실을 알게 된다.

이 소설은 정착-여행-정착의 원점회귀형의 잘 짜여진 여행소설이다. 여행자가 여행 중에 만난 자들은 자기 안의 타자들이다. 죽을 줄 알면서도 달려가는 캥거루나 운명을 극복하려는 코바, 여행처럼 회귀하는 부메랑, 그리고 자신과 같은 고통을 겪는 우미코는 바로 여행자 자신의 모습이자 지로자(指路者)이다. 자신을 객관화하고 타자화할 때 실존적 문제의 단서를 제공받을 수 있으며 여행이란 상황은 이에 적합한 문학적 장치이다. 대학 도서관의 각종 자격증 준비생들과 똑같이 된다는 것이 끔찍해 한국을 탈출한 여행자는 코바가 "대학을 어영부영 다니다가 군복무를 마친 뒤 육 개월 혹은 일 년 정도 어학연수를 마치고 지금은 귀국 전에 잠시 여행 중"인 한국인이 아니라는 사실에 안도한다. 존재를 잊어버린 현대문명의 상징인 서울을 탈출한 나는 신자유주의의 무한경쟁에 내몰린 질서에 적응하거나 타협하지 못하는 이방인이자 경계인으로 규격화되고 획일적인 사회를 용납할 수 없어 떠난 여행에서도 현실적 고민에서 벗어날 수 없음을 깨닫고 귀환한다. 여행은 어떤 해결책도 제시해주지 않지만 부메랑과 캥거루, 코바, 우미코와의 만남을 통해 삶의 본질을 깨닫고 운명을 극복하고 지표를 획득하게 한다. 제목이 암시하듯이 사막의 캥거루나 에어스록의 바위는 하이데거가 말한 세계에 내던져진 인간의 실존성을 의미한다.

「나의 케냐 이야기」도 여행소설이다. 29세의 백수인 나는 두 달간의 연재를 조건으로 왕복 항공료와 체류비용을 받아 9일간 아프리카 여행을 떠난다. 야생국립공원인 마사이 미라와 마사이족을 방문하는 것으로 일정이 시작되는데 동반자인 시인은 아무도 보지 못한 기린과의 대면을 카이로스의 시간[40]이라고 설명한다. 암보셀리 초원에서 요의를 느껴 금기사항을 어기고 차에서 내리게 된 나는 "굶주린 맹수가 먹잇감을 노리고 초식동물은 늘 경계를 늦추지 않는 생존의 각축장 안에 내가 서 있"음으로써 자신이야말로 가장 연약한 짐승인 타자임을 인식한다. 이 소설은 취업, 방황, 사랑이라는 표면적 주제와 함께 타자로서의 자아 찾기라는 이면적 주제를 함의하고 있다.

나이로비 호텔에서의 "야생동물 구호를 위한 국제환경 심포지엄"에서 케냐의 여성작가 마타시아의 발표를 감명 있게 듣고 여행은 끝이 난다. 그녀는 아프리카를 미지의 탐험 장소 혹은 서구 열강의 착취의 대상이나 원시의 공간으로 인식함으로써 일방적으로 타자를 길

40) 카이로스(kairos)는 사람이 결단을 해야 하는 중대한 상황 혹은 사람이 숙명적으로 이끌려 들어가는 상황을 나타낸다. 따라서 카이로스는 때때로 튀케(운명)와 관련되며, 위기의 시간, 적합한 시간, 좋은 기회라는 의미를 지닌다. 작가는 소설에서 어떤 특정한 사건이 그때를 준비한 듯 절묘하게 일어나서 체험자의 뇌리 속에 영원히 각인되는 찰나적 순간이라고 서술하고 있다. 이와 반대로 자연적 혹은 무의미하게 흘러가는 시계로 표시되는 시간으로서의 크로노스(chronos)가 있다.

들이고 개별성을 존중하지 않는 신식민주의적 태도를 비판한다. 검은 대륙과 흑인을 바라보는 타자성을 지적하며, 오리엔탈리즘적 사고 속에서 백인과 서구의 잣대로 재단되고 표상되는 현실을 비판하는 여성학자의 발표에 나는 공감한다. 이러한 나의 시각은 고정관념 속에 매사 퀴즈로 정답을 찾아내고 이상해하고 지적하는 윤간사와의 대화에서도 드러나고 있다. 나는 각자의 태생과 습성이 있는 것이므로 기린이 왜 목이 긴지 대학생이 왜 만년설이 보고 싶은지 묻지 말라고 그녀에게 충고한다. 여행자는 이러한 무조건적이고 절대적 환대와 행동과 지성의 통일된 모델을 부과하는 것에 반대하는 다문화주의적 관점으로서의 관용(tolerance)[41]의 자세를 수용하고자 한다.

나는 아프리카가 문명의 이기와 무관한 곳이지만 이곳에서도 생존경쟁과 타자적 삶이 존재함을 여실히 느끼고 인도의 사막, 네팔의 설산, 케냐의 초원 그리고 앞으로 가게 될 북극의 빙하를 여행하는 나만큼이나 오토바이를 몰고 동네의 골목과 빌딩숲 사이로 배달하는 친구에겐 한국이 아프리카의 정글임을 깨닫는다. 열심히 치킨배달을 하는 친구를 보며 "녀석에겐 그곳이 생존의 각축장이자 평원이었다"라고 함으로서 이쪽과 저쪽, 고국과 타국, 정글과 (정글)사회 어디든지 인간의 실존성과 생존문제가 공존하고 있음을 알게 된다.

낯선 여행지인 사막, 설산, 바다는 고산병, 무기력증, 호흡곤란, 비행기 추락사고, 도둑 및 납치, 말라리아, 황열병, 동물 공격의 위험이 도사리는 곳이며 인간의 실존성을 탐색하기에 적합한 장소이다. 여행자는 세상에서 가장 평등하다는 히말라야에서 고산병에 시달리거나 요의로 아프리카 밀림 한가운데 놓인 위태로운 상황 속에서 자신

---

41) 알랭 바디우, 이종영 역, 『윤리학』, 동문선, 2001, 29쪽.

의 하찮음과 보잘 것 없음을 확인한다. 전세계는 신식민주의와 신자유주의하에 놓여 있으며 이에 대한 저항으로 탈식민주의와 다문화주의, 타자인식이 나타난다. 아프리카라는 타자적 대륙과 일본인, 네팔인, 호주민과의 만남[42]은 다문화적 교류와 접촉의 경험이 되고 있다. 여행자에게 호주의 에어스록, 아프리카 초원에 놓인 상황이란 '단독자의 내면과 욕망을 효과적으로 통찰하기 위한'[43] 무대로서의 비일상적인 공간으로 설정된다. 사막과 바다와 초원을 횡단하면서 일상생활과 정상상태로부터 거리두기(distancing action)를 통해 삶의 의미를 되새겨 보는[44] 해이수 소설은 퇴락한 일상적인 세계-내-존재(비본디적 자기)에서 벗어나 본질적인 자아와 대면하는 순간을 맞이하게 되는 탈국경 여행서사구조로 이루어지고 있다.

5. 유동성의 시대와 방황하는 청춘들

해이수 소설의 키워드는 여행(이주)과 불안이다. 그는 이러한 상황을 가장 잘 재현하기 위한 문학적 장치로 이국땅에 놓인 여행자나 이민자를 상정한다. 본디적 자아와 대면하고 다양성과 타자성을 사유하는 그의 문학은 여행·탈국경·다문화서사를 특징으로 한다. 불안은 2, 30대 한국 젊은이들이 공유하는 하나의 정서이다. 전지구적

---

42) 이러한 다양한 만남들은 필연적이고 개연적인 가족이나 민족적 관계 속에서 발생되지 않으며 파편적·우연적으로 이루어진다. 예를 들어 「캥거루가 있는 사막」에서의 여행자가 각각 만난 일본인 코바와 우미코가 서로 애타게 찾고 있는 남매 사이라는 설정은 여행 중이기에 가능하다.
43) 해이수, 「작가의 말」, 앞의 책, 346쪽.
44) 닝왕, 앞의 책, 12쪽.

자본의 재편입과 신자유주의는 무한경쟁의 승자독식이란 룰을 따라야 하는 정글사회를 형성하였고 이에 정착하지 못하고 부유하는 현대인은 자발적이든 반강제적이든 국경을 넘나들며, 생존과 생명의 문제에 봉착한다. 타문화, 타언어, 타민족과의 접촉은 다문화적 사유를 이끌며 환대와 포용을 바라지만 지구촌 사회는 신식민주의적·인종차별적·오리엔탈리즘적 차별과 배제가 드러나는 다문화 없는 다문화주의를 형성한다.

해이수 소설이 자본의 전지구화, 타자성, 실직, 이주, 생계 등의 현실문제와 본디적 자아 추구라는 실존문제를 제시하고 있음에도 불구하고 결코 무겁지 않게 느껴지는 이유는 여행서사라는 문학적 장치 때문이다. 그의 소설은 염상섭, 최인호, 윤대녕 여행서사의 계보를 잇고 있으며, 다문화주의 포용, 타자적 시선, 디아스포라 의식, 아시아적 신체의 훼손이 드러나고 있다. 또한 그의 문학은 환상적이고 '저쪽'세계에 우위를 둔 1990년대 소설과는 달리 생존문제를 바탕으로 경계선상에서 갈등하고 불안해하는 경계인이자 이방인의 삶을 제시하고 있다. 타국에서 바라보는 한국은 단일문화적이고 인종차별적이라는 점에서 비판적이며, 서구에 동화된 바나나적 의식을 경계한다. 여행자, 이민자, 가이드, 외국인 노동자, 동양여성은 호모 사케르이자 성적 서발턴으로서 타자의 권리와 타자의 윤리를 제기하게 만든다. 디아스포라나 이민자의 관점보다는 여행자의 시선에 더 가깝다는 점에서 피상적이라는 한계를 지니지만 해이수 문학은 불안과 생존이라는 2, 30대 젊은이의 핵심화두를 포착하고 있다는 점에서 유동적 상상력을 기반으로 하며 2000년대 문학의 서사적 징후를 드러낸다는 점에서 주목된다.

2장 코리안 디아스포라문학에 나타난
예술·사랑·국가
◆구효서의 『랩소디 인 베를린』

1. 21세기 탈국경 시대와 문학

지구촌 사회가 형성됨으로써 국경의 넘나듦이 빈번하고 수월해졌다. 이동하는 국적과 국경, 월경(越境)하는 타자들이 출현한 것이다. 고향/고국을 떠나 타향/타국에 정착한다는 것은 단일정체성이 아니라 다원성의 이중자아 혹은 이산자아를 획득하는 것이며, 국민/비국민(난민)으로서의 차별과 배제를 인식하는 것이다. 디아스포라는 국민의 지위를 획득하느냐 하지 못하느냐에 따라 법적·인간적 우열이 갈라진다. 이항대립 질서가 공고하며 백인/남성/서구 주체에 의해 타자를 표상했던 20세기는 아우슈비츠 참상과 충격을 계기로 '인간이란 무엇인가'란 근본적인 질문에 성찰하게 했다. 한국사회도 식민지, 전쟁, 분단, 독재, 광주항쟁을 겪으면서 고문, 폭력과 같은 비인간적 행위가 자행되었다. 이 시대야말로 내면화된 폭력의 시대였다. 식민지 대부분이 독립되었다고 할지라도 경제의 전지구화 그리고 가속화되는 세계화와 신자유주의 경향은 지구촌 사회를 억압과 압제 속에 놓이게 하였다.

21세기는 타자를 배척하고 축출하고자 했던 근대성을 비판하는 철학적·사회적·문화적 관심에서 출발하였다. 신식민주의, 파시즘, 독재, 비인간화에 대한 반성적 고찰과 사유를 지향하는 탈근대는 서구 중심의 오리엔탈리즘과 자신의 정체성에 고민했던 에드워드 사이드, 인종적 증오, 노예제, 착취 등 잔인한 대학살을 저지른 유럽에 대한 비판과 흑인의 정체성을 사유한 프란츠 파농, 아우슈비츠의 산증인 프리모 레비, 한국의 망명지식인이자 경계인인 윤이상, 서경식, 송두율 등의 디아스포라 체험에 주목하였다. 제국주의, 식민지배, 세계대전, 전지구적 시장경제는 무수한 사람들을 본래 귀속되어 있던 공동체로부터 떼어 놓음으로써 모어, 모문화, 역사로부터 추방된 디아스포라가 지구상을 유랑[45]하게 되었다. 이들은 항상 소수자의 위치에 있기 때문에 모어와는 다른 언어를 구사하며 경제적 곤궁과 법적 지위의 불안정한 상황에서 국가나 민족, 국민으로서의 법적 보호를 받지 못하는 난민들이다. 민족 외부의 민족이자 비국민으로 근대의 대표적 타자인 유대인과 자이니치 문제는 식민지와 제국간의 사회경제적 상황과 정신분석학적 복합성을 바탕으로 하는 우리 시대의 화두이다. 디아스포라는 '나는 누구인가'라는 정체성에 의문을 품으며, 무국적 이방인, 경계인, 소수자, 난민, 실향민과 같이 조국과 거주국 사이에서 아슬아슬한 균형을 이룬 채 방황하고 고뇌하며 자신의 뿌리와 경로(루트)를 확인하는 삶을 영위한다.

구효서는 최근 조국에 닿지 못하고 떠돌다간 두 조선인 음악가의

---

45) 서경식, 임성모 외 역, 『난민과 국민 사이』, 돌베개, 2006, 315~316쪽.

일생을 다룬 코리안 디아스포라소설46)을 발표하였다. 작가는 「후기」
에서 작품의 모티프가 된 서경식과 그의 두 형 서승, 서준식 그리고
재독음악가 윤이상, 요한 세바스찬 바흐, 아우슈비츠의 희생자 프리
모 레비에게 감사47)한다고 말한다. 이 장편은 국가와 이념이라는 경
계를 초월한 음악가를 주인공으로 일본, 베를린, 서울, 평양과 18세
기와 20세기의 시공간을 가로지르며 자이니치 예술가의 일생을 통해
근대를 비판하는 디아스포라소설이자 예술가소설이다. 『랩소디 인
베를린』에서는 이산의 삶이 가져다주는 운명과 음악, 사랑, 국가(민
족) 그리고 주인공이 닿고자 했던 삶의 지향점을 통해 디아스포라의
다문화적 사유와 복합적 정체성을 살펴볼 수 있을 것이다.

2. 디아스포라 양식으로서의 다중서사구조

다문화성, 다양성, 유동성, 타자성에 주목하는 최근의 문학적 경향
이 디아스포라문학이다. 『랩소디 인 베를린』은 67세의 일본여성 하
나코가 자신의 첫사랑이자 자이니치인 김상호의 삶을 통역자인 이근
호의 시각으로 추적하는 표면적 서사와 18세기 독일의 한 음악가의
조상이 조선인일지도 모른다는 가설 하에 그의 생애를 적어놓은
TNF(TOCCATA UND FUGA) 문서를 이근호가 읽어나가는 이면적 서사로

---

46) 본고의 대상작품인 『랩소디 인 베를린』(뿔, 2010)은 "문학웹진 뿔"에 연재
되어 2009~2010년 6개월간 매회 폭발적인 조회 수를 기록하였다고 한다.
47) 소설의 주인공인 김상호는 재독음악가로서 방북을 이유로 고문과 옥고를
경험했으며 타국에서 죽었다는 점에서 윤이상의 삶과 포개지며, 자이니치
출신으로서 출생, 성장과정에서의 차별과 배척을 통한 디아스포라적 고뇌
와 상처를 짊어지고 유랑했다는 점에서 국가, 민족, 조국에 대한 서경식의
성찰과 사유에 힘입고 있다.

구성되어 있다. 시공을 초월한 두 음악가의 예술과 사랑 그리고 민족과 조국이라는 주제의식이 이중서사로 펼쳐지며 소설 속의 「랩소디 인 베를린」 문서와 김상호가 고백한 내용을 정리한 원고가 별도로 전개되는 액자형식의 다중적 서사구조로 구성되어 있다. 공간은 독일과 일본이 반복적으로 교체되면서 서울, 평양으로 확대되며, 시간적 배경 역시 18세기 힌터마이어의 삶을 추적하면서 20세기 음악가 김상호의 삶을 유추하는, 방대하고 복합적인 시공간을 담고 있다.

18세부터 20대 중반까지 열정적으로 사랑했던 김상호의 잠적을 오랜 세월동안 이해할 수 없었던 하나코는 그의 동생에게 부고소식을 듣는다. 그가 독일에서 자살로 생을 마쳤으며, "내가 늘 찾던, 내가 평생 가닿고자 했던 곳이 하나코였다는 사실을 못내 고백하는 것"이라는 내용의 유서를 남겼다는 것이다. 이 유문은 소외된 예술가인 김상호가 갈망했던 삶의 정착지이자 그가 지향하는 세계가 무엇인지 말해주는 단서이다. 하나코는 이 글의 함의를 풀기 위해 통역을 맡게 된 이근호와 함께 김상호의 지인을 추적한다.

'독일―일본'이 반복되는 소설구조는 프롤로그와 에필로그를 제외하고 14장으로 구성되는데 독일에서는 김상호의 삶의 궤적을 재구하며 지인을 찾아가는 여정을, 일본에서는 김상호와의 애틋하고 아련했던 만남이 과거회상으로 교차되고 있다. 각 단원마다 TNF 문서가 삽입되며, 독일 나치수용소에서의 만행과 한국 안기부에서의 고문과 폭력 등이 각각 설정되고 있는 혼종적인 디아스포라 양식을 지닌다. 핵심서사는 일본을 떠난 김상호가 한국에서 투옥생활을 한 후 독일로 망명했으며 하나코와 이별할 수밖에 없었던 이유를 하나코가 알게 된다는 내용이다. 18세기와 20세기라는 200년간의 세월을 두고 활동한 두 음악가가 등장하는데 그들은 조상이 조선인이며, 음악적 특징, 한 여성과의 좌절된 사랑, 디아스포라로서의 타자적 삶이 일치한다. 이 소설이 중첩된 액자구조의 복잡한 형식을 취하고 있음에도 불구하고 가독력이 떨어지지 않는 이유는 첫사랑의 기억을 독자와 함께 추적하는 추리형식의 동반적 시점을 지니며, 애정묘사는 애잔하고 유려한 문체로, 현실비판은 냉정한 문체로 서술되기 때문이다. 바로크 시대 독일 음악가는 요한 세바스찬 바흐이며 그가 조선인의 후예라는 문학적 상상력으로 현재와 연결하여 두 예술가의 사랑과 방황, 음악적 정열 그리고 그들의 인간적 고뇌가 정교하고 감동적으로 그려진다. 산만할 수 있는 중첩의 소설구조는 한국인임에도 불구하고 독일과 일본을 떠돌아야 했던 디아스포라 주인공의 복합적 정체성과 혼종적인 삶의 형태를 반영한 디아스포라 체제이자 양식으로 볼 수 있다.

이 소설은 김상호의 행적을 추적하는 부분을 중심서사로, TNF 문서가 교차되며, 자유기고가 마르틴 슈타인도르프가 빌헬름이 진술한 내용을 문서화하여 전문잡지에 기고한 「랩소디 인 베를린」, 그리고 김상호가 한국에서 당한 폭력과 고문에 대해 서술한 원고가 독립적으로 제시되어 있다. 이 소설은 첫사랑의 추억을 쫓는다는 점에선 애정소설이지만, 두 음악가의 예술적 삶을 그렸다는 점에서 예술가소설이며, 독일나치 만행사건이나 한국에서의 고문사건을 다룬다는 점에선 정치소설이고 일본, 독일, 한국을 횡단하는 자이니치가 주인공이라는 점에서 디아스포라소설이다.

음악, 사랑, 정치, 디아스포라적 삶, 근대비판 등 폭넓고 다양한 주제의식을 담은 이 소설은 유기적이지 못한 채 파편적이고 단선적

인데 이러한 실험적인 소설형식은 디아스포라 양식으로 한 편의 소
설로 소화하기에는 다소 벅차게 느껴진다. 또한 직접적인 고발은 정
치적인 글로 읽히며, 역사문제나 구체적 사건에 있어 작가의 편집자
적 논평이나 주관적인 해석이 그대로 드러나고 있다는 점은 문학적
형상화의 미흡함으로 지적될 수 있다.

3. 경계인·이방인·망명예술가의 복합적 정체성

주인공은 근대 제국주의 산물인 디아스포라(diaspora)이거나 상처받
은 소수자(minority)이자 경계인(the marginal man)이다. 김상호는 일본이라
는 국민국가의 다수자로부터 부당한 억압과 고통을 당한 채 자신의
정체성에 소외당하며 성장한다. 디아스포라는 언어를 몰수당하며 인
식력의 샘인 역사적인 차원은 매장당한 채 뿌리 뽑힘을 특별한 표지
로 달고 다니며 비현실적이고 허깨비 같은 생존을 영위[48]한다. 식민
지─분단─이산─냉전의 한국 근대사와 중첩된 김상호의 생애는 식
민지시대에 강제로 도일한 한국인 부모의 외국 정착과 한국에서의
감금, 마지막 생애의 20여 년을 독일에서 살다가 쓸쓸하게 자살한 망
명예술가의 삶이었다.

일생을 뿌리내리지 못하고 상처받은 영혼으로 산 그의 피폐하고
신산한 삶은 이름에서도 나타난다. 그의 일본명은 '야마가와 겐타로'
이고, 독일명은 '토마스 김', 한국이름은 '김상호'이며 하나코의 발음
으로는 '긴사노', '기므상호'로 불린다. 단일정체성을 갖지 못한 디아

---

48) 테오도르 아도르노, 김유동 역, 『미니마 모랄리아』, 길, 2005, 52쪽.

스포라는 성명에 내재된 균열만큼이나 정체성의 균열을 지닌 채 살아간다. 이름은 정체성을 드러내는 가장 기본적인 요소인데, 디아스포라는 하나의 이름을 갖지 못하는 것이다. 이 소설에서 주인공은 하나코의 관점이나 일본에서는 '겐타로'로, 독일에서는 '토마스'로, 통역자의 시선이나 한국에서는 '김상호'로 표현된다. 거주지에 따라 달라지는 이름의 정체성은 디아스포라가 이산자아로서의 분열과 혼란을 감당할 수밖에 없는 상황을 말해주고 있다. 자신의 의지와 상관없이 일본에서 살아왔지만 이름엔 한국 혹은 조선이라는 흔적이 남아있다. 일본성인 '야마가와'는 '산천(山川)'으로 '고국산천'을 뜻하며, 독일명에도 일본성을 따지 않고 토마스 '김'을 그대로 갖고 있다는 점에서 김상호의 조국에 대한 의식을 알 수 있다. 디아스포라는 여러 개의 이름을 갖게 됨[49]으로써 정체성의 혼란과 분열을 겪는다. 고국에서도 타국에서도 인정받거나 정착하지 못하고 떠도는 디아스포라는 '나는 누구인가'라는 물음을 피할 수 없다.[50]

일본에서의 김상호의 출생과 성장과정은 자이니치가 일반적으로 겪는 고통과 차별 속에서 그려진다. 어린 시절 죠센가오쿠(조선 가옥)가 도깨비집으로 불리는 것을 경험[51]했으며, 일본여성 하나코와의

---

49) 디아스포라 이름에 새겨진 다양성과 다국적성은 다문화문학의 주인공 이름에 특징적으로 나타난다. 정도상의 『찔레꽃』에서는 '충심'에서 '미나', '소소', '은미'로 이름이 바뀌며, 황석영의 『바리데기』에서도 '바리'의 딸을 '홀리야 순이'로, 강상중의 『어머니』에서는 '나가노 데쓰오'가 '강상중'으로, 해외입양인 문학인 조미희의 『나는 55퍼센트 한국인』의 이름은 '조미희', '미희 나탈리 르므안느', '김별'이며, 케이티 로빈슨의 『커밍홈』의 저자는 '김지윤'에서 '케서린 진 로빈슨'으로 재탄생한다. 탈북여성, 입양아, 자이니치, 난민 등 디아스포라의 다양하고 혼종적인 이름을 통해 이들의 정체성이 얼마나 복합적이며 정착하지 못한 채 계속 변형되고 있는가를 알 수 있다.

50) 서경식, 김혜신 역, 『디아스포라 기행』, 돌베개, 2006, 103쪽.

51) 조선인이 살고 있는지 확인하지도 않은 채 언덕 위의 허름한 움막을 '그

연애에서도 자신이 조센일착(朝鮮一着)이라는 고백을 함에 있어 위축되는 오스테리테[52] 상황에 놓인다. 그는 도쿄시향, 방송관현악단, 오페라, 뮤지컬악단에서 모두 낙방함으로써 일본사회에서의 따돌림과 배척을 경험하게 되어 출국을 준비한다. 그가 평생 가닿고자 했고 의지하고자 했던 하나코와의 사랑도 그녀 아버지의 반대로 상흔만 남긴 채 끝나게 된다. 그녀의 아버지는 일제시대에 간도에 있는 조선해방군을 무자비하게 살육하고 토벌한 사람으로 그런 자신의 과거 때문에 재일조선인과는 가족이 될 수 없으며 아내 없이 키운 하나코와의 근친상간을 고백함으로써 김상호를 독일로 떠나게 한다. 그 후 김상호는 독일에서 우연히 알게 된 요한 힌터마이어를 조사하기 위해 동독과 평양을 방문하여 그의 후손을 만나고 자료를 얻어왔지만 반공법에 위배되어 한국에서 17년간의 젊음을 소진하고 만다.

김상호는 일본, 한국, 북한 사이에서 끊임없이 정체성을 확인해야 하는 분열적인 난민으로서의 감수성을 가질 수밖에 없으며 고국에 머물지 못하고 망명했거나 떠도는 떠돌이이자 이방인이다. 그는 분단과 냉전 상황 속에서 고문과 투옥되는 상처를 받으며 이념과 체제의 선택에 놓인다. 일본의 조선 식민지 지배의 소산이며 일본의 가혹한 이민족 지배를 가장 예리한 형태로 체현하는 역사의 증인[53]인 재일조선인은 세 국가의 틈새에서 신음할 수밖에 없다. 김상호는 일본에

냥', '당연히' 죠센가오쿠 혹은 도깨비집이라고 부름으로써 소문과 만들어진 속설로서의 담론이 형성되는 오리엔탈리즘적 시각이 다수자인 일본인에 의해 자이니치에게 투사되고 있다. 이는 타고난 범죄자, 영원한 아이들로 훈육과 계몽의 대상으로 보는 서구가 만든 검둥이 신화와 다르지 않다.
52) 오스테리테(austérité)는 극도의 삼감, 내핍, 간소함, 절제(에너지 관리나 생활, 언어에서 모두)를 의미하며, 아도르노는 망명생활의 가장 신뢰한 구명정으로 여기고 있다(테오도르 아도르노, 김유동 역, 앞의 책, 53쪽).
53) 윤건차, 박진우 외 역, 『교착된 사상의 현대사』, 창비, 2009, 164쪽.

서의 불이익과 수모를 감수하며 성장한 후 독일 유학을 하는 인물이다. 낯선 타국어와 타국, 타민족과 대면하는 가운데 정체성의 혼란을 겪으며 예술과 학문을 실현하는 디아스포라이자 영혼이 자유로운 예술가에게 조국인 한국은 고문과 고통을 안겨주었으며 감옥 방 한 칸에 머물게 하였다. 일본에서의 비국민으로서의 차별과 배제, 한국에서의 고문과 옥살이 그리고 망명예술가로서 독일에서의 쓸쓸하고 고독한 이방인의 삶을 살았던 김상호의 생애는 그 이름의 다양함만큼이나 뿌리를 찾지 못하고 길을 잃은 지난하고 모욕당한 삶이었다.

김상호가 쫓던 18세기 음악가 힌터마이어도 디아스포라이다. 노예 상인에게 팔려 독일에 정착한 조선인 악공의 후예인 힌터마이어는 아이블링거의 눈에 띠어 바이마르로 입성한 후 이름과 지위, 경제적 보살핌을 획득하지만 그 대가로 자작곡을 도용당하는 타자적 삶을 영위한다. 교회의 풀무꾼에 지나지 않던 힌터마이어의 원래 이름은 키르케이다. 회랑에조차 들어갈 수 없으며 오르간을 만질 수도 없는 풀무꾼이기에 오르간 소리를 벽 뒤에서 10년 동안 들을 수밖에 없었지만 그는 천재 음악가였다. "아침에 늦게 일어난 새가 다른 새에게 먹이를 빼앗겨 탄식하는 소리"처럼 들린다며 아이블링거에게 조롱을 받는 '키르케'[54]라는 이름은 전근대적·여성적·자연적·신화적인 타자성을 지닌다. 키르케의 신비로운 이야기는 자아를 해체하는 주술적인 단계를 보여주며 신화 속의 이 여성은 태양신의 딸이자 대양

---

54) 키르케는 『오디세이아』에 나오는 아이아이섬에 사는 마녀이다. 시민적 개인이자 근대성과 자아의 원형인 오디세우스는 전근대적 주술로서의 야만적 마력을 지닌 키르케에게 유혹받지 않아야만 자율성을 획득한다(노성숙, 『사이렌의 침묵과 노래』, 여이연, 2008, 148~156쪽). 이들의 관계에서처럼 『랩소디 인 베를린』의 키르케는 전근대적이고 마녀적·창녀적 인물인 데 반해, 아이블링거는 근대적 인물이자 주체임을 대비하는데 이 이름은 용이하다.

신의 손녀로 물과 불의 요소가 혼합된 미분리성[55]을 의미한다. 키르케는 아이블링거에 의해 '뒷골짜기'라는 의미의 힌터마이어라는 이름으로 호명됨으로써 비로소 자아를 획득한다.

소설의 화자이자 의뢰인의 통역자이자 안내인인 이근호(하나코의 발음으로는 이구노) 역시 3개 국어를 하는 디아스포라이다. 그의 아버지는 한국인이고, 어머니는 일본인이며 거주국은 독일이다. 그는 자신이 있고 싶은 곳이 아버지의 나라도, 어머니의 나라도, 6년째 머물고 있는 독일도 아닌 "국가가 아닌 어떤 곳"이라고 말함으로써 디아스포라의 정체성과 장소성에서 자유롭지 못하다. 이근호와 김상호는 단일 시각으로 정체성을 설명할 수 없는 디아스포라적 고뇌를 짊어지고 살 수밖에 없다.

디아스포라의 정체성은 모호하고 복합적이다. 타국에서 겪는 식민주의의 거만함, 인종차별, 외국인 혐오에 대한 편견이 여전하며 출신 성분, 지역출신, 종교, 학교, 정치적 성향, 신분, 출신이 다른 사람은 동서고금을 막론하고 살인적인 결과[56]를 가져온다. 이 소설에서는 국가적 신념과 인종 차이로 인한 홀로코스트(나치에 의한 유대인 대학살)와 반공시절 한국에서의 친북성향으로 낙인찍힌 음악가의 감금을 그리고 있다. 복잡한 소속으로 이루어진 정체성을 가졌다고 인정되는 사람은 그 사회의 변두리 계층으로 고아, 이방인, 불청객, 소외된 사람[57]으로 느끼기 마련이다. 정체성을 고립주의적으로 이해하는 것은 테러리즘을 극복하거나 이데올로기적으로 조직된 대규모 폭력을 사

---

55) M. 호르크하이머·Th. W. 아도르노, 김유동 외 역, 『계몽의 변증법』, 문예출판사, 1995, 109~110쪽.
56) 아민 말루프, 박창호 역, 앞의 책, 183쪽.
57) 위의 책, 7쪽, 95쪽.

라지게 하는데 심각한 장애물이 된다. 다중적 정체성을 인정하고 종교적 소속관계를 넘어서는 세계를 수용해야 혼란스럽고 불안한 세계에 얼마간의 변화를 만들어낼 수 있다.[58] 조국과 고국, 모국의 삼자가 분열된 김상호에게 가한 폭력과 벌거벗은 생명으로서의 디아스포라적 삶은 고난의 여정이었다.

경계인이자 이방인은 혈연적·지연적·직업적으로 얽매이지 않기에 객관성이라는 특징을 지닌다. 그들은 어떠한 고정관념에도 얽매이지 않는 자유자이며, 두 문화 사이를 끊임없이 횡단하는 하이브리드의 복합적 정체성을 소유한 트랜스이주자[59]로서의 이동성과 혼종성을 갖는다. 다수자에게 이방인으로 여겨지는 이들은 다른 시각을 가지고 묻는 자이자 공동체의 관습적인 질서를 당연시하지 않는 자[60]로 위치 지어진다. 약자성, 피차별의식의 정체성은 오히려 강한 것이 되어 차별을 중층적으로 구조화시킨 다수자 사회를 변혁할 수 있는 의지와 에너지를 획득[61]하게 된다. 힌터마이어와 김상호가 음악에서 기존의 형식이나 질서를 뛰어넘어 새로운 형식과 시도를 보여주고 있는 점은 두 음악가가 경계횡단이라는 디아스포라 위치인 경계적 정체성을 가지고 있기에 가능했을 것이다.

---

58) 아마르티아 센, 이상환 외 역, 『정체성과 폭력』, 바이북스, 2009, 141쪽.
59) 이용일, 「다문화시대 고전으로서 짐멜의 이방인 새로 읽기」, 『독일연구』 18호, 2009, 191~199쪽.
60) 자끄 데리다, 남수인 역, 『환대를 위하여』, 동문선, 2004, 57쪽.
61) 윤건차, 박진우 외 역, 앞의 책, 422쪽.

4. 대지/여성/음악의 타자성과 '평생 가닿고 싶은 곳'

『랩소디 인 베를린』은 한 여성이 첫사랑의 흔적을 찾아 떠나는 여정으로 시작한다. 여행의 동기는 김상호가 자살한 후 남긴 짧은 유서 때문이다.

> 평생 가닿고자 했던 **것**, 이 아니었다. 평생 가닿고자 했던 **사람**, 이 아니었다. 평생 가닿고자 했던 **곳**, 이었다. 사물도 아니었고 인간도 아니었다. 장소였다. 하나코는 공간이었고, 지점이었고, 땅이었다. 겐타로가 닿고자 했던 곳으로서의 자신은 무엇이었을까. 하나코는 언제까지고 그렇게 앉아 있었다.[62]

7년간의 연애를 뒤로 하고 잠적한 김상호의 유문은 왜 그가 그녀를 떠날 수밖에 없었는가를 되새기게 하는 모티프이다. "내가 평생 가닿고자 했던 **곳**은 하나코"라고 했듯이 김상호의 삶의 지향점은 사물이나 인간이 아닌 공간이자 지점이자 땅이었다. 일생을 외국·감금·망명생활을 했던 디아스포라는 한순간도 자신의 몸을 편히 누일 혹은 딛을 대지가 없었다. 평양을 방문했다는 이유만으로 자신의 경력, 방북동기, 지위, 정체성을 무시당한 채 가혹한 고문과 투옥을 당했던 김상호가 평생 닿고자 했던 이쪽은 근대국민국가를 넘어선 저쪽에 있는 진정한 조국이다. 국가, 민족, 국민이라는 편 가르기 속에서 소수자로서 고통 받던 김상호가 유일하게 의지했던 곳(사람이나 여성이 아닌)은 아름답고 순수했으며 운명적인 사랑을 했던 일본여성 하나코였다. 멸시와 박해 속에 성장한 김상호와 짐승을 도축하는 부라

---

62) 구효서, 『랩소디 인 베를린』, 뿔, 2010, 37쪽.

쿠민(부락민)[63]이자 히닌(非人) 집안 출신인 하나코는 상처받은 영혼들로 타자적 동질감을 느끼며 서로를 치유한다. 이들의 사랑은 보랏빛 해국(海菊)이 휘날리는 환상적이고 낭만적인 기억으로 회상되며, 김상호의 비명(碑銘)에 새긴 '5P 3/10'(먼셀 표색계의 보랏빛을 지칭하는 용어)처럼 연인만이 알 수 있는 은밀하고도 비밀스러운 사랑으로 묘사된다. 한국인이라는 사실과 부락민 집안이라는 서로의 신분을 고백하고 이해할 정도로 깊어지고 공유하게 된 한국남성과 일본여성의 사랑은 그녀의 아버지의 반대로 비극적인 결말을 맺는다. 사랑의 문제에 있어 김상호는 우유부단하고 주저하며 "하나코는…… 내 것이야, 私の物, Das ist mein"이라고 말하는 그녀의 아버지 말 한 마디에 충격을 받고 하나코의 아픔과 절망을 지켜주기는커녕 일생동안 의혹만 남긴 채 독일로 떠난다. 사랑에 대한 환상적 묘사와 그녀를 평생 가닿고자 했던 젠더공간으로 표현한 방식에서 남성작가의 가부장적·남성중심적 시각이 엿보인다. 여성은 자연이자 천상, 비현실, 구원의 모성(母國)으로 그려지며 허여성, 감상성, 수동성의 특질로만 여기기 때문이다. 주체적이고 타자의 윤리를 지녔으며 자신의 운명을 씩씩하게 개척하여 평생 봉사한 하나코이지만 그녀는 주변적인 인물일 뿐이다. 따라서 김상호가 지향하고자 한 곳은 하나코 개인이 아니라 어느 곳—음악, 국가, 사랑—도 닿지 못했던 추상적인 공간이자 '근현대사로부터 자유로운 어떤 지점'이었다.

---

63) 천민 혹은 백정으로 불리는 부락민의 역사는 1600년 시대에서 유래하는데 이 시대는 소수무사가 평민인 백성과 '에다' 또는 '히닌'이라는 천민을 지배하는 사회였다. 에도 인구의 3%에 해당하는 천민이 후일 '부락민'이 되었으며 이들은 제일 나쁜 곳에서 살면서 복장, 종교에서도 차별을 받았다. 메이지 신정부는 해방령을 발표했으나 결혼이나 취직에서 여전히 차별을 받곤 했다(윤건차, 박진우 외 역, 앞의 책, 421쪽).

TNF 문서에 등장하는 레아도 하나코처럼 친오빠와의 근친상간으로 불행하고 비극적인 삶을 살고 있다. 그녀는 피학적이고 의존적이며 남성전유 및 남성공모에 순응하는 인물이다. 친오빠인 아이블링거에게 저항하지 못하고 그의 욕망을 받아들이는 레아는 "목둘레가 깊게 팬 것, 뒷꼭지와 목덜미와 흰 어깨가 드러난 옷을 입고 챙이 넓고 조화와 리본이 달린 모자를 썼으며 흰 장갑을 꼈고 토시가 팔꿈치에 닿은" 장식적이고 선정적이며 육감적인 여성으로 묘사된다. 과장된 골반과 엉덩이, 초점 없는 눈빛과 표백된 낯빛, 무연히 열린 동공, 표정도 감정도 없는 레아는 성화되고 젠더화된 여성이었다. 목소리를 상실한 채 달아나지도 거역하지도 못하는 레아야말로 남성의 시선에 놓인 물화된 대상이자 타자화된 존재이며 젠더화된 이원적 구분[64]의 전형적인 여성이다. 그녀는 아이블링거를 질투하게 함으로써 힌터마이어를 떠나게 만든 유혹자이자 "가혹한 징벌의 발끝에 짓눌린 신화 속 여인"으로서의 성녀라는 이중성을 지닌 남성판타지의 산물이다. 현실 속의 인물이 아닌 신화 속 여신처럼 숭배되거나 대지모 같은 포용성, 자기희생을 부여하고 강요하고 이미지화하는 방식은 남성작가의 오랜 관행이다. 레아 역시 힌터마이어의 '비겁한 도피'로 버려진 채 격리되어 아이블링거에게 종속된 삶을 견뎌낸다. 하나코를 공간으로 서술하듯이, 레아 역시 "무엇으로도 복구될 수 없는 대지"인 것이다. 자연과 대지는 여성적인 것을 상징하는 것으로 재현되어 왔다. 문화와 동일시되는 남성들이 자연을 통제하거나

---

64) 이젠 상식이 된 이분법적 구분 목록은 다음과 같다(린다 맥도웰, 여성과공간연구회 역, 『젠더·정체성·장소』, 한울, 2010, 40쪽).
   남성적 : 공적, 바깥, 직장, 일, 생산, 독립, 권력
   여성적 : 사적, 안, 가정, 여가·즐거움, 소비, 의존, 권력의 부재

초월한 것이라면 여성 또는 자연과의 밀접한 연관으로 인해 통제되고 강제[65]될 수밖에 없다. 하나코와 레아는 계몽적인 인간인 남성에게 극복해야 할 낯설고 위험천만한 신화적 장애물이자 자연과 동일시되는 어떤 것[66]이라는 남성중심적이고 여성소외적 시선에서 자유롭지 못하다. 이 소설에서 그녀들은 근대적 주체인 남성예술가의 보조적·주변적 인물로 전락하며, 이를 통해 여성에 대해서는 보수적·가부장적 시선을 견지하고 있음을 알 수 있다.

국가, 인종, 종교, 이념, 체제를 초월하는 예술가는 자유로운 영혼의 소유자이자 개방적·탈경계적 성향을 지닌다. 그러나 근대적 조건이 작동하는 20세기에 김상호가 조국에서 당한 고문과 감금은 한국 실정이나 한국어를 모르는 자이니치 음악가에겐 끔찍하고 고통스러운 사건이었다. 일본, 북한, 한국 등 세 나라와의 아슬아슬한 관계 속에 놓인 디아스포라 음악가에게 하나의 체제, 단일문화, 일관된 정체성을 강요하는 것은 부조리하다. 그에게 인종과 민족을 가르고 배타적으로 지키려는 국가권력인 군대, 경찰, 정보기관, 사법기관은 망령의 사신일 뿐이다. 그는 일본, 북한, 한국, 독일 어디에도 속한 적이 없었으며 그가 서 있던 곳은 어디서나 게토[67]였다. 언어소통도 되지 않고 국가적 이념도 모른 채 음악만을 지향했던 예술가에게 디아스포라적 삶과 사유는 비극 그 자체였다. 이러한 디아스포라적 위치를 하나코는 다음과 같이 설명하고 있다.

---

65) 위의 책, 92~94쪽.
66) 노성숙, 앞의 책, 77쪽.
67) 유대인 강제 거주 지역으로 14세기 초부터 19세기까지 유럽 곳곳에 존재했다. 독일군은 1940년부터 동유럽의 주요도시에 게토를 재건했는데 그곳은 곧 기아와 질병 수용소의 강제연행 등으로 비극적인 죽음의 무대가 되었다(프리모 레비, 이현경 역, 『이것이 인간인가』, 돌베개, 2007, 36쪽).

국적은 한국이지만, 토마스는 한국말 몰라요. 일본에서 살았고 독일에서 살았죠. 세상엔 그런 사람들이 있어요. 살고 싶은 곳에서 살지 못하는 거죠. 떠도는 것도 아니면서 떠돌지 않는 것도 아니죠. 영원히 그럴 수밖에 없을 것은, 음울한 운명을 불치의 통증처럼 안고 사는 사람들. 물론 그들 잘못은 아니죠……[68]

한국에서 죽다 살아난 김상호는 독일에 머무는 동안 "예술가로서 자신에게 남은 조국은 이제 음악 그것뿐 조국도 민족도 결국 말일 뿐"이라며 미친 듯이 곡을 만들지만 음악마저도 음악일 뿐이라 여기며 자살한다. 자신의 광팬인 키르호프와 빌헬름의 관계를 알게 된 김상호는 음악조차 32막사의 연장에 지나지 않았다는 허공의 수군거림을 들으며 여성, 국가, 음악 모두에 도달하지 못하고 배신감을 느낀다. 『랩소디 인 베를린』은 자신의 뿌리, 루트를 찾거나 나라, 땅을 딛지 못하고 죽음을 선택한 자이니치 디아스포라 예술가의 삶을 감동적으로 그린다. 일본과 북한과 한국과 독일 어디에도 살고 있지 않으며 어디에도 속한 적이 없었기에 김상호가 서 있던 곳은 어디나 게토이며 이는 디아스포라의 태생적 운명이었다. 소속감과 정체성이 절실했던 김상호는 결국 그 어느 곳에도 닿지 못하고 자살하는 비극적 결말로 끝이 난다.

5. 예술가소설로서의 디아스포라적 음악관

이 소설에는 예술가소설[69]로서 음악에 대한 치열한 논쟁이 벌어

---

68) 구효서, 『랩소디 인 베를린』, 앞의 책, 206~207쪽.
69) 예술가소설이란 예술가를 주인공으로 설정하여 삶과 예술 사이의 관계, 예술가의 자의식 등을 탐구하는 소설장르의 하위유형, 소설가 혹은 예술가가

진다. 예술가가 자이니치라는 점에서 예술과 정치의 관계가 팽팽하게 길항하며 예술관과 정체성이 드러난다는 점에서 디아스포라 예술가의 고뇌가 나타나고 있다. 개방적이고 자유로우며 탈정치적인 예술가 앞에 놓인 민족, 국가, 정치권력과의 갈등은 곧 디아스포라적 삶과 연결되며 자신의 음악관을 형성하는 핵심적 요소이기도 하다. 김상호는 하나코에게서 차원이 다른 음악을 만들라고 권유받는다. 그의 곡 <삶이여 헐벗으라>는 멜로디가 없으며 불연속적 악기의 배치, 우연한 힘과 마찰이 무작위로 가해지는 기이한 음악으로 음표가 없거나 사각형과 마름모꼴 무질서가 특징적이다. 그는 자신의 음악을 18세기 음악가의 악보에서 발견하고 경악한다. 그리고 화성과 대위법에서 벗어나는 자신의 음악이 힌터마이어의 음악에서 유래되었으며 '선(鮮)'의 기록을 통해 그가 조선인의 후예일지도 모른다는 추측을 한다.

TNF 문서에서 힌터마이어는 마이스터 자리에 오르는 것이 꿈인, 권력의 화신 아이블링거와 음악에 대한 설전을 통해 자신의 음악관을 피력한다. 아이블링거는 풀무꾼이었던 힌터마이어에게 성과 이름, 신분, 음악을 부여하고 제도권 안에 소속시킨 사람이지만 그의 음악적 영감을 뺏어가는 자이기도 하다. 두 사람 사이는 음악과 사랑을 도용당하는 주체와 타자, 주인과 노예의 관계가 설정된다. 힌터마이어는 음악이 어느 한 형식과 차원에 머물 수도 없고 머물 필요도 없다고 생각하며, 아이블링거처럼 주어진 형식 안에서 음악적 자율성

등장하여 예술가로서의 숙명을 인식하고 예술 창작 본질에 관한 문제에서부터 예술혼을 완성해나가는 과정을 그린 소설로 정의된다(서재길, 「1920~30년대 한국예술가소설연구」, 서울대 석사학위논문, 1995, 1쪽, 김현애, 「이문열의 예술가소설연구」, 동국대 석사학위논문, 2005, 10쪽).

을 극대화하는 것은 예술의지이지만 그 자율마저 압박하는 형식을 강요하는 것은 권력의지에 지나지 않는다고 비판한다. 김상호의 음악적 기조 역시 힌터마이어와 궤를 함께한다. 악기를 만질 수 없었던 힌터마이어에게 음악이란 "속 깊이 억압되었던 것들, 사무쳤던 것들, 응어리지고 퇴적되었던 것들, 건반을 두드릴 때 겨우 소리 없는 외침으로 튀어 오르며 환호했던 것들"을 토해내는 음악적 갈망과 열정 자체로서 조국에 배신당한, 그리고 자이니치로서 음악에만 매달려온 김상호의 음악관과도 다르지 않다. 음악과 레아에 대한 열등감으로 힌터마이어를 독신(瀆神)의 죄로 고발한 아이블링거 자신도 결국 훔친 곡임을 고백하면서 파멸한다.

디아스포라문화는 본국과 깊은 연관을 맺고 있으면서도 동시에 거주국의 문화, 거주국 안에 사는 다른 소수민족의 문화와도 끊임없이 영향을 주고받게 되는[70] 경계적 문화이다. 국가, 민족, 종교, 음악, 이데올로기 사이의 충돌은 편 가르고 구획 짓던 근대가 낳은 소산이었다. 그러나 자신의 음악에 열광했던 키르호프가 유대인 악사들을 고문하며 만든 음악과 다르지 않음을 확인한 김상호는 음악과 우정이 아니었다는 사실을 알게 되고 여성과 국가에 버림받고 마지막까지 부여잡던 음악에마저도 배신당한다. 자신의 음악이 유대인수용소 32막사의 뱀에게는 잔인하고도 잔혹한 도구에 지나지 않았으며 그곳에서 광기로 만들어진 이디시어랩소디[71]와 다르지 않음을 알게 됨으로써 김상호는 이승에서 정착하지 못하며 평생 가닿고자 했던

---

70) 유영민, 「디아스포라 음악과 정체성」, 『낭만음악』 84호, 2009.가을호, 61쪽.
71) 이디시어는 헤브라이어, 아람어와 함께 유대 역사상 가장 중요한 3대 문어로 수세기에 걸쳐 억압과 동화로 인해 실제 사용자는 많지 않다고 한다. 이디시어랩소디는 체념적이고 깊은 우울이 담긴 4행시로 수용소 생활이 세세하게 담겨 있다고 한다(프리모 레비, 이현경 역, 앞의 책, 86쪽).

곳에 닿지 못하는 디아스포라 운명과 형벌에서 벗어나지 못한다.

6. 20세기 근대가 남긴 상처치유와 극복의 문제

16장으로 구성된 『랩소디 인 베를린』의 목차에서 '벌거벗은 생명 1, 2'는 자유기고가 마르틴 슈타인도르프가 작성한 문서와 원고로서 독립적 내용이다. '벌거벗은 생명 1'은 김상호의 지인인 키르호프와 빌헬름과의 악연으로 죽음까지 몰고 가게 된 1944년 5월부터 9월까지 작센하우젠 수용소에서 벌어진 사건[72]이, '벌거벗은 생명 2'에서는 서울에서 김상호 자신이 방북활동과 친북 성향이라는 이유로 고문, 투옥을 당하는 사건이 전개된다. 이 소설은 냉전시대 독일과 한국에서의 벌거벗은 생명의 동질적 사건을 통해 근대비판과 상처치유의 문제를 제기한다.

당시 열 살인 진술자가 구술한 내용을 슈타인도르프가 써서 전문 잡지에 실은 유대인수용소[73] 사건은 밀라노의 악사로 수용되어 수용소악대 예비대원으로 발탁된 아버지가 '뱀'이라 불린 SS[74]하급장

---

72) 1942년 1월과 1944년 11월 사이는 가스실이 최고로 가동되던 시기로 유대인수용소는 홀로코스트의 가장 거대한 학살장소이자 절멸장소였다(볼프강 벤츠, 최용찬 역, 『홀로코스트』, 지식의풍경, 2002, 147쪽).

73) 수용소 안으로 들어서는 사람은 내부와 외부, 예외와 규칙, 합법과 불법이 구별되지 않는 지역으로 들어서는 것이며, 거기서 개인의 권리나 법적 보호라는 개념들은 더 이상 아무런 의미도 갖지 않는다. 특히 유대인은 뉘른베르크 법에 의해 모든 시민권을 박탈당하였으며, 모든 정치적 지위를 박탈당하고 완전히 벌거벗은 생명으로 축소됨으로써 수용소는 가장 절대적인 생명정치적 공간이 된다. 정치가 생명정치가 되고 호모 사케르와 시민이 거의 구분되지 않게 되는 것이다(위의 책, 322~323쪽).

74) Schulz-staffel의 약자. 나치스 친위대. 1929년 히틀러의 경호대로 창설되었다. 그후 독일군 내에서도 나치스 이데올로기를 광신적으로 체현한 특수군으

교에게 인간으로서 용납될 수 없는 고통과 상처를 받는 이야기이다. 음악가들은 혹독한 구타와 폭력, 몽둥이질로 모멸감과 수치심을 느끼며 악기를 연주한다. 튜바주자는 아랫도리가 벗겨진 채 허공에 매달려 성기를 지휘봉에 찔려 신음하는가 하면 코넷주자는 등을 밟히는 등 비인간적인 대접을 받으며 비정상적인 선율을 연주한다. 가학과 피학, 질서와 무질서, 인간과 동물, 우연과 계획이 어우러진 기괴한 형태의 음악을 탄생시키는 것이다. 인류가 저지른 가장 큰 만행인 독일나치사건은 아도르노가 말한 '아우슈비츠 이후 여전히 시를 쓸 수 있는가'에 대한 의문을 품게 했다. 이디오진크라지[75]가 작동하는 수용소의 포로들은 사물이나 짐승으로 다루어지며, 이곳에서는 고문이나 살인이 아무런 쾌락 없이 이루어졌다. 출구가 없을 경우 분별력을 상실한 파괴충동이 남에게 향하는지 자신에게 향하는지 무감각한 심리[76] 속에서 뱀의 폭력이 유대인 악사들에게 자행된 것이다. 이런 일들이 벌어진 유대인수용소는 고안되며 실현된 가장 거대한 살인기계이자 인간의 상상력 너머[77]에 놓여 있었다. 최소한의 수치심과 자존감조차도 무감각한 수감자야말로 무젤만[78]이었으며, 그

로서의 성격을 지니게 되었다. SS의 임무는 유대인을 포함한 나치스의 적들을 탐색하고 체포하는 것, 강제수용소의 관리와 방어 등이었다(프리모 레비, 이현경 역, 앞의 책, 13쪽).

75) 이디오진크라지(Idiosynkrasie)는 고도로 문명화된 현대인에게 남아 있는 원시적이고 동물적인 반응형식으로서 외부의 위협에 대해 본능적으로 움츠리는 말미잘의 촉수와 같은 무조건반사이다(테오도르 아도르노, 김유동 역, 앞의 책, 367쪽).

76) 위의 책, 142~143쪽.

77) 볼프강 벤츠, 최용찬 역, 앞의 책, 138쪽.

78) 무젤만(Muselmann)은 절대적 무감각 상태에서 땅바닥에 몸을 웅크린 채 가부좌를 틀고 앉아 있는 이슬람교도를 연상시킨다 해서 사전적 의미로 무슬림을 뜻하는 호칭에서 연유하는데 이들은 유대인의 입장에서도 완벽한 타자로 비춰진다. 이들은 기본적인 생존의욕마저 상실했고 수용소 규

어떠한 극단적 야만과 폭력도 악으로 인지되지 않을 만큼 극악한 사태가 일상의 타성처럼 행동한 가해자 뱀의 광기는 수용소라는 가혹한 생존조건에서 빚어진 극단적 예외상태[79]였다. 뱀이었던 키르호프와 그에게서 고통받고 죽은 악사의 아들인 빌헬름과의 악연으로 키르호프는 살해당하고 김상호도 두 달 후 자살하는 비극을 초래한다. 김상호 음악에 대한 키르호프의 열광은 사실상 자신의 광기어린 음악 때문이며, 빌헬름과의 우정도 복수를 위한 의도적인 접근의 결과였던 것이다.

나치즘은 생물학적 그리고 우생학적 의미로 규정된 벌거벗은 생명을 가치와 무가치를 끊임없이 결정하는 장소로 만들며 그 결과 수용소는 현저하게 정치적인 공간으로 변모[80]하였다. 수용소, 감옥, 고문실에서의 예외상태란 독재가 아니라 법의 공백공간이며 모든 법적 규정이 작동하지 않는 아노미 지대[81]로 "세상의 모든 이치와 규범이 정지한 곳"으로 묘사되고 있다. 동물로 격하되거나 비인간만이 존재하는 수용소에서는 "인간에게는 이성이 존재한다"는 생각이나 "인간이라면 이렇게까지는 할 리가 없다"고 생각되는 모든 것이 실제로 행해졌다.[82] 물질적 풍요로움과 자본주의와 제국주의가 지배했던 20세기 근대야말로 고등민족(독일 아리아인) 대 열등 혹은 예속민족(유대인)으로 이분법화하여 끊임없이 타자를 표상하고 닦달하거나 편

칙에 의해 죽음이 예고된 사실상 죽음의 문턱에 들어선 상태로서의 '걸어다니는 시신', '미이라 인간', '살아서 죽은 자', '비인간'이라고 할 수 있다(임홍배, 「아우슈비츠의 기억과 재현의 문제」, 『뷔히너와 현대문학』 31호, 2008, 206쪽).

79) 위의 글, 216쪽.
80) 조르조 아감벤, 박진우 역, 앞의 책, 293~294쪽.
81) 조르조 아감벤, 김항 역, 『예외상태』, 새물결, 2009, 99쪽.
82) 프리모 레비, 이현경 역, 앞의 책, 336쪽.

가르고 경계 그으며 배제하고 차별했던 시대였던 것이다.

'벌거벗은 생명 2'에서는 1972년[83] 여름 한국의 수도 서울에 있는 정체불명의 기관, 위치불명의 건물 안에서 한 청년이 고문을 당하는 장면이 묘사된다. 일본에서 태어나 자랐기에 한국어를 몰랐던 한국 국적의 김상호가 고문실, 유치장, 구치소, 재판정을 오가며 날조되고 이미 작성된 범죄사실로 옥살이를 하게 됨으로써 "체제유지에 요긴한 존재인가 아닌가로 구별되는, 벌거벗은 생명"이 된 것이다. 예술가로서 단지 음악을 위해 동독과 평양을 다녀왔지만 분단국가는 그것을 용납하지 못하였다. 수사관과 피의자, 때리는 자와 맞는 자만이 있는 곳, 욕설, 협박, 조소, 멸시, 일방적이고도 무자비한 구타, 수치심만이 있는, 묻고 듣고 윽박지르는 길고 지루한 고문이 자행되는 곳에서 소통불통의 자이니치 김상호의 공포감과 좌절감은 이루 말할 수 없을 것이다. 이곳에서는 하노버시향의 객원지휘자도, 베를린 라디오방송국 콘서트홀 책임자 등 어떤 경력도 인정받지 못한 채 오로지 북한을 다녀온 사람에 불과하다. 김상호는 타자의 언어로 자기변호를 하도록 소환된 피고로서 법정의 소크라테스처럼 자신을 이방인처럼 취급해 달라고, 이방인에 대한 배려를 원했지만[84] 철저하게 무시당한 채 예외상태의 국가권력이 작동됨으로써 감금되고 배제된다. 이 시대는 국민과 비국민, 애국과 비애국의 이분법으로 사고하는 시대로서 그 누구도 '빨갱이', '친북', '좌파' 공방에서 자유로울 수 없다. 재일

---

83) 재일조선인은 '민족', '반공', '개발주의'라는 세 가지 필터가 작동되어 '반쪽발이', '빨갱이', '부자(졸부)'라는 이미지로 확대 재생산되었다. 특히 1971년부터 1990년까지 한국에서 정치범으로서 투옥된 재일조선인은 109명이었다. 반공주의국가 만들기에 혈안이 되었던 반공군사독재정권의 필요에 따라 재일조선인 '간첩'이 당국에 의해 다수 만들어졌다(권혁태, 「재일조선인과 한국사회」, 『역사비평』 78호, 2007, 245쪽, 253쪽).
84) 자끄 데리다, 남수인 역, 앞의 책, 65쪽.

조선인에 대한 민족이라는 필터도 어디까지나 한국으로의 귀속(충성)을 전제로 한 것이었을 뿐 민족 그 자체는 아니었던 것[85]이다.

일본과 독일 범죄의 희생양인 유대인 악사와 자이니치 음악가는 벌거벗은 생명으로서의 호모 사케르였다. 수용소나 고문실에서 인간은 불법구금 하에 가혹행위를 받는 동물이자 사물 취급을 받는다. 거꾸로 매달아놓는 '바비큐' 고문이나 성적 수치심을 느끼게 하는 성기 노출과 조롱과 멸시 등 도덕적·윤리적·법적 보호에서 벗어난 예외상태가 일상화된 현실이 20세기를 작동한 원칙이었다. 아감벤이 주장한 대로 예외상태가 정상상태가 되는 근대성의 노모스인 수용소 사건이야말로 근대의 이분법적 사유와 수직적 시선을 단적으로 보여준다. 이 두 개의 사건은 독일인에게는 유대인이, 일본인에게는 조선인이, 한국인에게는 북한이라는 타자가 필요했던 결과였으며, 특히 아우슈비츠의 비극은 비동일자의 죽음을 의미할 뿐만 아니라 총체성과 주객 동일성의 논리가 가져온 끔찍한 결론[86]이었다.

예술가란 사회적 금기나 국가, 민족, 이념, 세대 등을 초월하는 자유로운 영혼의 소유자이다. 사회체제나 국가주의, 가족 틀보다 소중한 것은 개인과 일상의 소소함과 사적인 것인 음악가에게 이데올로기, 냉전, 이분법적 논리는 고통과 절망을 안겨주었으며 20세기 근대가 바로 그러한 시대였다. 1944년 독일의 작센하우젠에 수용된 포로가 겪은 일들과 1972년 한국의 안기부에서 자이니치 예술가에게 일어난 사건을 통해 "슬프고도 어리석은 근대의 축소판이 작센하우젠"이었다고 작가는 말한다. '벌거벗은 생명 1'의 유대인 악사와 '벌거

---

85) 권혁태, 앞의 글, 255쪽.
86) 최종욱, 「동일성의 해체주의자 아도르노」, 『이론』, 진보평론, 1996, 260쪽.

벗은 생명 2'의 자이니치 음악가는 정당한 법적·정치적 지위를 획득하지 못한 무국적 상태의 인간[87] 즉 비존재의 처지에 놓여 있다. 20세기 근대가 자행한 소수자에 대한 차별과 소외의 수직적 시선에 대한 반성과 극복을 통해 상처를 치유하고 다문화주의와, 타자의 윤리학, 생명중시, 탈근대적 사유 지향 등을 제시하고 있다. 일본여성 하나코와 한국인 김상호의 이루지 못한 사랑이나 키르호프와 빌헬름의 보복을 통해 과거는 현재진행 중이며, 국가, 민족, 이념담론에서 벗어나 타자의 측면에서 성찰하고 사유하고자 한다. 강제수용소, 가스실, 학살, 고문, 조작된 국가 범죄로 사유되는, 저주받은 20세기는 국가와 연관되면서부터 대량 학살을 특징으로 하는 전체주의적 세기[88]였던 것이다.

7. 디아스포라적 운명과 형벌

최근 디아스포라문학에 대한 관심이 많아지는 가운데 구효서는 예술가소설인 『랩소디 인 베를린』을 발표하였다. 자이니치 디아스포라 음악가인 김상호의 삶을 추적하는 이 소설은 예술, 사랑, 국가에 대한 타자로서의 사유와 성찰을 담고 있다. 탈국경의 시대에 경계인, 망명객, 이방인으로 불리는 디아스포라는 자유롭고 객관적인

---

87) 무국적인간이란 어떤 사람이 특정한 법이나 정치적 관습에 의해 보호받지 않는다는 것을 의미한다. 이것은 아렌트가 잠재적으로 아주 위험하고 불길하다고 생각했던 상황이며 나치의 전체주의로 말미암아 양도할 수 없는 인권을 말하는 것이 얼마나 공허한지 알게 한다(리처드 J. 번스타인, 김선욱 역, 『한나 아렌트와 유대인 문제』, 아모르문디, 2009, 131쪽).
88) 알랭 바디우, 박정태 역, 『세기』, 이학사, 2014, 11~12쪽.

시각을 갖는 동시에 법적으로 차별받고 배제된 벌거벗은 생명이자 소수자 위치에 놓인다. 김상호는 평생 가닿고자 했던 곳에 도달할 수 없었던 디아스포라였기에 신산하고 비극적인 삶을 보내야 했다. 일생을 외국생활, 감금생활, 망명생활을 한 김상호는 사랑, 국가에 이어 마지막 삶의 이유였던 음악에게조차도 배신을 당하자 자살로 생을 마감하는 디아스포라적 운명과 형벌에 놓인다.

『랩소디 인 베를린』은 독일, 일본, 한국, 북한을 오가고 18세기 음악가인 힌터마이어와 20세기 자이니치 음악가 김상호의 삶을 대비하는 시공간 구조를 바탕으로 하는 디아스포라 양식으로서의 다중서사로 이루어졌다. 이산자아이자 이중자아인 주인공의 고통스러운 삶은 끊임없이 배척당하고 배제되었지만 디아스포라 음악과 같은 경계적 문화를 창출한다. 실존인물인 윤이상, 서경식, 요한 세바스찬 바흐, 프레모 레비에게 감사하는 작가는 적지 않은 디아스포라에게 영감을 받아 소설을 창작했으며, 근대, 계몽, 보편성에 내재된 야만성과 잔혹함을 두 예술가의 삶을 추적하며 고발하고 있다. 끊임없이 편 가르고 경계 짓고 구획했던 근대의 실상이 유대인 수용소 만행과 한국의 안기부 사건으로 구체화되었다. 이러한 근대의 대표적 사건들은 과거, 현재, 미래와 연결되어 비극과 불행을 초래하며 '나는 누구인가'에 대해 일생 동안 물어야 했던 디아스포라의 신산한 삶에 그대로 투영된다. 디아스포라의 고통과 다중적인 정체성은 탈국경 시대에 우리 모두의 화두임을 작가는 제시하고 있다.

3장 다문화적 사유와 타자지향적 응시로서의 문학
◆손홍규의 『이슬람 정육점』

1. 들뢰즈·바흐친 관점에서의 '좋은 문학'

최근 연구경향 중의 하나가 탈국경 상상력에 바탕을 둔 다문화·디아스포라문학에 대한 관심이다. 우리 사회에도 전지구화와 글로벌 경제로 인해 1990년대 이후 이주자가 급증하였다. 그러나 전근대적 순혈주의와 배타적 민족주의 그리고 인종차별주의는 외국인과의 아름다운 공생을 방해하며, 인권, 세계시민의식, 문화상대주의, 톨레랑스, 윤리문제라는 화두를 우리 사회에 던진다. 그동안 주목받지 못했던 『이슬람 정육점』(문학과지성사, 2010)은 손홍규[89]의 독특한 문학세계가 나타나며 그의 문학이 유동성의 시대에 어떤 의미와 가치를 지니

---

89) 작가는 1975년 전북 정읍 출생으로 2001년 『작가세계』 신인상을 수상하며 등단했다. 소설집으로는 『사람의 신화』(문학동네, 2005), 『귀신의 시대』(랜덤하우스중앙, 2006), 『봉섭이 가라사대』(창비, 2008), 『이슬람 정육점』(문학과지성사, 2010)이 있으며, 『톰은 톰과 잤다』(문학과지성사, 2012)로 제6회 백신애문학상을 수상하였다.

는지 알게 한다. 이 소설은 한국전쟁 당시 참전했다가 귀국하지 않고 한국에 정착한 터키인이 전쟁고아를 입양하면서 차이와 다름을 수용하고, 역사와 전통, 관습에서 벗어나는 기존의 틀을 해체하고 생성을 추구하고 있다. 작가는 여러 단편에서도 외국인 노동자, 탈북자, 조선족 이주자의 비참하고 배타적인 한국생활을 그리면서,[90] 우리 사회의 편향되고 획일적이며 반인권적 태도를 풍자적이고 유니크하게 비판하였고 비인간/동물과 인간의 경계를 넘나드는 주인공을 설정[91]하고 있다. 소설 제목에서처럼 '이슬람'과 '정육점'의 결합은 다문화사회의 자국민과 이주자의 어우러질 수 없는 현실을 나타내는 동시에 차이를 통한 생성을 의미한다. 그의 문학은 강요당한 복종을 거부하고 상처받은 자들의 연대를 통한 해방의 기획[92]이라든가, 타인의 고통까지도 상상할 수 있어야 하는 인간의 조건과 유머를 구사,[93] 삶과 죽음을 구별하지 않으며 자신의 기원을 재창조하려는 인물을 그린다는[94] 평가를 받는다. 또한 설화적 모티프와 마술적 세계를 지닌 마술적 리얼리스트, 마르케스주의자로 평가[95]되기도 한다.

90) 손홍규의 단편 「이무기 사냥꾼」에는 불법체류 이주노동자 알리와 탈북자 장웅을 통해 '죽은 시늉', '꼼짝 않기'와 같이 자유와 활동의 권리조차 제한된 노바디, 산주검, 비인간의 형상을 묘사함으로써 공동체에서 축출되거나 추방당한 자들의 열악한 현실을 고발하고 비판하였다.
91) 「거미」(『비평과전망』 제9호, 2004. 하반기)의 소녀는 스스로를 한 마리의 거미라고 믿고 있으며, 「사람의 신화」(『현대문학』, 2003. 12월호)에서는 친구를 인간이 아닌 뱀으로, 「바람 속에 눕다」(『작가세계』, 2004. 봄호)에서는 그녀-노루로, 「이무기 사냥꾼」(『문학동네』, 2005. 여름호)에서는 사면발이 흉내를 내는 인간이 등장하고 있어, 인간과 비인간의 영역 사이를 배회하는 인간군상을 다룸으로써 인간에 대한 화두를 던지고 있다.
92) 정기문, 「손홍규론」, 『동남어문논집』 32집, 동남어문학회, 2011.11, 74쪽.
93) 김미정, 「비루함과 존엄 사이, 도약하는 반인간·비인간들」, 손홍규, 『봉섭이 가라사대』, 창비, 2008, 318쪽.
94) 허윤진, 「HE, STORYTELLER」, 랜덤하우스중앙, 2006, 375쪽, 384쪽.
95) 김형중, 「출노령기」, 손홍규, 『톰은 톰과 잤다』, 문학과지성사, 2012, 301쪽.

그의 소설은 인간의 문제를 다루며 여기서의 인간문제란 비인간으로서의 인간이거나 경계를 뛰어넘는 인간을 의미한다. 기존연구를 종합해볼 때 그의 문학적 코드는 인간, 결핍, 기억(기원), 윤리, 연대, 나눔, 신화 등으로 요약된다.

『이슬람 정육점』은 기존언어와는 다른 언어적 표현을 구사하며, 한국사회에서 표상하는 근대의 주체인 남성, 20대, 한국인, 중산층의 조건을 갖춘 인물이 등장하지 않는다. 그의 문학은 유동하는 타자가 등장한다는 점에서 구획과 경계를 정하지 않은 채 끊임없이 생성하고자 한다. 다문화적·디아스포라적 상황이 강화되고 있는 시대에 『이슬람 정육점』은 다문화적·타자지향적 사유와 응시를 통해 문학의 나아갈 방향성과 최근의 문학적 경향을 제시하고 있다.

손홍규 문학의 분석틀로 들뢰즈의 차이와 생성 그리고 뒤집은 세계와 아직 완성되지 않은 미래를 응시하는 바흐친의 카니발 이론을 차용하고자 한다. 『이슬람 정육점』은 상동성, 전형, 재현, 모방[96]과 같은 리얼리즘의 잣대로는 평가를 유보할 수밖에 없기에 들뢰즈, 바흐친 문학이론의 관점하에서 문학적 가치와 의미를 도출할 수 있다. 들뢰즈에게 있어 좋은 문학은 구획과 경계를 정하지 않은 채 끊임없이 유동하며 생성하는 문학이다. 그에게 문학(아마도 단지 좋은 문학)은 무엇을 의미하는가가 아니라 무엇을 하는가, 어떻게 작동하는가가 중요[97]하다. 즉 문학작품은 의미하는 것이 아니라 기능하고 실험하는 것이며 글을 쓴다는 것은 탈주선을 추적하는[98] 것이다. 생성은

---

96) 들뢰즈는 차이와 반복의 철학을 가로막는 장애물인 보편적 공준, 공통감, 재인, 재현, 오류, 명제의 공준들을 사유의 독단적 이미지를 형성하는 것이라고 비판한다(질 들뢰즈, 김상환 역, 『차이와 반복』, 민음사, 2004, 289~368쪽 참조).

97) 위의 책, 344쪽.

형식-동일화, 모방, 미메시스-에 이르는 것이 아니라 어떤 여성, 어떤 동물, 어떤 분자-이것들은 불명확하지도 일반적이지도 않지만 예견 가능한 것이고 비(非)선재적인 것이며 구성원 안에서 눈에 띄는 만큼 형식 속에서 덜 규정된다-와 더 이상 구분할 수 없을 정도의 이웃관계나 식별불가, 미분화의 지대를 찾아내는 것[99]이다. 동일성으로 환원되지 않는 차이를 생성으로 받아들이는 들뢰즈에게 위대한 작가란 글을 쓰는 사람이 아니라 정치적인 사람이며, 기계 사람이고 실험적인 사람[100]인데, 그가 지향하는 소수적인 문학은 언어의 획일화를 지배하는 권력이나 지정된 상수들(동일성)의 법칙에서 벗어나 차이를 생성함으로써 저항적인 역할을 이루어냈다는 점에서 정치적[101]이라고 말할 수 있다.

또한 자본주의와 분열증의 관계를 설명하는 들뢰즈는 판옵티콘으로 상징되는 훈육사회의 헐벗은 반복[102]을 비판한다. 규격화, 획일화, 제도화된 것들에 대한 저항과 탈주는 차이와 반복 그리고 생성을 지향하는 태도이다. 따라서 최근의 디아스포라적·다문화적 상황은 긍정적이고 바람직한 것이며, 단순히 재현되는 것은 구원받지 못하는데, 부정은 차이지만 차이는 긍정의 대상이며, 긍정 자체는 다양

98) 로널드 보그, 김승숙 역, 『들뢰즈와 문학』, 동문선, 2003, 287쪽.
99) 질 들뢰즈, 김현수 역, 『비평과 진단』, 인간사랑, 2000, 16쪽.
100) 질 들뢰즈·펠리스 가타리, 이진경 역, 『카프카』, 동문선, 2001, 25쪽.
101) 임환모, 「한국문학과 들뢰즈」, 『국어국문학』 158집, 국어국문학회, 2011, 88쪽.
102) 헐벗은 반복은 들뢰즈의 용어로, 표면적·물질적·수평적·정태적인 특징을 지니며 하비투스(습관)를 바탕으로 하는 같음의 반복이자 개념이나 재현의 동일성에 의해 설명되는 반복이며, 옷 입은 반복은 심층적·수직적·역동적인 특징을 지니며 므네모시네(기억)를 바탕으로 하는 자신 안에 차이를 포괄하며 스스로 이념의 타자성 안에, 어떤 간접적인 현시의 다질성 안에 포괄되는 반복으로, 전자는 부정적으로 후자는 긍정적으로 설명하고 있다(질 들뢰즈, 김상환 역, 앞의 책, 601쪽).

체의 성질을 띠게 되는 것103)이다. 문학작품은 의미하는 것이 아니라 기능하는 것이고 실험하는 것이며, 글을 쓴다고 하는 것은 탈주선을 추적하는 일이며, 그리하여 비유기적인 삶의 선, 즉 건강을 향한 그리고 새로운 삶의 가능성 사이(틈)의 ―선(line between)을 수행하는 것104)이다.

그가 지향하는 문학은 민중의 삶을 변화시키는 문학, 민중의 감각과 지각 능력을 변화시키는 문학, 다른 종류의 삶의 방식으로 민중을 촉발하고 변용하는 문학인 민중적인 문학이라는 점에서 바흐친의 카니발 이론과 중첩된다. 카니발은 웃음의 원리 속에서 구성된 민중들의 제2의 삶이며, 축제적 삶이다. 현존하는 종교적·정치적·도덕적 가치와 규범과 금지들을 확호하게 하는 안정성, 불변성, 영원성을 지닌 공식적인 축제와 달리 카니발은 모든 계층 질서적 관계, 특권, 규범, 금지의 일시적 파기를 축하하며, 생성과 변화 갱생으로의 축제105)이다. 바흐친은 도스토예프스키 작품을 타자 혹은 이타성의 철학, 포스트모더니즘적 사유방식의 원류로 평가하며, 라블레 작품을 통해 웃음, 카니발, 민중언어, 향연과 축제 등을 사유한다. 카니발의 민중성이야말로 타자와의 대화적 소통이자 독단적이고 엄숙함을 깨는 균열이자 틈새적 특징을 지닌다.

이와 같이 들뢰즈의 문학이 비정형이나 미완성으로 끝나는, 늘 일어나고 있는 생성·변화의 문제106)이듯이, 민중 역시 아직은 미완성이며 죽음을 맞이하고 재탄생하며 갱생107)한다는 점에서 바흐친의

---

103) 위의 책, 142쪽.
104) 로널드 보그, 김승숙 역, 앞의 책, 287쪽, 304쪽.
105) 미하일 바흐친, 이덕형 외 역, 『프랑수아 라블레의 작품과 중세 및 르네상스의 민중문화』, 아카넷, 2001, 32쪽.
106) 질 들뢰즈, 김현수 역, 앞의 책, 15쪽.

문학적 사유와 공통점이 발견된다. 즉 생성과 부활, 양가가치와 긍정의 자세를 지향하고 있다는 점에서 들뢰즈와 바흐친은 공유하며, 『이슬람 정육점』을 이해하는 데 이들의 문학이론은 유효하다.

2. 흉터와 외상, 이주로 점철된 소수자들

유동성의 시대에 소설 속의 주인공은 국경을 넘으면서 자신들의 이름을 변화시키고 반복하는 가운데 새로운 삶과 인물로 탄생하는 생성의 존재가 된다. 끊임없이 횡단(trans-)하는 경계인 혹은 이방인, 유목민은 경계가 정해져 있지 않은 자, 영원히 활공하는 자(미끄러져 날아가는 자)[108)]이다. 작중인물은 과거가 불분명하고 상처받은 사람들이다. 박탈당해온 것의 기원이나 충족을 상상하기 위해서는 이주나 상실된 사랑이나 외상(trauma)을 필요로 하며, 어떤 상상된 법에 대한, 혹은 타자에 대한 복종의 외상이 없다면 동일성을 갖지 않을 것[109)]이다. 소설의 공간적 배경인 마을, 시장, 식당, 거리, 소풍장소는 민중의 장으로 이곳에 사는 사람들은 외국인, 고아, 폭력피해여성, 외상후 스트레스 장애자, 말더듬이, 빈곤한 사람 등 우리 사회의 마이너리티이다.

『이슬람 정육점』의 '나'는 전쟁고아 출신으로 고아원, 보호소, 성당을 전전하며 비인간적인 대접을 받고 컸기에 누굴 믿거나 좋아해본 적이 없는 10대 소년이다. 머리가 나빠 중학교에 안 보냈다는 원

---

107) 미하일 바흐친, 이덕형 외 역, 앞의 책, 36쪽.
108) 마이클 하트, 김상운 외 역, 『들뢰즈 사상의 진화』, 갈무리, 2004, 349~350쪽.
109) 클레어 콜브룩, 한정헌 역, 『들뢰즈 이해하기』, 그린비, 2007, 93쪽.

장의 모욕적인 발언과 어디로 입양될지 모르는 공포 속에 불량스럽고 냉소적으로 자란 소년은 하산에게 입양되면서 가족을 갖게 되며, 총상의 흔적처럼 여겨지는 몸에 새겨진 흉터가 타인에게도 있다는 사실을 알게 된다. "정육점에서 돼지고기를 난도질하는 유일한 무슬림"인 하산 아저씨는 미로처럼 골목이 갈라지고 이어진 낡고 후락한 산동네의 이층짜리 다세대주택 일층에 세 들어 살고 있다. 모스크가 있는 이 마을에서 소년은 남편의 폭력으로부터 도망 온 안나 아주머니, 이방인으로 살아가는 그리스인 야모스 아저씨, 전쟁의 상흔을 지닌 대머리 그리고 말더듬이 김유정, 맹랑한 녀석을 관찰하며 자신의 뿌리, 고향, 부모, 흉터의 기원을 찾아간다. "얼굴에는 버짐이 피고 머리에는 기계총 자국이 남은" 소년은 팔뚝을 절반쯤 감싼 흉터가 남을 정도로 학대받고 버려진 아이이다. 세상의 문을 닫고 살던 소년은 이 동네에서 자신뿐만 아니라 "왼쪽 턱에 새끼손가락 굵기의 흉터"가 있는 야모스 아저씨, "상처투성이 손"에 "뭉개지고 짓이겨져 원래의 형태를 잃은 귀"를 가진 하산 아저씨, 전쟁으로 인한 장애를 앓는 대머리에게서 흉터를 발견하며 마을사람들 모두가 내면의 상처를 갖고 있다는 사실을 통해 아픔을 치유한다.

학교에서 가르치는 모든 것들이 구역질이 났다. 교훈은 대개 '바른 시민 육성'이었고 급훈은 '성실, 근면, 협동'이었다. 어느 학교든 화단에는 근엄한 위인들이 앉아 계셨고 일 년 가운데 단 하루만 눈길을 받는 이승복도 빠지지 않았다. 교장의 취향에 따라 푸성귀를 기르는 텃밭이 있기도 했고 비둘기나 토끼 사육장이 있기도 했다. 버드나무, 무궁화나무, 사철나무, 향나무가 똑같은 모양으로 다듬어져 생기 없이 자랐고 통행로가 운동장을 따라 만들어져 있었다. 학생들은 누구나 정해진 길을 따라 걸어야 했고 상보만 한 천 쪼가리를 쳐다보며 맹세를 강요당했다. 학교란 한마디로 착실한 바보를 만들어내는 곳이었다. (중략) 나는 학교가 외로운 곳이라는 말은 하지 않았다. 나를 바라보는 눈길이 역겹다는 말도 하지 않았다. 동정과 비난이 교묘하게 섞인 그 더러운 시선과 속삭임이 지겹다는 말도 하지 않았다.[110]

위선과 가식으로 가득 찬 획일적인 학교생활과 규율과 복종을 요구하는 고아원 체험을 통해 상처받은 소년은 전쟁 참여 후 귀국하지 않고 한국에 남아 자신을 입양해준 하산과 디아스포라적 동질감을 형성하며 성장하고 변화한다. 고아와 이주자는 사회의 아웃사이더이자 태어나고 성장한 곳에서 벗어났다는 점에서 타자성을 공유하고 동병상련을 느끼게 되며 연대의식이 형성된다. 작가는 판옵티콘으로 상징되는 훈육사회의 헐벗은 반복을 비판하며, 규격화되고 제도화된 것들에 대해 저항하고 탈주하고자 한다. 가족을 만들어주고 자신을 학교에 보내려고 애쓰는 하산 아저씨를 아버지로 받아들인 소년은 그를 연쇄살인마로 바라보는 세상의 차별적 시선과 편견이 부당하다고 생각함으로써 외국인에 대한 배타적이고도 반인권적인 시각이 아닌, 다문화적·타자지향적 자세를 요청한다.

사람들은 하산 아저씨를 두려워했다. 하산 아저씨가 겁을 준 적도 없고 불량스럽게 대한 적도 없고 품에 무기를 숨긴 것도 아닌 데 말이다. 그들이 하산 아저씨를 두려워 하는 이유는 자신들과 다르다는 사실 하나뿐이었다. 콧수염을 길러서. 눈이 더 깊고 그윽해서.
차이는 유사성의 그림자일 뿐이라고 말한 자는 행복한 삶을 살았음이 분명하다. 차이가 유사성의 그림자에 지나지 않는다는 사실을 모르는 사람은 없을 것이다. 그걸 안다 해도 자연스레 생겨나는 불쾌감과 공포를 어찌할 수 없다는 사실, 한번 오줌을 누기 시작하면 방광이 텅

110) 손홍규, 『이슬람 정육점』, 문학과지성사, 2010, 22~23쪽.

빌 때까지 멈추기 어렵듯이 타인에 대한 혐오감은 그러한 감정이 생겨나는 원인이 제거되거나 그 혐오감을 정당화할 적당한 이유를 찾아낼 때까지 지속될 수밖에 없다는 당연한 사실을 고려하지 않았으므로, 그 말을 한 사람은 행복했던 자이다.[111]

기괴하고 낯선 이주경험은 주저함, 불확실성, 양가성[112]에서 비롯되며, 이는 하산을 향한 시선에서도 드러난다. 다문화가정 2세와 전쟁고아라는 이중의 타자적 정체성을 지녔으며 학대와 유기의 증거인 흉터와 상처가 온몸에 있는 키 작고 못생긴 소년은 고향, 가족, 이웃, 친구조차 없는 정체성의 혼란을 겪으며, 하산과 상처와 시선을 공유하며 가까워진다. 므네모시네(순수과거)가 사라진 고아소년은 마을사람들의 응시를 통해 과거를 묻고 대답을 훔쳐내고자 한다. 사람들은 오로지 자신의 고유한 이미지를 응시하기 위해서 자신의 유래를 향하여 스스로 뒤돌아설 때만 그 이미지를 규정하고 향유[113]할 수 있으므로 소년은 이곳에서 응시와 생성을 통해 자신의 정체성을 구성해 나간다.

어차피 나는 고향이 없다. 그리워해야 할 원형의 풍경도 회귀를 꿈꾸게 하는 낯익은 사물에 대한 기억도 없었다. 그러므로 어딜 가나 내겐 고향이고 모국이다. 누굴 만나든 그가 바로 내 오랜 벗이고 가족이다. 그건 곧 어떤 것도 나의 고향이 아니며 그 누구도 나의 벗이나 가족이 아니라는 뜻이기도 하지만.[114]

111) 위의 책, 51쪽.
112) 데이비드 허다트, 조만성 역, 『호미 바바의 탈식민적 정체성』, 앨피, 2011, 148쪽.
113) 위의 책, 180쪽.
114) 손홍규, 『이슬람 정육점』, 앞의 책, 54쪽.

냉소적인 고아의식과 유기에 대한 공포로 체념이 빠르고 어떤 것
도 기대하지 않는 조숙한 소년은 하산 아저씨의 사랑을 받으며 마을
사람들의 상처를 공유한다. 한국전 참전 이후 한국에 정착하여 고아
를 입양한 하산처럼 이 소설에는 야모스, 이맘 등의 외국인이 등장
한다. 이슬람교도이자 터키인인 하산은 정육점에서 돼지고기를 다루
고 판매한다. 잠언이나 선답 같은 말을 하며 묵묵히 자신의 일만 하
는 하산은 다른 외모 때문에 차별받지만 아이들을 사랑하고 아끼며
전쟁 중 살상할 수밖에 없었던 상황에서 인간의 살점을 먹은 상처를
갖고 있다. 그리스 내전 때 친척을 오인 사살한 죄의식에서 도망치
듯 탈출해 귀국하지 못하고 한국에 머문 야모스도 종합병원 세탁일,
장의사, 도로공사 터널인부 등 3D업종에 종사하는 이주노동자이다.
주눅들은 표정으로 '투명인간', '유령', '산귀신', '그림자' 취급을 받
는 성직자 이맘처럼 외국인은 한국사회에서 배제된 예외적 인물이자
국민/비국민의 경계에 머문다. 이들은 전쟁고아처럼 흉터와 내면의
상처를 갖고 있으며 고향과 과거를 상실한 이주자이자 유목민이다.
이 마을로 이사 온 대머리는 고통스러운 3년간의 전쟁 기억을 잃어
버린 채 새벽마다 군가를 목청이 찢어져라 부르는 외상후 스트레스
장애자이다. 참호에 매몰되었다가 구조된 대머리는 기억을 찾기 위
해 여전히 전쟁 중이며 강박성을 띤 반복[115]을 하고 있다. 고아, 하
산, 야모스, 대머리는 전쟁과 연관된 외상(外傷)[116]을 안팎으로 지닌

---

115) 프로이트는 어머니의 사라짐에 대한 상실과 즐거운 귀환을 의미한 아이의
    포르트-다(fort-da)의 반복과 전쟁의 악몽이 반복되는 외상성 신경증 환자를
    통해 자신의 쾌락원칙을 수정하였고 이를 반복강박(repetition compulsion)이라
    고 하였다(지그문트 프로이트, 박찬부 역, 『쾌락원칙을 넘어서』, 열린책들,
    1997, 9~89쪽 참조).
116) 외상이란 주체가 감당할 수 없는 강력한 자극이나 충격에 의해 입게 되
    는 정신적 상처이다. 제1차 세계대전을 겪으면서 이른바 전쟁 외상성 환

상처받은 사람들이다.

이들 외에도 이 마을에는 "굽은 허리에 손을 떨고 깊은 주름이 있는 얼굴로" 같은 말만 반복하는 술주정뱅이인 열쇠장이 영감, 가난한 연탄장수인 유정의 부모, "걸어다니는 비속어사전"인 쌀집 김씨, 말더듬이이지만 동물과 소통하는 유정, 상처 입은 짐승처럼 세상을 물끄러미 보거나 하루 종일 투덜대며 실연한 '맹랑한 녀석' 등 비정상적이고 그로테스크한 인물들이 살고 있다. 충남식당을 운영하는 안나는 자신에게도 흉터가 있다며 고아소년을 씻기고 위로한다. 그녀는 고아가 느끼는 소외감과 아픔을 공유하고자 자신의 상처를 얘기하며 아이를 배려하는 타자적 자세로 배고픈 사람들을 위해 기꺼이 음식을 제공하고 요리를 만드는 대지의 여신이자 구원의 여성이다. 그녀는 이 마을에서 아프고 배고픈 이들을 위해 희생하고 헌신하는 윤리적 주체이다. 즉 헐벗고 고통받는 타인의 호소와 요청에 자신의 자유와 권리를 포기하고 손님으로 환대하며 책임을 지는 타자성을 수용한다.

손홍규의 작중인물은 자신을 보통의 인류와는 완전히 다른 족속으로 여기는 자학적 감정을 갖는[117] 이방인이자 타자이다. 전쟁, 과거, 폭력, 유기, 가난의 상처로부터 도망치듯 이곳에서 모여 사는 마을사람들은 주변부 인생이지만 자국민에게 버려진 고아를 입양하고 한국을 위해 전쟁에 참여하고 3D업종 노동에 종사하며 상처받은 자를 돌보고 배려한다. 기억도 역사도 잃은 고아소년은 이주자인 하산

자들이 급증했는데 이들은 일상생활이나 꿈속에서 그들이 무방비 상태로 겪어야 했던 처절한 비극의 현장을 거의 자동적으로 되풀이 하고 있었다 (위의 책, 265~266쪽).

117) 김형중, 앞의 글, 304쪽.

과 안나, 대머리, 마을사람들과의 만남을 통해 자기구성을 해나간다. 여기서의 기억상실은 고착화되고 상수화된 것에 묶여있지 않고 창조와 생성의 가능성을 갖기 위한 모티프로 설정되고 있다. 자기 안의 타자를 응시하며 흉터와 상처를 공유하고 기억을 잃은 이들은 공동체의식을 지닌 다문화가족을 구성하고 있다.

3. 카니발·타자의 공간인 다문화공간

작중인물은 이방인, 유령, 그림자, 전쟁영웅, 상처 치유자 및 여신의 모습으로 살아간다. 소설의 화자인 10대 소년의 눈에 비친 세상은 부조리하며 악의와 차별로 가득하다. 이 마을은 사회적 통념과 세속적 잣대로는 이해할 수 없는 민중공간으로 기존의 질서를 전복하고 해체한다.

> 정육점을 찾는 다른 무슬림은 없었다. 손님들은 대부분 이 동네 토박이거나 무슬림이 아닌 이방인들이었다. 일수 돈을 쓰라고 권하는 사람, 육절기나 업소용 냉동고를 파는 영업사원이 이따금 들르긴 했다. 정육점에 오는 사람들 가운데 토박이, 그러니까 한국인들은 정육점 안에서가 아니라면 하산 아저씨를 알은 체하지 않았다. 정육점 문턱은 단순한 문턱이 아니라 이쪽 세계와 저쪽 세계를 나누는 경계인 셈이다.[118]

다문화사회의 도래는 허울뿐 문턱으로 경계 그어져 이원화되고 있다. 하산은 한국인에게 외국인이자 이방인으로, 무슬림에게 돼지고

---

118) 손홍규, 『이슬람 정육점』, 앞의 책, 76쪽.

기를 썰고 파는 정육점 주인으로 외면당하는 인물이지만, 상처투성이인 고아를 데려다 학교에 입학시키고 세상과 화해시키려는 선량한 사람이다. 아이들에게 자애롭고 푸근한 하산이 소년에겐 성자로 비춰진다.

이방인 하산과 야모스를 유일하게 남들과 똑같이 대하는 안나는 가난한 이들에게 음식을 제공하며, 세상의 상처받은 이들—전쟁고아, 이주자, 범죄자, 패배자, 전쟁피해자 등—을 포용하고 보듬는다. 상처 입은 한 청년이 안간힘을 다해 식당까지 와서 안나의 품에 안긴 후 병원에서 삼십 분 만에 죽은 기적과 같은 사건은 목소리, 숨결, 시선만으로도 치유가 되는 그녀의 모성적인 기운 때문이다. 아픈 야모스의 이마에 물수건을 얹어주고, 충격 받은 맹랑한 녀석의 귀를 문질러주고 머리를 쓰다듬어 안정을 되찾게 하며 밥을 먹이는 그녀는 다문화공간의 상처 치유능력자이다. 타자의 고통을 인식[119]하는 감성과 이해력을 갖고 있는 안나는 호소하는 타자의 정언명령에 복종하는 삶을 실천한다. 그러나 대지의 여신 가이아이자 아프로디테로 칭송받는 안나는 사실 남편의 폭행 때문에 가정을 버리고 도망친 '흉터의 여왕'으로 충북식당, 강원식당, 제주식당, 호남식당을 운영하다 망한 전력과 『안네의 일기』를 "안내양의 일기"로 이해하는 무식한 여성일 뿐이다. 이곳에서 그녀는 식사를 무상으로 제공하고 그들의 상처를 어루만져주는 여신으로 재탄생한다.

소년의 시선으로 볼 때 자신은 말 안 듣는 멍청한 자식이고 하산

---

119) '타자를 인식하는 과정'은 타자의 위치와 움직임들을 '타자의 사고력이 스스로의 정언명령에 복종하기 위해 스스로 공식화시키는 재현생각'에 의해 제어되는 것들로 이해하는 과정이다(알폰소 링기스, 김성균 역, 『아무 것도/공유하지 않은/자들의/공동체』, 바다출판사, 2013, 55쪽).

아저씨는 게으름뱅이 시아버지이며 야모스 아저씨는 빈털터리 남편이고 안나 아주머니는 세 사내 위에 군림하는 여왕이자 집안의 대소사를 주관하는 가장이고 충남식당은 이런 역할을 하는 소꿉놀이가 이루어지는 공간이다. 또한 이 공간은 상처와 흉터투성이인 타자들의 공간이자 축제의 장[120]으로 묘사된다. "벽에 면한 부분은 조리대였고 창문이 달린 길에 면한 부분은 솥을 얹은 아궁이였다. 커다란 무쇠솥에서 고기를 삶느라 늘 김이 모락모락 피었다"에서처럼 주방은 세계이고 이 아궁이는 태양, 즉 보편적이고 우주적인 의미[121]를 지닌다. 자궁, 아궁이, 부엌 공간은 유년기의 안락함, 포용성, 안정을 연상케 하는 은신처로서의 여성공간이다. 안나의 식당은 타자를 포용하는 이타적 공간으로 치유하고 부활시키며 생성하는 피난처이기도 하다. 그러나 여성이 구원의 대상이자 식사를 제공하고 포용하는 모델로 그려진다는 점에서 그녀는 희생과 사랑의 전형으로 고착화된다. 마을남자들과 고아소년에게 대지의 여성으로 칭송받는 안나는 신화 속 여인으로 대지모 같은 포용성, 자기희생을 부여하고 강요당하는 자연이자 대지, 생산의 이미지로 남는다. 여성의 헌신과 돌봄이라는 모성이데올로기만이 남성과 사회를 치유할 수 있다는 가부장적 논리에서 벗어나지 못하는 것이다. 모성이데올로기를 바탕으로 전근대적 향수라는 해결은 현실적인 답이 될 수 없기[122] 때문이다. 세상

---

120) 이는 영화 〈안토니아스 라인〉(마를렌 고리스 감독)의 장면들을 연상케 한다. 이 영화는 안토니아를 중심으로 이 마을에서 배척당한 마을사람들 − 동성애자, 바보, 성폭행피해자, 파계한 성직자, 여성, 이교도, 염세주의자, 외국인 등등 − 이 모여 그녀의 집 뜰에서 먹고 노래하고 춤추며 살아간다. 이들은 타자지향적이고 절대적 환대의 윤리를 지닌 사람들로 차이를 인정하며 서로 보듬어 안는 타자의 공동체를 만들어 낸다.
121) 미하일 바흐친, 이덕형 외 역, 앞의 책, 287쪽.
122) 김형중, 앞의 글, 303쪽.

에 대해 삐딱한 고아를 씻겨주고 먹여주고 보살펴주는 안나와 함께 지내며 소년은 하산을 아버지로 받아들인다.

> "제 말 들으셨어요? 사랑해요. …… 사랑한다구요!"
> 나는 내 몸속으로 의붓아버지의 피가 흘러들어온 걸 느꼈다. 뜨거웠다. 인간의 모든 기억들이 이처럼 단순하고 정직하게 이어진다는 걸, 나는 그때 처음 알았다. 나는 훗날 내 자식들에게 나의 피가 아닌 의붓아버지의 피를 물려주리라. 병실 구석에 섰던 이맘이 다가와 나를 껴안았다. 그날 나는 이 세계를 입양하기로 마음먹었다.[123]

소년은 남편의 폭행으로 가출하여 아이와 만날 수 없는 안나 아주머니의 아들이 되어줄 수도 있고, 의붓아버지의 피가 흐른다고 느낄 정도로 이웃들과 가족애가 형성되는 대안가족으로서의 다문화공동체 의식을 갖는다. 가족은 혈연으로 이루어지는 것이 아니라 자신과 똑같은 흉터가 있는 하산과 안나와 같은 이웃과 맺어지는 것이다. 이주자, 도망자, 고아, 여성은 상처를 공유한 소수자이다. 학연, 지역, 핏줄과 같은 잣대로 경계 긋던 근대적 사유에서 벗어나 유연하게 생성하고자 하는 작가의식이 고아의 성장서사와 이주자의 이산체험을 통해 그려진다.

아이의 입학과 가게세로 고민하던 하산은 정육점을 그만두고, 남편의 부고소식을 접한 안나는 마을사람들과 소풍을 결심한다. 이 소설의 소풍장면은 전민중적인 속성을 지닌다. 상처가 있는 동네사람들이 돼지를 잡는 엽기적이고 무질서하며 황당스러운 난장판은 관조되는 것이 아니라 그 곳에서 모든 사람들이 살고 있는 것이며, 참여하고 있는 모든 사람들의 부활과 갱생이자 세계 전체의 독특한 상

---

123) 손홍규, 『이슬람 정육점』, 앞의 책, 236쪽.

황[124]이다. 푸줏간인 정육점과 식당은 부분으로 절단된 육체의 민중 축제적인 카니발적 이미지를 지닌다. 소풍 중의 욕설과 구타는 죽이는 것과 동시에 새로운 삶을 주는 가축도살 축제의 일부이다. 카니발은 감사나 진지한 어조, 명령, 허락 등에 얽매이지 않으며 유쾌함과 바보짓의 시작을 알리는 단순한 신호로 열리며,[125] 민중이 스스로 벌이는 유일한 축제로 스스로를 주인으로 여기고 조금도 슬퍼하지 않으며 그들에게 죽음이란 오직 새 생명의 탄생을 내포하고 있는 것임을 알고 생성과 시간의 유쾌한 이미지를 알기 때문[126]이다. 고무함지를 태운 낡은 트럭엔 야모스, 안나, 하산, 대머리, 맹랑한 녀석, 노란 줄무늬 고양이, 유정, 이맘, 전도사가 타고 버스정류장에선 고수머리 청년과 쌀집 둘째 딸이 동승한다. 풍경이 사람을 관찰하고 인간이 어린이가 되며 아이는 동물이 되는 소풍의 목적지인 거대한 느티나무 아래에서 마을사람들은 돼지 잡는 일에 열중한다. 쫓고 쫓기는 인간과 동물의 아수라장 같은 소풍 풍경은 엽기적이고 그로테스크하며 죽음으로써 사는 연회의 양면성을 지닌다.

소풍을 다녀온 후 라마단 기간 동안 금식을 하던 하산은 충남식당에서 쓰러지고 '나'는 몸속으로 의붓아버지의 피가 흘러들어온 걸 느끼며 그에게 사랑한다고 속삭인다. 이 세계를 입양하기로 마음먹은 소년은 죽음과 생성의 성장의례를 통과한다. 이 소설에서는 전도된 가치를 양산하고 차이를 통한 생성이 드러나며, 기존의 질서를 전복하는 새로운 가치를 창출하고 있다. 소외되고 결핍된 사람들이 모여 사는 이 공간은 유희와 축제, 웃음, 엉뚱함을 통해 일상세계의

---

124) 미하일 바흐친, 이덕형 외 역, 앞의 책, 28~29쪽.
125) 위의 책, 384쪽.
126) 위의 책, 388쪽.

법, 정치, 교육, 철학, 언어, 과학과 같은 여러 제도나 현상들을 기이한 형태로 변형시켜 표현하며 난센스로 가득 찬 환상 세계의 사건들을 미끄러지듯 배열[127]해 놓고 있는 것이다. 하산의 정육점, 안나의 식당 그리고 결핍되고 소외되며 가난하고 불안한 존재들이 모여 사는 타자의 공간이자 다문화공간인 이 마을은 타자지향적 응시로 가득 차 있다.

4. 탈영토화된 언어로서의 말더듬/피진어/침묵/비속어/반복어

욕설, 말더듬, 침묵, 피진어, 반복어 등의 비표상적이고 미분화된 마을사람의 소통방식은 탈영토화된 언어이자 타자의 언어로 고정된 권력관계의 기능을 붕괴시킨다. 이주자는 문화적 차이와 의사소통의 부재로 이산생활의 불편함을 겪으며 타자로 낙인찍힌다. 경계언어로서의 피진어[128]를 구사하는 외국인의 한국어는 피진과 같은 경계언어이다. 한 사회에 표준언어가 존재한다 할지라도 경계에서는 소수언어가 발생하며, 피진어는 표준언어의 주변에서 끊임없이 생성되는 소수언어의 일종[129]이다. 이주민의 한국어 의사표현은 그들을 훈육

---

127) 최영진, 「들뢰즈의 생성의 개념으로 읽는 이상한 나라의 앨리스의 환상성, 패러독스, 그리고 동물 이미지의 잠재성」, 『인문언어』 12집, 2010, 268쪽.
128) 피진(Pidgins)의 현상은 국제교류가 이루어져 국경을 넘어선 언어활동이 이루어지는 상황에서 형성된 경계언어로 중국인이 'Business'를 '피진'이라고 부른 데서 유래한 말이다. 피진어 자체가 교역과 접촉, 국제교류, 식민지 건설에서 나타난 언어임을 알 수 있다(신승철, 「경계언어와 특이성 생산」, 『시대와 철학』 22권, 2011, 199쪽).
129) 위의 글, 208쪽.

과 교육의 대상, 아이로 보는 시각을 갖게 한다. 외국인의 한국어 사용은 언어 내에서 말더듬기이며, 변수들을 끊임없는 변이 속에 두면서 언어 자체를 정지시키고 더듬게 하는 언어적 변수들의 소수적인 사용[130]이다.

독특하게 자기표현을 하는 마을사람의 언어방식은 그들이 언어 권력을 지니지 못했음을 의미하며 따라서 타자이자 경계인의 정체성을 갖게 한다. 연탄장수 부모를 둔 유정은 말을 더듬고 동물과 대화를 나누는 동물의 언어를 구사한다. 아이는 소수자적 존재로서 동물과의 근방역의 존재이다. 비표상적 사유로 인해서 사물의 의미와 표상이 하나로 고정되어 있지 않은 존재인데, 피진어의 사용은 계통적으로 아이를 다시 출현시키는 것을 의미하며 아이 되기라는 변용을 통해서 소수자가 되는 것을 의미[131]한다. 전쟁고아는 친구가 없어 새들과 대화를 하며 지낸다. "구구구구, 끼룩끼룩, 짹짹짹짹, 비오비오, 까옥까옥, 지지배배, 찌르륵찌르륵" 등의 의성어로 고독을 극복하려는 자신을 지켜보는 유정과 친해진 소년은 사람으로 인정받지 못하고 스스로도 육식공룡이 되고 싶어 하며, 야모스 또한 사람보다는 새가 되고 싶어 한다.

노란 줄무늬 고양이와 친구로 지내는 맹랑한 녀석의 반복어와 무의미어와 같이 경계인이나 철학자처럼 끊임없이 의문을 제기하는 아이들의 세상에서는 고정되지 않은 비표상적 사유체계가 드러난다. 어떤 동물의 말이 가장 알아듣기 어렵냐고 소년이 묻자 유정은 '사람'이라고 대답한다. 사람은 타인을 복종으로 유인하거나 사찰하는

---

130) 로널드 보그, 김승숙 역, 앞의 책, 301쪽.
131) 신승철, 앞의 글, 204~205쪽.

시선으로 통제의 대상으로 삼고자 하는 주체의 시선[132]을 갖기 때문이다. 유정과 맹랑한 녀석의 대화에서도 반복이 계속되고 있다. 실연의 상처를 지닌 맹랑한 녀석의 염세적인 반복어와 상상력이 풍부한 유정의 말더듬 대화는 언어적인 관습을 혼란시키는 탈기표적인 더듬거림이자 반복적 무의미의 나열이다.

> "저 아래 위그드라실이라 불러도 좋을 거대한 물푸레나무가 있어. 그곳에 가면 너에게 지혜를 건네줄 현자를 만날 수 있을 거야."
> "죽을 건데 뭐."
> "유정이 신기한 동물을 발견했대. 눈이 하나야. 이마 한가운데 박혀 있대. 몸이 줄어드는 마법에 당한 키클롭스가 분명해. 보고 싶지 않니?"
> "죽을 건데 뭐."
> "운동화 뒤축을 그렇게 구겨 신으면 오래 신지 못해."
> "죽을 건데 뭐."
> "이 책 좀 봐, 멋지지 않니?"
> "죽을 건데 뭐."
> "젠장, 죽을 때 죽더라도 할 건 하고 죽어라."
> "죽을 건데 뭐."[133]

마을사람들의 언어는 아이뿐만 아니라 어른들도 피진어 혹은 경계언어를 구사한다. 수전증에 관절염을 앓고 허리가 굽은 술주정뱅이 열쇠장이 영감은 헛소리를 하며 대상과 상관없이 같은 말을 반복할 뿐이다.

> "제가 누군지 아세요?"
> "코끼리"

---

132) 슬라보예 지젝 외, 라깡정신분석학회 역, 『사랑과 대상으로서 시선과 목소리』, 인간사랑, 2010, 11쪽.
133) 손홍규, 『이슬람 정육점』, 앞의 책, 87쪽, 104쪽.

"어떤 코끼리요?"

"분홍색 코끼리"

"뭐하고 있어요?"

"지나가고 있어."

"어디로 가고 있어요?"

"……"134)

소설의 화자인 소년은 마을사람들 대부분의 언어가 "생명이 없는 언어, 격발하기도 전에 과녁에 꽂힌 탄환과 같은 몰염치한 언어"라고 설명한다. 논리적인 권력언어를 갖지 못한 하위계급의 의사표현은 묵살되거나 전달되지 않는다. 작가는 권력언어가 작동함으로써 유지되는 자본주의를 비판한다. 자본주의가 요구하는 틀 지워진 욕망의 생산과 소비를 작동하기 위해 아이들의 세계를 식민화하기 위한 시도가 교육이나 문화라는 이름으로 행해졌기에,135) 이에 저항하는 다양한 방식의 언어를 구사한다. 아이, 동물, 비정상인, 이주자는 동일시되어 타자화되고 유아화되는데, 이는 언어를 통해서도 드러난다. 동물과 소통하는 대화, 더듬거림, 침묵, 반복어, 비속어 등의 다의미적 언어뿐만 아니라 몸짓, 표정, 춤 같은 비기표적 기호론에 기반하는 피진이 나타나며, 이러한 경계언어를 통해 주변부 혹은 타자라는 연대성과 동질감을 서로 파악하게 되는 것이다. 언어, 문화, 외모에서 나타나는 기괴하고 낯섦은 고향에 있지 않음, 온전치 못한 존재, 성가신 존재인 이주자, 고아, 외상후 스트레스 장애자, 폭력피해자에게 나타나는 현상으로 이것이 작동하는 방식은 불완전한 억압에서 비롯되며 과거의 믿음과 경험의 흔적에서 발생136)되는 것이다.

---

134) 위의 책, 36~37쪽, 63쪽, 88~89쪽, 126~127쪽, 180쪽.

135) 신승철, 앞의 글, 206쪽.

136) 데이비드 허다트, 조만성 역, 앞의 책, 146~152쪽.

이와 같이 작중인물들은 모어를 쓰지 않거나 한국어가 서툴며 말을 더듬고 동물과 교유하는 인간 이하 혹은 비인간, 동물, 아이, 비국민, 이방인으로 표상된다. 언어는 자신의 권리와 요구를 표현하는 인간의 기본적인 능력으로 하위주체는 스스로 말할 수 없다. 소통이 불가한 타자의 언어, 경계언어는 근대 자본주의 사회가 조장한 중심 권력언어를 전복하고 해체함으로써 다름과 차이를 포용하고 인정해야 한다는 사실을 독자에게 요구한다는 점에서 이 소설은 정치적이다. 언어=권력이라는 언어사회학적 관점에서 경계인의 경계언어는 타자의 언어이자 이방인의 언어이다. 탈영토화된 언어인 동물언어, 새언어, 반복어, 피진어, 무의미어, 침묵, 욕설, 비속어, 더듬거림, 재잘거림은 특이한 낯섦과 유머, 기지, 아이러니 효과를 가져 온다. 또한 문법과 규칙에서 벗어난 언어 이전의 언어, 여명의 언어는 생성의 언어로서 자본주의, 권력, 정상, 주체, 규율, 관습 등과 같은 기존의 틀을 전복시키고 해체시킨다. 『이슬람 정육점』에서는 언어의 획일화를 지배하는 권력이나 지정된 상수들(동일성)의 법칙에서 벗어나 차이를 생성함으로써 저항적인 역할[37]을 하고 있다.

5. 어린아이의 시선과 유동하는 시대의 문학적 소명

작가는 자신의 분신인 고아소년과 친구 유정의 입을 통해 문학관을 피력한다. 아이−되기, 동물−되기와 같은 타자−되기라는 변형과 생성의 원리로, 소년은 세상의 부조리와 모순을 고발한다. 획일화된

---

137) 임환모, 「한국문학과 들뢰즈」, 『국어국문학』 158집, 2011, 88쪽.

학교교육, 외국인 혐오와 배타주의적 시선, 언어의 불완전함, 자본주의의 욕망과 이기를 비판하고, 떠돌 수밖에 없는 21세기 고아적 운명을 지닌 이주자와 자본주의로 인해 상처받는 사회적 약자들을 고찰한다. 이러한 발화는 백인/서구/남성의 주체적 시선과 규범화되고 문법화된 권력언어로는 인식할 수 없는 타자의 시선이자 탈영토화된 언어로 나타난다. 타자가 됨으로써 탈주와 경계해체가 이루어지며, 반복을 통한 차이와 생성의 영역으로 나아갈 수 있게 되는 것이다. 위대한 작가란 그가 표현하는 언어가 비록 모국어일지라도 항상 그 언어 속에서 이방인과도 같음을 의미[138]한다. 소설가를 꿈꾸는 고아 소년은 인간 없는 세상, 사람이 부재하는 곳, 그러기에 누구도 상상할 수 없었던, 그러나 반드시 한 번 쯤은 상상해야 할 공상과학소설을 쓰고 싶어 한다. 고아, 이주자, 아이 같은 주변적·타자적 시각은 상상력과 창의성을 고양시키는 요소이며 특히 어린아이는 자신의 세계를 획득하는 존재[139]이다. 어린아이의 지각은 특권적인 식별방법이 되며, 안정된 거리를 둔 어른의 시선을 혼란시키는 분열적인 상상력을 제공하는데, 어린아이의 '알지 못함'은 때로는 통찰력을 발휘하는 또 다른 방식의 앎[140]이기 때문이다.

말더듬이 소설가 김유정과 이름이 같은 유정의 꿈은 작가가 되는 것으로 '수다스러운 말더듬이'라는 점에서 아이러니하다. 상상력을

---

138) 질 들뢰즈, 김현수 역, 앞의 책, 195쪽.
139) 니체는 정신의 세 변화를 낙타, 사자, 어린아이의 순서로 설명하는데, 낙타는 "너는 마땅히 해야 한다" 즉 시키는 것을 하는 입장이고, 사자는 "나는 하고자 한다" 즉 자기가 하고 싶은 것을 하며, 즐기면서 무한 긍정하는 어린아이는 가장 마지막 단계로 니체가 이상적으로 추구하는 존재이다(프리드리히 니체, 정동호 역, 『차라투스트라는 이렇게 말했다』, 책세상, 2000, 39쪽).
140) 그램 질로크, 노명우 역, 『발터 벤야민과 메트로폴리스』, 효형출판, 2005, 128~129쪽.

자극하는 능력을 지닌 유정은 동물과 소통할 수 있는 아이지만 사람의 말을 가장 알아듣기 어려워 선생이나 부모에게 얻어터지곤 한다. 전쟁고아 또한 유정처럼 사람이 부재하는 곳 그 미래에 대해 쓰고 싶은 소망을 갖는다. 유정의 침묵과 말더듬은 언어의 부정확하고 불완전함을 경계하는 태도이다. 유정의 다음과 같은 말은 작가의 소설가적 운명과 사명을 대신한다.

> "나, 난 소, 소설가가 될 거니까. 소, 소설가는 특권을 지, 지닌 사람이야. 대, 대신 그는 하, 한 가지 일을 해, 해야 돼. <u>사, 사람들이 증언하길 꺼, 꺼리는 걸 세상의 법, 법정에서 대, 대신 증언해야 하, 하거든, 화, 환자의 종기에 입을 대고 피, 피고름을 빨아주는 의, 의원처럼, 소, 소설가는 사람의 여, 영혼에 흐르는 피고름을 닦아줘야</u> 해. 너, 다, 다른 사람의 가래침이나 코, 코딱지를 먹을 수 있어?" 나는 단호하게 고개를 저었다. "거봐, 소, 소설가는 그걸 머, 먹는 사람이야." "더러운 사람들이군." 나는 그렇게 대꾸했다.[141]

손홍규 소설에서는 글을 쓰거나 소설가가 꿈인 소년이 등장하여 작가 자신의 문학관을 피력하곤 한다. 작가란 문화를 진단하고 치유하는 니체적 의사 역할을 해야 하는데, 이는 질병과 건강에 대한 문화의 기호를 읽어내는 징후 발견자인 동시에 삶의 새로운 가능성을 증진시키는 치료사[142]를 일컫는다. 단순한 현실의 모방이나 재현이 아니라 타자의 상처를 치유하는 의사이자 생성과 변혁까지를 요구하는 정치가로서의 작가적 소명과 역할을 주문하는 것이다. 소설을 쓰고 싶거나 소설가가 되고자 하는 소년과 유정의 입을 통해 작가는 우리 시대가 소망하는 문학관과 작가로서의 사명감을 말하고 있다.

141) 손홍규,『이슬람 정육점』, 앞의 책, 187쪽.
142) 로널드 보그, 김승숙 역, 앞의 책, 12쪽.

위대한 작가들은 자신들의 언어 안에서 이방의 언어를 발견하며, 언어 자체를 더듬거리게 하고, 그렇게 하면서 타자-되기의 언어적 과정을 부추긴다.[143)

이 소설은 21세기 포스트모더니즘, 다문화주의, 휴머니즘을 사유하는 모델이 될 수 있으며, 인간에 대한 근원적인 문제와 사회비판이라는 녹록치 않은 주제를 유머, 위트, 익살, 환상, 아이러니를 구사하여 재미있게 읽힌다. 손홍규는 모방이나 재현이 아닌, 의사/예술가/입법자인 동시에 평가자이자 창조자로서의 작가를 주창하며 "문학이 작품을 통해 인간의 아픔과 고통을 위무해 줄 수 있어야 한다"[144)고 말한다. 구획하고 경계 짓고 선을 그어 배척하는 사회에서 탈주하기 위해서는 새로운 문학의 탐색과 전형적인 문학의 틀을 벗어나는 실험적인 시도가 필요하다. 유정과 전쟁고아의 발화를 통해 작가적 소명과 문학을 설명한다는 사실이 작가의 타자-되기를 구현하는 것이기에 이 소설을 성장이나 통과의례적 차원으로만 해석하는 것은 소설의 일부분만 이해하는 것이다. 『이슬람 정육점』은 어린아이의 시선을 중시하며, 소설가인 창조자가 되려면 언제든 과거를 망각 속에 던져버리고 마치 가장 즐거운 놀이를 처음 하는 기분으로 매번 시작[145) 하는 아이의 자세를 지향한다. 어린아이 되기는 순진무구요, 망각이자 새로운 시각, 놀이, 체험으로 돌아가는 바퀴이며 최초의 운동이자 거룩한 긍정[146)으로 창조의 놀이를 위한 필수적 요소이기 때문이다.

---

143) 위의 책, 18쪽.
144) 김명희, 「귀신의 시대는 끝났다, 그저 과잉과 결핍이 반복될 뿐…」, 『민족21』 66권, 2006, 145쪽.
145) 고명섭, 『니체극장』, 김영사, 2012, 393쪽.
146) 프리드리히 니체, 정동호 역, 앞의 책, 40~41쪽.

6. 연대와 환대를 위한 다문화주의와 타자윤리학

손홍규의 『이슬람 정육점』에서는 다문화시대에 이방인이자 디아스포라인 소수자를 통해 다문화적 사유와 타자지향적 응시가 나타나고 있다. '이슬람'과 '정육점'이라는 이질적인 것과의 결합처럼 자국민과 이주자 사이의 조화로운 공생을 위해서는 배려와 환대, 타자지향적 자세가 요구된다. 소설 속의 작중인물은 흉터와 외상, 이주와 타자성으로 고통받거나 비루하며 공동체 외부에 위치 지어진다. 고아소년이나 이주자, 외상후 스트레스 장애자, 말더듬이 소년, 폭력피해여성, 술주정뱅이, 도망자 등 마을사람은 권력언어를 갖지 못한 상처 받은 자이거나 우리 사회의 마이너리티이다. 이들은 안나의 보살핌이 있는 작은 마을에 머물면서 서로를 보듬고 이해하며 혈연이 아닌 흉터를 공유한 다문화가족을 형성함으로써 서로의 상처를 치유한다. 타자의 공간, 카니발공간으로서의 다문화공간에 모인 마을사람은 자기 안의 타자를 발견하고 응시하며 타자의 윤리학을 실천한다. 자국민에 의해 버려진 전쟁고아를 입양하거나 한국을 위해 전쟁에 참여한 외국인을 차별하고 배제하는 우리 사회를 고발하는 이 소설은 이방인과의 연대와 절대적 환대가 필요하며 이를 위해서는 다문화적 사유와 타자지향적 응시가 절실함을 역설하고 있다. 기억상실, 반복강박, 타자성은 생성과 창조의 가능성을 모색하는 모티프로 고아소년은 하산의 아들도, 안나의 아이도 될 수 있으며, 한국인도 터키인도 됨으로써 고착화되고 상수화된 것을 전복하고 해체하고자 한다. 또한 작가의 분신인 고아소년과 유정을 통해 언제나 삶을 긍정하고 과거를 망각하여 새로운 것을 추구하는 어린아이의 시각과 태도로 글을 쓰는 창조자가 되어야 한다고 주창한다. 이 소설은 다문화소설이자 성장소설이며 소설가소설로도 읽힐 수 있어 해석의 층위에 따라 다양한 의미가 도출될 수 있다. 21세기 포스트모더니즘적 사유의 틀 속에서 1990년대 이후 문학의 방향성을 상실한 작가들에게 길을 제시해주는 변혁적이고 실험적인 『이슬람 정육점』은 동화 같은 소설로 재미있게 읽히며 주제의식 또한 무게 있다는 점에서 문제작으로 볼 수 있다.

4장 유동하는 시대의 이방인들, 이주자와 여행자

◆조해진의 『로기완을 만났다』

1. 탈국경 모티프와 이주자/여행자의 출몰

포스트모더니티의 속성인 시공의 응축(데이비드 하비)과 거리의 소멸(앤서니 기든스)은 전세계적인 인터넷망과 유통망에 해당될 뿐 아니라 전세계적인 인간의 이동[147]을 가져왔다. 이주자와 여행자에 주목하는 다문화적 변화와 함께 창작소재의 고갈과 글감의 한계에 부딪친 작가들은 국외로 시선을 돌렸으며 취재여행, 창작기금연수, 학술세미나 및 문학대회 참가 등으로 외국견문과 해외거주의 기회가 많아진 것도 이유가 되었다. 1990년대 이후 외국공간을 배경으로 하는 여행서사가 대거 창작되었고 통신적·문학지리학적·유목적·정치적 상상력을 바탕으로 하는 난민의 서사 혹은 디아스포라서사가 문학의 한 추세이다. 익숙한 지역을 벗어나 미지의 세계에서 뜻하지 않은

---

147) 이선주, 『경계인들의 목소리』, 그린비, 2013, 180쪽.

만남과 원주민의 타자적 응시에 직면하는 여정과 타국에서의 이산생
활이란 신산하고 고통스러우며 외로울 수밖에 없다. 소설 속의 여행
과 이주는 자발적·유희적·근대적 의미의 이동이기보다는 반강제적
인 추방과 탈주로서 정신적·육체적 고뇌를 수반하기에 보보스적[148]
인 디지털 노마드[149], 하이퍼노마드[150]로서의 상류층 여정이 아닌
상처치유와 현실도피, 생존을 위한 절박하고도 치열한 이동이다.

여행자가 주인공인 여행구조는 정착―떠남―정착(안주―여행―안주)
플롯인 원점회귀의 순환구조로 이루어지므로 반드시 되돌아오는 것
이 전제[151]되는 데 비해 이주자가 주인공인 디아스포라구조는 정착
―떠남(안주―여행) 플롯으로 거주를 목적으로 하는 여행[152]이라는 점
이 다르다. 정치경제적 기타 압박 요인에 의하여 비자발적이고 강제
적으로 모국을 떠난 디아스포라[153]와 달리 여행자는 여가와 여행이
접목된 이동을 한다는 점에서 차이가 있지만 소설 속의 여행자는 보
보스적 향유나 쾌락적인 휴식의 의미보다는 사회와의 불화나 자발적

---

148) 보보스(Bobos)는 보헤미안 부르주아(Bourgeois Bohemian)의 약자로 세련되고 도
회적이며 지적인 도시민인 여행자로서 포스트모던 문화적 공간과 기호 속에서
소비하고 생활하는 디지털 시대의 엘리트이자 자발적인 여행자로서 중산층에
해당된다(데이비드 브룩스, 형선호 역,『보보스』, 동방미디어, 2001, 67쪽).
149) 휴대폰과 노트북, 컴퓨터, 디지털카메라 등 첨단장비를 갖추고 있어 시간
과 공간에 구애받지 않고 이동하며 특정한 가치와 삶의 방식에 매달리지
않고 끊임없이 자신을 바꾸어가는 창조적 행위자들이다(조윤경, 「현대문화
에 있어서 노마디즘과 이동성의 의미」,『불어불문학연구』 66권, 2006, 327쪽).
150) 온갖 권리를 다 누리고 자신의 온갖 변덕을 다 만족시킨 이들은 스스로
를 보보족, 가상적 호보라고 생각하며 자기 세계에 틀어박혀 있고 쾌락주
의적이고 이기주의적이며 코쿠닝(cocooning, 누에가 고치를 짓듯이 가정을
재창조하고 가정을 중시하는 현상)의 신봉자들로 우주관광을 예약하는 자
들이다(자크 아탈리, 이효숙 역,『호모 노마드 유목하는 인간』, 웅진닷컴,
2005, 449~458쪽).
151) 이미림,『우리시대의 여행소설』, 태학사, 2006, 30쪽.
152) 서경식, 임성모 외 역, 앞의 책, 32쪽.
153) 윤인진,『코리안 디아스포라』, 고려대출판부, 2004, 7쪽.

소외와 배제, 우울한 내면, 현실도피적인 문제의식을 안고 있다는 점에서 타자성과 존재감의 결여라는 공통점을 지닌다. 이주자, 여행자의 출현은 소설의 공간적 영역의 폭을 넓히는 일이기도 하며, 민족과 국가의 테두리 안에서 벗어났음을 의미한다.

조해진[154]의 『로기완을 만났다』는 전직 방송작가가 탈북 디아스포라의 이동경로를 추적하며 다문화적 사유와 인권문제, 이주/여행의 의미, 소수자와의 연대, 디아스포라적 삶에 대해 성찰한다. 이 소설은 작가의 분신인 '내'가 벨기에 브뤼셀과 영국 런던을 여행하는 표면적 여행구조와 소설 속 탈북청년 '로'의 디아스포라구조가 중첩되는 소설 속의 소설쓰기로 구성되어 있다. 다문화성, 다양성, 유동성, 타자성에 주목하는 액자형식의 디아스포라 양식으로 여행자 김 작가의 서사와 이주자 로기완의 서사가 교차되어 서술된다. 3년의 시간차를 두고 21세기의 가장 비루하고 남루한 이방인인 탈북청년의 낯설고 이질적인 땅에서의 생존과정을 추적하면서 그의 아픔과 좌절에 공감하고 타자적 체험을 공유하는 작가가 자신의 아픔과 고통도 치유하고 해결하는 소설가소설이자 여행소설인 『로기완을 만났다』는 유동하는 시대의 다문화사회를 배경으로 21세기 문학에 나타난 비극적 인간상인 이주자를 표상하고 재현하며 소수자들의 연대를 그리고 있다는 점에서 주목할 만하다.

---

154) 2004년 『문예중앙』으로 등단한 조해진은 『천사들의 도시』(민음사, 2008), 『한없이 멋진 꿈에』(문학동네, 2009), 『아무도 보지 못한 숲』(민음사, 2013) 등의 장편소설을 발표했으며 『로기완을 만났다』(창비, 2011)로 제31회 신동엽문학상을 수상했다. 그녀의 문학은 노바디, 유령 정체성을 지닌 타자들을 주로 그리고 있다.

2. 21세기의 미천한 타자, 탈북청년 '로'의 디아스포라 서사

2010년 12월 7일 화요일부터 12월 30일 목요일까지 24일간의 일정을 기록한 『로기완을 만났다』는 소설 제목처럼 시사잡지에 실린 탈북자에 관한 기사 때문에 여행까지 하게 된 주인공이 탈북청년과 자신이 어떻게 관계 맺게 되는가의 여정을 보여준다. 나는 "너무도 외로웠던 한 사람"인 미지의 탈북이주자의 행적을 추적하기 위해 브뤼셀을 여행한다. "처음에 그저 이니셜 L에 지나지 않았던" 로가 여행을 끝마칠 즈음엔 서로의 삶을 들여다보는 거울 이미지(mirror image) 혹은 인도 우파니샤드의 진리처럼 '나는 곧 너이다'라는 샴쌍둥이나 도플갱어 같은 타자적 존재155)가 되는 것이다. 소설 속에서 '무국적자', '난민', '미등록자', '불법체류자', '유령', '이방인'으로 표상되는 이주자는 특정한 법이나 정치적 관습에 의해 보호받지 않는다는 것156)을 의미하며, 목숨만 붙어있는 이중적 배제 즉 예외상태에 처해진 존재157)이다.

1987년 5월 18일 함경북도 온성군 세선리 제7작업반에서 태어난 로는 159㎝, 47㎏의 마르고 왜소한 몸을 지닌 20살의 탈북청년이다. 탈북 후 중국 연길의 골방에 숨어 지낸 그는 목욕탕 청소와 노래방 도우미로 일하던 어머니가 교통사고로 사망하자 시신을 판 돈으로

155) 이미림, 앞의 책, 36쪽.
156) 리처드 J. 번스타인, 김선욱 역, 『한나 아렌트와 유대인 문제』, 아모르문디, 2009, 131쪽.
157) 최성희, 「폭력의 기원」, 『새한영어영문학』 52권, 2010, 77쪽.

벨기에까지 오게 된다. 철저한 국외자(outsider)이자 영원한 방랑자인 이방인은 어떤 집단의 핵심에는 들어서지 못하고 그저 변방만을 어슬렁거리는 경계인(the marginal man)으로서 의심의 눈총을 떨어내지 못하는 처지[158]에 놓인다. 희망이 없는 자신의 국적을 포기하고 살아남아야 한다는 어머니의 유언 때문에 브뤼셀까지 온 로는 북한—중국 연길—칭따오 공항—홍콩—독일 베를린—벨기에 브뤼셀—영국 런던까지의 긴 여정 동안 국경과 입국심사대와 같은 경계선에서 탈주할 때마다 가슴 졸임과 불안감, 공포와 삶에의 의지라는 복잡한 감정에 휩싸인다.

법적·정치적 지위나 도덕적·심정적 인권을 보장받지 못하는 '증' 없는 이주자는 무국적 상태의 비인간 즉 유령처럼 존재감이 없다. 불어와 영어를 할 줄 모르는 로는 낯선 타국에서 경계심과 두려움으로 가득 차 '벨, 기, 에, 브, 뤼, 쎌, 벨, 기, 에, 브, 뤼, 쎌……'이라는 이질적 단어를 반복해서 발음해본다. 호스텔에서 청소하는 흑인여자의 신경질적인 목소리에서 '경찰'이라는 말밖엔 알아듣지 못하는 로는 지배권력언어를 소유하지 못함으로써 타자화되는 폭력을 겪는다. "입안에서 굴러다니는 유리알 같은 단어를 사용하는 거인족의 후손 같은 나라"에서 야만적 타자로 취급받는 로에겐 싸늘하고 차가운 언어만이 전달될 뿐이다. 어머니 자체인 650유로의 돈이 전부인 그가 거리 지하철역 앞에서 들은 한 청년의 기타 반주노래인 〈노킹 온 헤븐스 도어(천국의 문을 두드리는 것)〉나 그가 머문 '푸아예 쎄라'(즐거운 분위기의 휴식공간이라는 뜻) 난민보호소, '굿슬립(Good Sleep)'

---

158) 김광기, 「이방인의 사회학을 위한 이론적 정초」, 『한국사회학』 38집, 2004, 21쪽.

호스텔의 제목이 내포한 뜻이 대책 없는 슬픔과 병적인 불안감, 생계라는 절박함의 곤경에 처한 이주자를 비참하게 만듦으로써 이 도시와 더욱 거리감을 갖게 한다. 화려한 누브거리의 자본주의 풍요로움과 꿈결 같은 낯선 공간에 놓인 로는 추위와 배고픔과 싸워야 하는 키 작고 왜소한 동양인 남자일 뿐이다. 탈북자 출신이자 왜소한 신체조건은 문화적 소수자로서 열등한 이미지를 만들어낸다.

행여 붙잡힐까봐서 도강할 때 신분증, 공민증, 출생증, 학교 입학증을 버려 자신을 증명할 수 없는 로는 그 때문에 난민[159]의 지위를 받기 어렵게 된다. 경계 지어진 영토를 갖는 민족국가 체계에서는 한 인간의 법적 지위가 당국의 보호에 종속되며 이 최고당국은 그들이 사는 영토를 관할하고 또한 그들에게 각종 증명서를 발부함[160]으로써 국민과 난민을 구분한다. 이러한 국가중심적 국제질서 속에서 국경 사이의 변방에 머무는 림보(limbo)[161]적 상황에 처한 로는 난민의 지위와 시민권을 얻기 위해 자신의 과거를 지우고 망각해야만 한다. 고국을 등지고 떠나온 순간부터 쫓기고 숨어야 하는 범법자가 된 로는 맥도널드 화장실 안에서 끼니를 해결하는 생활을 하다가 꼬마로 오해받아 고아원에 머물게 되는 과정을 거쳐 어렵게 난민지위를 획득한다. 젊음을 탕진하는 호스텔 여행객과 고아원 아이들로부터 주먹질, 발길질을 당하는 로는 인권을 보장받지 못한다. 시민권이 있는

---

159) 난민(refugee)이란 더 이상 자국에서 살아가기 어려운 사람들이 자국을 이탈한 존재로 국적국에 대한 충성관계를 포기하고 법률상 또는 사실상의 외교적 보호를 받을 수 없는 자들을 의미한다. 즉 정치적·외교적·인종적 기타의 이유에 의해 본국의 박해로부터 도피하여 외국에 보호를 구하는 망명을 뜻한다(한원균, 「탈북자 문제의 소설사회학」, 박덕규 외, 『탈북 디아스포라』, 푸른사상사, 2013, 84쪽).
160) 세일라 벤하비브, 이상훈 역, 『타자의 권리』, 철학과현실사, 2008, 81쪽.
161) 라틴어로 천국과 지옥의 사이에 있는 연옥, 즉 지옥의 변방을 뜻한다.

흑인여성, 자국민 노숙자, 돌아갈 곳이 있는 여행객, 어른으로 취급되지 못해 아이들에게조차 폭행당하고 차별받는 탈북이주자는 함부로 대해지며 존엄성을 잃는다. 희생양으로 취급받는 로는 브뤼셀 사람들 경계 밖에 서 있는 비존재이자 유럽공동체에 동화되지 않는 낯선 존재이다. 인간과 시민의 동일성, 출생과 국적의 동일성을 깨뜨리며 국가—국민—영토라는 낡은 삼위일체를 파괴한다는 이유[162] 때문에 난민은 국민국가 질서를 위협하는 걱정스러운 대표자이자 이해 불가능하고 순화도 불가능한 타자 즉 괴물로 표상[163]되고 있다.

언어, 문화, 민족, 인종, 계급의 타자인 로는 유럽의 한복판에서 자신의 존재를 밝힐 어떠한 서류나 관계맺음도 없이 절대소외와 생존의 위협을 받는다. 1995년부터 1998년까지 홍수, 해일, 가뭄, 태풍 등으로 이삼백만 명이 아사했던 고난의 행군을 체험한 로는 살기 위해 북한을 탈출했으나 어머니를 잃고 홀로 먼 타국에서 정처 없이 떠돈다. 노숙자, 난민, 이주노동자보다도 못한 인간조건을 지닌 탈북청년은 3년 전 낯선 거리를 헤매며 생명에 대한 절박한 심정을 갖고 산주검(Undead)으로 살아야 했다. 그후 난민신청서를 위한 사진촬영, 지문채취, 신체검사, 면담을 통해 로는 자신의 사적이고 은밀한 영역까지 노출하며, 인간이 누려야 할 가장 기본적인 권리조차도 보장받지 못하는 게토이자 절대적인 생명정치적 공간[164]인 수용소에 머문다. 지구 위에서 장소를 잃은 난민들이 감금되어 있는 수용소야말로

---

162) 조르조 아감벤, 김상운 외 역, 『목적 없는 수단』, 난장, 2009, 32쪽.
163) 서경식, 임성모 외 역, 앞의 책, 80쪽.
164) 수용소 안으로 들어서는 사람은 내부와 외부, 예외와 규칙, 합법과 불법이 구별되지 않는 지역으로 들어서는 것이며, 거기서 개인의 권리나 법적 보호라는 개념들은 더 이상 아무런 의미를 갖지 않는다(조르조 아감벤, 박진우 역, 앞의 책, 322쪽).

역외지대이자 공동체 게토로서 임시적임의 영속 즉 임시적 상태의 지속[165]을 의미한다. 인간조건에 대한 가장 타당한 샘플로 여겨지는 수용소라는 공간은 인간의 도덕성에 관련된 이기심, 사랑 없음, 편협함의 딜레마가 적나라하게 드러나는 곳[166]이다. 반강제로 추방되어 지구 위를 떠돌다가 수용된 로는 난민으로 인정받아야 세상의 일부가 될 수 있다.

22살이 되어서 난민지위를 획득하여 최소한의 권리를 얻은 로는 중국식당 진산화에서 만난 필리핀 출신의 라이카가 강제 추방되는 위기를 맞이하자 또다시 불법신분이 되어 영국으로 피신한 그녀를 찾아 떠난다. 라이카와의 관계는 북한을 떠나 어머니와 모든 증명서류를 잃어 존재감을 상실한 로가 유럽에서 맺은 친밀한 관계이자 자신의 존재감을 회복시켜주는 관계이다. 유럽이나 미국에서 일하는 필리핀여성은 '세계의 하녀(global servants)'로 명명되며, 국경 없는 노동자 역시 '제7의 인간'으로 취급[167]되기에 로와 라이카는 타자성이라는 소수자로서의 동질감으로 결합한다. 유럽에 포함돼 있으면서도 권리와 지위에서 배제된 이방인의식의 공유인 것이다. 지구상에 어느 누구와도 관계 맺지 못하고 존재감을 인정받지 못한 로는 또다시 외롭지 않기 위해 어렵게 얻은 난민지위마저 포기하며 사랑하는 여자를 선택한다. 로는 내부에 포섭되거나 순응하지 않고 극한의 삶에

---

165) 바우만은 난민들의 불안정성과 역외성을 오제의 '비-장소', 가로의 '역외지대', 미셸 푸코의 '바보들의 배' 같은 어디에도 없는 곳(nowhere)으로 즉 "홀로 존재하며, 자체 내로 닫혀 있으며 동시에 무한한 바다에 내맡겨진 채 이리저리 떠도는 장소 없는 장소"로 내던져진 것이라고 말한다(지그문트 바우만, 권태우 외 역, 『리퀴드 러브』, 새물결, 2013, 302쪽).
166) 랭던 길키, 이선숙 역, 『산둥수용소』, 새물결플러스, 2013, 427~431쪽.
167) 기계형, 「이주의 여성화에 대한 비판적 성찰」, 『아시아여성연구』 49권, 2010, 264쪽.

도전하는 자발적 선택으로 스스로를 타자화시킨다.

벨기에에서 탈북자 기사를 쓴 『H』 기자에게 소개받은 '박' 또한 한민족 디아스포라이다. 불법체류자의 국적을 판별하여 난민지위를 얻을 수 있도록 도와주는 박은 물심양면으로 로를 지원한다. 60대 후반의 박은 북한 평양 출신으로 모친과 월남했으나 의대를 다니던 시절 정치사건에 휘말려 도피성 유학을 한 후 파리와 브뤼셀에서 외과전문의 생활을 한다. 그는 디아스포라적 운명 때문에 어머니의 임종을 지켜보지 못했으며 아내의 안락사에 동조한 상처를 간직하고 있다. 태어난 북한이나 성장한 남한에서 살지 못하고 유럽을 떠돈 박은 의사생활을 그만둔 후 한인공동체에 소속되어 이주자를 돕는 봉사활동에 참여한다. 모호하고 복합적인 정체성을 지닌 디아스포라는 식민주의의 거만함, 인종차별, 외국인 혐오 등을 타국에서 겪는다. 출신이나 출생이 국가의 토대가 되기에 박은 법적·심정적·존재론적으로 진정한 시민으로 받아들여지지 않는 신산한 삶을 영위한다. 그의 인생 여정엔 탈북청년의 생존을 위한 필사의 탈출과 정착 과정을 후원하는 경계인과 이방인의 삶이 나타난다.

소설 후반에 이르러 '로' 혹은 'L' 그리고 '박'이라고 불리는 디아스포라들은 '로기완'과 '박윤철'의 풀네임을 찾는다. 이주자는 거주국에 도착할 때마다 여러 개의 이름을 갖게 됨으로써 정체성의 혼란과 분열을 겪는 다양성과 다국적성이 표식된다. 이 소설에서는 김 작가인 '나'와의 관계성이 중시되므로 이름까지 찾는 과정을 통해 디아스포라의 존재감이 확인되며, 나와도 무관하지 않게 된다. 이니셜로 시작되는 익명적 관계에서 완전한 이름을 얻게 되면서 로와 박은 나와 연대하며 이방인 정체성을 공유한다. 이 소설은 로의 여정을 추적함에 있어 과장이나 극적인 전개 없이 담담하고 냉정하게 일상과 심리를 묘사하고 있다. 이는 영토 밖에 내몰린 비극적 인간형의 실존을 주관이나 감성을 배제한 채 객관적으로 묘사하고자 하는 작가의 의도 때문이다. 작가는 정주를 허락받지 못한 탈북 디아스포라의 고통과 고난을 일절 동정 없이 독자와 동행하는 여행을 한다. 작가는 이 소설을 통해 난민이나 무국적자에게도 시민권이 주어지거나 최소한 법적 인격 정도가 인정되어야 한다는 도덕적 요청168)을 하고 있다.

3. 김 작가인 '나'의 상처치유와 글쓰기로서의 여행서사

이 작품은 대상인 탈북자 로에 관해 서술한 이야기이자 그를 만나러 간 '나'에 관한 이야기로 읽히는 소설169)이다. 김 작가라는 사회적 이름으로 호명되는 나는 시사주간지 『H』가 마련한 국제란 특별기사170)에 실린 탈북자 이니셜 L에 대한 사연을 접한 후 그를 만나기 위해 사표를 제출했지만 사실은 동료이자 연인이었던 담당피디 류재이와의 결별 그리고 방송출현 예정이었던 윤주의 악성종양 제거 수술로부터의 도피가 여행동기이다. 그러나 실연과 윤주문제는 여행

---

168) 세일라 벤하비브, 이상훈 역, 앞의 책, 82쪽.
169) 박덕규 외, 『탈북 디아스포라』, 푸른사상, 2012, 327쪽.
170) 작가 조해진의 여행동기이자 창작계기가 된 이 기사는 2006년 1월 10일 『한겨레21』에 실린 "벨기에서 탈북자를 만나다"라는 도종윤의 기사로서 로의 모델이 된 탈북자 A(23)씨의 이야기를 바탕으로 한다. 160㎝의 왜소한 외모와 탈북 도강 과정, 20여 명의 이주자와의 탈국경, 한국대사관과의 접촉 등이 소설의 내용과 일치하며, 탈북자들의 벨기에 정착을 도와주는 기사 속의 원용서(68)도 박의 모델이 되는 등 많은 부분을 이 기사에서 차용하고 있다.

을 추동하는 계기일 뿐 "한번 전파를 타고 난 후에는 누구도 다시
는 들춰보지 않는 종이뭉치"인 일회용 방송원고가 아닌 글을 쓰고
자 하는 창작욕구가 깔려 있으며 글을 써보고자 하는 집필여행이
라는 점에서 소설가소설[171]로도 읽힌다. 방송용 대본이 아닌 소설
을 쓰고 싶은 열망에서 시작된 『로기완을 만났다』는 동반시점으로
서술되고 있어 독자와 함께 탈북청년의 여정을 추적한다. 나의 현실
도피는 브뤼셀 북역 거리의 악사가 연주하는 라흐마니노프의 〈보깔
리즈〉를 듣게 되면서 이 곡이 연인 재이의 차 안에서 자주 듣던 익
숙한 곡임을 떠올리며 자신이 현실에서 한 발짝도 벗어나지 못했음
을 깨닫는다. 3년 전 로도 들었을 것이기에 이 곡은 과거와 현재, 연
인과 탈북청년을 잇는 가교 역할을 하고 있다.

　나는 오른쪽 뺨과 턱을 감싸는, 얼굴만큼 커다란 혹이 난 17살 고
아소녀인 윤주를 돕기 위해 방송날짜를 성금이 많이 모이는 추석연
휴로 미루었지만 그 사이 악성종양으로 바뀌게 되어 죄책감에 시달
리면서 도피하듯이 한국을 떠나 먼 유럽까지 온다. 'L'과 '로'로 불
리는 로기완의 슬픔과 굴종, 고통을 추체험함으로써 이방인의식을
온몸으로 깨닫는 나는 브뤼셀에서 탈북자들에 대한 잡지기사를 쓴
기자를 만나 '박'을 소개받아 로에 대한 정보와 소식을 듣는다.

　소설의 주인공인 로의 이니셜과 흔적만으로 역추적하는 나는 3년
전 로가 머물던 장소들을 차례로 방문하며 그가 느꼈던 상실감과 좌

---

171) 90년대 소설가소설의 집단적 대두는 우리 사회가 다원화된 사회로 진입
　　하고 있음을 의미한다. 소설가소설은 새로운 글쓰기의 방향을 모색하려는
　　작가정신의 지향과 장르의 확산을 특징으로 한다(정찬영, 「소설가소설의
　　존재방식」, 『인문논총』 49권, 부산대학교, 1996, 196쪽). 이러한 문학적 특
　　징은 2000년대 이주 모티프와 혼효되면서 여행소설과 디아스포라의 형태
　　를 수용하는 양상을 띤다.

절감, 이방인으로서의 소외와 공포, 사회로부터의 배제, 불안정한 감정을 이해하기 위해 직접 느껴보고 체험해 본다. 소설가란 작품 속 주인공의 영혼과 육체에 투사되고 몰입 혹은 빙의되어야 하기 때문이다. 더듬거리며 '브, 뤼, 쎌'을 발음해보고 로에게 싸늘하게 대했던 호스텔 청소부를 노려보거나 화장실 식사 체험과 구토를 흉내 내는가 하면 그에게 함부로 대했던 백인남자 여행객에게 저항하고 분노하며 그의 고통과 신음을 이해하고자 애쓰지만 완벽한 공감은 불가능함을 깨닫고 창작의 어려움도 느낀다. 20여 일의 브뤼셀 체류 동안 여행자가 느끼는 피로감과 동양인이기에 받는 무시와 경멸, 이에 대한 분노 표출, 박에 대한 상념, 윤주를 향한 걱정 속에서 나는 한 편의 글을 기록해 나간다.

로의 경험을 체험해보고 상상한 후 소설을 쓰는 나는 로와 내가, 박과 로가, 로와 윤주가, 나와 박이 같은 아픔을 공유하고 있음을 깨닫게 되고, 타인의 절망을 완벽하게 이해할 수는 없어도 어느 정도 공감하게 됨으로써 자신의 문제도 해결해 나간다. 어머니의 시체를 판 로처럼 모친의 임종을 지키지 못한 박은 트라우마를 공유하며 난민지위를 획득할 수 있도록 그를 도우며, 독학으로 대학을 나온 나는 반지하 원룸에서 혼자 생활하며 얼굴에 있는 큰 혹 때문에 타인의 무분별한 시선을 받는 여고생 윤주의 슬픔에 공감하며 그녀를 돕는다. 로의 공포와 분노, 고독과 불안은 윤주의 불행 혹은 아픔과 닮아 있으며, 박과 나의 상실감 또한 사랑하는 이를 잃었다는 동질감을 형성한다. 아버지의 사망, 엄마의 가출, 여동생의 행방불명으로 세상에 홀로 남아 배타적 시선을 감당했던 한국에서의 윤주는 왜소한 체격으로 탈북한 불법체류자이기에 무시와 경멸, 자신을 향한 과장된 경계심과 불필요한 오해를 받는 벨기에에서의 로인 것이다. 또한 아내에 대한 죄책감으로 의사생활을 그만둔 박은 윤주에 대한 책임감으로 방송작가 생활을 그만두고 도망치듯 떠난 나이다.

디아스포라는 국경을 넘으면서 자신이 타자로 위치 지어지는 부정적인 경험을 통해 자신과 비슷한 처지의 주변인들과 동병상련을 느끼고 연대의식[172]을 갖는다. 나이와 성별과 국적과 직업은 다르지만 로와 박과 윤주와 나는 이방인이자 난민으로서의 동질감을 형성하며 타자의 삶을 성찰하는 과정에서 상처를 치유하고 문제점도 해결한다. 난민이란 난민캠프에서 살고 있는 사람들만이 아니며 근대 국민국가의 약속 즉 인권이나 생존권이 국가와의 관계 속에서 규정된다는 국민국가의 법 외부로 쫓겨난 자들로 확대해석[173]할 수 있기 때문이다. 브뤼셀에서 윤주의 수술소식을 전해들은 나는 로와 그의 연인 라이카의 사랑을 통해 재이와의 관계도 풀어나간다.

소설을 쓴다는 것은 타인의 상처와 고통까지도 이해하는 문학적 상상력이 요구되지만 로의 생사여부와 어머니 상실, 박의 디아스포라적 삶, 윤주의 고통을 자신의 아픔으로 받아들이는 데 한계를 느끼며, 나는 작가로서의 능력에도 회의를 느낀다. 로기완이 남긴 일기, 사진, 증명서류를 갖고 그의 벨기에 체류생활을 상상과 추적만으로 집필하는 나는 내 상처가 로의 상처, 박의 상처와 중첩되고 혼효되는 것을 알게 된다. 이야기를 더 이상 만들 수 없다거나 로가 타인인 이상 완전한 이해가 불가능하다고 호소하는 이 작품은 소설 속의 소설쓰기이다. 로의 여정을 상상할 땐 '~했을 것이다', '이럴 수

---

172) 이선주, 앞의 책, 10쪽.
173) 서경식, 임성모 외 역, 앞의 책, 204쪽.

도 저럴 수도 있었을 것이다'와 같은 추측의 어미를 구사하며 동반의 시점으로 서술함으로써 독자들이 로의 고통을 느끼도록 이끈다. 잡지 기사만으로 구성해야 하는 로를 묘사함에 있어 "나는 상상의 영역에서만 완성"할 수 있다든지 "내가 상상할 수 있는 범위 안에서 가장 쓸쓸한 장면 중 하나"라든지, "내가 상상할 수 있는 범위는 여기까지"라는 서술로 탈북 디아스포라의 심리와 외양을 객관적으로 구축해 나간다. 3년 전 로의 삶을 여행하는 작가는 직접 경험해 보는 방식174)의 글쓰기를 하고 있다.

소설은 선험적 고향 상실성의 표현으로 문제적 개인이 자신을 찾아가는 여행175)이라는 루카치의 명제를 실현시키는 이 작품은 문학의 영원한 주제인 정체성 확인을 위한 자신의 존재증명에서 출발한다. 타인에게 '김 작가'로 불리는 나는 회사명, 명함, 출생과 죽음, 결혼과 건강이 기록되어 있는 관공서 서류, 기념사진, 여권 속의 스탬프, 열쇠 등으로 정체성과 존재감을 드러낼 수 있는지에 회의적이며 생애 전체를 관통하는 자기증명이 불가능한 탈북자의 정체성을 탐색한다. 한 인간의 정체를 파악하는 데 있어 서류는 너무도 미약하고 불완전하지만 이마저도 없는 로야말로 비극적 인간형이자 문제적 개인이다. 21세기 유동성의 시대에 유령, 난민, 국민의 경계를 통한 정체성과 존재감의 문제가 다시 부상한 이유는 시민과 디아스포라 사이에 낀 경계인이 많아졌기 때문이다. 국가는 신분증과 등록제도를 통해 국민과 비국민의 법적 경계를 확정하며 시민들의 물리

---

174) 작가는 실제로 시사잡지 기사를 읽고 2007년 브뤼셀에 가서 탈북자의 행적을 취재하고 경찰서에서 쓴 진술조사를 읽으며 완벽한 이방인에 대해 써보고 싶었다고 한다(「탈북청년의 '그럼에도 불구하고'」, 『경향신문』, 2011. 5. 3).
175) 게오르그 루카치, 반성완 역, 『소설의 이론』, 심설당, 1985, 47쪽, 103쪽.

적 안전, 경제적 복지, 문화적 동질성을 보장해주기 때문에 절대주권을 주장[176]한다.

자기발견이나 허무주의, 자아와 세계와의 대결이나 불화를 그린 이전 소설에 비해 최근 소설에는 자신의 존재를 증명할 법적 문제와 귀속감, 구성원 지위, 미등록체류, 성원권/인권문제를 통해 최악의 인간조건을 지닌 난민, 불법체류자, 이주자의 정체성을 다룬다. 비시민인 로나 시민권이 있는 박은 고국에 대한 그리움과 한을 공유하고 거주국에서 환영받지 못하는 존재라는 비시민의 심상을 가지며 거주자로서의 사회적 권리를 갈망[177]한다. 로기완이 머문 벨기에 공항, 북역, 푸아예 쎌라 난민보호소, 굿슬립 호스텔 308호, 맥도널드 화장실, 고아원, 외국인사무국, 월유에 쌩 삐에르 수용소, 주 벨기에 한국대사관, 로의 아파트, 진샨화 중국식당, 브뤼셀 거리들 그리고 런던의 취안팅쥐 중국식당을 탐방하고 집필하는 동안 타자성과 디아스포라 상황을 공유하는 나는 로기완의 삶이 자신의 삶으로 들어왔음을 깨닫는다.

> 타인과의 만남이 의미가 있으려면 어떤 식으로든 서로의 삶 속에서 개입되는 순간이 있어야 할 것이다. 브뤼셀에 와서 로의 자술서와 일기를 읽고 그가 머물거나 스쳐갔던 곳을 찾아다니는 동안, 로기완은 이미 내 삶 속으로 들어왔다. 그러니 이제 나는 로에게도 나를, 그 자신이 개입된 내 인생을 보여줘야 한다. 로기완이 내 삶으로 걸어 들어온 거리만큼 나 역시 그에게 다가가야 하는 것이다.[178]

작가는 이 소설이 "너무도 외로웠던 한 사람의 흔적을 찾아다니는

---

176) 최종렬, 『지구화의 이방인들』, 마음의거울, 2013, 183~184쪽.
177) 이선주, 앞의 책, 9쪽.
178) 조해진, 『로기완을 만났다』, 창비, 2011, 172쪽.

내 여정을 담은 글"로 "소설이라기보다는 일기에 가까운 글"임을 고백한다. 로를 쫓는 여행은 소설을 쓰는 과정이므로 작가 스스로도 소설과 일기, 현실과 허구를 탈경계하고 있다. 따라서 이 소설은 창작노트이자 한 편의 완결된 문학작품이며, 이방인에 대한 성찰이자 자기고백의 글이기도 하다. 익숙한 곳과 사랑하는 사람으로부터 탈주한 여행자와 추방당한 이주자는 상처와 불안함과 존재감 부재 등을 공유하며 접촉한다. "눈에는 보이지 않는 그 사람의 눈물까지 애틋함의 시선으로 완성하는 것"이야말로 글을 쓰는 이유라고 말하는 작가는 문학적 사명을 피력한다. 창작과정의 여정을 그린『로기완을 만났다』는 소설이란 내면성이 지니는 고유한 가치를 알아보려는 모험의 형식이자 모험을 통해 자신을 시험하고 또 자신을 견디어내면서 자신의 고유한 본질을 발견하려는 영혼의 이야기[179]라는 점에서 내적 형식뿐만 아니라 외적 형식마저도 길의 형식, 여행구조로 이루어진다. 여행, 입문, 이방인 사이에는 밀접한 관련성이 있으며[180] 이 소설은 작가의 글쓰기를 통한 자기수련과 상처치유라는 자기성장적 의미를 지닌다. 또한 로와 일체감을 느낌으로써 작가란 그가 표현하는 언어가 비록 모국어일지라도 항상 그 언어 속에서 이방인과도 같아야 하며[181] 탈주선을 추적하는 소수자적 입장에서 글을 써야 한다는 들뢰즈의 문학관을 반영한다.

> 경직된 자세로 천천히 돌아선다. '그것'이 물끄러미 나를 올려다보고 있다. 쭈그리고 앉아 '그것', 누군가의 귀 한 쪽을 가만히 들여다

---

179) 게오르그 루카치, 반성완 역, 앞의 책, 115쪽.
180) 미셸 마페졸리, 최원기 외 역,『노마디즘』, 2008, 227쪽.
181) 질 들뢰즈, 김현수 역, 앞의 책, 195쪽.

본다. 그래, 바로 너였구나. 속삭이며, '그것' 쪽으로 손을 내밀어 본다. 세상 사람들의 발설되지 않은 이야기만 들으러 다니는 이상하고 가엾은 귀, 짝을 잃어 외로운, 영원히 세계의 오른쪽을 향해서만 가야 하는 외골수의 귀. 영롱한 샘물을 뜨듯 조심스럽게 두 손으로 귀를 담아와 가슴에 안아본다. 아직 한 번도 해보지 못한 고백을 오늘밤 이 귀에게만큼은 속삭인대도 나쁠 것 없겠다는 생각이 든다. 소라껍데기에 바람을 불어넣는 아이처럼 나는 그 귀에 바짝 입술을 댄다. 이제, 나만의 진짜 숨을 불어넣으면 된다.[182]

작가의 사명은 유령처럼 침묵하는 소수자의 이야기를 대신해주는 일이며, 수술로 잘린 오른쪽 귀가 끝내 하지 못한 말, 그 말을 듣기 위한 역할인 것이다. 작가는 육체적으로 죽어가고 있거나 사회적으로 죽어버린 사람들에 대해서만 쓰는 타자의 소설[183]이 특징이며 타자들이 다하지 못한 말을 대신해주는 것이 글쓰기라고 생각한다. 또한 사랑고백에 인색했던 재이와의 미성숙한 관계에 대해 듣고 대답해주는 귀를 가져야 하며 타인의 내면에 있는 상처를 끄집어내어야 하는 일이기에 소설가는 인간에 대한 이해와 타자와의 공감 및 유대 능력이 필요함을 확인한다. 여행의 끝 무렵에 윤주와 통화한 나는 "미, 안, 해"라고 읊조리면서 윤주의 흐느낌을 통해 오랫동안 자신을 괴롭혔던 죄의식에서 벗어난다.

자신에게 글을 쓸 수 있는 공간과 로의 자료들을 제공한 박과 헤어지면서, 작가는 안락사한 아내에 대한 상처 때문에 고통당한 그를 포용해주고 위로해준다. 외모가 닮았고 글을 쓰고 싶어 했던 아내와 나를 동일시했던 박의 상실감과 슬픔에 동참하며 아프지 않았다는

---

182) 조해진, 『로기완을 만났다』, 앞의 책, 168쪽.
183) 신형철, 「나는 타자다」, 조해진, 『천사들의 도시』, 민음사, 2008, 243~244쪽.

아내의 마지막 말을 듣고 싶어 했던 그 한 마디를 대신해준 나는 또 하나의 로인 박의 쓸쓸하고 신산한 삶을 공유한다. 그리고 런던의 한 중국식당에서 환하게 웃으며 체온이 있는 두 손으로 덥석 내 손을 잡아주는 주인공과 해후하며 여행과 소설은 마무리된다. 박의 얼굴을 쓰다듬는 손길과 포옹 그리고 로와의 손 접촉을 통해 디아스포라와 탈북이주자와 여행자는 하나가 된다. 피부는 무한 또는 절대적 타자와의 만남이 이루어지는 지평이며 피부의 접촉이라는 관계 속에서 타자를 향하는, 타자와의 관계 속에서만 파악되는 주체[184]가 되는 것이다.

탈북청년 로를 추적하는 과정은 문학의 테마인 정체성과 존재감의 의미를 천착하는 일이다. 작가에게 로라는 한 인간과의 연대의식과 글쓰기로서의 낙서, 일기, 수필과 같이 자기 자신을 향하고 드러내는 자기지향적인 글, 개인적 성격의 글은 치료적 의미[185]를 지닌다. 자기의 상황을 잊어버리고 다른 곳으로 생각을 유도하는 기능을 가진 문학치료(Literatherapy)[186]로서의 창작과 여행이 작가에게 치유가 되는 것이다. 여행과 글쓰기를 통해 작가는 로와 박과 윤주의 상처뿐만 아니라 재이와의 관계도 성찰함으로써 자신의 상처를 치유해 간다. 로의 삶에 관여하거나 그를 돕는 박과 나의 행보는 곧 자신의 삶을 돌이켜 보는 일인 것이다. 작가적 자세란 소수자인 로의 헐벗고 고통받는 얼굴을 통해 역지사지와 동병상련의 감수성과 거기에서 파생되는 수의성으로 응답하는[187] 타자의 윤리학을 지니는 것이다. 타자의 얼

---

184) 서동욱, 「피부 주체」, 『문학과 사회』 21권, 2008.겨울호, 353쪽, 373쪽.
185) 박영민, 「쓰기 치료를 위한 개인적 서사문 중심의 자기표현적 글쓰기 활동」, 『한어문교육』 27권, 2012, 37쪽.
186) 변학수, 『문학치료』, 학지사, 2007, 33쪽.
187) 박태범, 「프랑스 포스트모더니즘의 인문학적 사유에 대한 기초신학적 이

굴을 도외시하지 말고 그 얼굴에 응답해야 하며 그 응답은 윤리적 책임으로 이어져 그의 존재를 책임져야 한다. 이는 또한 '외국인', '무국적인', '경계인', '이방인', '불법체류자'라는 다중의 소수적 정체성을 지닌 로의 얼굴이기도 하지만 상처치유가 요구되는 여행에 지친 여행자인 나나 고향에서 정착하지 못하는 디아스포라 박의 얼굴이기도 하다. 소설이란 하나의 자서전이며 동시에 사회적 역사로서 루카치가 말했듯이 작가의 윤리가 작품의 미학적 문제가 되는 유일한[188] 문학 장르이기 때문이다. 여전히 불법체류 신분인 로와 상처투성이인 나의 문제는 그 어떤 것도 해결되지 않았지만 이들의 연대감은 치유와 성장의 결과를 가져오고 여행과 글쓰기도 끝이 난다.

4. 유령·난민 정체성을 지닌 지구촌 이방인들

『로기완을 만났다』는 탈북청년의 디아스포라 운명에 대해 성찰함으로써 인간의 존엄성과 정체성에 대한 이야기를 그리고 있다. "이방인이 되어서 이방인일 수밖에 없었던 사람"에 대한 글쓰기와 여행을 하는 작가는 여행자인 자신과 이주자 로기완을 이방인 정체성을 지닌 타자로 인식한다. 짐멜은 이방인을 객관성과 자유를 결합시키며 어떠한 고정관념에도 얽매이지 않은 자[189]이자 질문자, 더 개화된 자와 같은 긍정적인 인물로 평가하지만, 현실 속의 그들은 위험

해」, 『가톨릭신학』 21권, 2012, 109~110쪽.
188) 루시엥 골드만, 조경숙 역, 『소설사회학을 위하여』, 청하, 1980, 17~19쪽.
189) 이용일, 「다문화시대 고전으로서 짐멜의 이방인 새로 읽기」, 『독일연구』 18권, 2009, 193쪽.

한 자, 질서를 교란하는 자, 범죄자, 국외자, 쓰레기, 잉여인간과 같이 부정적인 이미지로 덧씌워져 있다. 이주자는 고국에서 도망쳐 나왔지만 입국이 거부되는 지구상의 미아이자 사회적으로 좀비이며 과거의 정체성은 유령으로만 살아남는 비존재이다. 국민, 국가, 자본, 영토, 출신에서 벗어난 이주자는 시민이 되지 못하고 영원히 떠도는 난민들이다. 자신을 증명할 수 없는 '증' 없는 이들은 타자의 표상으로 문학속의 주인공으로 등장한다. 작가는 로의 행적을 역추적하고 추체험하면서 한 편의 장편소설을 완성해 나간다. 소설이 진행될수록 이주자의 절망과 공포는 고아소녀인 윤주, 한민족 디아스포라인 박, 작가라는 직업을 가진 여행자인 나의 고통과 아픔으로 전해지면서 소수적 연대를 형성한다. 배제와 포섭의 이분법적 위치에 현대인을 위치시키는 탈국경 이동이 일상화된 현실에서 이방인이 유령처럼 떠돌며 부유하고 있다. 지구촌 사회는 배척이 심하고 배려가 부족한 공동체로서 다문화주의, 똘레랑스, 타자지향성, 타자의 권리라는 공허한 말들이 유행되고 있다. 작가는 이 소설을 통해 상처받는 사람들의 관계맺음을 통해 인간다운 세상을 구현하고자 하며 등장인물 간의 공감과 소통을 통해 자기 자신이 소수이자 타자일 수 있음을 보여준다. 우리 시대의 가장 비참하고 남루한 탈북청년 로는 한민족 디아스포라인 박의 모습이자 윤주와 내 안의 타자이기 때문이다. 따라서 유령처럼 출몰하는 이주자, 난민의 문제는 우리 자신의 문제이며 유동하는 시대의 현대인은 로나 윤주처럼 이방인의식, 고아의식을 지닌다.

한 달 동안의 여행은 그 어느 것도 해결해주지 못하지만 낯선 공간에 놓여 타자와 대면하면서 인간과 사랑의 정체성, 상처치유, 자기

수련, 글쓰기를 통한 소설가로서의 입문, 로와 윤주의 성숙이라는 입사의식적 여정을 통과한다. 나와 재이와의 갈등과 결핍도 로와 라이카, 박과 그의 아내와의 관계를 통해 풀어나간다. 여전히 로는 불법체류라는 불안한 신분상태에서 삶을 영위하겠지만 그의 곁엔 사랑하는 사람이 있으며, 작가 역시 글쓰기라는 천형의 직업으로 고통스러워 하겠지만 삶은 계속되는 것이다. 서울-브뤼셀-런던-서울의 여정을 끝내며 작가는 여행, 글쓰기, 입문, 성숙, 발견 등의 성과를 얻고 완결된 한 편의 소설을 들고 귀환한다. 다문화, 이동성, 이주라는 우리 시대의 화두는 전지구적인 현상이 되었고, "살아있고, 살아야 하며, 결국엔 살아남게 될 하나의 고유한 인생, 절대적인 존재, 숨 쉬는 사람"인 탈북 디아스포라의 모습을 통해 작가의 삶의 윤리가 소설의 미학적 형식인 여행서사로 구현되고 있다. 여행소설이자 탈북소설인 『로기완을 만났다』는 유동하는 다문화·다원화시대에 작중 인물의 화자로 등장한 소설가의 상처치유와 통과제의를 성찰하며 지구촌 소수자의 고통과 인권문제를 제기하고 있다.

제3부

경계인 · 혼종성 · 다문화성

1장 다문화소설에 나타난 이주노동자의 재현 양상

1. 서론

세계화와 신자유주의적 시장경제질서가 주도하는 21세기에 국경을 넘는 이주자가 새로운 타자로 주목받고 있다. 노동과 결혼 같은 생존문제로 자국을 떠나는 이들은 이주국에 정착하는 동안 타자적 정체성을 확인한다. 피부색, 언어, 문화, 종교, 인종적 차이가 위계적 동일화의 질서 속에서 판단되어 인권유린을 당하거나 신체의 훼손, 성희롱, 억압에 노출된다. 혈통과 국적이 동일한 민족국가에서 이주노동자, 결혼이민자의 국내 유입은 인권유린, 혼종성, 탈식민성과 같은 다기한 문제를 야기한다. 한국사회의 인종적 위계는 이중적인데, 피부가 검거나 빈곤국 출신일수록 차별대우를 받는다. 이로 인해 차별 금지를 의미하는 인권[1]문제가 심각하며, 임금체불이나 열악한 노

---

1) 「세계인권선언문」에서는 "모든 사람은 인종, 피부색, 성, 언어, 종교, 정치적 또는 기타의 견해, 민족적 또는 사회적 출신, 재산, 출생 또는 기타의 신분과 같은 어떠한 종류의 차별 없이, 세계인권선언문에 규정된 모든 권

동환경과 불법체류를 이용한 저임금, 여권압류, 산업재해 등으로 이주노동자의 건강권, 주거권, 가족형성권을 침해하고 있다.

국경을 넘는 이주자는 낯선 이방인을 외부의 침입으로 여겨 공포 및 경계대상 혹은 훈육과 감시의 대상이 된다. 빈곤국 출신의 검은 피부를 가진 생산직 이주노동자에 대해 혐오와 멸시의 감정이 심한 우리 국민은 그들을 배척하고 소외시킨다. 다문화가정 2세, 혼혈인, 탈북 새터민, 조선족은 한국 국적을 가지고 있지만 '혈통'에 대한 결함이 있거나 혈통에 결함이 없지만 한국 '국적'을 갖지 못한 존재[2]이며 외국인 노동자는 이 모두를 갖추지 못한 존재이기 때문이다. 자민족우월주의와 타민족에 대한 배제 메커니즘이 강한 한국사회에서 이들은 열악한 생활을 하고 있다. 레비나스의 타자의 윤리학이나 칸트의 세계시민의식, 그리고 21세기야말로 윤리의 세기가 되어야 함을 주창하는 가라타니 고진에 대한 최근의 관심은 이런 분위기를 말해준다. 21세기의 새로운 타자, 이주민의 출현은 세계시민으로 가는 길목에서 다민족·다인종·다문화시대를 준비해야 함을 알린다. 상상의 공동체인 국가, 민족 개념에서 탈피하여 국경을 넘는 현실에서, 현존하는 '정치적 성원권'[3]에 의해 이주민은 내부구성원과 외국인으로 분류되어 공동체 밖으로 축출되고 최소한의 인권조차도 보호

리와 자유를 향유할 자격이 있다. 더 나아가 개인이 속한 국가 또는 영토가 독립국, 신탁통치지역, 비자치지역이거나 또는 주권에 대한 여타의 제약을 받느냐에 관계없이, 그 국가 또는 영토의 정치적 법적 또는 국제적 지위에 근거하여 차별이 있어서는 아니 된다"라고 명시하고 있다(린 헌트, 전진성 역, 『인권의 발명』, 돌베개, 2009, 258쪽).

2) 류찬열, 「다문화시대와 현대시의 새로운 가능성」, 『국제어문』 44집, 2008, 295쪽.

3) 현존하는 정치체제에 외국인과 이방인, 이민자, 신입자, 난민, 망명객 등이 어떻게 편입되는가를 다루는 원칙과 관행을 말한다(세일라 벤하비브, 이상훈 역, 『타자의 권리』, 철학과현실사, 2008, 23쪽).

받지 못하게 된다.

이주노동자를 주인공으로 한 소설들은 2005년 이후부터 등장하였는데, 디아스포라 혹은 다문화주의적 관점에서 플롯이나 소설적 전망을 살펴본 논문4)과, 타자성과 재현양상의 측면에서 살펴본 논문5)으로 나눌 수 있다. 최진희의 논문에서는 거부, 두려움, 공포로 다가오는 이주노동자를 통해 사회모순을 고발하고 변화와 소통의 가능성을 분석하였으나 문학적 관점보다는 교육학적 관점으로 연구되었고, 박진과 천연희의 논문에서는 이국적 신비에 감싸인 가련하고 선량한 타자로 고착화되는 타자 만들기에 관한 문제점을 비판하였다. 강진구는 소설에 나타난 이주노동자의 이미지를 상처의 치유 또는 기억의 환기, 어린 아이, 제노포비아로 설정하여 주체/타자라는 이분법적 인식에서 벗어나지 못하고 있음을 밝혔고, 대상작품으로는 박범신의 『나마스테』와 김재영의 「코끼리」가 가장 많이 분석되었다. 선행연구를 바탕으로, 한 사회에서 살아가고 있는 외국인 이주노동자의 삶과 환경, 문화적 정체성 혼란 등을 형상화한6) 다문화소설에 등장하는 이주노동자의 재현7) 양상을 통해 그들이 우리 사회에서 차지하는

---

4) 우한용, 「21세기 한국사회의 다양성과 소설적 전망」, 『현대소설연구』 40호, 2009, 오윤호, 「디아스포라의 플롯」, 『시학과 언어학』 17호, 2009.

5) 천연희, 「현대소설을 통해본 이주노동자에 대한 한국인의 태도」, 전북대 석사학위논문, 2008, 최진희, 「다문화시대 문학교육을 위한 이주노동자의 타자성 연구」, 서강대 석사학위논문, 2009, 강진구, 「한국소설에 나타난 이주노동자의 재현 양상」, 『어문논집』 제41호, 2009, 박진, 「박범신 장편소설 『나마스테』에 나타난 이주노동자의 재현 이미지와 국민국가의 문제」, 『현대문학이론연구』 40호, 2010.

6) 선주원, 「다문화소설에 형상화된 유목적 존재들의 삶 이해를 통한 소설교육」, 『독서연구』 25권, 2011, 204쪽.

7) 강진구는 '이주노동자소설'이란 용어가 합의되지 않은 개념이라고 언급하면서도 '①이주노동자 문제를 전면적으로 다룬 작품, ②이주노동자가 서사의 중심으로 등장한 작품, ③이주노동자가 화자로 등장한 작품'으로 규정

위치와 타자를 통한 자기성찰의 문제를 다루고자 한다. 또한 21세기의 타자로서 난민, 탈북자, 이주자의 탈식민성과 혼종성이 작품 속에 어떻게 투영되고 재현되는지 고찰해보고자 한다.

2. 영원한 이방인으로서의 이주노동자

국경을 넘는 이주자는 생존을 위한 필사적인 탈출을 감행하지만 '제7인간', '세계의 하녀', '지구화가 생산한 쓰레기'[8], '이등국민'으로 명명되어져 자국민이 꺼려하는 3D업종에 종사한다. 자민족 위주로 시행되는 이민정책[9]으로 정착이 쉽지 않은 이주노동자는 밀입국자나 불법체류자의 위치에 놓이면서 열악한 노동환경, 저임금, 신체훼손, 성적 노동을 견뎌야 하는 상황에 처한다.

김재영의 「코끼리」의 이주노동자는 돼지축사를 고쳐 생활하는 주거환경과 시끄러운 소음, 페인트 냄새, 옻 냄새 등이 배인 가구공장, 염색공장, 알루미늄공장에서 건강을 해칠 뿐만 아니라 14시간에서 16시간을 갇힌 채 노동하는 비인간적인 대접을 받는다. 파키스탄 청년 알리는 온몸이 시퍼런 멍과 상처로 얼룩져 있고, 다문화가정 2세

하고 있다(앞의 글, 250쪽). 그러나 이는 탈북자소설, 결혼이주여성소설, 조선족소설, 자이니치소설, 외국인노동자소설 등 이주자에 대한 범주와 용어의 혼선이 야기되므로 디아스포라소설이나 다문화소설로 통칭하는 것이 바람직하다.

8) 지그문트 바우만, 정일준 역, 『쓰레기가 되는 삶들』, 새물결, 2008, 114쪽.

9) 한국사회는 기본적으로 결혼이주를 제외한 외국인의 정착형 이주를 불허하는 단신 이주자 중심의 반(反)정주 정책(anti-settlement policy)를 추구해왔다. 이주노동자의 정주화를 막기 위해 이주노동자의 사업장 이동을 금지하는 한편 국내 체류기간을 3년으로 한정지으며, 가족을 불러들일 수 없다(김영옥 외, 『국경을 넘는 아시아 여성들』, 이화여대출판부, 2009, 189쪽).

인 아카스는 이주노동자들의 잘린 손가락을 모아 무덤을 만들며 성장한다. 축사를 개조해 만든 5개의 방에 사는 이주노동자들은 저마다의 사연을 갖고 있다. 네팔 출신 아버지와 도망간 조선족 어머니를 둔 아카스는 곰팡이와 땀과 화학약품과 욕설이 난무한 공장에서 일한 탓에 폐를 버린 아버지를 염려하는 조숙한 소년으로 호적도 국적도 없는 처지이다.

> 그렇지만 나보다는 낫겠지. 난……태어난 곳은 있지만 고향이 없다. 한국에 네팔 대사관이 없어 아버지는 혼인신고를 못했다. 그래서 내겐 호적도 국적도 없다. 학교에서조차 청강생일 뿐이다. <u>살아 있지만 태어난 적이 없다고 되어 있는 아이</u>……10)

13세 소년 아카스는 학교에서도 여자아이의 손을 만졌다는 이유로 그 아이의 오빠에게 구타를 당한다. 교실에서 따돌림을 당해도 청강생인 소년은 법적·신체적·사회적 보호를 받지 못하며 내면의 상처마저 혼자 극복해야 한다. 다문화와 이중언어 능력을 갖춘 세계시민으로서 일익을 담당하느냐 하층민의 나락으로 떨어져 범죄자로 성장하느냐는 기로에 선 다문화가정 2세의 미래는 혼혈인 자신과 이주노동자인 아버지를 차별하는 한국사회에 대해 증오와 분노의 시선을 갖기에 후자가 되기 쉽다. 서류에 없는 무국적 상태의 인간 즉 비존재인 아이는 학교에서조차 불가촉천민 취급을 받음으로써 깊은 상처를 받는다. 2호실 토야 엄마는 남편이 스리랑카로 추방된 뒤 나사를 꿰어 연명한다. 이주노동자는 가족과 함께 살 수 없으므로 최소한의 가족형성권도 박탈당한 채 생이별을 한 상태이다.

---

10) 김재영, 「코끼리」, 『코끼리』, 실천문학사, 2005, 23쪽.

손홍규의 「이무기 사냥꾼」의 건달 용태는 공동체에서 배제된 부모의 고통스런 삶을 보면서 오입과 도박을 하며 희망 없는 나날을 보낸다. 그는 우연히 알게 된 이주노동자 장웅과 알리에게서 타자성을 공유하며 친해진다. 택배기사, 염색공장의 운반기사, 가구공장 기사를 전전하다가 만난 조선족 장웅과 방글라데시인 알리는 유일하게 자신의 말을 들어주는 친구들이기 때문이다.

> ① 사람들의 매질이 어느 정도 무르익으면 아버지는 <u>너구리처럼 웅크리고 죽은 듯이 꼼짝도 하지 않았다</u>.[11]
> ② 어머니는 어둑한 흙집 안에서 <u>시체처럼 누운 채</u> 아버지가 마을 남정네에게 두들겨 맞는 소리를 들으며 눈물이나 흘렸을 것이다.[12]
> ③ 벌레는 다시 <u>꼼짝도 않고 죽은 시늉</u>을 했다.[13]
> ④ <u>죽은 시늉</u>을 저렇게 완벽하게 해낼 수 있는 사람은 달리 없었다.[14]
> ⑤ 용태는 실눈을 뜨고 그들을 보았다. 입술을 깨물었더니 살점이 떨어져나갔는지 입술과 그 언저리가 얼얼하다. 언제까지 이렇게 <u>죽은 시늉</u>을 해야 할지 알 수가 없었다.[15]

꼼짝 안하기는 이 소설의 주도모티프(leit-motif)로 공동체에서 배제되고 추방된 자의 타자적 실존을 상징한다. ①과 ②는 빨치산의 후예인데다가 오누이끼리 결합한 용태 부모가 마을사람들로부터 마을의 단합이 필요할 때마다 희생되는 무기력한 태도를 묘사한 부분이다. 빨갱이 출신이자 근친상간의 이중적 타자성을 지닌 용태 부모는 이유 없이 매질을 당하고 소도둑 누명을 쓰는가 하면, 강간을 당해도 저항조차 하지 못하고 마을사람이 물러갈 때까지 죽은 척할 뿐이

---

11) 손홍규, 「이무기 사냥꾼」, 『봉섭이 가라사대』, 창비, 2008, 73쪽.
12) 위의 소설, 75쪽.
13) 위의 소설, 75쪽.
14) 위의 소설, 91쪽.
15) 위의 소설, 102쪽.

다. ③은 용태의 생식기 거웃에 기생하는 사면발이로 사람 눈에 띄면 죽은 척 하며 생존을 이어나가는 벌레를 그린 것으로 공동체에서 제외된 추방자야말로 벌레와 다름없는 존재임을 나타낸다. ④는 공장에서 하루 열네 시간 일해도 오십만 원을 겨우 받는 알리가 밀입국자 신분으로서 삶을 견뎌내는 방법으로 선택한 죽은 시늉을 용태의 입장에서 서술한 것이며, ⑤는 알리의 기술을 이용하여 돈을 벌며 기생하던 용태가 오히려 그로부터 사기당해 옥탑방 보증금을 뜯기고 방을 빼야 할 처지에 놓이자 알리 흉내를 내며 죽은 척을 함으로써 타자의 대열에 들어서게 되는 장면이다.

용태 아버지와 알리의 죽은 척하기는 타자적 삶의 자세로서 수용소의 유대인처럼 '걸어 다니는 시신', '미이라 인간', '살아서 죽은 자', '비인간'16)의 형상을 띤다. 원시적이고 동물적인 반응을 보이며 외부의 위협에 대해 본능적으로 움츠리는 산주검(undead) 같은 극한 상황의 생존방식이 이주노동자와 공동체에서 추방된 자의 삶의 형태이다. 알리와 용태 아버지는 마을공동체에서 이질적인 존재로 공동체의 화합을 확인할 때마다 필요한 희생양(scapegoat) 메커니즘17)이 작동되어 시체처럼 순응하는 방식을 터득한다. 그들은 인간에게 기생하거나 위협당해 들키면 죽은 척 하는 사면발이 같은 존재들이다. 사회적 질서의 위기 국면에서 희생양을 사회의 적으로 만들어 위기를 돌파하는 메커니즘에서 희생양18)은 만만하거나 위험해 보이는

---

16) 임홍배, 「아우슈비츠의 기억과 재현의 문제」, 『뷔히너와 현대문학』 31호, 2008, 206쪽.
17) 르네 지라르, 김진식 역, 『희생양』, 민음사, 1998, 200쪽.
18) 집단적 박해의 대상으로는 강간, 근친상간, 수간 같은 성적 범죄와 같이 문화와 비교해서 가장 엄한 금기를 위반한 사람, 민족적·종교적 소수파, 병, 광기, 선천적 기형, 후천적 불구 같은 장애자(handicap)는 차별대우와 희생의 대상이 된다. 이방인, 비정상, 무국적자 등이 이에 해당된다(위의 책,

사회적 약자가 표적이 되는데 사회적 금기를 어긴 용태 부모, 불법 체류 이주노동자 알리와 장웅 등이 이에 해당된다. '죽은 시늉'을 해야만 살 수 있는 자들은 인간과 비인간/동물 사이의 경계에 위치하며 공동체에서 축출되거나 추방당한 자들이다. 용태의 거웃에 기생하며 살다가 발각되면 죽은 척 꼼짝 안하는 벌레, 용태 아버지, 밀입국자인 알리, 알리에게 사기 당해 그의 흉내를 내는 용태의 죽은 척하는 흉내 내기야말로 사람으로 살 권리를 박탈당하는 최악의 인간조건이다. 무국적자는 단지 시민권을 빼앗기는 데 그치지 않고 인간의 모든 권리를 박탈당하는 것[19]으로 자유의 권리, 활동의 권리마저 포기하게 만든다.

홍양순의 「동거인」의 '나'는 사회 속에 편입되지 못한 31살의 백수로서 우연히 알게 된 조선족 가이드 김광요와 원치 않은 동거에 들어간다. 결혼과 취업에 대한 고민만으로도 남을 배려하기 쉽지 않은 나에게 심장판막증에 걸린 딸아이의 수술비를 위해 불법으로 체류하는 김광요는 택배회사나 이삿짐센터와 같은 3D 업종에서 경쟁하는 경쟁상대이자 사고를 치고 도망 온 위험인물로 인식된다. 김광요에게서 보이는 빈궁함, 불안감, 비굴함은 마치 자신의 모습을 보는 듯한 불쾌감을 조성하며 영원히 사회에서 배제될 것 같은 두려움에 빠지게 한다. 축출의 위험에 놓인 증 없는 인간인 김광요는 정당한 법적·정치적 지위를 갖지 못함으로써 투명인간처럼 자세를 취한다.

> ① 아니 아침부터 숫제 죽여 주십쇼, 하는 자세로 버티고 있다. 대체 어쩌겠다는 심사인지, 지금 역시 오후의 햇살이 강하게 비추지만 눈

25~41쪽 참조).
19) 세일라 벤하비브, 이상훈 역, 앞의 책, 76쪽.

썹 하나 움직이지 않고 처분만 바란다는 표정으로 나를 가만히 바라
본다.[20]

② 김이 고개를 끄덕이며 <u>한 줌밖에 안 될 것 같은 체구를 궁상스럽게
옹그렸다.</u>[21]

③ 김은 불도 켜지 않은 구석에 그것도 침대 발치 밑 <u>방바닥에 웅크리
고 있었다.</u>[22]

④ 오늘도 김은 그의 지정석이 된 침대 발치 밑 <u>방바닥에 옹송그리고
있다.</u>[23]

한국사회에서 이주노동자는 체류조건이 까다롭고 체류기간이 길
지 않아[24] 단속과 추방의 위협에 놓인다. 내부구성원 즉 국민/시민
이 되지 못하는 이주노동자는 자신의 몸을 최대한 웅크린 채 국가보
호에서 제외되고 존재증명이 불가능해짐으로써 투명인간이 되는 것
이다.

이혜경의 「물 한 모금」의 이주노동자인 아밀은 행동과 표정에서
존재감을 드러내지 않기 위해 무기력하거나 선량한 표정 연기를 하
며 뒷자리나 바닥, 구석의 위치에 머문다.

……샤프는 그와 많이 달랐다. 시외버스에 올라 운전석 뒷자리에
털썩 앉는 것부터 그랬다. 뒤따라 승강대를 오른 그는 주춤했다. 그는

---

20) 홍양순, 「동거인」,『자두』, 문이당, 2005, 44쪽.
21) 위의 소설, 49쪽.
22) 위의 소설, 53쪽.
23) 위의 소설, 55쪽.
24) 한국정부의 외국 인력 정책은 정책부재시기(1987~1991), 산업연수제 시기
    (1991~2003), 고용허가제와 산업연수생 병행 시기(2003~2006), 이주노동정
    책에서 이민정책으로(2006~)의 단계로 나누어지는데, 기본정책의 틀은 노
    동허가 불허와 더불어 가족동반 불허로 한국정부는 지난 20여 년간 일관
    되게 이주노동자의 정주화를 방지하기 위한 목적으로 국내 체류 기간을 3
    년으로 제한하는 단기 로테이션 정책을 고수해왔다(오경식 외,『한국에서
    의 다문화주의』, 한울, 2007, 31쪽).

1장 다문화소설에 나타난 이주노동자의 재현 양상 ••• 153

앞쪽에 앉아본 적이 없었다. 앞자리에 앉으면 안 된다고 말한 사람은 없었지만, 왠지 버스에 오르면 맨 뒤쪽으로 들어가 박히는 게 편했다. 여기 앉으려고? 그가 물었다.[25]

월드컵이 끝나면 불법체류자들을 싹 쓴다는 소문이 황사처럼 번진 뒤끝이었다. 끌어안고 있던 서류들을 내맡기는 하얗고 노랗고 검은 얼굴에 배어나오는 불안과 의혹. 과연 이 서류가 관리들에게 통과될지, 그래서 불안하지 않은 마음으로 거리를 돌아다닐 수 있을지 그 사이에 법이 바뀌는 거나 아닌지 하는 불안 위에. 이곳에 머무를 수 있게만 해준다면 금지된 일은 하나도 안할 사람들임을 알아달라는 겸손한 표정을 덧바르고. 난 작은 도마뱀보다도 무력하고 무해한 인간이랍니다. 그저 당신네 땅에서 잠시 숨 쉬는 것뿐이에요. 깨끗한 종이 같은 표정으로 두근거리는 가슴을 감추던 정오의 하얀 볕.[26]

한없이 자기를 낮추며 존재감을 드러내지 않는 알리와 달리 버스 앞자리에 서슴지 않고 앉는 샤프와 자본주의적 삶을 향유하는 알리의 동생 라흐맛은 추방되거나 죽게 된다. 호미 바바가 말한 닮기는 닮되 너와 나의 차이가 없어질 만큼 닮지는 말라는 것인데 그들은 거의 같지만 똑같지는 않은 식민권력이 원하는 타자[27]의 양가적 모습에서 이탈했기 때문에 추방되거나 죽는다. 숨 쉬는 게 허락될 뿐인 서류, 일자리를 얻을 수 없다는 단서가 붙은 체류허가증은 생존할 수 없는 이민자의 삶을 표상한다. 쫓겨난, 추방령을 받은, 터부시되는, 위험스러운 자, 속세 영역에서 배제된 자로 경계영역에 놓인 이들은 무조건적인 살해의 가능성에 노출되어 있는 존재로서 정치질서 속에 포함시키는 근본적인 예외를 성립[28]시킨다. 사회적 약자

25) 이혜경, 「물 한 모금」, 『틈새』, 창비, 2006, 17쪽.
26) 위의 소설, 21쪽.
27) 이경원, 『검은 역사 하얀 이론』, 한길사, 2011, 399쪽.

정체성을 내포하는 이주노동자는 외국인 혐오의 감정과 화풀이 대상으로 종종 전락하게 되고 민족국가는 그들을 국외자(exception) 상태로 묶어두고 있는 것[29]이다. 따라서 이주노동자는 박범신의 『나마스테』의 카밀처럼 "유순하고 고요한 표정"을 짓는 선하고 순한 이미지로 정형화됨으로써 자신들이 남성성, 공격성, 폭력성이 거세된, 위험하지 않은 인물이라는 메시지를 내국인에게 끊임없이 내보여야 한다. 큰 눈을 껌벅이며 순하고 착한 이미지로 고착화된 이주노동자 이미지는 모든 자연스러운 충동의 희생과 열정의 억제를 요구하므로 공격적인 행위의 성격을 지니는 스스로에게 거짓을 행하는 것이며 자기기만의 강제[30]인 동화의 결과이다.

박찬순의 「가리봉 양꼬치」의 '나'는 가리봉동의 양꼬치 요리사로 양고기의 노린내를 없애는 레시피를 개발하는 자부심 강한 조선족이다. 나는 3개월짜리 C-3관광비자로 입국해 빌딩 건설현장에서 6개월 동안 등이 휘어지도록 벽돌을 날랐지만 임금 한 푼 받지 못하고 가리봉동 쪽방으로 숨어든 신세이다. 중국교포들은 한국 인명부에 기록이 없으므로 주민으로 보호받지 못한 채 온갖 불이익을 감수하며 먼저 입국한 부모를 찾을 서류조차 없어 막막한 상태이다. 이들은 무연고 행려자로 시신조차 찾을 길이 없는 것이다.

가정과 직업과 가족과 자신의 언어로 이루어진 일상생활의 세계를 잃어버렸을 때 어떤 일이 일어나는지를 생생하게 기술한 아렌트는 이러한 무국적 인간―정당한 법적·정치적 지위를 지니지 못한 무국적 상태의 인간 즉 비존재의 인간―의 인권[31]을 유대인 난민으

---

28) 조르조 아감벤, 박진우 역, 『호모 사케르』, 새물결, 2008, 180쪽.
29) 세일라 벤하비브, 이상훈 역, 앞의 책, 193쪽.
30) 리처드 J. 번스타인, 김선욱 역, 앞의 책, 45쪽.

로 살았던 자신의 경험에 비추어 피력한바, 다문화소설 속의 불법체류 이주노동자의 타자적 존재감을 최소한의 움직임도 허락지 않는 '죽은 시늉', '죽은 척', '꼼짝 않기' 같은 산 주검 혹은 노바디로 표상하고 있다. 이와 같이 타인을 하등인간으로 만들면 희생자들로부터 거리를 둘 수 있고, 희생자들이 벌레, 곤충, 찌꺼기, 쓰레기로서 인종적으로 우수한 민족의 육체에 기생하는 암세포에 불과하다는 이데올로기적 사고[32]를 뒷받침할 수 있게 되는 것이다. 탈국경 시대의 새로운 타자인 이주노동자는 소설에 나타난 바와 같이 최소한의 인권도 허락받지 못한 채 무국적 상태의 무국적자로서 숨죽인 채 살고 있다.

3. 한국사회의 식민성과 배타적 민족의식

이주노동자는 일방적으로 폭행을 당하거나 자국민에게 고통을 당하는 피해자로 그려진다. 「코끼리」의 이주노동자는 공장에서 신체를 훼손당하거나 언어폭력에 무방비 상태이다. 아카스의 아버지는 폐가 나달나달해졌으며, 알리나 쿤도 프레스에 손가락이 잘리거나 하루 16시간 일하면서 온몸이 시퍼런 멍과 상처로 얼룩져 있다. 빅토리아 나이트클럽 무희 마리나는 반라로 상품화되며, 「아홉 개의 푸른 쏘냐」의 로즈이 클럽 무희 쏘냐도 욕설과 매질을 감내하며 성매매까지 당하는 처지이다. 브로커 최에게 여권을 강탈당한 채 헤로인 주사를 맞고 강제 섹스를 해야 하는 쏘냐는 계급적·인종적 차별과 더불어 성적 차별이라는 삼중 억압하에 놓인다. 마리나와 쏘냐는 성산업에서

---

31) 위의 책, 2009, 130~131쪽.
32) 아르준 아파두라이, 장희권 역, 『소수에 대한 두려움』, 에코, 2011, 82쪽.

한국인이 가장 선호하고 성적 서비스가 비싸게 거래되고 성적 판타지를 가장 많이 불러일으키는 러시아 백인여성[33])으로 관음증적 욕망의 대상이 되고 있다. 가부장적 사회에서 자행되는 남근적 폭력과 성적 수탈로 죽어가는 여성이주자는 일방적인 피해자로 그려진다.

『나마스테』의 카밀의 입을 통해 듣는 이주노동자의 현실 또한 비참하고 고통스럽다. 카밀의 고향 친구 학바는 금속공장에 도착하자마자 여권과 외국인 등록증을 빼앗긴 다음 부당한 계약서를 쓰며 사장에게 발로 채이고 밟히거나, 임금도 받지 못하고 공장 컨테이너에서 생활하다가 얼굴과 팔과 눈에 큰 화상을 입는다. 축구선수였던 나왕은 정밀기계공장에서 무릎을 다쳐 장애인이 되는 등 짐승만도 못한 처지에 놓이며 강제추방의 위험에 불안해한다. 네팔 출신인 구룽과 텐징이 처음 배운 한국말이 "얌마", "졸라"이며, 구룽은 입국 3개월 만에 프레스에 손가락 두 개를 잃었으나 휴업급여, 장해보상을 받지 못한다. 구룽과 텐징은 농성에 가담했다는 이유로 공장장과 한국인 직원들에게 "빨갱이 외국놈"이라는 욕설을 듣고 장파열과 어금니 손실, 그리고 무릎 골절상과 늑골이 부러지는 폭력을 당한다. 이 소설은 실화를 바탕으로 추방의 위험과 열악한 이산생활을 비관해 자살한 다르카, 방글라데시인 비쿠와 자카리아, 우즈베키스탄인 부르혼과 카임, 러시아인 안드레이, 중국동포 김원섭과 강태걸 그리고 산화한 카밀까지 이국땅에서 죽어간 이주노동자들의 가혹한 현실을 리얼하게 그려낸다. 이와 같이 「코끼리」나 『나마스테』에서는 인종차별과 인권유린의 희생양인 이주노동자의 처참한 실태가 고발

---

33) 김은실, 「지구화, 국민국가 그리고 여성의 섹슈얼리티」, 『여성학논집』 19집, 2002, 40쪽.

되고 있다.

「이무기 사냥꾼」의 밀입국자 신분인 알리는 인권단체나 상담소에 도움을 청하기가 어려워 다섯 군데나 공장을 옮겼지만 제대로 된 월급을 받아본 적이 없고 위조여권마저 빼앗기는 신세이다. 조선족 출신 장웅은 과로로 맹장파열, 복막염에서 패혈증까지 된 자신의 몸을 진통제로 버티다가 오한과 고열로 쓰러져 결국 죽는다. 「물 한 모금」의 아밀은 콘크리트 운반으로 어깨뼈와 척추뼈, 근육의 통증을 견뎌내며 열두 시간의 노동과 근무지 이탈 금지 같은, 목숨과 자유를 박탈당한 삶을 살며, 샤프 역시 주말에 노가다 일까지 해 두 달 만에 육 킬로그램이나 빠질 정도로 버거운 육체노동을 하고 있다. 「동거인」의 조선족 출신 김광요는 공장주가 월급을 주지 않자 그를 폭행하고 달아난다. 그는 범법자가 되어 쫓기는 신세이며 목수일이 힘들어 몸이 아픈 증세를 보인다. 빌붙어 사는 그는 방주인에게 머리를 폭행당해도 소리 한번 안 지르고 뒹굴 뿐 저항조차 하지 못하는 신세이다.

소설 속의 외국인 노동자는 장시간의 열악한 환경에서 위험한 노동과 가혹한 폭행으로 몸이 훼손되거나 질병에 노출되어 죽음에 이른다. 한국인 노동자보다 힘든 일을 하면서도 낮은 임금을 받아야 하는 불평등하고 차별적인 노동조건을 감수해야 하는 이주노동자는 축사를 개조해 만든 건물(「코끼리」), 공장에 딸린 컨테이너(「모두에게 복된 새해」, 『나마스테』), 쪽방이나 여인숙(「가리봉 양꼬치」, 「가리봉 연가」), 재개발 구역인 빌라(「갈색 눈물방울」) 등처럼 열악한 주거환경에서 산다.

아버지와 나는 십여 년 전까지 돼지축사로 쓰였다는, 낡은 베니어 판 문 다섯 개가 나란히 붙어 있는 건물에서 살고 있다. 쪽마루도 없는 데다 처마마저 참새 꼬리처럼 짧아 아침이면 이슬에 젖은 신발을 신고 학교에 가야 한다. 며칠 전 주인아주머니는 누런 갱지에 '빈 방 있음'이라고 써 3호실 문짝에 붙여 놓았다. 그 방 앞을 지나던 나는 열린 문틈으로 안을 들여다보았다. <u>벽에는 얼룩과 곰팡이와 낙서가 가득했고, 들뜬 황갈색 비닐장판 위로는 뽀얀 먼지가 살얼음처럼 깔려 있었다. 비스듬하게 세워진 낡은 캐비닛 뒤쪽 벽에는 쥐가 들락거릴 정도의 작고 새까만 구멍이 뚫려 있는데, 구멍 주위로 자잘한 시멘트 가루와 흙덩이가 흩어져 있어 마치 상처 부위에 엉겨 붙은 피딱지처럼 보였다.</u> 총알에 맞아 쿨럭쿨럭 피를 쏟아내는 심장을 본 것 같은 섬뜩함이 가슴을 오그라뜨렸다.[34]

이주노동자는 돈을 벌기 위해 국경을 넘었지만 그들의 나라에선 자존심과 명예를 지닌 사람들이다. 「코끼리」의 아카스의 아버지는 천문학을 공부하던 학자였으며, 「가리봉 양꼬치」의 아버지는 닝안 시에서 조선어교원이라는 안정된 자리를 버리고 중국동포와 한국인들 사이에서 뭔가 할 일을 찾기 위해 한국에 온 코즈모폴리턴이다. 나이트클럽 무희 마리나의 아버지는 체첸전쟁에서 전사한 군인이며, 「이무기 사냥꾼」의 장웅은 인민해방군 장교였고, 「동거인」의 김광요는 관광 가이드였지만 한국에서는 거주지조차 없는 최하층민 생활을 하고 있다.

자국민=가해자, 이주민=피해자라는 이분법적 구도로 묘사되고 있는 다문화소설은 다문화사회가 단순하게 이해될 수 없는 복잡성을 띰으로써 혼종성을 드러내며 변화하는 양상을 보인다. 호미 바바는 식민지 담론에서 권력과 담론은 지배자만의 고유가 아니라 식민지

---

34) 김재영, 「코끼리」, 앞의 책, 10쪽.

양가성 즉 식민담론의 실천이 식민권력의 강화와 약화를 동시에 수반하는 양면적 현상[35]으로 서로 영향을 주고받는다고 말한다. 『나마스테』와 「코끼리」에서는 이주노동자의 입을 통해서 한국사회의 인종차별에 대한 이중심리를 고발하고 있다.

> "……시장을 가도 가난뱅이 네파리 놈, 소리까지 듣구요, 그러니까 더 견딜 수 없었겠지요. 네팔로 가기 전에 나보고 그래요. 여기선 귀화 아무 소용도 없다. 껍데기를 다 벗겨서 한국 사람 껍데기로 바꾸기 전엔 아무도 한국 사람 취급 안 한다, 그러니 귀화하려면 차라리 껍데길 바꿀 길을 찾아봐라, 하고 말예요. 한국 사람들 진짜 지독해요. 색깔대로 점수 매겨요. 같은 네팔 사람 중에서도 그 친구 유난히 얼굴색 검었는데요. 항상 그게 문제였어요. 얼굴색으로 등급 다르게 쳐요. 여기선요."[36]

> "한국 사람들은 단일민족이라 외국인한테 거부감을 갖는다고? 그래서 이주노동자들한테 불친절한 거라고? 웃기는 소리 마. 미국 사람 앞에서는 안 그래. 친절하다 못해 비굴할 정도지. 너도 얼굴만 좀 하얗다면 미국 사람처럼 보일 텐데……"[37]

국적보다 혈통이나 피부색을 중시하는 한국사회는 차별배제모형의 이주자통합모형[38] 사회로서 인종차별이 심하다. 혼혈아인 아카스는 매일 탈색제로 세수를 하다가 아버지에게 종아리를 맞으며, 네팔

---

35) 이경원, 앞의 책, 393쪽.
36) 박범신, 『나마스테』, 한겨레신문사, 2005, 226쪽.
37) 김재영, 「코끼리」, 앞의 책, 17쪽.
38) 이주자통합모형은 차별배제모형, 동화모형, 다문화주의모형으로 구별되는데, 국적법에 따른 시민권 부여의 원칙으로 볼 때 혈통주의는 차별배제모형을, 거주지주의는 동화모형, 출생지주의는 다문화주의모형으로 볼 수 있다. 한국이나 일본, 독일은 혈통주의의 차별배제유형을, 프랑스나 영국은 거주지 혹은 출생지주의의 동화모형 그리고 미국은 다문화주의모형을 따르고 있다(김세균 외 역, 앞의 책, 25~26쪽).

출신 쿤도 리바이스 청바지에 나이키 점퍼를 입고 머리를 노랗게 염색하고 다님으로써 미국사람처럼 보이려고 노력한다. 피지배주체인 아시아 유색인종은 백인처럼 되기 위해 파농이 말한 '검은 피부 위의 하얀 가면'을 쓰고자 하지만 주체는 타자를 결코 인정하지 않는다. 백인추종과 백인선호가 강한 한국사회는 피부색이 까만 빈곤국 출신의 이주노동자에게 자신 속에 내재된 열등감을 내보이며 폭행과 폭언을 서슴지 않는다. 또한 이방인의 시선에 포착된 한국인의 천민 자본주의와 식민주의적 태도를 통해 부끄러움에 직면한다. 인간 이하의 굴종적인 생활을 해야 하는 이주노동자의 한국에 대한 인식은 매우 부정적이다.

> 고깃집에서 얼큰하게 취한 장은 물기 가득한 벌건 눈으로 이렇게 말했다. 중국에서 뭘 했냐고 물었지? 이래봬도 인민해방군 장교이지 않았갔어! 장은 북조선과 남조선이 전쟁을 하면 다시 인민군에 들어가서 북을 도와 남을 쓸어버리고 싶다고 말했다. <u>남조선은 사람이 사는 곳이 아니라고 했다. 짐승도 이보단 낫지 않갔어? 보라우. 우리는 배가 고파도 사람을 그렇게 짐승 취급은 안해.</u>[39]

이주노동자를 멸시하고 고통을 주는 사회야말로 사람이 사는 곳이 아니라고 열변을 토하는 장웅의 말을 통해 탈북 새터민, 조선족, 자이니치, 고려인의 타자적 위치성과 한민족 디아스포라의 자리매김에 대한 고구가 필요함을 역설하고 있다. 빈곤국 출신, 육체노동을 하는 계급적 신분, 유색인종이라는 잣대로 비인간적이고 반인륜적인 폭력과 적대적 시선을 보내는 한국사회에 대한 이주자의 분노와 절망이 죽어가는 장웅에게서 그려진다. 탈북노동자는 한민족이라는 특

---

39) 손홍규, 「이무기 사냥꾼」, 앞의 책, 89쪽.

수성에도 불구하고 외국인 노동자보다 더한 편견과 차별을 받고 있다. 「동거인」의 조선족 김광요는 방주인에게 무저항 비폭력의 자세를 취하지만 비극적인 한국 근대사로 인해 디아스포라가 된 자신을 범법자로 취급하는 것에 대해 항변하기도 한다.

『나마스테』의 신우는 네팔 출신 이주노동자를 사랑하지만 오빠와 가족의 극심한 반대에 처한다. 한국여성과 이주노동자의 결합은 혈통의 불순함과 한국남성의 가부장적 권위를 손상시키는 행위이기 때문이다. 한국남성과 외국인여성과의 결합과 달리 가부장제 민족주의적 사고체계에서 외국남성에게 빼앗긴 여성으로 인식되는 순간 다문화가정의 한국인여성은 끔찍한 혐오와 경멸의 대상[40]이 되는 것이다. 주체의 경계를 초월하고자 하는 신우 역시 카밀이 사랑하는 사비나에게 "네팔여자들은 다 그런 식으로 살아요?"라며 멸시하는 자세를 갖는다. 신우는 사비나나 카밀이 그랬듯이 아메리칸 드림을 꿈꾸며 가족들과 미국이민을 갔다가 흑인폭동 때 아버지와 오빠를 여읜 경험이 있다. 그녀는 백인문화권에서 겪은 인종차별과 백인우월주의를 그대로 흉내 내면서 자신의 한계를 경험하게 되는 것이다.

> "네팔…… 들먹이지 마세요. 난 네팔의 대표 선수, 아니에요. 왜 한국사람들, 걸핏하면 네팔 네팔 하는지 모르겠어요. 네팔은 죄 없어요. 죄는 사비나에게 있어요." "네팔 여자잖아!" "그래요, 네팔, 못살고 가난해요. 그렇다고 우리, 여기서 공짜로 사나요? 일하고 월급 받아요. 월세도 내잖아요?" "방을 달라고 한 건 그쪽이야." "우리 과장님은 물어봐요. 어제도 물어보고 오늘도 물어봐요. 네팔에도 해가 뜨냐. 니네 나라에도 달이 뜨냐. 니네 나라 여자들도 애를 낳냐. 나 그럼 돌아요."

---

40) 박정애, 「다문화가족의 성별적 재현양상 연구」, 『여성문학연구』 22호, 2009, 104쪽.

"과장 얘긴 거기서 왜 나와?" "한국 사람이니까요. 다들……치, 치사해요." 곧이어 낮게 흐느끼는 소리가 났고, 나는 우두커니 그 자리에 서있었다. 아버지의 모습이 불현 듯 떠올라 가슴 어디쯤 찢어지는 것처럼 아팠다.[41]

사비나의 이야기는 자신의 아버지가 LA에서 마켓을 운영할 때 흑인에게 들었던 말과 다르지 않음으로써 식민주의적 태도를 보여준다. 미국인에게 받던 학대와 콤플렉스를 한국에 와 있는 외국인 노동자에게 투영함으로써 타자적 사랑에 대한 이해를 구하려던 신우조차도 주체의 시선으로 이주자를 대하고 있는 모순을 발견한다.

배타적 민족의식이나 인종차별 이외에 문화적 편견도 우리 사회에서 자주 나타난다. 「코끼리」의 아카스는 손으로 밥을 먹는 네팔의 식사습관을 이해하지 못하는 학생들에게 똥 닦는 손으로 여자아이를 만졌다며 폭행을 당한다. 「모두에게 복된 새해」의 인도 출신 이주노동자 샤트비르 싱은 한국사람을 의식해서 터번을 매번 쓰지 못하며 버스 안에서 알 카에다로 오인받거나 개새끼들이라는 폭언을 듣는다. 세계화와 탈국경시대의 급작스런 현상으로 다문화의식 내지 세계시민의식이 형성되지 못한 채 공존해야 하는 외국인과의 마찰과 편견은 사회문제를 야기할 수밖에 없다. 우리 사회는 '다문화주의', '다문화의식'이라는 화두를 던지며 다민족·다인종국가를 준비하는 다문화사회를 표방하고자 하나 사실은 공허한 울림뿐임을 다문화소설에 등장하는 이주노동자의 비참하고 타자적인 삶을 통해 알 수 있다.

---

41) 박범신, 『나마스테』, 앞의 책, 56~57쪽.

4. 혼종성을 통한 공존의 가능성과 균열 양상

한국인에 대한 부정적 시각이 이주노동자의 입을 통해 신랄하게 드러남으로써 이주국 국민은 불편한 진실에 직면한다. 호미 바바의 '교활한 공손함(Sly Civility)'으로 무장한 이주노동자는 갈라진 사이를 파고들어 측량불가능한 타자로 다가온다. 이러한 저항을 바바는 혼종성(hybridity)이라고 했는데, 식민지 지배자와 피지배자가 '말하는 주체'와 '침묵하는 타자'라는 일방적인 권력관계로만 고정되어 있지 않다.[42] 이방인이 섞임으로써 새로운 문제들을 야기하는 21세기 한국사회는 낯섦에 대한 경계와 동화주의적 시선으로는 공존과 화해가 불가능함을 깨닫는다. 이주민과 한국인과의 관계는 주체와 타자와의 관계뿐만 아니라 이주노동자와 하층민 혹은 주변부 자국민과의 갈등을 야기한다. 최근의 디아스포라 담론도 이주자의 '귀환의 욕망'이나 '뿌리에 대한 관심'보다는 '현지에서 나름의 문화를 재생산할 수 있는 능력'이 특징이 되고 있으며, 이전의 패러다임이 '도착국에서 이민자 고유의 문화적 정체성을 유지하는지'의 여부를 판단 척도로 삼았다면, 최근의 이론에서는 이질성, 다양성, 혼종성을 중시[43]하고 있다.

「동거인」의 방 주인인 '나'는 청년실업자로서 좋은 스펙을 가졌음에도 불구하고 4년째 백수상태이다. 허드렛일이나 조건 나쁜 직장을 제외시키는 나는 취업확률이 자신보다 높은 김광요를 향해 분노를 표출한다.

---

42) 이경원, 앞의 책, 436쪽.
43) 이석구, 『제국과 민족국가 사이에서』, 한길사, 2011, 393~394쪽.

"시끄러워! 지금 나하고 시비를 따지자는 거야? 난 댁하고 그런 거 갖고 따질 형편이 못 돼. 분명한 것은 나도 계속 취직이 안 되면 손가락이나 빨아야 된다는 거야. 당장 택배회사나 이삿짐센터라도 들어가 밥을 벌어먹어야 하는데 당신네들처럼 개 같은 코리안 드림을 안고 온 작자들 때문에 내 먹고살 자리가 자꾸 없어져. 지금도 그렇잖아. 당신은 땡전 한 푼 안 내놓으면서 내 어머니가 피땀 흘려 보내주는 쌀로 배불리는 거 아냐? 그런 무경우가 어딨어? 아까 여잔 내가 사랑하는 애인이야. 그 여자 표정 봤지? 나더러 뭐랬는지나 알아? 여길 합숙소 만들면 딱이겠대. 그게 무슨 뜻이겠어? 나 그럴 생각 전혀 없어."[44]

결혼이나 취업을 못 하는 이유조차도 이주노동자 때문이라고 여기는 청년 실업자는 내면의 울분과 사회에 대한 불만을 사회적 약자에게 쏟아 붓는다. 중국 관광 중 알게 된 김광요와 동거하는 과정에서 자신의 비인간적인 행위가 나타나며, 마침내 김광요를 단속반에 고발함으로써 그가 없는 방에 들어가지 못하고 배회한다. 견딜 수 없는 수치심과 "식도에 날카로운 통증을 느끼게 된" 나는 마침내 포장마차 손님들과 싸우며 소설은 끝이 난다.

순간 녀석의 커다란 주먹이 내 면상을 후려갈긴다. 나는 얼굴을 감싸며 고꾸라지고 곧 녀석의 일행이 내 몸뚱이 위로 발길질을 퍼붓는다. 그래 실컷 때려라, 오늘은 누군가에게 죽도록 밟히고 싶다. 이런 좆같은 새끼도 다 있네! 누군가 내 얼굴에 침을 뱉으며 뇌까린다. 그래, 난 좆같은 새끼다. 씨팔, 어쩔래? 시멘트 바닥에 닿은 얼굴이 몹시 차다.[45]

딸아이의 심장병 수술비를 벌기 위해 잠깐만 머물게 해달라고 사정하는 조선족 동포를 고발하는 자신의 추하고 비겁한 행동에 자기

44) 홍양순, 「동거인」, 앞의 책, 63쪽.
45) 위의 소설, 74쪽.

환멸과 자괴감에 빠지는 것이다. 대학 출신으로 영어점수도 높고 애인까지 둔 평균치 인간형인 나는 이방인의 침투로 견딜 수 없는 고통과 모멸감으로 자존감을 상실한다. 위축된 채 눈치를 보는 조선족 김광요가 사회구성원으로 받아들여지지 않은 백수인 자신과 다르지 않는다는 점에서 타자적 정체성을 공유한다. 제3세계 빈곤국 출신 이주자의 개입으로 자유민주주의를 실현하는 고등국민임을 자처하는 한국인이 얼마나 이기적이고 동화주의적이며 배려와 환대가 부족한 편협하고 폐쇄적인 국민성을 지녔는가가 적나라하게 드러난다. 배타적 민족주의와 서열적 인종의식, 자국민우월주의, 천민자본주의, 서구중심적 사고관, 식민주의적 관점이 이방인과의 관계에서 노출됨으로써 인권, 윤리에 대한 자국민의 성찰이 이루어지는 것이다.

「이무기 사냥꾼」에서도 이주노동자와 자국민의 일자리 경쟁으로 인한 불화가 조성된다. 사용주 입장에서 보면 저임금의 온순한 외국인 노동자가 훨씬 이득이므로, 3D 업종을 놓고 외국인과 하층계급 자국민이 경쟁할 수밖에 없다.

> 며칠 전 밤샘작업에서 제외된 한국인 노동자들이 술을 마시고 와서는 행패를 부린 일이 있었다. 그들은 알리의 멱살을 붙잡고 시룽시룽 콧김을 뿜으며 주먹을 을러댔다. 좆만한 새끼야, 여기가 어디라고 뭉개고 있어? 너희 나라로 꺼져, 개새끼들아. 밤샘작업은 힘은 들망정 이틀치 일당을 쳐주기 때문에 누구나 바라는 일이었다. 허나 외국인 노동자들은 하루치 일당만 쳐줘도 묵묵히 밤샘작업을 했다. 그 탓에 한국인 노동자들은 찬밥신세였다.[46]

청년백수와 하층계급 노동자는 아르바이트나 공장일감을 두고 외국인 노동자와 경쟁하는 사이이기에 그들을 경계하고 배척하게 되며

---

46) 손홍규, 「이무기 사냥꾼」, 앞의 책, 93쪽.

반다문화적 정서가 조성된다. 구조적 권력수단을 가진 이민국 국민들은 자신의 부와 복지를 이방인(이주자)들이 빼앗아가기 때문에 위협받고 있다고 생각[47]하는 것이다. 또한 외국인 노동자는 그들대로 힘든 일을 도맡아 하거나 임금을 차별 당한다는 점에서 불공정한 노동구조가 형성되며, 서로에게 경쟁하고 갈등하는 관계가 된다.

한국사회의 모순과 틈새를 파고드는 이주노동자는 부부 사이를 이어주는 역할을 한다. 김연수의 「모두에게 복된 새해」의 '나'는 아내의 대화상대가 인도 출신 이주노동자 사트비르 싱이라는 사실에 놀란다. 아내는 더듬더듬한 영어로, 인도인은 형편없는 한국어로 '말하자면 친구'가 되었다는 사실에서, 소통에서 중요한 것은 교감과 관심임을 깨닫는다. 나는 이주노동자와의 서툰 대화를 통해 아내가 아이를 잃어 외로웠으며, 아이를 원한다는 사실을 알게 된다. 집안에 방치되어 죽어가는 피아노처럼 아내와 나 사이에 단절과 소통부재만이 남았던 것이다. 이주노동자는 한국인의 가정에 침투하여 단절된 부부 사이를 연결해 주는 소통의 매개체가 되고 있다.

강영숙의 「갈색 눈물방울」은 외국인과의 연대와 우정의 가능성을 모색하고 있다. '나'는 죽은 엄마가 남긴 빌라에 기거하며 두 명의 이주노동자와 동거하는 동남아여자를 관찰한다. 그들의 동거가 수상한 나는 "흑설탕물을 뒤집어쓴 것처럼 까무잡잡하고 커다란 갈색 눈자위를 한" 여자가 옥잠화 잎을 만지작거리며 빨랫줄에 목을 걸고 하늘을 보거나 공터에서 춤을 추는 모습을 괴이하게 생각한다. 오년 동안의 연애가 끝이 나고 태어나기도 전에 죽은 자신의 아이를 떠올리는 나는 치통보다 아픈 것이 실연의 아픔임을 깨닫고 새로운 일을 찾기 위해 영어학원에 등록한다. 회화가 되지 않아 늘 주저하

---

47) 김세균 외 역, 앞의 책, 24쪽.

던 나는 치질에 걸려 고통을 당하는 동남아여자를 지극정성으로 간호한 후 그녀의 얼굴이 아주 작아진 것을 보고 치통보다 참기 어려운 건 실연의 아픔이며 그보다 어려운 게 치질의 통증이라고 순서를 매긴다. 그녀와 함께 술을 마시며 대화를 나눈 후 귀국한 그녀가 남긴 작고 파란 동전지갑을 항상 가지고 다니던 나는 영어학원에서 수강생들이 감탄할 정도로 동남아여자 이야기를 술술 하며 말문이 터진다. 엄마도 애인도 희망도 없는 나와 이국땅에서 두 남자와 동거하며 질병에 시달린 동남아여자는 서로의 타자성을 알아보며 자매애적 유대감을 갖게 되고 실연과 절망으로 생긴 나의 실어증도 치유된다.

「모두에게 복된 새해」와 「갈색 눈물방울」에서의 한국인과 외국인의 우정은 서로의 타자성을 공유하며, 진정성과 배려의 자세야말로 소통의 조건으로 다문화사회를 지향할 수 있음을 보여준다. 거리에서 이웃으로 흔히 볼 수 있는 외국인, 특히 이주노동자는 그들만의 경계 안에서 살 뿐만 아니라 한국인의 의식과 삶의 양식을 흔들어놓거나 깊이 침투하여 소통의 매개체가 되기도 하고 공존의 아름다움을 창출하기도 한다. 2000년대 다문화소설에 나타난 이주노동자는 새로운 타자로 그려짐으로써 이방인을 포용하고 환대하고 수용하는 다문화적 자세와 시각의 절실함이 제시되고 있다.

5. 인권·배려·공존이라는 화두

다문화소설 속의 사회적 약자로 등장하는 21세기의 새로운 타자는 이주노동자이다. 「코끼리」에 나타난 이주자는 호적도 국적도 없어 태어난 적이 없다고 되어 있는 다문화가정 2세이거나 불법체류로 불이익을 당하거나 고통받는 모습으로 재현되며, 「이무기 사냥꾼」, 「동거인」에서는 '죽은 시늉', '죽은 척', '꼼짝 않기'와 같이 자유의 권리, 활동의 권리조차 제한된 노바디, 산주검, 비인간의 형상으로 그려진다. 이들은 공동체의 단결을 확인할 때마다 희생되는 희생양 메커니즘 혹은 배제 메커니즘의 대상이 되는 사회적 약자로서 최소한의 인권도 허락받지 못한 채 무국적자로서의 이방인 정체성을 갖고 숨죽인 채 살아간다. 그리하여 『나마스테』의 카밀이나 「물 한 모금」의 아밀처럼 유순하고 선한 표정을 지으며 자신들이 위험하지 않은 인물이라는 메시지를 내국인에게 끊임없이 내보인다.

이주노동자의 인권유린과 차별적 조건은 한국사회의 불관용과 배타적 민족의식의 결과로서 동화주의적인 우리 사회의 모순을 드러낸다. 다문화소설에 재현된 이주노동자는 신체폭행과 언어폭력, 감금, 협박, 임금체불, 열악한 노동과 주거환경 등으로 몸을 훼손한다. 그러나 자국민=가해자, 이주민=피해자로 표상되는 이들의 관계는 혼종성을 띠며 서로 영향 받게 됨으로써 우리 사회의 틈새를 공략하고 있다. 이주노동자의 눈에 비친 한국인의 비인간적이고 반윤리적인 모습을 통해 부끄러움과 자성의 계기가 되어 변화를 촉구하며 균열을 일으킨다. 「동거인」의 청년실업자인 '나'는 이주노동자를 고발함으로써 자괴감과 견딜 수 없는 수치심을 느낀다. 「코끼리」에서는 피부색으로 외국인을 대하는 이중적 잣대를, 「이무기 사냥꾼」에서는 한민족 디아스포라를 향한 배제적 태도를, 『나마스테』에서는 식민주의적·인종주의적 태도를 비판한다. 이주노동자는 한국인과의 공존의 가능성을 보여주기도 하는데, 「모두에게 복된 새해」에서는 인도 출신 이주노동자와 한국인 아내와의 우정을 통해 부부 사이의 화합을 가져다주며, 「갈색 눈물방울」에서는 한국여성과 이주여성과의 자매애적 유대감을 표출한다. 타자적 정체성으로 구성되어진 이주노동자는 우리 사회에 인권, 배려, 공존의 화두를 던짐으로써 성찰과 반성의 계기를 가져오는 동시에 2000년대 한국사회의 다문화적 징후를 보인다. 앞으로의 다문화소설은 이주노동자의 타자적 삶뿐만 아니라 다양하고 풍부한 다문화적 상상력을 바탕으로 한 다문화작품이 요구된다.

2장 다문화가정의 탄생과 다문화가정 2세의 성장서사

◆「코끼리」, 『완득이』, 『이슬람 정육점』

1. 다문화사회의 형성과 다문화가정의 탄생

탈국경시대와 다문화사회의 도래는 단일민족신화가 공고한 우리 사회에 새로운 화두를 던진다. 다문화의식과 윤리문제, 환대의 미학, 새로운 국민과 가족의 출현에 대한 의식의 전환이다. 민족, 인종, 문화가 섞인다는 사실은 세계시민으로서의 자질과 다문화주의, 다양성에 대한 인정의 철학, 타자의 정치학을 요구한다. 문화의 혼효는 복잡다기한 갈등과 혼란을 야기하기 때문이다. 한민족 공동체, 순혈주의, 가부장적 사고에 젖어 있는 사회에서의 제노포비아[48]는 낯섦에 대한 방어와 경계가 심해 인권문제를 야기한다. 최근 우리 사회도 인구의 3%에 이르는 외국인 비율로 구성[49]되면서 이주노동자, 결혼이민자에 대한

---

48) 제노포비아(xenophobia)는 이방인이나 외국인에 대한 혐오를 뜻하며, 인종주의보다 포괄적 개념이다(김세균 외 역, 앞의 책, 17쪽).
49) 국내에 거주하는 외국인이 140만 명을 돌파해 울산광역시(113만 5494명) 주민수보다 많아졌다. 국제결혼으로 태어나는 아이들이 빠른 속도로 늘어

관변 위주의 사회통합정책이나 이민정책이 시행되고 있고, 이들을 포용하려는 홍보 및 계몽이 활발하다. 노동력과 출산문제를 해결하려는 한국사회와 보다 나은 삶을 위해 타국으로 이주하려는 빈곤국 출신 이주자의 소망이 어우러진 다문화사회는 이들에 대한 배척과 소외 현상이 나타남으로써 자국민의 다문화교육이 절실하다. 또한 학습부진, 언어문제, 정체성의 혼란과 집단따돌림으로 인한 다문화청소년의 상처와 고통으로 그치지 않고 심각한 사회문제로 대두되고 있다. 다문화가정 2세들이 다문화와 이중언어 능력을 갖춘 세계시민으로서 한국사회의 일익을 담당하느냐 아니면 하층민의 나락으로 떨어져 범죄자로 성장하느냐의 기로에 서게 되는 것이다. 이들을 포용하고 세계인으로 교육시키면 글로벌 인재가 되어 국가경쟁력에 도움이 되지만 이들을 방치하면 사회불안요인으로 잠재될 수 있다.

최근 다문화가정 2세의 성장과 차별[50]에 대한 사회적 논의가 진행되고 있는데, 다문화가정이란 '우리와 다른 민족으로 구성되거나 다른 문화적 배경을 가진 가정' 혹은 '부모 중 한쪽 이상이 외국 국적을 가진 경우'로 일반적으로는 국제결혼가정을 의미하며, 넓은 의미에서 한부모가정, 동성애가정, 독신자가정, 새터민가정, 비혈연가정

나면서 국내에 거주하는 외국인 자녀의 수는 17만 명에 다가섰다. 외국인과 한국인 부모 혹은 외국인 부모 사이에서 태어난 미성년 자녀는 16만 8583명으로, 작년보다 1만 7429명 늘었다. 이는 5년 전인 2007년 4만 4258명보다는 무려 3.8배나 늘어난 것이다(「국내 거주 외국인 140만 명 돌파」, 『경향신문』, 2012. 8. 10).

50) 국가인권위원회에서 다문화가정 학교 내 차별 경험을 186명에게 설문조사한 바로는 발음이 이상하다고 놀리는 경우가 가장 많았고(41.9%) 빈곤한 나라라고 무시한다(36.6%), 뒤에서 수군거린다(30.6%)는 응답이 뒤를 이었다. 또한 피부색 놀림(25.3%), 돌아가라고 협박(21%), 발로 걷어차임(15.1%), 소지품 빼앗김(9.1%)도 나타났다(「"너희 나라로 가라" 이주아동 따돌림·폭력 피해 심하다」, 『경향신문』, 2012. 1. 9).

등도 해당된다. 문제는 이러한 가정을 결여로 보거나 비정상으로 인식하는 타자화되고 주변화된 시선이다. 교육과학기술부 통계에 따르면 2010년 다문화가정 자녀는 3만 명에 이르며, 10년 뒤엔 청소년 20%가 다문화가정 출신이라고 한다. 대부분 어머니가 이주여성인 다문화가정 2세들은 언어가 어눌하고 한국사회를 이해하는 환경적 요인이 열악하므로 학습지진아가 많으며,[51] 이질적인 피부색과 얼굴, 다문화가정을 놀리거나 불쌍하게 보는 시선 때문에 상처를 받는다. 아이들은 미성숙하고 자아정체성이 형성되지 않았으므로 저항력이 떨어지고 독립적이지 못하다는 점에서 성인이주자보다 사회부적응이 심각하며, 이중적 정체성으로 혼란을 겪는다.

김재영의 「코끼리」, 김려령의 『완득이』, 손홍규의 『이슬람 정육점』을 대상으로 다문화가정 2세의 슬픔과 고통을 살펴보고 상처치유와 그 문제점을 진단하고자 한다. 이들 연구는 각각의 작품론[52]이나 이주자 관점[53]에서 분석이 이루어졌고 다문화가정으로 묶어 연구한

---

51) 현재 다문화가정 자녀들의 초등학교 취학률은 88%이지만 중학교로 올라가면 40%로 뚝 떨어지고 고등학교에 이르면 20%로 급락한다고 한다(「이젠 낯선 아이들이 아닙니다」, 『경향신문』, 2011. 4. 26).
52) 김화선, 「청소년문학에 나타난 성장의 문제」, 『아동청소년문학연구』 12권, 2008, 김지형, 「순진함으로서의 학생 표상 고찰」, 『한국아동문학연구』 16호, 2009, 이덕화, 「『완득이』에 나타난 타자윤리학」, 『소설시대』 19호, 2011, 황영미, 「『완득이』의 서술전략과 영화화 연구」, 『돈암어문학』 24권, 2011, 송현호, 「「코끼리」에 나타난 이주 담론의 인문학적 연구」, 『현대소설연구』 42권, 2009.
53) 천연희, 「현대소설을 통해본 이주노동자에 대한 한국인의 태도」, 전북대 석사학위논문, 2008, 최진희, 「다문화 시대 문학교육을 위한 이주노동자의 타자성 연구」, 서강대 석사학위논문, 2009, 고명철, 「한국문학의 복수의 근대성, 아시아적 타자의 새 발견」, 『비평문학』 38권, 2010, 이미림, 「2000년대 다문화소설에 나타난 이주노동자의 재현 양상」, 『우리문학연구』 35집, 2012, 이미림, 「집시와 심청(바리)의 환생, 21세기 이주여성」, 『한중인문학연구』 35집, 2012.

논문은 전무하다. 이에 대한 연구가 미진한 이유는 결혼이주여성이나 이주노동자가 등장하는 소설보다 다문화가정 2세의 등장이 많지 않으며 2010년대 이후부터 결혼이민자가 급증하였고 아직은 미취학 아동이 다수인 상황이므로 사회문제로 표출되지 않고 있기 때문이다. 또한 다문화가정 2세가 등장하는 작품들은 소설로 취급받기보다는 아동청소년문학[54]으로 인식된다는 점도 한 요인이 되고 있다. 앞으로 우리 사회는 청소년기에 접어든 다문화가정 2세의 증가[55]로 인한 사회적 관심이 필요하다.

2. 비교육적인 타자적 공간과 타자들의 언어

「코끼리」의 네팔 아버지와 조선족 어머니 사이에서 태어난 13세 소년 아카스의 엄마는 가난을 이기지 못하고 남편과 자식을 버리고 바람이 나 가출한다. 식사동 가구공단 지역에서 생활하는 소년은 낡은 베니어판 문 다섯 개가 나란히 붙어 있는 돼지축사를 개조해 만든 공간에서 이주노동자인 아버지와 살고 있다. 얼룩과 곰팡이, 낙

---

54) 다문화가정 2세가 등장하는 아동청소년문학으로는 공선옥의 『울지마, 샨타!』(주니어랜덤, 2008), 김일광의 『외로운 지미』(현암사, 2004), 박상률 외, 『블루시아의 가위바위보』(창비, 2004), 박채란의 『까매서 안 더위?』(파란자전거, 2007), 벼릿줄, 『까만 달걀』(샘터사, 2006), 정길연, 『외갓집에 가고 싶어요』(가교출판, 2008) 등이 있다(박정애, 「한국아동청소년 소설에 나타난 다문화 갈등과 그 해결 양상 연구」, 『현대문학의 이론』 41권, 2010 참조).

55) 국내 다문화가정 학생이 5만 명을 넘어섰다. 다문화가정 학생 수는 전체 초중고학생의 0.7% 수준으로 2014년에는 1%를 넘을 것으로 정부는 추산한다. 다문화가정 학생은 조사 첫해인 2006년에는 9,389명에 불과했으나 2008년 2만180명, 2010년 3만1788 명으로 매년 학생 수가 늘어나고 있는 실정이다(「다문화가정 학생 5만 명을 넘었다」, 『경향신문』, 2012. 9. 18).

서, 먼지, 쥐구멍이 있는 비위생적인 방 주변에는 갓난아이를 키우는 방글라데시 출신 토야 엄마, 미얀마 출신 노동자, 러시아여성 마리나가 이웃하고 있다. 알루미늄공장, 염색공장 같은 일터, 축사 같은 집에서 사는 아이는 빅토리아 관광나이트클럽 벽에 마리나의 반라의 포스터가 붙어 있는 환경인 비교육적이고 비위생적이며 반인권적인 공간에 머문다. 부자가 사는 공간에선 비재아저씨 막내아들의 심장수술 비용을 파키스탄 청년 알리가 훔쳐 달아나고 그 또한 강도가 되어 같은 처지의 이주노동자에게 폭력을 저지르거나, 가짜 결혼을 해주고 외국인에게 돈을 받는 여성이 사는 등 불법과 폭력이 난무한다. 아버지 몰래 어머니를 그리워하거나 이주노동자들이 프레스에 잘린 손가락무덤을 만들어 놓고 반 아이들에게 폭행을 당하는 소년이 본 세상은 폭력적이고 모순된 사회이다.

> …이 마을에선 불행이 너무나 흔해 발에 차일 지경이다. 그래서 웬만한 일에는 누구도 신경 쓰지 않는다. 하지만 비재아저씨가 그날 새벽에 내지른, 절망과 분노에 찬 비명소리는 한동안 잊히지 않을 것 같다. (중략) 너무 다양한 삶을 보아버린 열세 살 내 머릿속은 히말라야처럼 굴곡이 패어 있다. 세계지도 속의 히말라야는 사실 손가락 한 마디 크기다. 하지만 히말라야는 지도로 그릴 수 없는 땅이라고 아버지는 말했다. 깊게 주름진 계곡과 높은 설산은 세상 전체를 한 바퀴 도는 것보다 더 길 거라면서. 학교 과학실에서 본 뇌 모형을 떠올리니 쉽게 이해가 갔다. 사람도 어려서 다양한 경험을 하면 뇌가 심하게 주름진다니까 내 나이도 빠르게 늘어나고 있을 거다.[56]

이주노동자의 동물 같은 삶을 목도한 아카스는 체념과 반항, 순종과 분노 등을 조절하며 세상사는 이치를 터득해 나간다. 불법과 도

---

56) 김재영, 「코끼리」, 앞의 책, 11쪽.

둑질이 만연하고, 폭행과 욕설에 익숙하며 선정적인 어른들의 세계에 노출되고 방치된 채 성장하는 것이다. 이민족에 대해 경계가 심하고 포용력이 부족한 우리 사회는 이주자에 대한 배제적 시선으로 이어져 이산의 삶을 고통스럽게 한다. 아카스는 한국에 온 외국인 노동자를 미얀마 말인 '외'(소용돌이)로 이해한다. 인종, 문화, 피부, 언어, 기후 등이 다른 이국땅에서의 정착이란 소용돌이처럼 혼돈스럽고 무질서하며 경황없는 삶인 것이다. 폭력과 굶주림과 학교에서의 따돌림 속에서 아카스는 같은 반 여자아이의 손을 스쳤다는 이유로 그 아이의 오빠 무리들에게 폭행을 당한다. 손으로 밥을 먹는 문화적 차이를 이해하지 못하는 아이들은 똥 닦는 손으로 어딜 만지냐며 네팔의 식사예절을 야만적이고 원시적으로 받아들이는 것이다. 밥을 먹는 손과 뒤를 닦는 손이 엄연히 다르다는 사실을 모르는 아이들 때문에 아카스는 억울하고 속이 상하지만 저항하지 말고 맞아주라는 아버지의 충고 때문에도 마음을 다친다. 교실에서 따돌림을 당해도 청강생인 소년은 법적·신체적·사회적 보호를 받지 못하며 내면의 상처마저 혼자 극복해야 한다. 네팔대사관이 한국에 없어 혼인신고를 못한 탓에 호적도 국적도 없는 아카스는 살아 있지만 태어난 적이 없다고 되어 있는 무국적자 혹은 노바디(Nobody)일 뿐이다. 가난한 나라에서 돈 벌러 왔다는 이주노동자에 대한 싸늘한 시선을 아카스 부자는 온몸으로 감내한다.

『완득이』의 다문화가정 2세이자 고등학교 1학년생인 완득이는 "개천을 따라 버스로 세 정거장을 간 뒤 가파른 골목 꼭대기까지 올라가야 나오는 옥탑방"에 거주한다. 난쟁이 아버지와 살고 있는 완득이는 자신의 어머니가 베트남사람이라는 출생의 비밀을 알게 된다. 남편 될 남자가 난쟁이인 데다가 카바레에서 춤추는 직업인 줄 모르고 시집온 이주여성이 완득이를 낳고 가출한 것이다. 아버지는 불구인 자신의 신상을 속인 적이 없지만 결혼성사가 목적인 결혼중개업체의 사기정보 때문이다. 국제결혼의 맞선과정은 인권문제를 야기하며 결혼생활에도 영향을 끼치게 되어 이혼율이 일반가정보다 높은 편이다. 가난 때문에 국제결혼을 선택한 이주여성은 장애가 있거나 지나치게 나이가 많거나 불구인 한국남성과 만나는 주변부끼리의 결합이 많다. 아버지의 일터인 카바레에서 자란 완득이는 여급들이 훌렁훌렁 옷을 벗고 갈아입는 비교육적 환경에서 자랐으며 반항적이고 세상에 대해 무심하다. 완득이는 자신에게 관심을 표명하는 이동주 담임선생(완득이는 '똥주'라고 부름)이 불편하고 어색해 그를 죽게 해달라는 기도를 하지만 이는 타인의 관심에 익숙지 않기 때문이다. 완득이는 카바레에서 춤을 추거나 지하철에서 상행위를 하는 난쟁이 아버지에 대한 사람들의 편견과 차별적 시선을 느끼며 성장한다. 공부를 잘하는 것도, 부유한 것도 아닌 완득이는 소외계층이자 불구인 아버지를 바라보는 세상의 불합리함과 모순에 냉소적이다.

> 내가 초등학교 4학년 때 아버지 키를 넘어섰다. 아버지는 그렇게 키작은 어른이었다. 절대로 어린애가 아니었다. 그런데 사람들은 그걸 인정하지 않았다. 야, 너, 이봐, 식으로 애 부르듯 불렀다. 아버지가 어깨만 흔들어도 웃어대더니 이제는 싫은 모양이다. 나는 사람들의 웃음소리가 정말 싫었다. (중략) 아버지의 진지한 춤에 손님들은 미친 듯이 웃어댔다. 아버지 춤에 웃지 않는 사람은 나와 삼촌뿐이었다. 키 작은 아버지와 춤을 춘 여자들은, 아버지가 쓴 중절모에 돈을 꽂고 엉덩이까지 툭툭 쳤다. <u>사람들은 키가 작으면 모두 어린애로 보이는 모양이다.</u>[57]

---

57) 김려령, 『완득이』, 창비, 2008, 16~17쪽.

불구인 아버지와 말을 더듬는 지적 장애인 삼촌을 위해 주먹을 날리는 완득이는 자신의 가족을 병신 취급하는 타자적 삶에 상처 입으며 자신의 방식대로 가족을 보호한다.

『이슬람 정육점』의 '나'는 전쟁고아 출신으로 고아원, 보호소, 성당을 전전하며 비인간적인 대접을 받고 컸기에 누굴 믿거나 좋아해 본 적이 없는 의심이 많은 아이이다. 머리가 나빠 중학교에 안 보냈다는 원장의 모욕적인 발언과 어디로 입양될지 모르는 공포 속에서 불량스럽고 냉소적인 태도를 보이는 소년은 터키인 하산에게 입양된다. "정육점에서 돼지고기를 난도질하는 유일한 무슬람"인 하산과 도착한 마을은 미로처럼 골목이 갈라지고 이어진 낡고 후락한 산동네로 하산은 이층짜리 다세대주택의 일층에 세 들어 살고 있다. 고아였던 소년은 남편의 폭력으로 도망 온 안나 아주머니, 친척을 오인 사살해 도망치듯 한국으로 온 그리스인 야모스 아저씨, 전쟁의 상흔을 지닌 대머리, 그리고 말더듬이 친구 김유정, 맹랑한 녀석 등의 동네친구와 더불어 지낸다. "얼굴에는 버짐이 피고 머리에는 기계총 자국이 남은" 소년은 팔뚝을 절반쯤 감싼 흉터가 남을 정도로 학대받고 버려진 아이이다. 세상의 문을 닫고 살던 소년은 동네사람들 모두가 자신처럼 내면의 상처와 흉터를 갖고 있다는 사실을 발견하고 세상을 받아들인다.

> 학교에서 가르치는 모든 것들이 구역질이 났다. 교훈은 대개 '바른 시민 육성'이었고 급훈은 '성실, 근면, 협동'이었다. (중략) 나는 학교가 외로운 곳이라는 말은 하지 않았다. 나를 바라보는 눈길이 역겹다는 말도 하지 않았다. 동정과 비난이 교묘하게 섞인 그 더러운 시선과 속삭임이 지겹다는 말도 하지 않았다.[58]

위선과 가식으로 가득 찬 학교생활과 고아원 체험은 상처만 주었고 출신도 뿌리도 알지 못한 채 지구상에 뚝 떨어진 고아의식을 지닌 소년은 전쟁 참여 후 귀국하지 않고 한국에 남아 자신을 입양해 준 하산과 디아스포라적 동질감을 형성한다. 가족을 만들어주고 자신을 학교에 보내려고 애쓰는 하산 아저씨를 아버지로 받아들이며, 그를 연쇄살인마로 보는 세상의 시선에 대한 부당함을 인식한다. 반인권적·차별적 시선으로 이방인을 냉대하고 범죄자로 취급하며 편견을 갖고 있는 우리 사회는 다문화사회에 대한 준비가 전혀 되어 있지 않다. 이와 같이 10대 청소년이 아버지와 살고 있는 주거환경은 축사를 개조한 방, 옥탑방, 다세대주택의 셋방으로 다문화가정의 빈곤하고 주변적인 지리적·공간적 타자성을 드러낸다. 아이들의 놀이공간이자 일터인 다문화공간은 다양한 문화와 언어가 공존하며 폭력, 배신, 사기, 빈곤, 슬픔, 고통을 지닌 타자적 공간이다. 소년들의 거주지는 반다문화적·반페미니즘적·반문화상대주의적으로 비교육적임을 알 수 있다.

타자적 공간에 사는 이주자는 문화적 차이와 더불어 언어로 인한 의사소통의 부재로 이산생활이 쉽지 않다. 세 편의 다문화성장소설에는 경계언어로서의 피진어가 나타나며, 네팔 언어, 동남아시아 언어, 이슬람문화의 용어[59]가 등장한다. 외국문화의 수용과 이질적인

---

58) 손홍규, 『이슬람 정육점』, 앞의 책, 22~23쪽.
59) 「코끼리」: 퍼체우라, 티알축제, 외, 말링고꽃, 안나푸르나, 달(콩수프), 바트(밥), 카르마, 거럼메살라, 쿠우, 쿠달바차(개새끼), 슈와레나차(돼지새끼), 아카스(하늘), 마리나(바다), 체첸전쟁
『완득이』: 베트남, 인도네시아, 알리 핫산
『이슬람 정육점』: 옴마니밧메훔, 가이아, 무슬림, 케밥, 터키식 모스크, 아프로디테, 그리스인, 시에스타, 꾸란, 아랍어, 미트볼, 라마단, 이스탄불, 에디쿨레람옥, 아타튀르크, 페브지 착크마

언어표현을 포함한 다문화소설을 통해 외국문화에 대한 접촉이 가능하며, 그 나라에 대한 관심을 갖게 되는 것이다. 「코끼리」의 네팔문화와 제3세계 언어, 『완득이』의 욕설과 베트남문화, 『이슬람 정육점』의 터키와 그리스문화의 다양한 어휘들을 통해 중동 및 제3세계 문화에 대한 관심이 필요함을 알게 된다. 우리 사회는 미국 및 유럽에 치중하는 오리엔탈리즘적 시각으로 문화와 언어를 수용했기에, 정작 가까운 동남아시아나 이슬람문화권, 네팔의 언어와 문화엔 무지한 편이다. 외국인이 말하는 한국어는 피진과 같은 경계언어이다. 이주민의 소수언어인 피진어로서의 한국어 의사표현은 그들을 훈육과 교육의 대상, 아이로 보는 시각을 갖게 한다. 「코끼리」의 아카스 아버지와 『완득이』의 이주노동자 핫산의 '어눌한 말투', '어수룩한 한국말'은 한국어를 구사하는 외국인의 피진어 구사방식에서 드러나는 특징이다.

세 편의 소설에서는 욕설, 말더듬, 침묵, 피진어, 반복어 등의 비표상적이고 미분화된 언어체계가 등장한다. 이는 타자의 언어로서, 언어의 본질은 타자성 즉 타자를 지향하는 방식[60]으로 나타나고 있다. 『완득이』는 담임선생의 욕설이 특징적이다. 완득이의 담임은 교육자의 말투라고 하기엔 비교육적인 학생들의 말투를 구사한다. 외국인 노동자를 돕는 이동주는 악덕 기업가인 자신의 아버지가 운영하는 기관을 고발할 정도로 인권운동에 앞장서는 인물로 소외계층이자 기초수급자인 반항아 도완득의 마음을 얻기 위해 타자의 언어인 학생들의 언어를 구사한다. 권위적이고 훈육적인 선생의 말투

---

60) 윤대선, 「레비나스의 언어철학과 초월성」, 『철학과 현상학 연구』 31호, 2006, 125쪽.

가 아닌, 학생의 입장에서 그들의 언어에 동참하는 행위는 타자의 철학적 신념 없이는 불가능하다. 타자의식을 지닌 이동주는 완득이의 마음의 문을 열기 위해서 전략적으로 학생들의 언어인 타자의 언어를 구사함으로써 학생과 가까워진다. 위선적인 친절함보다는 완득이의 태도처럼 불량하고 폭력적으로 다가서는 유머와 반어적인 언어 사용과 타자지향적 방식[61]으로 다가서는 태도로 다문화가정 2세의 소외와 아픔을 공유한다. 욕설과 거친 태도를 지닌 이동주 선생의 표현은 타자에 대한 배려와 윤리의식 없이는 교육적 관점에서 이해할 수 없는 방식이다. 담임의 욕설 이외에도 "어눌한 말씨에 곱슬머리와 까만 피부, 짙은 쌍꺼풀이 딱 동남아사람"인 알리 핫산, 말이 늦고 더듬는 민구 삼촌은 타자의 언어를 구사한다. 이러한 언어방식은 "아, 아, 안녕하세요. 저, 저는 나, 나, 남밍굽니다.", "난닝구요? 어우, 이름이 편안하시네요." "남민구요"와 같은 유머와 희화적인 소설의 재미에 효과적이다.

혼혈이나 외국인에 대한 편견은 언어뿐만 아니라 피부색으로도 표출되는데, 이는 혈통뿐만 아니라 시각적인 차이 즉 백인을 선호하는 한국인의 이중적 태도 때문이다. 어눌한 말투로 바보취급을 받는 「코끼리」의 아버지는 네팔 출신 이주노동자로, 이들이 구사하는 한국어는 간단한 어휘와 정확하지 않은 발음으로 기본적인 의사표현만 가능한 아이 수준의 언어이다. 조선족, 탈북자의 언어는 북한식 언어이며, 외국인 노동자의 한국어 역시 자국민의 언어와는 다른 크리올 언어[62]로서 차별의 이유가 된다. 이러한 사실 때문에 그들은 불이익

---

61) 이덕화, 앞의 글, 13~15쪽.
62) 크리올은 순수유럽계통이지만 아메리카 대륙에서 출생한 사람들을 말하며, 본토출신들과는 차별되어지고 종속적 위치로 떨어뜨리게 된다. 파농은

과 차별을 당해도 표현능력이 부족하고 훈육과 교육의 대상으로 여겨진다. 언어는 또 하나의 이데올로기이자 권력의 수단으로서 제1세계와 제3세계, 부유국과 빈곤국의 이중적 잣대가 적용되는데, 반 아이의 친구 집에 초대받은 아카스는 외국 애라 영어를 잘하는 줄 알고 불렀다며 영어로 말해야만 떡볶이와 스파게티를 줄 수 있다는 반아이 어머니의 말에 상처받는다. 영어, 한국어가 권력을 지닌 중심언어인 한국사회에서 피진어, 제3세계 언어에 익숙한 아카스는 혼동스럽고 갈등을 느낀다.

> 슈퍼마켓 한편에 놓인 간이탁자 주위에는 남자들이 둘러앉아 술을 마시고 있다. 바람이 이마를 건드리고 지나갈 때마다 소란스런 말소리가 들려온다. 한국어에다 러시아어와 영어, 네팔어까지 뒤섞인 기묘한 말은 내 고막을 건드리는 순간 한국어로 바뀌어 머릿속으로 미끄러져 들어온다.[63]

아카스가 사는 동네는 네팔, 방글라데시, 러시아, 우즈베키스탄, 이란, 미얀마 등 다인종과 다민족이 공존하는 지역이다. 학교에서는 한국어로 말해야 하는 아카스는 이중언어를 구사하며 한국어로 정리하여 사고해야 하는 어려움을 지닌 이중자아 정체성을 갖고 있다. 아카스는 아버지가 말하는 네팔문화와 언어를 거부하면서 온전히 한국인이 되고자 하지만 그 또한 받아들여지지 않는다.

앙띨레스에 사는 흑인들이 불어 구사능력에 따라 백인화의 정도를 평가받는다고 말하며, 이를 확장시켜 이주자의 이주국 언어를 구사하는 방식으로 이해할 수 있다(베네딕트 앤더슨, 윤형숙 역, 『상상의 공동체』, 나남, 2002, 77쪽, 90쪽, 프란츠 파농, 이석호 역, 『검은 피부 하얀 가면』, 인간사랑, 1998, 24쪽).
63) 김재영, 「코끼리」, 앞의 책, 24~25쪽.

『이슬람 정육점』의 전쟁고아는 무슬림의 기도방식이나 돼지고기를 안 먹는 생활방식을 보며 하산의 삶을 배운다. 아이들은 자신도 모르게 한국문화뿐만 아니라 타민족문화에 익숙해지는 것이다. 그러나 타자의 언어이자 이질적인 문화는 한국사회에서 생경하고 낯설게 느껴지며 비정상으로 받아들여져 한 가지 언어 및 문화만으로 벅찬 다문화가정 2세의 삶을 이중으로 힘들게 만든다. 등장인물의 독특한 언어방식은 그들이 언어 권력을 지니지 못했음을 의미한다. 연탄장수 부모를 둔 유정은 말을 더듬고 동물과 대화를 나누는 동물의 언어를 구사한다. 이 동네사람들은 피진어 혹은 경계언어를 구사하며, 수전증에 관절염을 앓고 허리가 굽은 술주정뱅이 열쇠장이 영감은 헛소리를 하며 대상과 상관없이 "코끼리"를, 맹랑한 소년은 "죽을 건데"와 같은 말을 반복할 뿐이다. 아이, 동물, 비정상인, 이주자는 동일시되어 유아화되고 대상화되며 이를 언어를 통해 보여준다. 동물과 소통하는 대화, 더듬거림, 침묵, 반복어 등의 다의미적 언어뿐만 아니라 몸짓, 표정, 춤 같은 비기표적 기호론에 기반하는 피진이 표현되는데, 이러한 경계언어를 통해 주변부 혹은 타자라는 연대성과 동질감을 서로 파악하게 된다.

동남아시아 및 아프리카 출신 이주자는 생존을 위한 반강제적인 탈국경을 감행하고 있다. 한국사회는 이들의 출현으로 반성적 사유와 다문화적 성찰의 필요성을 느끼게 되면서, 편향된 교육체제에 대한 새로운 자각을 요구받는다. 또한 이중언어 및 이중문화에 속한 다문화가정 2세의 힘든 조건을 이해하고 그들에 대한 진정어린 관심과 배려, 새로운 국민으로서의 사회구성원으로 받아들일 준비를 해야만 한다. 외국인을 보면 차별적 시선을 갖거나 힐끔 쳐다보는 게 일상화된 현실에서 이주자의 이산생활은 힘들고 외롭고 지칠 수밖에 없다. 따라서 다문화청소년의 고통과 절망에 관심을 가져 환대의 자세를 기반한 타자의 윤리학을 실현해야 할 것이다.

세 편의 소설은 10대 소년이 주인공이라는 측면에서 동화적·환상적 상상력이 나타나며 유머, 반어, 위트, 판타지, 기지, 우화 등의 요소가 그려지면서 차별적이고 고통스럽고 비극적인 삶을 완화시킨다. 한국어에 서툴고 크리올 언어를 구사하는 이주자는 또 하나의 권력인 언어를 갖지 못한 하위주체이다. 「코끼리」의 네팔인 아버지는 부정확한 발음으로 한국말을 더듬거리기에 어릿광대를 연상시키며, 아들은 말이 어눌하면 누구나 멍청하게 보이는 법이라고 생각한다. 한국어를 능숙하게 구사하지 못함으로써 자신의 권리나 원하는 바를 설명할 수 없는 외국인 노동자는 하위주체이다. 『완득이』의 삼촌도 훤칠한 키와 멋진 외모와는 달리 말을 더듬거림으로써 인간 대접을 받지 못하며, 『이슬람 정육점』의 김유정은 말더듬이인데다가 동물의 말을 알아들어 동네의 모든 동물들과 대화를 나누며 사람 말이 가장 어렵다고 말한다. 작중인물들은 한국어가 부족하거나 말을 더듬고 동물과 교유하는 인간 이하 혹은 비인간, 동물, 아이로 표상된다. 언어는 자신의 권리와 요구를 표현하는 인간의 기본적인 능력으로 하위주체는 스스로 말할 수 없을 뿐더러 소통이 불가한 아이, 동물, 이방인, 외국인, 비국민에게서 나타나는 상징적 의미를 지닌다.

다문화성장소설에 등장하는 타자의 언어는 근대자본주의사회가 조장한 중심권력언어를 전복하고 해체함으로써 다름과 차이를 포용하고 인정해야한다는 사실을 독자에게 요구하고 있다. '언어=권력'이라는 언어사회학적 관점에서 경계인의 경계언어는 타자의 언어이자 이방인의 언어이다. 따라서 이에 대한 적극적인 다문화교육과 다양한 문화에의 관심이 절실하다.

3. 가족 내 타자지향적 · 절대적 환대의 시선

세상 밖의 시선은 차갑고 냉정하게 묘사되지만 소설 속의 가족 내 분위기는 타자지향적이고 절대적 환대의 자세를 갖고 있다. 타자들의 공간에서 타자의 언어를 사용하는 타자들은 무조건적이고 절대적인 환대의 자세로 세상의 모든 아픈 사람들을 포용한다. 전쟁고아, 이주노동자, 다문화가정 2세 혼혈아들은 헐벗고 고통받는 모습으로 호소하는데, 이러한 타인을 수용하고 받아들이고 책임지고 그를 대신해서 짐을 지고 사랑하고 섬기는 가운데 주체의 주체됨의 의미가 있다[64]는 레비나스의 윤리적 주체로 살고 있는 것이다. 이러한 사실은 다문화가정 청소년들이 열악한 환경에도 불구하고 비뚤어지지 않게 자랄 수 있는 요인이기도 하다. 한 사람만이라도 관심과 애정이 있으면 아이들은 탈선하지 않기 때문이다.

『이슬람 정육점』의 충남식당을 운영하는 안나 아주머니는 자신에게도 흉터가 있다며 고아소년을 씻기고 위로한다. 그녀는 전쟁고아가 느끼는 소외감과 아픔을 공유하고자 자신의 상처를 얘기하며 아이를 배려하는 것이다. 종합병원 세탁일, 장의사, 도로공사 터널인부 등 3D업종에 종사하는 야모스 아저씨도 왼쪽 턱에 새끼손가락 굵기의 흉터를 갖고 있다. 전쟁으로 인해 외상후 스트레스 장애를 앓고

---

64) 강영안, 『타인의 얼굴』, 문학과지성사, 2005, 75쪽.

있는 대머리, 한국에 사는 다른 모든 이방인처럼 주눅들은 표정을 지닌 투명인간, 유령, 산귀신 같은 성직자 이맘, 굽은 허리에 손을 떨고 깊은 주름이 있는 얼굴로 같은 말만 반복하는 술주정뱅이인 열 쇠장이 영감 등은 주변부이자 마이너리티의 위치에 머문다. 말더듬이 친구인 김유정과 상처 입은 짐승처럼 세상을 물끄러미 보며 하루 종일 투덜대는 맹랑한 녀석과 친구가 된 소년은 서서히 상처를 치유한다. 그리고 흉터와 차별적 시선과 외로움과 고향상실을 공유하는 디아스포라 운명을 지닌 하산 아저씨를 아버지로 인정한다.

다문화성장소설에서는 부모와 자식으로 구성된 혈통가족뿐만 아니라 대안가족의 형태로도 나타난다. 「코끼리」의 아카스와 『완득이』의 완득이는 이주노동자 및 장애인 아버지와 함께 살고 있으며 조선족, 베트남 출신 어머니는 가출한 상태이다. 완득이 부자는 핏줄은 아니지만 말더듬이 춤꾼 남민구, 담임 이동주와도 가족처럼 지낸다. 『이슬람 정육점』의 입양된 전쟁고아는 의붓아버지 하산과 더불어 그리스인 야모스 아저씨, 식당을 운영하는 안나 아주머니가 부모 역할을 해주고 있다. 이와 같이 어머니의 손길이 닿지 않아 반항적인데다가 냉소적이며 적대감이 가득 찬 청소년들이 범죄의 길로 빠지지 않은 이유는 타자적 삶을 감내하는 아버지에 대한 연민과 사랑, 공감대와 이웃의 따뜻한 시선 때문이다. 「코끼리」의 아카스는 티알축제, 야크, 안나푸르나 추억 등 가본 적도 없는 네팔 얘기만을 하는 아버지를 마땅찮아하며 한국에서 태어나 오롯이 한국인이 되고자 하지만 냉대와 멸시를 당할 뿐이다. 『완득이』의 완득이가 세상에 대해 무심하면서도 발랄하고 긍정적일 수 있었던 이유는 관심 갖고 배려하는 담임선생, 난쟁이 아버지, 말더듬이 삼촌, 가출했지만 늘 아들을 생각했던 베트남 출신 어머니가 있기 때문이다. '어머니'라는 말이 어색할 정도로 17년을 혼자 자랐지만 모성을 느끼며 그녀의 삶을 이해하는 완득이는 세상 밖으로 나온다. 완득이의 폭력성과 거친 성질은 불구인 난쟁이 아버지와 정신지체인 말더듬이 삼촌을 보호하기 위한 어쩔 수 없는 방어행위였던 것이다.

소외계층인 다문화가정의 10대 청소년들은 비윤리적이고 반인권적인 한국사회에서 거칠고 무심하며 상처받은 영혼들로 자신을 보호하지 못한 채 폭력에 노출되어 있지만 비뚤어지지 않고 성실하고 착하게 자란다. 이는 세상의 차별적이고 편견에 사로잡힌 시선으로 상처받은 소년들을 사랑하고 따뜻하게 대해주는 가족이 있기 때문이다. 가족들은 타자지향적이며 절대적인 환대의 시선으로 서로를 보살핀다. 『완득이』의 아버지는 자신의 아내가 팔려온 하녀 취급을 당하거나 숙소사람들 뒷일이나 해주는 사람으로 여기는 상황이 싫어 떠나는 아내를 붙잡지 않으며, 그녀를 원망하기는커녕 한국사회에서 불편한 대우와 차별을 받을까봐 염려한다. 억압적이고 강제적으로 가정을 구성하기보다는 아내와 아들의 입장과 처지를 존중하고 인정하는 아버지는 말더듬이이자 지적 장애인 남민구를 춤 제자 및 가족으로 포용하며 무심한 듯하면서도 따뜻한 부성애로 아들을 배려하는 타자지향적인 인물이다. 『이슬람 정육점』의 마을사람도 기꺼이 헌신하고 수용하는 선한 사람들이다. 대지의 여신 가이아를 닮은 안나 아주머니는 가난한 동네사람에게 음식을 제공하며, 세상의 상처받은 이들을 포용하고 보듬어준다. 그녀는 자신의 상처를 언급하면서까지 고아소년이 소외되지 않도록 위로하고 보듬어 안는다. 아픈 야모스 아저씨의 이마에 물수건을 얹어주고, 충격 받은 맹랑한 녀석의 귀를 문질러 주고 머리를 쓰다듬어 주어 안정을 되찾게 하며 밥을 먹이는 그녀는 다문화공간의 상처치유능력자이다. 충남식당이라는 공간은 상처와 흉터투성이인 타자들의 공간이자 축제의 장으로 묘사된다. 『완득이』의 웃음과 해학적 분위기가 카니발적[65]이듯이, 『이슬람 정육점』의 마지막 소풍 장면도 전민중적인 속성을 지닌다. 상처가 있는 동네사람들 모두가 소풍을 가서 돼지를 잡는 엽기적이고 무질서하며 황당스러운 난장판은 카니발적 요소를 갖고 있다. 카니발은 관조되는 것이 아니라 그곳에서 모든 사람들이 살고 있는 것이며, 카니발에 참여하고 있는 모든 사람들의 부활과 갱생이자 세계 전체의 독특한 상황[66]이다.

다문화성장소설은 고착화된 정상가정뿐만 아니라 다양한 대안가정의 모습을 구현해낸다. 다문화성장소설에서는 다문화가정 2세의 고통과 슬픔 속에서 이주자들의 타국 정착의 어려움과 문화에 대한 편견이 그려지며, 그들에 대한 환대와 반편견 의식, 균형적인 다문화주의적 시각, 공존의 지혜, 타인에게 말 걸기, 다름에 대한 이해 등이 필요한 사회임을 제시한다.

4. 상처치유/화해로서의 성장과 이니시에이션 구조

세 편의 다문화소설은 소설화자가 1318세대 청소년이라는 점에서 성장소설로도 읽힌다. 성장소설은 유년기, 사춘기를 거쳐 성년이 되

---

65) 김미영, 「다문화사회와 소설교육의 한 방법」, 『한국언어문화』 42권, 2010, 87쪽.
66) 미하일 바흐친, 이덕형 외 역, 『프랑수아 라블레의 작품과 중세 및 르네상스의 민중문화』, 아카넷, 2001, 28~29쪽.

는 통과의례적인 입사형식이 내포된 소설장르로 주인공의 각성과 성숙의 과정을 보여준다. 다문화가정 2세라는 상황은 일반적인 성장소설보다 중첩적인 타자적 조건을 갖게 한다. 성년식(initiation)은 인류학에 연원을 두고 있는데, 유년이나 소년기로부터 성년이 되어 성인사회의 완전한 일원이 되는 통과의식(passage)을 중심으로 하며 악의 발견으로 정의[67]된다. 주인공은 자신의 발견의 결과와 타협과 자아각성을 하며, 이러한 통과제의를 신성한 힘을 매개로 하여 지금까지와는 다른 사람으로 다시 태어나는 것 즉 존재론적 위치의 변화[68]를 가져온다.

성장소설의 주인공은 일반가정 아이들보다 열악한 환경에 처해지며 어른의 보호를 받지 못한 채 일찍 세상을 알아버린 10대 소년들로 조숙하고 어른스러운 영어덜트(young adult)[69]적인 특성을 지닌다. 세 편의 다문화성장소설에서는 어머니가 부재하는데, 이는 이주의 여성화 및 가족해체 현상과 연관되며 이주여성의 정착의 어려움을 말해준다. 브로커의 횡포나 알선단체의 사기 및 정보조작이 관여된 국제결혼 맞선과정은 매매혼적 성격을 지닌다는 점에서 이혼의 원인이 되기도 한다.

소설 결말을 살펴보면, 「코끼리」에서는 비극적 결말로, 『완득이』는 해피엔딩으로, 『이슬람 정육점』은 희비극의 열린 결말로 이루어

---

67) 모르데카이 마르쿠스, 최상규 역, 「이니시에이션소설이란 무엇인가?」, 『현대소설의 이론』, 대방, 1983, 460~463쪽.
68) 시몬느 비에른느, 이재실 역, 『통과제의와 문학』, 문학동네, 1996, 18쪽, 208쪽.
69) 아동문학에서 일반문학으로 가는 과도기작품에 대해 일본에서는 영어덜트 문학이라는 용어를 사용한다. 금기가 붕괴된 후 아동문학과 일본문학이 혼재되는 상황에서 독자층이 넓어졌다(이경자, 「일본 청소년문학의 어제와 오늘」, 『창비어린이』 6호, 창작과비평사, 2008, 206쪽).

지는데 다른 두 편의 소설과 달리『완득이』는 청소년소설이라는 장르적 특징 때문이다. 또한 다문화가정소설에서는 성장소설의 필수요소인 통과의례적 사건이 구성되어 있다. 「코끼리」의 아카스는 아들의 병원비를 이주노동자에게 도둑맞은 후 포효하는 비재 아저씨로 시작되어 공터에서 강도짓을 하는 그를 목도하는 마지막 장면으로 끝난다. 같은 처지임에도 불구하고 현기증이 일도록 빠르게 소용돌이치는 '외'의 삶을 보게 되면서 충격을 받은 소년은 세상의 선악, 미추, 불의를 깨닫는다. 비재 아저씨의 비행이라는 비밀을 간직한 아카스는 세상에 대한 악의 발견을 통해 성숙의 통과의례를 마친다.『완득이』의 완득이도 교회에서 선한 인상을 지으며 "자매님"을 연발하는 동남아남자인 알리 핫산이 사실은 고용주가 고용한 염탐꾼임을 알게 된다. 이 사건으로 외국사람을 위해 일했던 담임은 유치장을 다녀왔고, 한국사람을 위해 일했던 핫산은 강제 추방을 당한다. 또한 사춘기에 상봉한 어머니와의 만남과 갈등과 번민을 거쳐 연민과 사랑을 통한 화해로 마무리된다. 17세에서 18세로 넘어가는 완득이는 모성애, 첫사랑, 갈등, 배반, 연민, 미추를 경험하고 성숙의 문턱을 넘어선다.『이슬람 정육점』의 소년도 마을사람과 소풍을 다녀오고 의붓아버지의 죽음을 맞이하는 이별 체험을 한 후 자신을 입양한 하산처럼 "세계를 입양"하기로 마음먹는다. 지나치게 냉소적인 고아의식과 유기에 대한 공포로 체념이 빠른 소년이었지만 하산 아저씨의 사랑과 관심으로 서서히 변해가는 것이다. 다문화가정 2세와 전쟁고아라는 이중의 타자성을 지닌 소년은 공동체에서 배제되어 보호받지 못한 채 부조리하고 불합리한 어른들의 세상을 관찰함으로써 조숙하고 사려 깊은 아이로 성장한다. 학대와 유기의 증거인 흉터와 상처가 온몸에 있는 키 작고 못생긴 녀석은 고향, 가족, 이웃, 친구조차 없는 디아스포라적 의식을 갖는다.

소년들의 아버지는 네팔 출신 이주노동자, 난쟁이, 전쟁참전 터키 출신 이슬람교 외국인으로서 사회로부터 차별받고 배제되는 사회적 약자이다. 성장소설의 특징 중 하나는 부권부재 모티프를 통한 아비 살해 및 아비 찾기 형식[70]으로, 여기서의 살해란 거부 및 극복의 상징적 의미로 아버지는 전통이나 금지 혹은 권위를 상징한다. 주인공은 아버지를 거부하려는 비동일화의 양상을 보여주면서도 아버지에 대한 그리움과 동일화를 보이며, 아버지에 대한 반감과 결핍이 어머니에 대한 동정과 충족 욕구로 연결[71]되는데, 다문화성장소설에서는 권위적이거나 가부장적인 아버지와의 갈등이 크게 표출되지 않는다. 아내의 부재는 가부장의 권위를 휘두를 대상이 없는 환경인 데다가 이주자의 신분 혹은 장애인의 입장인지라 사회로부터 배척받기 때문이다. 「코끼리」에서, 구름보다 높은 히말라야 코끼리 같은 아버지가 후미진 공장지대에 살아가고 있다는 사실조차도 가슴 아파하는 아카스는 아버지가 손가락에 지문이 없을 정도로 일을 해도 "야 임마, 씨발 놈아"라는 이름만 있을 뿐 이름을 갖지 못한 외국인 노동자로 대접받는 것이 속상하다. 바람난 어머니를 둔 데다가 반 아이에게 폭행을 당하는 아카스이지만 부자간의 따뜻한 사랑과 연민은 소년을 철들게 한다. 아이들은 핍박과 고통의 피해자인 아버지를 이해하고 안타까워하며 사회적 냉대에 대해 분노를 표출한다. 『완득이』의 도완득도 아버지가 원하는 일을 하고자 책상에서 글을 쓰는 척하며,

---

70) 이재선, 『한국현대소설사』, 민음사, 1991, 430쪽.
71) 최현주, 『한국현대 성장소설의 세계』, 박이정, 2002, 192쪽.

불구, 카바레댄서 혹은 노점상 직업, 아내 가출, 가난이라는 아버지의 조건을 수용하고 이해한다. 『이슬람 정육점』의 고아소년도 무슬림이자 터키 출신이며 정육점을 운영하는, 외모가 다른 외국인 아버지가 한국인으로부터 차별받는다는 사실에 아파하며 의붓아버지를 진정으로 받아들인다. 아버지들은 조숙한 아들의 보호 속에 놓인 사회의 마이너리티이다. 어머니의 부재하에 아버지의 고통과 슬픔을 보고 자란 소년들은 비교육적·반인권적·선정적·폭력적 세상에 노출되어 영어덜트로 자라며 부조리하고 차별적인 세상에 대해 분노하지만 화해 혹은 타협하게 된다.

5. 다문화성장소설의 특징

다문화사회에 진입한 우리 사회에 다문화가정 2세가 급증하고 있다. 단일민족국가인 한국사회는 이방인에 대해 차별과 편견의 시선을 갖게 됨으로써 공존과 관용, 환대의 자세가 절실하며, 인권과 윤리문제를 야기한다. 이방인의 국내유입으로 우리 안의 인종차별, 백인선호, 오리엔탈리즘적 시각을 성찰하며 반성하게 되는 것이다. 이제 다문화문학을 통한 다문화교육의 효용성에 관심을 갖게 되는 시점에 와있다.

김재영의 「코끼리」와 김려령의 『완득이』, 손홍규의 『이슬람 정육점』의 10대 주인공은 차별적이고 배제적인 한국사회를 몸으로 체득하면서 상처받은 영혼으로 성장한다. 세 편의 다문화성장소설은 한국에서 최하층민이자 주변부로 전락한 이주노동자의 삶을 비참하고 고통스럽게 보여주지만 소년시점으로 그려지고 있어 고통과 슬픔이 희석된다. 유니크하고 발랄하며 환상적인 문체는 암울하고 어두운 다문화공간을 배경으로 하는 소설의 톤을 동화적이고 희화적으로 만든다. 소년들이 성장하는 공간은 비교육적·반인권적·비위생적인인 환경으로 배신, 사기, 선정, 폭력이 만연하는 어른의 속물스럽고 이중적인 삶이 그대로 노출되어 있다. 다문화가정 2세와 이주노동자, 결혼이주여성의 타자성은 언어표현에서도 표출되는데, 욕설, 말더듬, 침묵, 반복어, 피진어와 같은 타자의 언어, 경계언어를 구사한다. 열악한 조건 속에서도 소년들이 탈선하거나 비뚤어지지 않은 이유는, 이곳에 사는 사람들이 인간적이고 배려하는 타자의 윤리학을 갖고 아이들을 보살피고 보듬는 타자의 공동체를 형성하고 있기 때문이다. 불법 체류, 지극한 가난, 아내 가출, 동료끼리의 배신이 일어나는 다문화공간에서 성장하는 '아카스'와 '완득이'와 '전쟁고아'는 아버지를 이해하고 고통을 분담하는 사려 깊고 조숙한 아이들이다. 10대의 상처받은 영혼들은 한국사회에 적응하는 데 필요한 통과제의를 거쳐 현실과 화해하며 성숙의 문턱을 넘는다. 세 편의 소설에서는 비교육적 환경 속에서 일찍부터 삶이 어렵다는 것을 알게 된 아이들의 이니시에이션 스토리를 기본구조로, 경계인으로서 살아야 하는 다문화가정 2세들의 상처받은 영혼과 다문화가정에 대한 편견으로 인한 어려움을 보여준다.

다문화성장소설에 나타난 우리 사회의 배타적·차별적 시선은 이주자와의 아름다운 공존을 어렵게 하며 인권문제를 제기한다. 그들을 국민으로 인정하지 못하고 관용과 타자의 윤리, 배려, 세계시민으로서의 자세가 부족하기 때문이다. 다문화가정을 소재로 한 소설은 순혈주의와 단일민족신화, 외국인 혹은 혼혈인에 대한 타자의식과 다문화의식의 결핍에 대한 현실비판으로 지속적으로 발표될 것이다. 다름과 차이를 인정하지 않고 틀림과 차별로 이해되는, 획일적이고 동화주의적 태도가 타자를 얼마나 상처받게 하는지 다문화텍스트를 활용해서 우리 사회를 성찰하는 다문화교육이 필요한 시점에 와 있다.

3장 다문화공간에 나타난 지리적 타자성

1. 다문화사회화와 경계 너머 다문화공간

1990년대 이후 글로벌 경제와 국제결혼으로 인해 이주자들이 많이 유입[72]되었다. 다문화사회화는 '다문화사회', '다문화가정', '다문화주의'란 유행어를 낳으면서 '다문화'라는 화두를 우리 사회에 던지고 있다. '우리'끼리의 공동체로 살아온 한국사회는 외국인 노동자와 결혼이주여성, 다문화가정 2세와의 공생을 준비하지 못한 채 다문화사회화됨으로써 이방인에 대한 차별과 배제 그리고 평등과 관용 사이에서 갈등하고 있다. 또한 탈북자, 조선족 디아스포라의 국내 이주로 인한

---

72) 글로벌경제와 전지구화로 인해 70억의 세계인구 중 국제이주는 2억 명에 이르며, 우리 사회에도 현재 150만여 명의 외국인이 거주하고 있다. 1992년 중국과의 정식 수교 이후 조선족 70만 명, 탈북자 2만 6천 명 등 한민족 디아스포라의 국내 거주가 많아지고 있고, 외국인 노동자 60만여 명, 결혼이주여성 18만여 명, 다문화가정 어린이 12만 명 등 외국인 이주자가 점점 증가하고 있다. 특히 남성비율보다 여성비율이 압도적으로 높아지는 여성의 이주화, 여성의 빈곤화 현상도 이주현상의 특징으로 나타난다.

사회통합과 한민족 정체성에 대한 성찰과 국민국가의 약화, 세계시민 사회의 도래라는 시대적 전환에 대해 고민하게 한다. 다문화공동체 구성원으로서의 윤리와 다문화적 자세가 필요한 시점에서 국가적 차원의 이주자 인권 보호와 한국생활 정착을 위한 교육 및 정책이 다양하게 시도되지만 다문화사회화 과정에서 이주자를 적극적으로 수용하지 못할 경우 고립된 타자들이 사회의 불안세력[73]이 될 수 있다.

'다문화'라는 유행어가 단일문화주의와 단일민족의식을 은폐하고자 하는 공허한 구호에 불과한 것인지에 대해 외국인이 밀집해 이국적 공동체를 형성한 다문화공간을 중심으로 살펴보고자 한다. 2005년부터 주요모티프가 된 다문화소설은 한국 내에서 살아가는 외국인 이주자 혹은 탈북자, 조선족이 등장하거나 두 개의 문화가 공존하는 소설을 말한다. 다문화사회로의 진입은 한국사회에서의 다문화공간을 구역화함으로써 다문화공간과 비다문화공간의 경계를 이루며 균열과 불화, 문화적 차이를 통한 차별을 초래한다. 다문화공간(milticultural space)이란 지구·지방화 과정에서 이루어지는 인종적·문화적 교류 및 혼재에 관련된 사회공간적 현상[74]을 말한다. 경계적 간 공간 또는 제3의 공간이라는 메타포를 만들어내는 다문화공간은 외국인 이주자에 의해 형성[75]되었으며 뜨내기나 방랑자들이 한시적으로 정착하는 여행자의 공간이자 틈새나 문턱과 같은 공간이다. 우리 사회에도 인천 '차이나타운'이나 이태원거리 등이 있었고, 최근에는 안산의 사할린 동포의 '고향마을', 원곡동 '국경 없는 마을'[76], 가리봉동 '옌벤거리'와

---

73) 장희권 외, 「전지구화과정 속의 타자와 그들의 공간」, 『코기토』 69권, 2010, 224쪽.
74) 최병두 외, 『지구 지방화와 다문화공간』, 푸른길, 2011, 6쪽.
75) 위의 책, 25쪽.
76) 5만 명 이상의 외국인이 거주하는 안산시 원곡동은 2009년 5월 1일 다문

같은 한민족 다문화공간[77] 그리고 일정한 시간에만 장이 서는 혜화동 '리틀 마닐라' 등이 생겨남으로서 지형적 변화를 보인다. 다문화거리, 다문화마을은 공단지대인 안산 원곡동, 서울 가리봉동, 고양 식사동이나 천주교 성당이 있는 마석, 서울 월곡동, 혜화동, 이슬람 모스크가 있는 한남동, 이태원처럼 노동환경, 집값이나 종교적 영향 등의 이유로 조성된다. 이주자는 자국민이 기피하는 3D업종이나 젠더화된 직종에 대체되어 종사하며 이들의 거주공간은 공장단지나 시장통, 미군부대 기지촌, 노래방, 클럽 등이다. 구체적인 지역으로는 부천, 성남, 여주, 마석, 안산, 고양, 의정부 등 서울 주변의 위성도시와 가리봉동, 월곡동, 노량진 수산시장, 영등포 쪽방촌 내지 대림동 등이다. 이 지역은 서울 주변부라는 위계적 지역체계라는 위치성을 나타내며 우리 사회와 연결되지 못한 채 각각의 문화와 언어를 유지한다. 또한 자국민에게 갈등과 혐오감, 위험과 낙후성, 공포를 전달함으로써 로컬=에스닉=주변부=타자적 공간으로 자리 잡는다. 21세기 전지구화와 글로벌 경제로 인해 양산된 디아스포라는 이주사회에 융화 혹은 통합하지 못한 채 '그들'만의 문화와 공간을 만들어간다.

고국/고향을 떠난 이주자가 먼 타국에서 무엇을 구축(building)한다는 것은 하이데거가 주장한 것처럼 곧 거주하는 것이며 거주한다는 것은 존재의 본질로서 남자와 여자가 지구상에 존재하는 방식[78]이다.

화마을특구로 지정되어 한국의 다문화수도로 인정받고 있다. 안산역 광장 건너편에 위치한 메인스트리트인 국경 없는 거리는 다문화 체험을 할 수 있는 공간으로 관광객의 시선을 사로잡는다. 그러나 다문화거리는 성매매와 같은 문제점도 나타나고 있다는 점에서 다문화공간 형성과정에 대한 체계적인 연구와 노력이 필요하다.

77) 정병호 외, 『한국의 다문화공간』, 현암사, 2011, 16~17쪽.
78) 에드워드 렐프, 김덕현 외 역, 『장소와 장소상실』, 논형, 2005, 56쪽.

낯선 곳에서 정착해야 하는 이주자에게 집을 갖는다는 것은 인간실존의 본질이자 존재의 기본적인 특성이며 정체성의 토대 즉 존재의 거주장소임을 의미[79]한다. 타자의 언어, 주변적 정체성을 지닌 이주자는 지리적 공간을 통해 타자적 정체성을 재확인한다. 지구상의 속도경쟁의 직접적인 결과가 이민자의 출현이고, 속도의 주된 추세는 인간의 존재를 제거하는 것이기 때문에 인간이 버린 쓰레기 및 쓰레기로 버려진 인간의 생태[80] 과정에서 만들어진 이주자는 쓰레기, 잉여인간으로 취급되고 있다. 초국가주의, 다문화사회라는 표어 이면엔 아감벤이 말한 비인간적 조건이 현실화되는 장소 혹은 정치적 공간의 숨겨진 모형으로서 도시 그 자체에 대한 감시 실행이 강화된 수용소[81]와 유권자 국민과의 전쟁을 치를 준비를 하는 불안한 국가[82]라는 그늘이 숨겨져 있다. 폭력과 법을 구분할 수 없는 문턱에서 국가권력의 희생양이 될 수 있는 이주자는 법과 사회제도망에 포섭되지 못한 벌거벗은 생명이 되어 인권과 존엄성을 묵살당한 채 제한된 공간에서 고통스러운 이산생활을 영위한다. 예외적인 관계로서만 유지되는 인간 행위의 극한 영역은 처벌받지 않고 살인하는 것이 허용되는 곳이자 제물로 찬미되지 않고 죽이는 것이 허용되는 공간의 형식으로 구성[83]되며, 이주자는 이 영역에 포획된 호모 사케르이다. 경계 너머 새로 창조된 주변공간으로서의 다문화공간에서 낯섦과 타자성을 지닌 이주자는 배척되고 열등하게 인식되어 종속됨으로써 법, 상식, 도덕, 국가의 외부에 머문다. 불법체류자, 난민, 탈북자를

---

79) 위의 책, 96~97쪽.
80) 레이 초우, 장수현 외 역, 『디아스포라의 지식인』, 이산, 2005, 252쪽.
81) 조르조 아감벤, 박진우 역, 앞의 책, 316쪽.
82) 도시인문학연구소, 『경계초월자와 도시연구』, 라움, 2011, 38쪽.
83) 조주현, 『벌거벗은 생명』, 또하나의문화, 2009, 86쪽.

포함한 이주노동자야말로 국가폭력의 대상이 될 수 있는 21세기의 새로운 타자로서 지리적 타자성을 갖는다.

소설의 주인공인 이주자는 노동과 결혼 혹은 고국을 찾아 도강 또는 탈국경함으로서 낯선 공간에 탈영토화된 사람이다. 이산의 삶을 선택한 이주자는 자신이 타자의 언어, 타자의 문화, 타자적 정체성을 지닌 주변적 위치임을 다문화공간을 통해 재확인하며, 고국의 변방에서 타국의 주변으로의 이동이기에 코리안 드림은 쉽게 이루어지지 않음을 깨닫는다. 이주자의 삶의 영역은 직업과 연관되는데, 주로 단순육체노동을 하는 이주노동자의 경우 대부분 공장단지에 정주하며, 여성의 경우 '이주자'와 더불어 '여성'이라는 타자성이 덧붙여짐으로써 섹슈얼리티 훼손화와 젠더화된 직업환경에 위치 지어진다. 결혼이주여성은 전라도 농촌이나 부천과 같은 위성도시가 삶의 터전[84]이 되며, 여성이주노동자의 직업공간은 식당, 여관, 공장이나 노래방, 나이트클럽, 다방, 단란주점, 기지촌과 같은 유흥업소로 양분된다. 외국인 노동자의 작업공간과 거주지는 불법과 범죄, 빈곤과 추방의 위협, 절망과 폭력이 난무하는 하층민 계급을 표상한다.

2. 조선족 디아스포라 공동체, 가리봉동 : 「가리봉 연가」, 「가리봉 양꼬치」

우리 사회의 대표적인 다문화공간은 외국인 노동자와 조선족이 밀집된 구로구 가리봉동이다. 이곳은 개발독재 시기엔 농촌에서 구

---

84) 공선옥의 「가리봉 연가」, 천운영의 『잘 가라, 서커스』, 서성란의 「파프리카」의 공간적 배경이 부천과 농촌 등이다.

로 수출공단으로 이주해온 노동자들이, 1987년 이후엔 이들이 지방이나 해외로 떠나고 다시 조선족과 외국인 노동자가 모임으로써 탈영토화와 재영토화된[85] 지역이다. 한국수출산업단지가 있는 산업역군들이 살던 곳이었지만 가난, 굶주림, 노동착취, 저임금에 시달리고 범죄가 만연했던 가리봉동엔 외국인이 인구의 25%를 차지하고 있다. 이러한 변화과정은 소녀시절 공장을 다니다가 이곳을 떠난 「가리봉 연가」의 용자가 십 수 년이 흐른 지금 다시 찾게 되면서 그전에는 사방이 납작한 지붕들과 공장의 굴뚝만 보였던 예전 가리봉동이 아님을 확인하면서도 알 수 있다. 가리봉동은 산업성장기에 지방에서 올라온 노동자의 애환이 서려 있는 대표적인 산업공단인 구로공단과 생활공간인 벌집촌 또는 쪽방촌이 있는 곳으로 한국인 노동자가 빠져나간 자리에 이주자가 모여살고 있다.

소설 제목에 나타나듯이 「가리봉 연가」와 「가리봉 양꼬치」의 배경이 되는 이 지역은 구로공단 노동자가 집중적으로 거주했던 곳으로 연변음식인 양꼬치나 중국음식으로 유명한 식당들이 모여 있어 한국 내 '작은 중국'이라고 불릴 정도로 이국적 정취를 담고 있다.

> 용자는 육교 위에서 가리봉동을 내려다본다. (중략) '인성여인숙 욕실 완비 TV설치'가 반짝거린다. '맥주 양주 개미단란주점'의 간판이 반짝거린다. 용자는 천천히 육교 아래로 내려섰다. 장터식당, 중국음식성, 금고대출, 그리고 알아먹을 수 없는 빨간 한자 글씨체의 간판이 반짝거린다. 인성여인숙, 신도여인숙, 구룡여인숙을 지나 중국전화편, 동북풍미 앞에서 서성거린다. 진초록 상의에 진노랑 바지, 진초록 구두에 노랑 양말을 신은 여자가 바쁘게 지나간다. 18롤짜리 땡큐화장지

---

85) 신명재, 「가리봉을 둘러싼 탈영토화와 재영토화」, 『로컬리티 인문학』 6호, 2011, 47쪽.

가방을 든 아가씨가 지나가고 아이들 한 무리가 손에 초코칩 과자를 들고 삼진오락실 안으로 몰려 들어간다. '체육복권 1등 1억원 당첨'이라고 씌어진 노란 휘장 앞에서 이제 막 삼진오락실에서 나온 여학생들이 방자하게 웃고 있다. 손에는 하나같이 핸드폰을 들었다. 술 취한 한 떼의 남자들이 중국식품점 안으로 들어가 금강산 옥수수면이 있느냐고 떼거리로 묻는다.[86]

마주 오는 차 두 대가 겨우 길을 비켜갈 정도로 좁은 구로공단 가리봉 오거리 시장통엔 연길양육점(延吉羊肉店), 금란반점(今丹飯店), 연변구육관(延邊狗肉館) 등 한자로 쓰인 허름한 간판이 즐비하고, 어디선가 진한 향료 냄새가 훅 풍겼다. 앞에서 보면 작고 나지막한 옛날 집들이 피곤에 찌든 어깨를 서로 기댄 채 겨우 체면치레를 하고 서 있고 뒤쪽으로 돌아가면 버려진 냉장고며 싱크대, 녹슨 철사 뭉치 등 온갖 쓰레기더미를 그러안고 있는 동네였다. 언제 주저앉을지 모를 만큼 폭삭 삭아버린 것처럼 보이는 거리는 간판에서 언뜻언뜻 보이는 붉은색으로 인해 겨우 기운을 찾는 듯이 보였다. 이따금씩 머리를 박박 깎거나 스포츠형으로 바싹 치고 짙은 눈썹에 몸집이 건장해 보이는 사내들 몇이 중국말을 주고받으면서 지나갔다. 여름철엔 그런 사내들 팔뚝에 뱀이나 호박 모양의 문신이 새겨진 것을 쉽게 볼 수 있었다.[87]

가리봉동은 여인숙, 단란주점, 오락실, 중국음식점이 즐비하며 특유의 향료냄새로 비다문화공간과 차별화된다. 이곳에서 이주자는 향수를 달래며 고향음식을 사먹거나 같은 처지의 동족끼리 정보를 공유하며 이국생활에 필요한 환전 및 송금, 국제전화를 할 수 있어 두고 온 가족 혹은 같은 처지의 동족들과 네트워크를 형성한다. 원색 의상을 한 여자, 아가씨, 아이들, 여학생 등의 여성타자와 술에 취했거나 문신을 한 사내들이 지나는 이 거리는 권력이 배제되었거나 비상식

---

86) 공선옥, 「가리봉 연가」, 『유랑가족』, 실천문학사, 2005, 81~82쪽.
87) 박찬순, 「가리봉 양꼬치」, 『발해풍의 정원』, 문학과지성사, 2009, 73~74쪽.

적이며 무질서하다. 폭력배의 배회는 이 지역을 불안과 공포, 두려움을 갖게 하며 위험지대임을 암시한다. 거리엔 단란주점, 오락실, 복권판매점과 같이 일확천금을 노리는 사행성을 조장하며 여러 여인숙을 통해 일시적으로 머무는 뜨내기 혹은 이방인이 많은 지역이라는 정보를 제공한다. 주변 환경은 '쓰레기더미'나 '옛날집'처럼 재개발 혹은 우범지대라는 인상을 풍긴다. 전반적으로 촌스럽고 시대에 뒤처지며 가볍고 경박한 키치문화를 향유하거나 범죄가 예견되는 다문화공간의 낙후함과 열등함을 상징하는 기표로 가리봉동은 표상되고 있다. 재개발의 지연과 황폐화된 공간으로서의 가리봉 이미지는 다문화라기보다 빈곤과 연결된 게토지역으로 이미지가 더 강화[88]되고 있다. 가리봉 거리에는 아슬아슬하고 위험한 불법체류 이미지와 꿈(코리안드림)과 허상(오락, 복권, 대출)을 좇는 이산의 삶이 반영되어 있다.

「가리봉 연가」의 조선족 출신 이주여성인 명화는 전라도 시골로 시집을 왔으나 결혼생활에 불만을 품어 가출한 후 가리봉동에서 노래방 도우미로 일한다. 흑룡강 해림→전라도 농촌→서울 가리봉동 조선족 노래방으로 이동을 한 명화는 신분상승은커녕 여전히 정착하지 못하고 떠돌고 있다. 결혼이라는 합법적인 절차를 밟은 명화와 달리 해랑반점, 복래반점에서 일하는 조선족 승애와 해랑은 불법체류자이기에 사기결혼이나 재이주를 모색하는 불안정한 신분을 갖고 있다. 명화 역시 도망 나온 처지인지라 허승희라는 또 다른 이름으로 조선족을 상대하는 북경노래방에서 〈슬픈 노래는 부르지 않을 거야〉라는 '가리봉 연가'를 부르며 생계를 유지한다. 장소가 바뀔 때마

---

88) 예동근, 「한국의 지역 다문화공간에 대한 비판적 접근」, 『동북아문화연구』 27집, 2011, 11쪽.

다 이름이 달라지는 것은 이들의 정체성이 얼마나 복합적이고 다양하며 혼종적인지를 말해준다.

> "형, 여긴 우범지대예요. 사건사고 다발지역. 옛날에 여기 공장 많을 때 노동자들이 데모 많이 했잖아요. 그때 여기 경찰들이 데모 막느라 고생하다가 그 다음에는 또 여기가 가출청소년 아지트가 됐잖아요. 그 청소년들 선도하느라 고생하다가 지금은 또……"[89]

가리봉동은 여러 변화를 겪었음에도 불구하고 여전히 범죄자, 도피자, 뜨내기들이 모인 최하층계급의 공간이다. 양고기 꿰, 오향오리, 튀김 같은 중국본토 음식점, 식품점, 환전소, 여행사가 즐비한 조선족 디아스포라 공동체를 구성하는 변화에도 불구하고 이면에는 불법, 도박, 성매매, 범죄사건이 일어난다. 명화는 이곳에서 강도에게 피살됨으로써 고단한 이산생활을 마감한다.

「가리봉 양꼬치」의 조선족 출신 양꼬치요리사 임파는 애인과의 미래를 꿈꾸며 레시피 개발을 통해 한국사회에 정착하고자 한다. 월세 10만 원짜리 쪽방이 있는 가리봉 시장통은 "말이 시장이지 교포한 명이 어느 집 쪽방에 들어왔다 하면 금세 소문이 날 만큼 좁은" 바닥으로 코리안 드림을 이루려는 조선족 동포들이 옹기종기 모여 정보를 공유하기에 신분이 노출될 위험도 공존한다. 안산의 자동차 부품공장에서 이곳 다방으로 옮긴 분희처럼 국지화된 사회적 연계망이 조선족들 사이에 형성되어 구인과 구직, 사업 등에 필요한 갖가지 도움[90]을 얻는 가리봉동은 임파에게 "가리봉이라고 말할 때 울리는 소리에는 시골누나처럼 등을 기대고 싶은 따사로움"이 느껴지

---

89) 공선옥, 「가리봉 연가」, 앞의 책, 104쪽.
90) 최병두 외, 앞의 책, 87~88쪽.

는 긍정적이고 희망적인 장소로 '발해풍의 정원'으로 상상되는 유토피아의 모형[91]을 실현하는 곳이다. 그러나 이곳은 정보노출과 이주자끼리의 과다경쟁으로 같은 처지의 동족에게 상해를 당하는 곳이기도 하다.

이와 같이 가리봉동이라는 다문화공간은 꿈과 희망, 미래와 정착의 유토피아인 동시에 불법과 폭력, 살인이 발생하는 사건현장이 되는 양가적인 공간이다. 이곳은 이주자끼리의 정보교환이나 가족들과의 네트워크를 형성하며 이국적인 민속 고유의 음식문화를 창출하는 다문화적 · 초국가적 · 국지적인 의미를 지닌다. 또한 뜨내기나 여행자가 밀집된 이곳은 범죄와 불법, 무한경쟁, 폭력과 무질서가 난무하며 소설의 결말 장면에서 「가리봉 연가」의 명화가 강도에 의해 길에서 살해되고, 「가리봉 양꼬치」의 임파도 라이벌인 동족에게 칼에 찔린 곳이다. 명화와 임파의 죽음에서 나타나듯이, 조선족이 모여든 가리봉동은 사회적 안전망이 실종된 우범지대이며 사기치고 배신하는 도덕성이 실종된 아노미지역이며 삶의 근거지를 잃어버리고 떠도는 사람들의 유랑지이며 하루 벌어 하루 먹고 사는 하루살이 인생의 최전선[92]이다. 즉 이곳은 계급적 · 민족적 차별성을 지닌 곳으로 '우리'와 '그들'로 구분하는 경계 긋기로서 위치 지어진다. 한국인의 문화는 빠져 있고, 별도의 공간을 형성하는 가리봉 다문화공간은 다(多)문화→타(他)문화→저(低)문화로 작동[93]되고 있다.

---

91) 송현호, 「「가리봉 양꼬치」에 나타난 이주 담론 연구」, 『현대소설연구』 51호, 2012, 357쪽.

92) 송명희, 「다문화소설 속에 재현된 결혼이주여성」, 『한어문교육』 25집, 2011, 148쪽.

93) 예동근, 앞의 글, 12쪽.

3. 젠더화된 성산업의 산실, 이태원 : 「아홉 개의 푸른 쏘냐」

'이주', '여성', '가난'이라는 삼중의 타자성을 지닌 이주여성의 취업은 돌봄노동과 성노동으로 제한되어 있다. 국제결혼이나 유흥업소에서의 서비스업 종사는 주변부 국가 여성의 섹슈얼리티와 성 정체성 그리고 타자화된 몸과 이를 근거로 한 노동력이 자리[94]하기에 이주여성의 노동현장은 식당, 여관이나 성산업에 종사하는 노래방, 클럽, 단란주점 등이다. 백인을 선호하는 섹슈얼리티의 호감성향을 지닌 금발머리와 흰 피부의 러시아여성은 이국적·관능적·신비화된 오리엔탈리즘적 시각으로 한국남성의 관음증적 욕망의 대상[95]이 된다. 조건 좋은 직장을 내주지 않는 상황에서 능력이나 경력을 인정받지 못하는 이주여성은 여성 내재적인 돌봄이나 성적 매력을 발휘하여야 할 아시아여성으로 간주[96]되어 개개인의 단독성은 사라진다. 이주의 젠더화, 빈곤의 여성화로 '나홀로' 이주한 여성들의 이산생활은 고달프고 신산하며 비극적이다.

이태원이 배경인 「아홉 개의 푸른 쏘냐」의 작고 허름한 옥탑방에서 생활하는 쏘냐는 클럽에서 춤을 추는 무희이자 매춘까지 해야 하

---

94) 이수자, 「이주여성 디아스포라」, 『한국사회학』 38집, 2004, 197쪽.
95) 조선족의 경우 '식당에서 일하는 한국말이 어눌한 중년여성' 이미지로 각인되며, 순종적이고 외모가 한국인을 닮은 베트남여성은 농촌신붓감으로 선호되고 있다. 또한 필리핀여성은 외모가 이국적이면서도 피부색이 그리 검지 않아서 성적 매력을 지녔다고 평가받는 한편, 영어로 의사소통이 되는 등 미군부대 주변의 유흥업소에서 특히 선호된다. 러시아여성들은 3천 명 넘게 입국하여 수적으로 단연 선두인데, 이는 금발의 흰 피부를 선호하기 때문이다(위의 글, 189~264쪽 참조).
96) 김현미, 「글로벌 신자유주의 경제질서와 이동하는 여성들」, 『여성과 평화』 5권, 2010, 132쪽.

는 이주여성이다. 러시아 민속무용단원으로 전통적인 원무를 공연하는 일자린 줄 알고 왔으나 클럽 무희가 되어버린 쏘냐가 사는 이태원 거리는 시장, 약국, 의상실, 미용실, 로즈이(장미들) 클럽이 있는 선정적이고 환락적이며 유흥적인 분위기로 조성되어 있다.

> 종일 도시 위에서 짓누르던 매연과 소음, 낮 동안에 미처 배설되지 못한 사내들의 욕설과 무자비한 폭력, 야비한 정욕이 폭풍우처럼 몰아칠 것을 예감하는 가느다란 허리의 거센 흔들림……
> 쏘냐가 마지막으로 춤을 춘 그날도 오늘처럼 먹구름이 달빛을 가리는 밤이었습니다. 애무도 없이 사랑을 들이대는 사내처럼 노을도 없이 찾아온 밤. 푸른 안개 속에서 선홍빛 네온사인이 폭죽처럼 터지고, 열정적인 재즈의 울부짖음이 행인들의 공허한 가슴을 뜨겁게 달구는 이태원 거리를 쏘냐는 해파리처럼 흐느적대며 걸어갔습니다. 나 역시 그녀의 어깨에 둘러쳐진 샤리프에 매달려 습기 어린 여름밤 거리를 쏘다녔지요.[97]

> ……사방으로 흩어지는 현란한 네온 불빛 아래 쏘냐의 웃음은 갈기갈기 찢겨 이리저리 흩날렸지요. 셋, 다섯, 일곱, 아홉……. 성탄절이 다가올 즈음에는 이태원 전체가 한국인은 물론 미군 병사를 포함한 다양한 인종들로 매우 붐볐습니다. 행인들의 그림자는 서로 겹치고 부딪치며, 한데 엉켜 있는 올챙이들처럼 몰려다니더군요. 거리마다 캐럴이 울려퍼지고 온갖 다양한 코들이 흘러다녔지요. 매부리코, 들창코, 오리 코, 하얀 코, 검은 코, 푸르스름한 코……. 쏘냐는 독을 뿜어대듯 입가에 미소를 뿜어내며 닥치는 대로 그 코들을 방으로 끌어들였습니다.[98]

해방기 미군 주둔 후 기지촌이 들어서 매매춘과 요식업소들이 발전했던 용산구 이태원은 윤락과 유흥업소가 성행했던 지역[99]으로

---

97) 김재영, 「아홉 개의 푸른 쏘냐」, 『코끼리』, 실천문학사, 2005, 61쪽.
98) 위의 소설, 74쪽.

우리 사회가 고도성장하게 되자 성매매를 하던 한국여성이 빠져나가면서 러시아여성이나 필리핀여성[100])이 모여들었다. 춤, 술, 노래, 헤로인, 농담, 웃음, 반라, 네온사인을 내포한 성적 판타지공간인 이태원의 이면엔 욕설, 매질, 발길질, 범죄 같은 폭력성이 잔인하게 도사리고 있다. "그녀만이 사내들의 몸을 핥아주고 주물러주어야 하는" 이곳에선 술을 따르는 자와 마시는 자, 몸을 파는 자와 사는 자, 춤을 추는 자와 보는 자라는 권력관계가 형성된다. 일방적인 접대로서 감정노동과 성노동을 해야만 하는 쏘냐의 삶은 여권강탈과 빚 독촉에 자유를 억압당한 채 굴욕과 모욕을 감내하는 일상이다. 사회로부터 배제된 성노동 및 성산업은 온전한 시민권의 결여와 관련된 노예제와 유사한데, 성매매여성은 일터에서 폭력을 당하지 않는다거나 자기가 버는 것의 공정한 몫을 받으며, 고용주에게서 벗어날 수 있는 등의 권리를 영원히 누리지 못한다.[101]) 폭력과 섹슈얼리티가 결합되어 포르노적인 고난을 감당해야 하는 쏘냐는 브로커의 금전적·성적 착취와 반인권적 폭행을 견디다 못해 결국 그를 칼로 찌른다. 영주권과 어머니의 신장이식수술을 위해 성폭력의 위협에 시달리다가 범죄까지 저지르는 절망의 나락으로 떨어지는 것이다.

'먼로'[102]), '민달팽이', '밀랍인형', '해파리', '모시나비', '시체'로

---

99) 송도영, 「도시 다문화 구역의 형성과 소통의 전개방식」, 『담론』 201, 2011, 12쪽.

100) 평택의 미군기지 부근의 외국인 전용클럽엔 금발로 염색하여 서양인도 한국인도 아닌 필리핀여성들이 E-6 연예인 비자로 들어와 출입국 관리소의 단속을 피해 3만 원짜리 음료수 '주스'를 사주면 춤추고 말 상대를 해주는 쥬시걸(Juicy Girl)이 생겼다. 손가락질을 받던 '양공주' 자리를 이주여성이 대신하고 있다.

101) 낸시 홈스트롬 엮음, 유강은 역, 『페미니즘, 왼쪽 날개를 펴다』, 메이데이, 2012, 343쪽.

102) 이 소설의 제목은 앤디 워홀의 작품명 〈아홉 개의 파란 먼로〉에서 착상

묘사되는 쏘냐는 젠더경험, 이주경험, 불법경험을 통한 여성수난을 겪는다. 기기하고 낯선 이주경험은 식민지 정체성이 지니는 부분적 존재처럼 온전치 못한 삶이자 고향에 있지 않음(unhomely)103)이다. "병적으로 하얗고 마른 무표정의 밀랍인형 같은" 쏘냐는 새로운 삶의 터전을 찾아 날아온 이주여성(모시나비)이지만 이주국에서 애인과 브로커로부터 주먹질과 금전탈취와 강제섹스를 당한다. 그녀는 자신을 보호할 껍데기를 갖지 못한 한 마리의 가련한 민달팽이 신세가 되어 해파리처럼 머나먼 이태원 거리에서 흐느적거리며 시체처럼 저항조차 못하는 일상을 견뎌낸다. 자유와 섹슈얼리티의 자기결정권을 박탈당한 이주여성의 생사여탈권이 이주국과 그 국민에게 맡겨지고 있다. 푸른 자작나무숲이 있는 고향을 떠나 이태원 사창가까지 내몰린 쏘냐는 껍데기가 퇴화해버려 은신처를 갖지 못한 '보잘것없는 왼돌이달팽이' 신세로 존재감이 결여되어 있다. 이 소설에서 달팽이와 껍질(껍데기)은 이주여성의 타자적 정체성을 드러내는 기표이자 보호와 안식, 정주를 의미하는 공간을 상징한다.

> ① 그 순간 딱딱한 껍데기로부터 완전히 빠져나온 당신의 아름다운 나신이 드러났고, 나는 더듬이 한쪽 끝도 꼼짝할 수 없었어요. 뜨겁고도 시린 기운이 온몸으로 번져 숨을 쉴 수조차 없었답니다. 잘 알겠지만 당신의 그런 행동은 아주 위험한 거였지요. 달팽이의 몸은 햇볕에 노출되는 순간 금세 물기가 말라버려 치명적인 위험에 처 할 수도 있으니까. (42쪽)
> ② 당신은 몸을 움츠리며 껍데기 속으로 스르르 들어가더니 점액질 얇

했다고 작가는 밝히고 있는데, 1962년 자살한 여배우 마릴린 먼로의 파편화되고 분열된 얼굴에서 이주여성의 고단하고 불안한 삶이 연상된다.
103) 데이비드 허다트, 조만성 역, 『호미 바바의 탈식민적 정체성』, 앨피, 2011, 146~147쪽.

은 막으로 입구를 막더군요. 나 역시 <u>껍데기</u> 속으로 들어가 곧 잠들었습니다. (중략) 오래된 전설, 러시아 <u>달팽이</u>들의 고향이라는 바이칼호수, 그 푸른 물결이라면 그토록 격렬히 흔들렸을까요? (43쪽)

③ …매일 저녁 쏘냐는 지나치게 많이 웃어댔답니다. 그래서 새벽녘에 집으로 돌아갈 때면 <u>달팽이</u> 몸에서 체액이 다 말라버리듯이 그녀 몸속의 힘도 다 빠져 있답니다. (63쪽)

④ 벌거벗은 쏘냐는 바닥에 <u>민달팽이</u>처럼 납작 엎드려 꼼짝하지 않았습니다. 그렇습니다. 쏘냐는 자신을 보호할 <u>껍데기</u>를 갖지 못한 한 마리의 가련한 <u>민달팽이</u>였습니다. (64쪽)

⑤ 쏘냐 역시 그리운 고향땅을 잊지 못해 눈물을 흘린 걸까요? 지금으로부터 천만년쯤 전, 바닷속 고둥의 일종이었다는 <u>달팽이</u>들이 바다의 기억을 버리지 못해 온몸으로 점액질을 만들어내는 것처럼? (65쪽)

⑥ 우리 <u>달팽이</u>들의 세상에선 상상할 수도 없는 모욕적인 일이 이곳에선 대수롭지 않게 벌어진답니다. (67쪽)

⑦ 한숨과 비탄 속에서 난 고통스레 외쳐대곤 했지요. 잠들고 싶어! 두꺼운 눈을 덮고, 폭신한 나뭇잎 속에서 아기 <u>달팽이</u>들과 몸을 기댄 채… 봄비 내리는 소리가 들려올 때까지 깊이깊이……잠들고 싶어! (75쪽)

⑧ …창밖에 서 있는 키 큰 누리장나무 잎 위를 <u>세줄달팽이</u> 가족이 기어가는 게 보이네요. 맨 앞에 기어오르는 것은 이 년쯤 된 어린 <u>달팽이</u>, 그뒤로는 갓 태어난 새끼를 <u>껍데기</u> 위에 얹은 어미 <u>달팽이</u>가 보입니다. 흐뭇한 모습입니다. 쩨레스레스, 지금쯤 자작나무 숲에도 봄이 왔을 테지요. 그리고 당신도 새로운 상대를 만나……어여쁜 새끼 <u>달팽이</u>를 낳았겠군요. (81쪽)

장소분석의 토대에 있어 집(방)과 껍데기는 인간에게 안정의 근거와 그 환상을 주는 이미지들의 집적체로서 은신처, 피난처를 의미한다. 삶의 최초의 노력은 조개껍질을 만드는 것으로서 그 은신처에서 삶은 응집되고 준비되고 변모[104]한다. 바이칼호수가 고향인 달팽이처럼 러시아를 그리워하는 쏘냐에게 옥탑방과 클럽은 애인과

---

104) 가스통 바슐라르, 곽광수 역, 『공간의 시학』, 민음사, 1990, 243~280쪽 참조.

브로커로부터 성과 돈을 착취당하는 공간이다. 조개껍질이 지닌 메타포는 은신처뿐만 아니라 스스로를 숨기는 존재로서 숨김과 드러냄의 변증법을 함축하고 있다. 안온한 고국을 떠나 탈국경했지만 불법체류, 착취, 폭행 때문에 몸을 움츠릴 수밖에 없는 쏘냐는 휴식처나 안식처를 갖지 못하고 피투성이 채로 도망자 신세가 된다. 조그만 집을 지어 그것을 지니고 다니는 달팽이와 동일시된 이주자는 집도, 가정도, 합법적인 공동체 안에도 속하지 못한 채 결정적이고 미루어진 공격성[105]을 표출함으로써 고통을 준 남성을 가해한다. 쏘냐에게 이태원은 "가을 숲의 버섯보다 더 많은 위험과 불운이 널려" 있는 곳이다.

가사노동, 성산업, 유흥업, 상업적 매매혼, 인신매매 등 이주의 여성화는 특정 지역을 중심으로 더 두드러지게 나타나는 지역화된 양상[106]을 보인다. 외국인이 밀집된 이태원이라는 다문화공간은 선정적이고 폭력적이며, 벌거벗은 생명이 법의 보호를 받지 못한 채 고통을 당하는 장소로 그려진다. 이곳은 외국군대 주둔지가 이미 오래전부터 형성되어 치외법권 지대에 가까운 '예외적 공간'[107]으로 불법체류자가 은신하기 좋은 곳이며, 폭력과 범죄, 섹스로 인한 사건현장이 되고 있다. 특히 이주여성인 쏘냐는 이태원에서 폭력과 성적 욕망의 대상이자 순종적이고 침묵하는 아시아여성으로서 다루기 쉬운 초국적 통제대상으로 인식된다. 그녀의 이주는 "방향감각을 잃은 나비", "물살에 못 이겨 이리저리 휩쓸리는 수초", "멀리 시베리아에서 살다가 빙하기의 추위를 견디지 못해 남방으로 내려왔다는 모시

---

105) 위의 책, 252쪽.
106) 정현주, 「이주·젠더·스케일」, 『대한지리학회지』 43권, 2008, 896쪽.
107) 송도영, 앞의 글, 15쪽.

나비"처럼 가난에서 벗어나기 위해 새로운 삶의 터전을 찾아왔지만 보호받지 못하고 정착도 못한 채 타자적 정체성만을 확인할 뿐이다.

4. 서울 주변의 공단지역, 부천과 고양시 : 『나마스테』, 「코끼리」

공장지역에 거주하는 외국인 노동자는 한국인이 머물다가 떠나간 자리를 대신함으로써 우리 사회의 최하층민으로 자리 잡는다. 서울 주변인 부천, 마석, 안산, 시흥, 화성, 평택, 김포, 고양 등의 공장지대는 외국인 노동자의 밀집지역으로 다문화소설의 배경108)이 되고 있다. 초기 다문화소설109)인 박범신의 『나마스테』와 김재영의 「코끼리」에서의 이주노동자의 비위생적이고 비독립적인 일터와 생활공간은 건강권과 주거권을 침해한다. 고양시 최대 규모의 가구공단이 밀집된 식사동에서 네팔 출신 아버지와 사는 15살의 아카스는 낡은 베니어판 문 다섯 개가 나란히 붙어 있는, 돼지축사를 개조해 만든 방에 거주하고 있다. "한국어에다 러시아어와 영어, 네팔어까지 뒤섞

---

108) 공장단지가 배경이 되는 소설로는 「그녀의 나무 핑궈리」, 「번지 점프대에 오르다」, 「코끼리」 등이 있으며, 부천을 배경으로 한 소설은 『잘 가라, 서커스』, 「이무기 사냥꾼」, 『나마스테』 등이 있다.

109) 2005년에 발표된 두 편의 소설은 초기 다문화소설이라고 할 수 있는데, 외국인 노동자를 일방적인 희생자라는 단순구도로 그리고 있어 비판받고 있다. 타자 이미지의 고착화와 한국인=가해자, 이주자=피해자라는 이분법적 재현과 이주자를 유순하고 착하며 성스럽게 보는 시각에서 벗어나 최근의 다문화소설에서는 혼종적이고 복합적이며 다양한 삶을 그리거나 자국민과의 유대감을 드러내는 변화된 양상을 보인다. 그러나 『나마스테』와 「코끼리」는 이주노동자의 처절하고도 불행한 삶을 리얼하게 재현하고 있으며, 이주문제를 거론했다는 점에서 다문화소설사에서 유의미한 작품으로 평가된다.

인" 다문화환경에서 소년은 "불행이 너무나 흔해 발에 치일 지경"이라고 느낀다.

> 뱃속에서 울리는 끄르륵 소리를 들으며 나는 공장이 늘어선 골목으로 들어선다. 메마르고 갈라진 시멘트 길, 칙칙한 작업복 차림의 사람들, 공장 지붕 위로 떨어지는 희뿌연 햇빛, 그리고 이따금 사나운 짐승처럼 달려가는 짐 실은 트럭들 사이에서 현기증을 느낀다. 오늘처럼 학교에서 급식을 하지 않는 토요일엔 늘 이렇다. 아침에 먹은 치아 한잔으로는 오후까지 견디기가 쉽지 않다. 공장에서 나오는 시끄러운 소음, 페인트 냄새, 가구공장의 옻 냄새가 빈속을 메스껍게 한다. 코를 움켜진 채 인력구함, 사채 쓸 분, 빅토리아 관광나이트 따위의 광고지가 덕지덕지 붙은 더러운 공장 벽과 전봇대를 지난다. 염색공장에서 나오는 새빨간 물이 도랑을 붉게 물들이며 흘러간다. 김이 모락모락 나는 게 갓 잡은 돼지 피처럼 보인다. 헛구역질이 난다.[110]

「코끼리」의 아카스는 가난을 극복하지 못하고 바람나 가출한 어머니를 그리워하며, 학교에서는 문화적 차별을 받는 다문화가정 2세이다. 소년의 주거환경은 이주노동자인 아버지의 폐를 상하게 하는 공장과 옆방의 마리나의 반라의 포스터가 벽에 붙여진 나이트클럽이 즐비한 비교육적·반인권적·비위생적인 공간이다. '칙칙한', '희뿌연', '사나운', '시끄러운', '더러운' 같은 골목풍경은 이곳이 빈곤하고 낙후된 곳으로서 부정적 이미지를 갖게 한다. 배신, 사기, 선정, 폭력이 만연한 어른들의 속물스럽고 이중적인 일상 속에서 보호받지 못하고 노출된 채 성장한 소년에게 주어진 공간이란 식사동 가구공단의 "흐리멍덩한 하늘, 깨진 벽돌 더미, 냄새 나는 바람, 집 나간 바람둥이 엄마"가 전부이다. "진성 도색, 화진 스펀지, 원일 공업, 신

---

110) 김재영, 「코끼리」, 앞의 책, 15쪽.

광 유리, 동북 컨베이어 공업을 지나 가구단지 입구가 있는" 이 동네는 공장에서 뿜어내는 악취와 냄새로 기본권인 건강권마저 해치고 있다. 또한 대부분 불법체류자가 많아 거주이동의 자유가 박탈되어 제한된 구역에서만 생활하고 있다.

> 우리 집은 춘지봉 기슭에 있었다.
> 버스 정류장에서부터 우리 집에 이르는 길 좌우엔 크고 작은 공장들이 들어서 있기 때문에 담벼락이 길고 또 우중충했다. 어떤 오래된 공장들은 공장이라기보다 버려진 폐가 같았다. 실제 다른 곳으로 이사했거나 부도를 맞아 속이 텅 빈 공장도 더러 있었다. 루핑을 해 얹은 지붕엔 여러 해 쌓인 아카시아 잎새들이 썩고 있는 중이고, 공장 블록 담장의 페인트칠이 푸실푸실 벗겨져 오히려 볼썽사나울 뿐 아니라, 길은 군데군데 패어 물웅덩이도 적지 않았다. 쓸 만한 공장들은 이미 외곽의 신흥공업단지로 이사해갔기 때문에 춘지봉 기슭에 남은 공장들은 간헐적으로 서 있는 늙은 아카시아 그늘에 싸여 유난히 더 음습해 보였다.
> 그래도 춘지의 봄은 언제나 화사했다. 부천 시내를 한눈에 내려다볼 수 있는 춘지봉은 옆으로 누운 여인의 곡선처럼 흘러온 춘의산 남봉인데 그 전망이 뛰어나 일찍부터 부천은 물론 소사, 김포, 부평의 선비들이 모여 시회를 열던 곳이라고 했다.[111]

서민계급과 외국인 노동자가 모여 사는 부천 지역은 공장단지이자 재개발 구역으로 과거의 허름한 산업단지가 도시미관을 흉하게 하고 있다. 이곳 역시 '우중충', '폐가', '썩고', '벗겨져', '늙은', '음습'과 같이 피폐하고 비참하며 어두운 이미지로 묘사된다. 자국민노동자가 담당했던 험한 일을 외국인 노동자가 대신하는 고양 식사동과 부천 춘지봉 공장 주변은 지리적 타자성을 지니며, 비다문화공간

---

111) 박범신, 『나마스테』, 앞의 책, 17쪽.

의 경계 너머에 있다. 다문화소설 속의 마을이나 일터, 생활공간은 재개발지역으로 쓰레기를 폐기 혹은 방치하거나 포클레인 소리가 들리는 공사지역이 많다. 불안정하고 가난하며 위기에 처한 이주자의 공간은 타자성을 공유하며 온전한 집을 소유하지 못한다.

부천시 춘의동 희망로 7번지 재건축 건물부지에 사는 신우에게 어느 날 네팔 출신의 카밀이 화안하게 다가와 머문다. 낯선 이방인이 출현하는 장소, 이들로 인해 우리 가족의 일상적 질서에 균열이 일어난 곳[12]이 서사적 공간 부천이다. 나이와 인종 차이를 극복하고 외국인 노동자와의 타자적 동질감으로 신우는 가족의 반대와 편견을 사랑으로 견딘다. 미국 이민생활 중 발생한 가족의 사망, 불행한 결혼생활을 겪은 신우에게 카밀은 배척의 대상이기보다는 타자적 정체성을 공유하는 존재이다. 두 남녀의 공유의식은 이주공간에서도 나타나는데, 카밀에게 있어 한국이 고통의 공간이듯이, L.A.폭동으로 치명적 상처를 입은 신우가족에게는 미국이 가족의 모든 것을 앗아간 절망의 공간[13]인 것이다. 소설의 주요배경인 시장통, 공장단지와 재건축 지역은 낙후되거나 무질서하며 지저분한 공간으로서 하층민 구역이란 의미를 내포한다.

두 편의 소설에서는 네팔과 한국, 히말라야 산과 공장단지라는 이분법적 묘사로 오리엔탈리즘적 시각을 드러낸다. 네팔에서 온 「코끼리」의 아카스 아버지는 구름보다 높은 히말라야에서 태어나 천문학을 공부한 사람인데, 먼 타국의 후미진 공장지대에서 폐를 상해가며 인간 이하의 대접을 받는다. 나달나달해진 폐와 "땀과 화학약품과

---

112) 문재원, 「이주의 서사와 로컬리티」, 『한국문학논총』 54집, 2010, 314쪽.
113) 홍원경, 「『나마스테』에 나타난 외국인 노동자의 재현 양상」, 『다문화콘텐츠연구』 7권, 2009, 154쪽.

욕설에 전, 종일 쉬지 않고 일한 몸뚱이가 풍기는 고약한 단내" 같은 짐승 냄새를 풍기며 전구를 만드는 아버지는 히말라야 산의 천문학자에서 낮은 지역의 짐승 같은 노동자로 전락한다. 『나마스테』의 이주노동자도 이곳에서 여권과 외국인등록증을 빼앗기고 기계에 몸을 다쳐 장애인이 되거나 폭력에 시달리며 휴업급여나 장해보상에도 제외되고 있다.

밤마다 꿈꾸는 그의 고향은 "노란 유채꽃 언덕 너머 보이는 눈부신 설산과 낯익은 황토집, 가녀린 퉁게꽃과 붉은 비저꽃이 흐드러진 고향집 마당에서 가족과 친지와 함께 달과 비트, 더르가리(야채반찬), 물소고기에 토마토 양념을 발라 구운 첼라를 실컷 먹는" 풍경이다. 평화롭고 신화적인 네팔과 후미지고 폭력적이며 고단한 식사동 공장단지에서의 삶은 대조적이다. 『나마스테』에서도 종교적인 성스러움과 연관된 "꿈속의 설산, 카일라스산"과 같은 네팔 이미지와 폭력과 반인권이 자행되는 한국을 대비하여 묘사하고 있다. 이와 같이 이원화된 공간은 성(聖)/속(俗), 비자본의 세계/자본의 세계, 네팔/한국, 높은 히말라야 산/낮은 공장지대, 신 같은 천문학 학자/짐승 같은 이주노동자로 대비되어 차별적이고 편견으로 가득한 우리 사회를 고발한다.

5. 타자의 표상 및 장소상실로서의 다문화공간

에드워드 렐프는 장소의 독특하고 다양한 경험이 약화되는 현상, 즉 무장소성이 지배적으로 되어가고 있는 징후를 보이는 이러한 현상이야말로 장소에 깊이 뿌리내린 삶으로부터 뿌리 뽑힌 삶으로의 변화[114]라고 말한다. 진정성이 결여된 장소상실의 문제는 현대인이 무엇보다도 내부에 있다는 느낌이며 개인으로서 그리고 공동체의 일원으로서 나의 장소에 속해 있다는 진정한 장소감[115]을 갖지 못함을 의미한다. 생계와 보다 더 나은 삶을 위해 이주국에서의 소외와 불평등을 감수하며 뿌리내리고자 안간힘을 쓰는 이주자에게 장소감의 부재는 정체성의 부재를 의미하며 심리적·법적·지역적 내부가 아닌 외부 즉 주변에 위치 지어지는 것을 뜻한다. 지구상의 속도경쟁의 직접적인 결과가 이민자의 출현이며, 이민자는 자신의 의지와 상관없이 문화와 문화 사이를 여행하는 통과여객으로, 그에게는 집이 없다는 것이 유일한 고향[116]이다.

다문화공간은 자국민과 유리된 채 혐오스럽고 비위생적인 공간으로서 낙후성, 열등감, 비서울 내지 서울 주변, 재개발 지역으로 인식된다. 서울 속 영등포구, 구로구의 가리봉동, 대림동은 '작은 중국' 혹은 '옌벤거리'를 형성하며 그들끼리의 네트워크를 구축하지만 경계 주변의 자국민에게는 시끄럽고 지저분하며 폭력적이고 위험한 구역으로 인식된다. 그들과 이웃이 되거나 그들 안에 거주한다는 것은 집값이 떨어지거나 하층민이라는 이미지를 공유한다는 의미[117]로 받아들여진다. '그들'만의 문화와 공간을 형성하는 이주자는 우리 사회의 노동과 출산을 담당하지만 장소상실로 인해 사회구성원(한국인) 되기와 정주에 실패한다.

---

114) 에드워드 렐프, 김덕현 외 역, 앞의 책, 35쪽.
115) 위의 책, 150쪽.
116) 레이 초우, 장수현 외 역, 『디아스포라의 지식인』, 이산, 2005, 252쪽.
117) 김려령의 『완득이』에서도 동주 선생은 동네가 후져도 외국인 노동자들이 모이는 건 사람들이 싫어해서 모임장소를 교회로 위장하며, 강영숙의 「갈색 눈물 방울」에서는 '유신개발독재시대의 끝무렵에 지었다는 빌라'에 사는 외국인과 더불어 '저 빌라에 사는 것들'과 같은 취급을 받는 한국인의 모습이 그려진다.

다문화소설에 등장하는 지리적 공간은 부천, 이태원, 한남동, 식사동, 가리봉동, 영등포시장 등 과거 공장단지로서 재개발 혹은 재건축 구역이 많다. 가리봉동은 조선족 노동자들의 집합처이자 서민들의 애환이 서린 곳으로 이방인에게 위로와 정보제공과 민족 고유의 이국적 문화를 창출하지만 경쟁과 범죄와 신상노출이 이루어지는 양가적인 곳이다. 외국인 노동자는 여인숙, 쪽방, 옥탑방, 시장통, 컨테이너박스, 재개발 지역 등의 주거환경에서 지저분하고 불안정하며 비위생적이고 남루한 생활을 함으로써 가장 낮은 계급적 위치를 부여받고 있다. 일터 혹은 작업 공간 역시 열악하기 이를 데 없는데, 소음과 먼지, 위험한 기계들 사이에서 일하는 노동자들은 공장, 식당, 노래방, 다방, 나이트클럽, 여관 등에서 인권 유린과 폭력의 위험에 노출된다. 진정성을 상실했거나 장소가 심각하게 훼손된 장소상실 경험을 한 이주자에게 해외 이주는 긍정적 코즈모폴리턴 정체성을 획득하기보다는 부정적인 방식으로 나타나고 있음을 타자적 공간으로서의 다문화공간에서 재확인된다.

다문화공간은 불법과 범죄의 온상, 하층민 계급의 표상, 빈곤과 추방의 공간으로서의 부정적 측면뿐만 아니라 정보와 수단의 거처, 희망과 절망의 경계, 정주와 추방의 틈새와 같은 긍정적인 측면도 내포한다. 다문화공간의 환경은 비위생적·비교육적·폭력적·선정적·유흥적·즉흥적이다. 험한 3D업종 일을 회피하는 자국민 대신 공장, 식당, 유흥업소에서 일하는 이방인의 환경은 인권문제나 건강권, 주거권을 침해할 정도로 피폐하고 열악하며, 다문화공간과 비다문화공간의 경계를 넘지 못한 채 '그들'만의 문화를 형성함으로써 미지로 인한 공포, 불안, 위험구역으로 인지된다. 다문화주의를 주창하는 우리 사회에 포섭되거나 융화되지 못한 다문화공간은 경계 너머에 지리적 타자성을 지닌 채 구획되어 있다. 이주자는 제자리에 있지 않은 쓰레기처럼 불결한 것으로 표상되며 그들이 거주하는 다문화공간 또한 우범지역, 슬럼가, 게토화된 구역으로서 '우리'와 '그들'을 구분하고 차별화해서 분류하고 분할하는 기표를 구성[118]한다. 다문화적이고 디아스포라적인 특성을 갖기 시작한 우리 사회의 다문화공간과 비다문화공간은 경계가 더욱 분명하고 강화되어 있다.

---

118) 지그문트 바우만, 조은평 외 역, 『고독을 잃어버린 시간』, 동녘, 2012, 356~357쪽.

4장 다문화경계인으로서의 한민족 디아스포라
◆박찬순 소설을 중심으로

1. 다문화사회와 한민족 디아스포라의 출현

1990년대 이후 한소/한중 수교, 글로벌 경제, 다문화적 상황으로 인해 코리안 디아스포라의 타자성과 정체성 문제가 표출되고 있다. 디아스포라는 반강제적인 추방 및 탈주로 태어나고 자란 곳에서 살지 못함을 의미하지만 1970년대 아메리칸 드림을 꿈꾸고 이민을 간 재미동포처럼 자발적인 이동도 있어, 역사적·사회적 맥락에 따라 개별적으로 이해해야 한다. 구한말, 식민지, 전쟁, 분단으로 조국을 떠날 수밖에 없는 타율적 이주였던 코리안 디아스포라에 대한 문학연구는 최근 몇 년 사이에 방대한 연구업적[119]이 축적되었다. 그럼

---

119) 재일, 재미, 재중, 재러문학 각각의 연구 이외의 단행본의 예를 들면 다음과 같다. 김종회 편,『한민족 문화권의 문학』, 국학자료원, 2003, 김종회,『디아스포라를 넘어서』, 민음사, 2007, 정은경,『디아스포라문학』, 이룸, 2007, 최강민,『탈식민과 디아스포라문학』, 제이앤씨, 2009, 구재진,『한국문학의 탈식민과 디아스포라』, 푸른사상사, 2011, 장윤수,『노마디즘과 코리안 디아스포라문학』, 북코리아, 2011, 서정자 외,『디아스포라와 한국문학』, 역락, 2012.

에도 불구하고 이산문학에 대한 개념이라든지 이주자와 디아스포라를 부르는 명칭[120]이 정리되지 않은 채 자의적으로 해석되고 있고 개별 작품론으로만 연구되는 실정이다. 러시아와 중국, 일본 등에서 소수민족으로 살아가는 이들은 명칭의 다양성만큼이나 정체성이 모호하고 복합적이다. '고려', '조선'과 '재(在)~'에 표현된 과거라는 역사성과 타국의 위치성이 나타나는 재소한인(고려인), 재중동포(조선족), 재일교포(재일조선인) 등 한민족 디아스포라 2,3세들이 21세기 우리 사회와 접속하고 있으며 이들은 이산이라는 운명을 갖고 떠도는 대표적인 한민족 이주자이다.

노동과 결혼, 정착을 위해 우리 사회에 편입된 60여만 명의 조선족은 중국에서는 이백만 명의 소수민족으로, 한국에서는 '어눌한 연변사투리를 구사하며 식당에서 일하는' 주변부로 각인되고 있다. 조선족은 재중한국인, 한국계 중국인, 조선족 중국인으로 불리는 이름만큼이나 복합적이며, 최근에 만주조선인, 조선민족에서 조선족으로 명칭[121]이 규정되었다. 1990년 한소수교 이후 고려인은 카레이스키, 재소동포, CIS지역 동포 등의 이름으로 불리며, 1860년대에 구소련지역으로 이주하여 재정러시아, 소련, 독립국가연합이라는 타국역사의 격변기에 적응하고 동화되어야만 하는 신산한 이산생활을 경험하였

---

120) 외국에 거주하는 교포들의 명칭은 재외한인, 재외교포, 재외동포 등 제각각이며, 본고에서는 코리안 디아스포라로 통칭한다. 구소련의 조선민족은 '고려인'으로, 중국의 소수민족으로 살고 있는 재중동포는 '조선족'으로 고려시대와 조선시대에 머물러 있으며 이외에도 카레이스키, 재만조선인(조선사람, 만주조선인 등)으로 명칭이 다양하다. 일본에 머무는 한민족은 재일조선인, 재일한국인, 자이니치로 다양하게 불려지지만 '재일조선인'이 타당하다. 북한을 탈출한 이들도 탈북자, 새터민, 북한이탈주민 등 용어의 혼란을 가져오지만 최근엔 '북한이탈주민'으로 정착하는 경향이다.

121) 이해영, 『중국 조선족사회사와 장편소설』, 역락, 2006, 65쪽.

다. 1937년 스탈린에 의해 자행된 연해주에서 중앙아시아로의 강제 이주는 고려인의 삶이 얼마나 고통스러웠는가를 보여준다. 조국을 강탈당하고 타국을 떠돌며 거주국의 국민이 되어 소수민족으로서의 박해와 멸시를 받았던 한민족 디아스포라는 백여 년이 지난 현재 또 다시 한국에서 차별받으며 비극적인 이산과 재이주를 겪고 있다. 고난의 행군 이후 북한 현실이 비참해지자 탈북루트를 통해 한국사회에 진입한 북한이탈주민의 수도 2만 6천여 명에 이른다. 조선족과 구분이 어려운 이들은 목숨을 걸고 도강 혹은 탈국경하여 한국에 도착했으나 자본주의 체제에 부적응하거나 자신들을 바라보는 야릇한 시선과 배타적 태도로 조선족으로 신분을 위장하기도 하고 탈남현상이 나타나기도 한다.

박찬순의 첫 작품집 『발해풍의 정원』(문학과지성사, 2009)에 수록된 「발해풍의 정원」, 「가리봉 양꼬치」, 「지질시대를 헤엄치는 물고기」에서는 고려인, 조선족, 탈북자가 각각 등장한다. 다문화사회화된 우리 사회를 반영하는 문학들이 2005년을 전후하여 발표되고 있는데, 초창기 소설에서는 가해자=한국인, 피해자=외국인(이주자)이라는 이분법적 도식성과 폭력과 차별의 문제만을 부각시켜 비판을 받았고 다양한 문학이론과 담론들에 비해 이방인/이주자의 삶을 재현하려는 문학적 시도들이 대부분 예술적으로 실패를 거듭하고 있다는[122] 점도 지적되었다. 박찬순 문학은 두 문화 사이에서 갈등하고 고통받는 이주자를 그린 기존 소설과는 달리 문화 자체에 초점을 맞추고 있다는 점에서 차이를 보이며 다문화소설의 방향성을 제시해 준다. 그녀

---

122) 고봉준, 「현대시에 투영된 이방인과 다문화」, 『한국문학논총』 64집, 2013, 88쪽.

의 소설은 한민족문화의 전파와 접목, 수용과 변형의 과정을 구체적으로 그리고 있다는 점에서 다문화성과 혼종성, 한민족 계승을 보여준다. 또한 배척당하는 이주자로서만 재현되지 않고 긍정적인 이방인의식을 지닌 경계인이자 문화중개자로서 두 나라 사이를 오가며 다문화적 사유와 이중문화를 통한 창의적인 글로벌 인재이자 트랜스내셔널 주체자로 제시되고 있다. 이러한 문학적 특징은 한 나라의 문화를 제대로 이해하지 못할 때 오독이 발생되는 번역작업을 오랜 세월 동안 한 번역가이자 영문학 교수인 작가의 경력에 기인한다. 작가는 소통의 미학으로 문화와 문화, 지평과 지평이 만나(cross-cultural event) 융합하는 데서 의미가 발생할 때 이것을 번역[123]이라고 정의 내린다. 소설에 등장하는 한민족의 공통된 풍속 특히 발해문화에 대한 해박한 지식은 문학전공자이자 번역자로서 다양한 문화를 접하고 지식을 쌓은 그녀의 관심에서 비롯된다. 교차문화연구(cross-cultural Studies)인 문화의 차이에 주목하는 번역작업은 양쪽의 문화를 덜 훼손시키면서 타협을 하는 외줄타기 묘기[124]이기 때문이다. 세 편의 작품 중 가리봉동을 배경으로 하는 「가리봉 양꼬치」는 언급[125]되었으나 그 외의 작품은 주목받지 못하고 있어 온돌(주거문화), 양꼬치(음식문화), 자그사니(생태문화) 소재를 바탕으로 한 한민족 디아스포라의 존재감과 이방인 정체성을 살펴보고자 한다.

---

123) 박찬순, 「번역 그 소통의 미학」, 『한국어정보학』 8권, 2006, 54쪽.

124) 박찬순, 『그때 번역이 내게로 왔다』, 한울아카데미, 2005, 16~19쪽.

125) 송현호, 「「가리봉 양꼬치」에 나타난 이주 담론 연구」, 『현대소설연구』 51호, 2012, 홍성식, 「한국사회의 다문화주의와 그를 둘러싼 환상」, 『새국어교육』 85권, 2010, 이미림, 「2000년대 다문화소설에 나타난 이주노동자의 재현 양상」, 『우리문학연구』 35집, 2012.

2. 문화중개자로서의 경계인 역할과 가능성

「발해풍의 정원」의 고려인 3세 알료나는 함경도 출신의 할아버지와 아버지가 타슈켄트에서 구들장을 놓아주었던 구들장이었기 때문에 그녀에게 온돌은 익숙한 한민족 전통의 생활양식으로 기억되고 있다. 전문대 출신으로 스펙이라고는 목화밭일이 고작인 알료나는 면접에서 온돌지식을 바탕으로 한 아이디어를 제안하여 한국보일러 회사의 타슈켄트 지사에 취업한다. 어린 시절부터 굶주림 속에서 장난감 하나 없이 목화밭에서 노동을 해야 했던 그녀는 남의 땅에서 항상 주눅 들어 눈치가 빠르고 절제의 태도를 지닌 철이 든 소녀가장이다. 고국을 떠난 이주자의 삶이 그렇듯이 가난과 차별 속에서 디아스포라는 소수민족이자 하층민계급으로 위치 지어진다. 일제강점기 함경북도 회령에서 연해주로 옮긴 조부모는 우스리스크에 제2의 터전을 잡지만 강제로 화물열차에 짐짝처럼 실려 우즈베키스탄으로 재이주된다. 회령－연해주－우스리스크－타슈켄트로 이주하는 동안 함경도말－러시아어－우즈베크어까지 배워야 하는 3세들의 디아스포라적 상황 때문에 고려인의 지난한 삶은 처절하고 고달프다. "러시아여성도 한국인도 아닌" 혹은 "반은 러시아, 반은 우즈베크 여자가 다 된 카레이스키"인 알료나는 두 문화 사이에서 성장한 경계인으로서 온돌 전파를 효율적으로 홍보할 방법을 강구해낸다. 전통찻집에 온돌 체험방을 만들어 한국풍의 차이하나를 기획한 그녀는 온돌문화의 외국수용과 문화산업에 일익을 담당한다. 알료나의 온돌과 보일러에 대한 집념과 노력은 디아스포라의 역할과 가치를 대변한다. 이방인과의 사랑 이야기 속에 면면히 이어져 내려오고 있는 온돌문화의 확산과 그 포용성을 나타내고자 했던[126] 이 소설은 구들 유전자가 박혀 있는 고려인 3세의 디아스포라적 운명과 잃어버린 한 민족 전통문화의 복원과 경계인의 삶을 그리고 있다.

「가리봉 양꼬치」의 임파는 일제강점기 목수 일자리를 찾아 만주로 온 할아버지와 헤이룽장성 닝안시에서 태어난 아버지를 둔 조선족 3세이다. 중국 동포가수 추이지엔(崔建)의 록음악을 좋아하며 한국인의 피가 남아 있는 그는 먼저 귀국한 부모를 찾기 위해 가리봉동을 샅샅이 찾아 헤맨 뒤 시립 보라매병원 무연고자 시신 안치소까지 방문했지만 법적 근거자료가 없어 조우하지 못하고 있다. 중국에서는 소수민족으로 한국에서는 주변부로 살아야 하는 조선족의 운명에 대해 임파의 아버지는 이리저리로 옮겨 다니고 이방인들과 섞여 산다는 건 좋은 일이라고 아들에게 말한다.

> ……아버지는 어디에서나 잘 적응하고 살아갈 코스모폴리턴이었다.
> "이쪽에도 저쪽에도 속하지 못하고 겉도는 우리 같은 떠돌이를 흔히들 경계인이라고 말하지."
> 그러면서 아버지는 그런 이들이야말로 상대방의 아픔을 어루만져줄 수 있고, 양쪽을 이어줄 수 있는 사람들이라고 덧붙였다. 안정된 교원 자리를 버리고 한국에 온 것도 어머니를 찾고 나서 중국 동포와 한국인들 사이에서 뭔가 할 일을 찾기 위해서였다.[127]

아버지의 말처럼 타자지향적 자세와 세계시민의식, 주변인들과의 연대의식을 지닌 경계인이야말로 다문화사회가 요구하는 가치들이

---

126) 박찬순, 「북방의 경험과 온돌문화의 의미」, 『인문논총』 20권, 서울여대, 2010, 60쪽.
127) 박찬순, 「가리봉 양꼬치」, 앞의 책, 81쪽.

다. 3개월짜리 관광비자로 온 임파는 코즈모폴리턴이 되고자 했던 아버지의 영향으로 양꼬치구이 비밀양념을 개발하고자 한다. 중국의 대표음식 양꿰의 양고기 냄새를 제거하여 한국인의 입맛에 맞게 함으로써 음식문화의 중개자로서의 긍지와 함께 이산생활의 기반을 마련하려는 것이다. 그러나 임파의 가족은 가장 먼저 나온 어머니와 뒤이어 나온 아버지의 행방을 서로 몰라 해체되고 만다. 1992년 한중수교 이후 코리안 드림을 꿈꾸며 수많은 조선족이 귀국함으로써 가족해체 현상이 심화되었다. 아들의 대학 등록금을 벌기 위해 간병인으로 일한 어머니와 아내를 쫓아 나온 아버지를 삼켜버린 가리봉동에서 임파는 함께 자란 분희와 희망을 잃지 않고 꿈을 실현하고자 한다. "내 고향이 닝안인지 서울인지"조차 헷갈리게 되는 경계인의 특성은 "중국인도 한국인도 아닌" 이주자의 이중적 정체성을 지리적으로 표상한다. 인명부에 이름을 올리지 못하는 '증' 없는 인간인 임파는 어린 시절 아버지로부터 한국인의 핏줄임을 교육받았지만 냉대와 멸시를 받는 이산생활 속에서 동족에게 살해당함으로써 코리안 드림은 물거품이 된다.

「지질시대를 헤엄치는 물고기」에서는 조선족이라고 속이고 5백만 원을 지불한 후 위장결혼한 탈북여성이 무능한 노름꾼 남편에게 시달리면서 정착하지 못하고 있다. 해란은 이산자금을 마련하기 위해 옌지(연길)의 냉면집에서 2년 동안 설거지를 한 후 한국에 왔으나 고통스러운 나날을 보낸다. 무역일꾼이었던 아버지의 실종과 체포소식으로 목숨을 걸고 도강한 그녀는 탈북 디아스포라이다. 북에 있을 때 무역 일을 하던 아버지 덕에 대학을 다니며 유복하게 생활한 그녀는 중국 호구를 얻었으나 브로커의 유혹에 넘어가 국제결혼을 결심한다. 탈북여성은 북한 물고기에 대한 해박한 지식으로 수족관에 근무하며 자신의 역할을 찾아간다. 북에선 식용이었던 물고기가 남한에선 관상용으로 귀한 대접을 받는 아이러니와 북한에서의 성장배경이 취업에 도움이 되고 있다. 대학을 다니며 곱게 성장한 그녀는 이주여성이 되면서 노름꾼 남편을 거쳐 수족관 주인과도 관계를 맺으며 훼손[128]된다. 지질시대에 압록강 연준모치가 강원도 정선까지 흘러오거나 두만강 자그사니가 서울에 오듯이 "높아지고 낮아지는 데 따라 어쩔 수 없이 흐르고 흘러온" 물고기의 생태는 곧 이주여성의 생태인 것이다.

한국문화와 이국문화 사이의 경계에 위치한 한민족 디아스포라는 문화중개자로서의 역할을 통해 문화의 혼종과 변형 및 수용의 주체자로 그려진다. 작가는 경계인이자 이방인인 임파나 알료나가 만약 통일된 한국에서 살아가게 된다면 분명 양쪽을 화해시킬 수 있는 역량을 가진 다문화경계인으로서의 역할을 하게 될 것[129]이라고 전망한다. 이산의 정체성은 변형과 차이를 통해 끊임없이 스스로를 새롭게 생산하고 재생산[130]하는 것이기 때문이다. 고국이나 거주국에서 타자화되고 차별받는 존재로 표상되던 이들은 문화를 통해 트랜스내셔널 존재이자 글로벌 세계시민으로서의 문화전수자 역할을 담당하는 것이다. 구들유전자를 지닌 알료나는 추운 러시아에 온돌문화를 전파하며, 임파는 양고기 음식에서 냄새를 제거하는 레시피로 한국

---

128) 탈북루트, 이동경로, 이주국에서의 탈북여성 몸의 훼손화에 대해서는 황석영의 『바리데기』, 강영숙의 『리나』, 정도상의 『찔레꽃』, 김유경의 『청춘연가』 등에서 매우 사실적이고 구체적으로 그려지고 있다.

129) 박찬순, 앞의 글, 72쪽.

130) Hall, Stuart, "Cultural Identity and Diaspora", Williams & Chrisman, pp. 392~403, 태혜숙, 「여성과 이산의 미학: 탈식민주의 페미니즘의 지형도」, 『영미문학 페미니즘』 8권, 2000, 221쪽에서 재인용.

사회에 음식문화를 소개하는 일에 자부심을 갖는다. 또한 해란도 북한 물고기에 대한 지식을 남북한 생태연구에 활용한다. 소설 속의 온돌과 발해유적, 북한물고기의 이주, 양껨 등의 소재는 지질학적·문화적·역사적 고증을 바탕으로 서술되고 있어, 마치 낯선 땅에서 오래 몸이 배이고 느낌에 젖어들어 주인공의 의식과 내면에 구체화되고 마침내 삶의 한 요소로 숙성됨으로써 인물을 더 실감 있고 사건을 새롭게 음미[131]하도록 하고 있다.

박찬순 소설은 한민족 이주자에 대한 폭력적이고 차별적인 호모 사케르로만 재생산되었던 기존의 다문화소설에서 벗어나서 다문화경계인으로서의 가능성과 역할에 초점을 둔다. 한민족 디아스포라가 지닌 민족적 정체성과 노마드적 정체성의 이중 정체성은 이것도 저것도 될 수 없는 매우 불안한 존재가 아니라 오히려 문화적 창조의 원천으로서 전환적 국면을 가져올 수 있음[132]을 제시한다는 점에서 진일보했다고 평가된다. 경계인, 이주자, 이방인은 현실 속에서 위험한 자, 질서를 교란하는 자, 범죄자, 국외자, 쓰레기, 잉여인간이거나 차별과 폭력의 피해자이자 희생자와 같이 부정적인 이미지를 지닌, 돈벌러온 타자로 재현되는 데 반해 박찬순 소설에서는 이주자가 가진 사회적 자본과 그것을 바탕으로 한 네트워크를 통해 고국과 지속적으로 관계 맺고 이동횡단하면서 트랜스내셔널 사회적 공간들을 만들고 있으며, 따라서 이동성, 객관성, 자유자라는 특징을 지닌 긍정적 이방인상[133]을 그려내고 있다. 이방인은 끊임없이 문제를 제기하

---

131) 김병익, 「경계인의 정처를 위하여」, 박찬순, 『발해풍의 정원』, 문학과지성사, 2009, 367쪽.
132) 강원, 「다문화시대 문화 중개자로서 디아스포라의 가능성 연구」, 『디아스포라연구』 제3권, 2009, 102쪽.
133) 이용일, 「다문화시대 고전으로서 짐멜의 이방인 새로 읽기」, 『독일연구』

고 의문을 품는 자세를 지향하기에 찻집에서의 온돌방 체험 아이디어를 개발하기도 하고, 두 문화의 음식기호에 맞게 양고기의 노린내를 없애는 양념 레시피를 창안하며 압록강, 두만강에서 청계천으로 이주한 물고기의 생태를 살펴보는 일을 통해 러시아와 중국 그리고 한국문화를 잇는 가교 역할을 할 수 있음을 포착하고 있다. 따라서 이중문화, 이중언어를 지닌 이주자야말로 창의적이고 혼성적인 사유로 새로운 문화 내지 산업을 창출하는 잠재력을 지니고 있는 것이다. "~도 ~도 아닌" 디아스포라의 '사이에 낀' 경계인의 흔적은 "~라도 ~라도 되는" 가능성을 지닌 디아스포라의 긍정적인 특징을 보여준다.

3. 타자의 은유로서의 이주자/여성 부재 및 실종

세 편의 소설에 등장하는 여성타자와 이주자는 소설 속에서 부재하거나 실종되는 비존재(non-being)이다. 한민족 후예이자 거주국에서 소수민족이자 주변부로 살아가는 이주자는 타자로 은유된다. 주체에 의해 호명되는 디아스포라여성은 타자성과 낯섦, 밤, 도래, 이방인, 신비함과 괴물134)로 표상된다. 포착할 수 없는 혹은 파악되지 않는 은유로서의 여성타자는 레비나스나 니체가 명명한, 우발적인 그리고 비본질적인 존재이다. 그러나 이주국 국민이라는 주체의 영역에서 포착되고 표상된 타자의 타자성은 본질이 아니라 위치이며 고정된 속성이 아니라 맥락적 구성물135)이며 권력의 자리매김 관계에서 형

　　18권, 2009, 184~189쪽.
134) 리처드 커니, 이지영 역, 『이방인·신·괴물』, 개마고원, 2004, 80쪽.

성된 것이다.

「발해풍의 정원」의 알료나는 현실 속의 인물이 아닌 역사나 천상, 꿈, 전설, 동화, 벽화 속에서 인형, 새, 소녀로 표상되며 이국적이고 원시적이며 신비하게 묘사됨으로써 여성타자의 근원적인 이미지를 지닌다. "한 마리의 푸른 새", "원시의 소녀", "신비한 나라에서 온 소녀", "붉은 토기 속의 여인"으로 그려지는 그녀는 '아련한 환상'이나 '지난날'의 인물로서 과거, 기억, 흔적이 되고 있다. 우즈베키스탄 타슈켄트 지사에서 근무하는 나는 현지인 직원인 알료나와 사랑에 빠지지만 무책임하고 치기어린 젊은 날의 특권으로 그녀를 버리고 도시적이고 세련된 한국여성과 결혼한다. 근대국가 형성과정에서 주류에서 밀려났거나 외부적 침략으로 내몰려지고 내쳐지며 버려지고 잊혀진 존재인 코리안 디아스포라의 운명136)이 반복되는 것이다. 가벼운 언약을 믿던 그녀는 어머니의 병원비를 마련하기 위해 돈 많은 지역유지인 우즈베크인의 네 번째 아내가 되었지만 '사랑은 하나'라는 말을 남기고 가출한다. 매정하게 그녀를 떠나 빠른 승진과 사내연애로 결혼해 두 아이의 아비가 되는 동안 알료나는 혹한보다 추운 시간들을 보냈던 것이다. 뒤늦게 그녀를 찾아다니는 나는 "터번을 짓는 것"처럼 한 남자 혹은 한 지역에 둥지를 틀고자 했지만 꿈을 이루지 못하고 영원히 방랑하는 디아스포라여성의 운명을 확인한다. "터질 듯 탱탱한 몸"으로 전유되는 그녀는 성적으로 대상화되거나 '이국적 향기'로 묘사됨으로써 오리엔탈리즘적 시선에 포획된다. 서구화된 한국 남성주체인 나의 시선 속에 그녀는 서구가 잃어버린 것

---

135) 김애령, 『여성, 타자의 은유』, 그린비, 2012, 37~42쪽.
136) 정성하, 「코리안 디아스포라의 자기인식과 디아스포라 미션」, 『선교와 신학』 17권, 2006, 15쪽.

을 간직하고 있는 동경과 향수의 대상으로 미화되거나 지나치게 이국적으로 독해[137]되고 있다. 온돌이나 보일러처럼 타오르는 육체와 정열적인 삶의 열망을 지닌 그녀에게 한국인남성과 보일러(구들)는 정착과 안주를 향한 꿈이었다. 내 머리에 정성으로 터번을 감아주고 원자재 구입을 위해 함께 답사를 다니며 보일러사업을 도우면서 정착을 갈망했던 알료나는 터럭같이 가벼운 언약에 무자비하게 배신당한 것이다. 그녀가 사랑했던 한국인인 나와 네 명의 아내가 있는 현지인남편과의 관계 속에서 타자화된 알료나는 어머니를 잃고 동생들과 함께 러시아 전역을 떠돈다. 함경도 사투리와 러시아어, 우즈베크어를 피진어로 구사하고 한복이 잘 어울릴 체형의 한민족 유전자를 지녔지만 이국풍의 얼굴을 갖고 있는 알료나는 현실 속의 인물로 표상되지 못한 채 그녀의 행방을 쫓는 나와 남편에게 존재감을 확인받지 못하고 타자로 은유된다.

이와 같이 한국인인 나와 차이하나 전통찻집에서 목화목장 주인 같은 건장한 남성고객들로부터 쾌락의 대상이 되는 알료나는 훔쳐보여지는 대상이자 에로틱한 충동의 근원으로 그려진다. 어렵게 취업하여 한국 전통생활양식인 구들을 활용한 보일러 수출 일에 열성적인 직업의식을 가졌던 알료나는 열등하고 순진한 매춘부로 묘사됨으로써 전문직업인으로 평가받지 못한다. 러시아여성, 우즈베크여성, 북한여성, 한국여성의 다중적 정체성을 지닌 알료나는 겹겹이 계속 나오는 다산과 풍요의 상징인 마트료시카 인형의 내면처럼 다중적 정체성으로 분열된 채 인권의 주체가 되지 못하며, 디아스포라 운명을 감내한다. 지구화와 국제노동분업은 이주여성에게 또 다른 억압

---

137) 김현미, 『글로벌시대의 문화번역』, 또하나의문화, 2005, 51쪽.

과 고통을 주며 전세계적인 가부장적·제국주의적·오리엔탈리즘적 시선에 노출됨으로써 절망의 나락으로 떨어뜨린다.

「가리봉 양꼬치」의 임파의 부모는 한국땅에서 모두 실종된다. 불법체류 신분인 아들은 법적 흔적이 없는 부모를 찾기 위해 수소문해 보지만 생사를 알지 못한다. 등록서류가 없는 이주자는 존재증명이 불가능하고 국민으로 인정받지 못하며 국가의 외부에 존재한다. 조선족 가족을 앗아간 가리봉동에서 코즈모폴리턴 역할을 하고자 했던 아버지, 보다 나은 삶을 희망했던 어머니, 정착을 꿈꾸며 경계인의 희망을 가졌던 아들 모두가 실종되거나 피살됨으로써 조국을 찾은 한 조선족 가정은 해체되고 비극적인 종말을 맞는다.

조선족 이주여성인 분희는 애인인 임파의 시선으로 그려지는 인물이다. 중국 닝안의 부추밭 옆에서 함께 자라 어릴 때부터 짝꿍이 되기로 약속한 그녀는 가리봉동 시장통 지하에 위치한 대륙다방에서 일한다. 유난히 높은 칸막이가 있는 이 다방은 동포를 보호해준다고 다가와서는 도리어 뜯어먹고 사는 호박파나 뱀파의 아지트로 의심되지만 임파는 애인을 믿고 싶어한다. 안산의 자동차 부품 공장에서 일하다가 온 분희는 임파의 비밀양념 레시피를 염탐하며 애인을 죽음으로 내몬다. 돈 앞에서 사랑도 지조도 팔 수밖에 없는 분희는 몸을 훼손하면서까지 월급과 팁을 챙기며 조직폭력배와 어울리면서 애인을 저버린다. 조선족여성에 대한 비판적 여론과 풍문은 일상화되었는데, 분희는 의심받고 관찰되어지며 배신과 탐욕의 화신으로 그려진다. 임파는 다방에서 일하는 분희와 실종된 어머니의 행동을 미심쩍어하지만 사랑하는 그녀들이 돈 몇 푼에 넘어갈 사람들이 아닐 것이라고 다짐한다. 그러나 그녀들이 조폭들에게 어떤 협박을 받고 있는지 살기 위해 무슨 갈등과 고뇌를 하고 있는지는 그려지지 않는다. 아들과 애인에게 끊임없이 의심받는 어머니와 분희는 '알 수 없음', '손에 거머쥐지 못함', '파악할 수 없음', '수줍음, 자기를 감춤, 도피'와 같은 신비라는 개념망에[138] 포착된 여성성과 타자성을 갖고 있다. 목소리를 갖지 못한 하위주체인 분희는 애인뿐만 아니라 다방의 남성고객에게 관찰되어지는 쾌락의 대상이자 확인되지 않은 매춘부 이미지로 전락하고 있다.

「지질시대를 헤엄치는 물고기」의 탈북 디아스포라인 '나'는 북한여성→중국여성→조선족여성→한국여성으로 신분이 변하며 국경과 국적을 넘나든다. 나의 이산의 여정은 유복했던 어린 시절과는 달리 비참하고 고통스럽다. 개방무역을 주장했던 아버지의 체포로 가족이 해체되고, 도강과 탈북, 옌지에서의 중국인 행세와 사기결혼을 한 나는 "뜰채에 뜨인 물고기 같은 느낌"으로 살고 있다. 5백만 원을 지불하고 선택한 결혼은 노름꾼 남편을 만남으로써 불행해진다. 서울 방학동 산기슭 움막집에서 사는 남편은 가난하기 이를 데 없는 사람인데다가 도박중독의 무능력자이다. 추방의 위험과 남편의 협박 속에서 마음씨 착한 주인이 운영하는 수족관에 근무하는 탈북여성은 살기 위해 조선족으로 위장하는가 하면 수족관의 돈을 훔쳐 달아나기도 한다. 북한—중국—한국으로의 여정 동안 이름이 '해란'으로 변하고 남편이나 수족관 주인과 관계 맺는 과정 속에서도 정착하지 못하고 도망 다니며 또다시 금고 속의 돈을 훔치려는 범죄의 욕망에 노출되어 있다. 자신의 원래 이름이 드러나지 않은 채 고향 용정의 강 이름으로 이름이 바뀌는 탈북여성은 익명성과 존재감 부재

---

138) 김애령, 앞의 책, 100쪽.

라는 특성을 갖는다. 그녀는 두만강→어항→천변으로 이주하는 '자그사니'나 남의 피를 빨아먹는 '칠성장이', 촌스럽지만 나름대로 멋을 부린 당당한 못난이 '꾹저구' 같은 존재이다. 이름, 주거지, 가족이 바뀐 이주여성은 두만강 자그사니를 청계천에 방생하며 물살을 헤치는 물고기처럼 살고자 한다. 근대와 이데올로기에서 경계 밖에 위치 지어진 이주여성은 근대 이전인 지질시대로 거슬러 올라가 마음껏 헤엄치는 물고기가 되고 싶은 것이다.

타자로 은유되고 표상되는 이주여성은 여러 명의 남성을 거치는 가운데 몸을 훼손하고 성적으로 대상화된다. 고려인여성, 조선족여성, 탈북여성들은 토기 속의 그림처럼 박제되고 생명력을 상실하거나 두만강 물고기처럼 관상되며 뜰채에 걸러지고 살기 위해 몸부림치는 존재이다. 그녀들은 식민지 원주민여성이자 가부장제 내의 성적 타자로 인식된다. 고려인 3세 알료냐는 중앙아시아의 일부다처제, 베일 착용, 격리 등의 무슬림 관습과 북한 출신으로서의 유교적 전통의 복합적인 정체성을 지니며, 조선족여성에 대한 한국사회의 나쁜 평판이 확대 재생산되고 있어 분희는 목소리를 갖지 못한 서발턴으로 그려진다. 탈북여성 해란도 남한사회에서 몸이 훼손되고 도둑질까지 하는 범죄자로 전락하며 조선족으로 위장해야 하는 차별적인 이미지를 갖는다. 국경과 민족정체성, 문화적 특징이 혼효된 디아스포라여성은 다중의 타자성—빈곤국 출신, 여성, 이주자, 소수민족, 피식민자—을 획득한다. 길위에 서 있거나 집밖의 여성에게 덧씌워지는 정절 상실과 몸의 훼손은 그녀들의 삶을 더욱 옥죄고 있으며 섹슈얼리티화되고 젠더화된 사회에서 이산생활은 위험하고 비참한 것이었다. 불법과 범죄에 노출된 이주자 특히 이주여성은 성적 대상화와 몸의 훼손, 위장 및 사기결혼, 불법체류 등 취약한 상황에 노출되어 범죄의 대상이 된다. 이들의 약점과 정보를 지닌 동족 범죄 집단에 의해 이용당하고 착취당하는 등 이주국민의 차별과 동족의 협박으로 이중의 위협에 시달린다. 그녀들은 발해, 지질시대를 배경으로 늘 시간이 정지된 상태로 분석되기를 기다리는 수동적인 대상으로 위치가 정해져 문명적 격차를 상정[139]함으로써 탈식민 대상이 되는 것이다. 이주자는 규범적 시민이 되지 못한 비존재, 비인간인 21세기의 호모 사케르[140]이다. 특히 여성적인 것=타자적인 것으로 은유되기에 디아스포라여성은 실종과 부재를 통해 근대국가의 논리 바깥에 위치하며 헤게모니의 절합 과정 후에 버려진 혹은 그것으로부터 탈주한 나머지(remainder)[141]로 재현된다.

4. '발해풍의 정원'과 한민족 정체성의 복원

온돌문화의 뿌리를 지닌 고구려와 발해를 경영하면서 쌓았던 북방의 경험과 연해주에서 중앙아시아에 이르기까지 우리 민족이 겪었던 유랑과 시련이야말로 미래의 통일한국에 정신적인 자산으로 작용할 수 있을 것[142]이라 말하는 작가는 「발해풍의 정원」과 「가리봉 양꼬치」에서 한민족이 지향하고자 하는 유토피아를 '발해풍의 정원'으로 상정한다. 이 공간은 우리 민족의 전통문화와 고유의 생활양식이 복원되어 평화롭게 태평성대를 누리는 해동성국으로 각인되는 한민

---

139) 김현미, 앞의 책, 51쪽.
140) 조주현, 『벌거벗은 생명』, 또하나의문화, 2009, 87쪽.
141) 존 베벌리, 박정원 역, 『하위주체성과 재현』, 그린비, 2013, 7~8쪽.
142) 박찬순, 앞의 글, 54쪽.

족 디아스포라의 장소이다. 고려인과 조선족에게 있어 토기, 온돌, 문자를 발명한 발해문화는 자신들의 조상, 뿌리, 근원, 자부심, 민족적 긍지를 의미한다. 연해주와 연변을 포괄하는 간도지역은 발해의 옛 땅인 동시에 19세기 말부터 고려인이 정착하고 또 일제에 대항하여 독립운동을 한 거점[143]이기도 하다. 차이나 전통찻집에서 뜨개질이나 바느질, 공기놀이, 윷놀이를 하며 붓글씨를 썼던 알료나는 한글로 쓴 '발해풍 정원'이란 글귀가 적힌 족자를 남긴다.

마당 한쪽 자리 잡은 절구와 떡판, 디딜방아는 민속촌의 것처럼 전시용이 아니라 자주 사용하는지 떡가루가 허옇게 묻어 있고 고추색이 벌겋게 배었다. 그때 내 머릿속에서는 이것이 바로 발해풍의 정원이 아니겠는가 하는 생각이 들었다. 열심히 가꾼 들에 풍년이 들어 살림살이는 넉넉하고 이웃과도 화목하게 지내고, 추수가 끝난 들판에서는 춤과 노래가 이어지고……[144]

……하지만 경치보다도 인상적이었던 것은 폭포촌에 '발해풍 정원'이라는 간판을 달고 세워진 조선족 민속촌이었다. 그곳에서는 조선족 춤과 씨름경기, 그네뛰기, 널뛰기 등을 보여주기도 하고 새납이며 장구와 꽹과리, 해금 등을 연주하기도 하면서 관광객을 맞고 있었다. 나는 새납이라고 불리는 관악기가 신기했다. 끝에 나팔이 달려 있어 음을 진폭해주는 모양이었다. 고음의 멜로디가 구슬프게 가슴을 파고들고 장구와 꽹과리 소리가 요란하게 울리는 가운데 색동저고리에 빨간 치마, 노랑 저고리에 남색 치마를 입은 두 소녀가 암팡지게 널을 뛰는 장면은 무엇보다 아름다웠다.[145]

고려인마을이나 조선족마을 같은 교포마을 혹은 민속촌에 재현된

143) 강인욱, 『춤추는 발해인』, 주류성, 2009, 7쪽.
144) 박찬순, 「발해풍의 정원」, 『발해풍의 정원』, 문학과지성사, 2009, 47쪽.
145) 박찬순, 「가리봉 양꼬치」, 앞의 책, 83쪽.

발해풍 정원은 한민족 디아스포라의 기억과 망각 속에 복원된 이상향이다. 「가리봉 양꼬치」의 임파는 자신이 일하는 식당에 닝안에서 보았던 징보호의 파란 물결과 세찬 폭포 줄기와 발해성터를 그린 그림을 붙이고 중국 동포가수 추이지엔(최건)의 테이프를 틀며 자신이 만든 요리를 만들어 애인인 분희와 그녀의 한국친구들을 초대한다. 한국인에게 자신이 꿈꾸는 발해풍의 정원을 느끼게 하고, 조선족 출신 가수의 이름을 알려주며 양꼬치 맛에 반하게 만드는 일이야말로 한국과 중국 사이에 낀 경계인이자 코즈모폴리턴의 역할임을 실천하고자 하는 것이다. 조선족 디아스포라인 임파가 지상에서 꿈꾸는 '발해풍의 정원'은 무의식 속에 기억되고 전승되었던 한민족의 평화롭고 아름다운 삶으로서 가리봉동에서 실현하고자 하는 에덴동산이자 유토피아이다.

빈부 차별 없이 발해의 모든 백성들은 구들이 놓인 집에서 살았다는 기록을 어느 책에선가 읽은 적이 있었다. 갑자기 비옥하지도 못한 땅에서 억척스레 철제 농기구를 두드려 만들고 허리가 휘어지도록 농사일을 하는 발해인의 모습이 평지 성터 안에 또렷이 드러나는 듯하다. 윤택한 생활 속에 서로 예의를 지키면서 오순도순 살아가는 미쁜 발해인들. 붉은 토기 속 치마 입은 여인들이 춤추는 모습도 수이자 해독문의 발해인 생활상과 크게 거리가 있어 보이지 않는다. 풍년이 든 들녘에서 달밤에 발해의 여인들이 둥글게 손잡고 노래하며 춤을 추지 않았을까. 그렇게 풍년이 든 들판에서 노래하며 춤추는 모습이 곧 발해풍의 정원 모습이 아니었을까.[146]

유리창엔 다시 주방장 모자를 쓴 요리사 모습이 나타났다. 그때와 비교하면 지금은 너무나 평화로웠다. 그림으로 써 붙이긴 했지만 어쨌든 나는 발해풍 정원을 여기 꾸며 놓았다. 할아버지와 아버지가 꿈꾸

---

146) 박찬순, 「발해풍의 정원」, 앞의 책, 58~59쪽.

던 정원. 아무도 배고프지 않고 아무도 남의 나라에 얹혀산다는 쭈뼛거림 없이 당당하게 살 수 있는 곳. 거기에다 한국 사람들 입맛에 꼭 맞는 가리봉 양꼬치도 준비되어 있었다. 부모님 생각을 하면 가슴이 미어지지만 나를 믿고 가게를 맡기는 주인아저씨와 또 내가 좋아하는 분희가 있어 가리봉동은 언제나 등을 부빌 수 있는 따뜻한 언덕이었다. 내 양꼬치로 해서 가리봉, 내 누나 같은 가리봉은 이제 유명해질 것이다. 그러면 나는 닝안에서도 서울에서도 찾을 수 없는 발해풍의 정원을 만들 수 있을 지도 몰랐다.[147]

조선족 3세와 고려인 3세에게 발해풍의 정원은 풍경화 액자나 간판이 달린 민속촌을 보고 자라면서 이상향[148]으로 자리 잡는다. 사람들이 손을 잡고 춤을 추는 발해의 춤인 답추(踏鎚)가 새겨진 토기가 콕샤로프카 발해성지에서 발견[149]되면서 춤추는 발해인의 일상을 통해 이 시대야말로 태평성대임을 알게 한다. 고구려계 유민이 주체가 된 나라로 당나라 지방봉건세력이 아니라 황제국을 지향했던 엄연한 독립국인[150] 발해는 코리안 디아스포라에게 자부심과 긍지를 갖게 한다. 조부와 부모에게 전해 내려온 발해는 억압과 망각 속에서 족자나 민속촌, 재현된 관광지, 조선족·고려인마을의 '발해치과'와 같은 간판에 흔적이 남아 있다. 스탈린의 이민족 강제이주정책에 의해 '일본개', '스파이'라는 죄를 뒤집어 쓴 채 370루블의 이주비를

147) 박찬순, 「가리봉 양꼬치」, 앞의 책, 95쪽.
148) 천운영의 『잘가라, 서커스』(문학동네, 2005)에서도 조선족 림해화가 동북지역의 무덤과 성터를 연구하는 첫사랑과 함께 정효무덤을 보며 "발해가 망하지 않았다면 우리가 이렇게 소수민족으로 살고 있지는 않았을 거야"라고 말함으로써 연해주, 중앙아시아 한민족 이주자에게 발해가 어떤 의미인지가 드러난다. 또한 림해화가 시댁식구와 한국 민속박물관에 재현된 발해공주의 무덤을 통해 어린 시절을 회상하며 고향을 그리워함으로써 발해문화야말로 이들의 무의식 속에 각인된 한민족공동체임이 증명된다.
149) 강인욱, 앞의 책, 17쪽.
150) 송기호, 『발해 사회문화사 연구』, 서울대출판문화원, 2011, 368쪽.

들고 40여 일이 넘는 기차여행을 통해 척박한 중앙아시아로 내던져진 고려인들은 처벌받을지 모르는 상황에서 철저히 순응함[151]으로써 문화, 역사 그리고 언어를 상실할 수밖에 없었기에 발해문화는 코리안 디아스포라 3세들에겐 은폐된 자신의 뿌리이자 근거인 것이다.

그러나 21세기 다문화시대에 지질시대를 거슬러 올라가거나 발해 유민의 후예를 통한 한국문화의 회복이 과거회귀, 전통복원으로서의 한민족 강화로 또 다른 경계를 만들며 근대, 문명, 발전과 전통, 비문명, 정지라는 이분법적 구도하에 포획될 수도 있다. 단일민족으로서의 한민족 전통회귀가 글로벌 시대에 걸림돌이 될 수 있기 때문이다. 우리 사회는 민족의식을 강조하거나 민족동질성의 회복을 역설하기보다 서로 다름을 우선 인정하고 다른 경험 속에서 얻은 지혜를 공동의 자산으로 하는 자세가 필요[152]하다. 또한 민속촌이나 족자속에 구현된 삶의 방식이 문화정체성을 통한 한민족정체성으로 받아들일 수 있느냐에 대한 사회적 합의가 필요하며, 한민족 디아스포라의 구별 짓기로서의 아비튀스[153]의 발현으로 이해될 수도 있는 것이다. 노동계급은 아방가르드나 실험적인 작품보다는 자연을 모사해놓은, 혹은 구상적 작품들을 선호하는 성향이 있으며 이주노동자의 아

---

151) 강진구, 「중앙아시아 고려인문학에 나타난 기억의 양상 연구」, 『국제한인 문학연구』 1권, 2004, 331쪽.

152) 최우길, 「지구화 시대의 '한민족 정체성' 모색」, 『평화학연구』 6권, 2005, 182쪽.

153) 피에르 부르디외의 용어로, 아리스토텔레스의 'habitus(습관)'에서 유래한 개념이다. 일정방식의 행동과 인지, 감지와 판단의 성향체계로 개인의 역사 속에서 개인들에 의해 내면화되고 육화되며, 일상적 삶을 구조화하는 양면적 행위 양식으로 정의된다. 부르디외는 이 개념을 통해 인간행위와 사회제도의 대립을 해결하고 사회적 불평등과 지배-피지배 관계가 유지되는 은밀한 원리를 규명하고자 했다(하상복, 『세계화의 두 얼굴』, 김영사, 2006, 264쪽).

비튀스는 상류사회의 진입을 결정하지 못하도록 스스로를 강제[154]할 수 있다. 미적 리얼리즘이나 민중주의적 향수에 의해 전달되는 비현실적이고 이상화된 비전의 형태로 구분된 인접성을 경험[155]할 수 있게 하는 민속적·전통적 재현은 중간 취향의 예술을 표상하기 때문이다. 따라서 다문화시대에 한민족 디아스포라의 위치와 역할에 대해 지나치게 낭만적이거나 과거회귀적인 태도는 재고되어야 한다. 그럼에도 불구하고 이중문화를 지닌 경계인이자 이방인으로서의 문화전수자로서의 역할과 무한 잠재력을 드러낸 주제의식은 고평할 만하다. 촌스럽다고 여겨지거나 서구화(미국화)된 한국사회에 한민족 디아스포라의 무의식 속에 각인된 전통문화를 통한 근원적 향수와 뿌리탐구는 의미가 있기 때문이다. 자문화에 대해 지나치게 경도된 자세는 경계해야 하지만 다문화 수용 이전에 자기 문화에 대한 관심과 애정을 갖고 있어야 한다. 전세계에 흩어진 한민족 전통과 뿌리를 일깨어주고 이주자가 지닌 역량과 자산을 발휘하여 새로운 문화를 창출하고 산업에도 기여할 수 있는 긍정적 의미를 험난하고 차별적인 현실을 배경으로 그려진다는 점에서 박찬순 소설은 설득력을 얻고 있다.

5. 박찬순 한민족 디아스포라문학의 의미와 한계

2006년 「가리봉 양꼬치」로 신춘문예에 당선되어 환갑의 나이에 등단한 늦깎이 작가 박찬순의 소설집 『발해풍의 정원』은 문화에 대

154) 김기홍, 「문화, 권력, 그리고 문화정책」, 『철학과 문화』 24집, 2012, 88쪽.
155) 피에르 부르디외, 최종렬 역, 『구별짓기(상)』, 새물결, 2006, 120쪽.

한 지식과 정보를 바탕으로 차별받고 고통당하는 이주자가 아닌, 문화전수자이자 긍정적 이방인으로서의 다문화경계인을 그리고 있다는 점에서 기존의 다문화소설을 극복하고 있다. 작가는 한민족 디아스포라야말로 통일 한국사회에 코스모폴리턴이자 트랜스내셔널 역할을 할 것이라고 전망한다. 「발해풍의 정원」의 고려인 3세 알료나는 온돌(구들)이라는 전통 한국문화의 현대적 변용으로, 「가리봉 양꼬치」의 조선족 3세 임파는 중국음식인 양꿰의 냄새를 제거하는 레시피를 개발하여, 「지질시대를 헤엄치는 물고기」의 탈북여성 해란은 북한 물고기의 생태문화를 통해 경계인의 위상과 역할을 찾고자 한다. 또한 일제강점기 한국을 떠난 이주자야말로 발해유민의 후손으로 태평성 대했던 해동성국을 '발해풍의 정원'으로 표상하고 있는데 이를 통해 세계 각지에 떠돌고 버려진 코리안 디아스포라가 간직해야 할 이상 향으로서의 공간을 심상지리적으로 상상하는 것이다.

세 편의 소설에서 표상되는 이주자는 현실 속의 차별과 고통을 감내하고 있다. 알료나는 타자화되어 정착하지 못하고 부유하며, 사랑하는 연인과 레시피 개발을 통한 가정을 꿈꾸고자 하며 발해풍의 정원을 자신이 일하는 식당에 소박하게 꾸며놓은 임파도 라이벌인 동족에게 죽임을 당한다. 탈북여성 또한 남편에게 도망 다니면서 코리안 드림을 실현하지 못한다. 타자로 표상되는 이주자는 비존재로 증발되거나 현실 속에서 부재하며, 타자의 은유로 대변되는 이주여성은 포착되거나 파악되지 않는 타자성과 낯섦, 이방인, 신비한 이미지 속에서 훼손되고 실종된다. 「발해풍의 정원」의 고려인 알료나, 「가리봉 양꼬치」의 조선족 분희, 「지질시대를 헤엄치는 물고기」의 탈북자 해란은 문화적·젠더적·민족적 위계질서의 하위주체이자 약자의 위치에 머물고 있다. 버려지고 떠다니며 부유하는 이주자의 초상은 암울하고 불행하며 비극적이다. 이들은 '사과배', '양꼬치'처럼 이중적이고 혼종적 특성으로 비유되기도 하고, '온돌', '보일러'처럼 치열하고 정열적으로 묘사되기도 하며, '자그사니'처럼 북한에서 살지 못하고 남한까지 와 구경거리로 관상되며 그물에서 몸부림치는 존재로 표상되기도 한다. 러시아, 중국, 북한과 한국문화와 전통, 체제에 대한 경계뿐만 아니라 이슬람과 유교, 자본주의와 공산주의, 다문화주의와 여성주의 사이에서 길항하는, 복잡다기한 상황에 놓인 한민족 디아스포라의 삶을 작가는 투영하고 있다.

현실 속의 타자인 이주자는 그럼에도 불구하고 문화전수자이자 트랜스내셔널 인재로 거듭나는 가능성을 담지한 인물이기도 하다. 주변부로서의 고통 받는 삶과 긍정적 이방인상이라는 두 가지 양면성을 포착한 박찬순의 한민족 디아스포라문학은 정체되어 반복 재생산되고 있는 다문화문학의 한계를 극복하고 있다는 점에서 유의미하다. '한민족', '통일', '문화'라는 키워드로 이주자의 긍정적 역할과 현실적 한계를 묘사한 박찬순 문학은 답보상태였던 한국다문화소설의 나아갈 방향을 제시하고 진일보시켰다는 의미를 지닌다. 그러나 발해풍의 정원이라는 이상향을 갈망하는 귀결이 세계시민사회로 나아가는 현실에서 걸림돌은 아닐지, 순혈주의적 민족주의의 강화와 '우리'와 '그들'을 경계 짓는 것은 아닌지에 대한 재고가 요구된다. 21세기의 우리 사회는 대한민국 국민, 한민족, 세계시민에 대한 귀속의식의 길항 속에서 다양성과 차이를 포용하며 다원주의적 태도를 지향해야 하기 때문이다.

5장 다문화텍스트에 나타난 이방인의 목소리

1. 국민/비국민(난민), 시민권/인권의 경계

　명확하게 경계 지어진 영토 안에 존재하는 모든 사람이 단 하나의 절대주권인 국가에 의해 하나의 문화로 통일된 국민[156]으로 구성된 근대국민국가는 지역별로 산재한 에스닉 다양성을 극복하고 모두 하나의 사회에 존재하는 표준화된 시민을 만들려고 노력[157]한다. 신분증과 등록제도를 통해 국민과 비국민의 법적 경계를 확정하며 시민들의 물리적 안전, 경제적 복지, 문화적 동질성을 보장해주기 때문에 국가는 국민에게 절대주권을 주장[158]하는 것이다.

　시민권 이전의 인권 앞에서 우리는 누구나 동등하며 어떤 차별도 받아서는 안 된다. 세계는 열려 있고, 우리 모두 이주자, 이방인이 될

---

156) 최종렬, 앞의 책, 184쪽.
157) 위의 책, 184쪽.
158) 위의 책, 184쪽.

수 있기에 서양 백인 중산층 중심으로 짜인 근대적 질서를 넘어서서 타자의 인권을 보호하는 일이 자기 자신의 문제임을 인식해야 한다. 억압받는 집단들이 '그들'만의 문제일 수 없는 이유는 '상대적으로 잘 살고 젊으면서 장애가 없는 이성애자 백인 남자'를 제외한 80% 이상[159]이 이에 해당되기 때문이다. 이들은 착취(exploitation), 주변화 (marginalization), 무력화(powerlessness), 문화적 제국주의(cultural imperialism), 집단 증오나 두려움에서 추동되는 임의적인 폭력과 괴롭힘의 5가지 억압을 받고 있는데, 따라서 어느 누구도 타자성에서 자유로울 수 없다.

국경의 개방과 탈국경 이주는 성원권, 시민권, 인권 등 타자의 권리에 대해 화두를 던지고 있다. 시민이 되지 못하여 성원권을 확보하지 못한 이주자는 법적·정치적·사회적·심리적 권리를 보장받지 못하는 타자들이다. 고령화 사회의 노동력과 신부부족 현상으로 우리 사회의 요구에 의해 입국한 이주자는 구성원이면서도 구성원일수 없는 존재들이다. 또한 한 국가의 산업과 내국인이 기피하는 3D 노동을 담당하지만 법적 의무만 있고 법적 권리는 없다. 외국인 노동자는 단순한 관광객이라기보다는 일반 시민에 가까움에도 불구하고 사회구성원으로 인정받지 못하고 언제나 추방의 위협에 노출되며 저임금, 임금체불 등 경제적·사회적 착취와 억압[60]을 받는다. 이러한 잠재적 시민의 불완전하고 반인권적인 조건과 환경은 정의롭지 못하다. 이주의 지구화시대에 국가 중심으로 국민 만들기 기획에 의해 북한이탈주민은 국적이 부여되지만 에스닉집단으로 취급되며, 한

---

159) 아이리스 영은 미국내의 억압집단을 여성, 흑인, 미국 원주민, 멕시코계 미국인, 푸에르토리코인과 그 외 스페인어 사용 미국인, 아시아계 미국인, 게이 남자, 레즈비언, 노동자, 빈곤층, 노인, 정신·육체적 장애인이라고 말하고 있다(윌 킴리카, 장동진 외 역, 『다문화주의 시민권』, 동명사, 2010, 297~298쪽).
160) 손철성, 앞의 글, 366쪽.

민족인 조선족, 고려인조차도 더욱 배제되어 국적을 부여받지 못하고 있으니 외국인 이주노동자는 말할 것도 없다.[161]

국적법에 따른 시민권 부여의 원칙을 기준으로 하는 이주자통합모형에서 한국이나 일본, 독일은 혈통주의를 기반으로 하는 차별배제모형을, 프랑스나 영국은 거주지 혹은 출생지주의의 동화모형을, 미국은 다문화주의모형[162]을 따른다. 한국사회는 결혼이주를 제외하고는 외국인의 정착형 이주를 불허하는 단신 이주자 중심의 반(反)정주 정책(anti-settlement policy)을 추구함으로써 이주노동자의 사업장 이동을 금지하거나 한국 내 체류기간을 3년으로 한정지으며 가족을 불러들일 수 없다.[163] 그리고 필요에 의해 불법체류에 대한 단속과 묵인을 용인함으로써 외국인 노동자를 불안하고 초조하게 만든다. 이 글은 탈북 출신 작가나 해외입양인, 자이니치 출신이 쓴 문학텍스트를 대상으로 한다. 디아스포라 작가들은 요리책, 수필집, 여행산문집, 포토에세이 등 다양한 장르로 자신들의 분열된 이산자아와 다중적 정체성을 투영한다는 점에서 문학의 영역을 확대하며 탈장르화한다. 이는 디아스포라 경험과 의식의 발로이다.

2. 차별적 시선에 노출된 상처받은 영혼 : 양성관의 『시선』

농촌의 신부 부족으로 탄생된 다문화가정은 일반적으로 한국인 아버지와 동남아시아 어머니로 구성된다. 다문화가정 2세들은 우리

---

161) 최종렬, 앞의 책, 223~224쪽.
162) 김세균 외 역, 앞의 책, 25~26쪽.
163) 김영옥 외, 앞의 책, 189쪽.

사회의 새로운 국민이지만 피부색이 다르다는 이유만으로 놀림과 따돌림, 경멸과 무시의 시선을 받으며 성장한다.

『시선』은 베트남 출신의 며느리와 함께 병원을 찾아온 할머니가 "자식이 어머니를 닮으면 안되는데…"라고 한 말이 가슴에 박힌 의사가 현장경험을 바탕으로 쓴 장편소설이다. 이 소설은 정신과 의사, 변호사, 주인공 김배남의 시점으로 각각 이루어지며 '어느 혼혈아의 마지막 하루'라는 제목처럼 다문화가정 출신의 연쇄살인마이자 사형수인 김배남의 사형 당일을 담고 있다. 까무잡잡한 피부에 큰 눈을 가진 김배남은 9명의 여성을 강간 살해했고 이 사건을 맡은 의사는 그의 삶을 추적한다. 성장과정과 학교, 군대, 직장생활에서 왕따와 멸시를 당한 김배남은 자신을 낳고 도망간 베트남 출신 어머니를 증오하며 자란다. 천만 원을 주고 사온 "Made in Vietnam 제품"인 아내가 아이를 낳고 2년 후에 가출하자 '도둑년'에 '창녀'라고 욕설을 퍼부으며 허구한 날 술에 취해 있는 아버지와 '더러운 년', '미친개'라고 며느리를 욕하는 할머니 밑에서 자란 배남은 자신을 낳아준 여자뿐만 아니라 세상의 모든 여자에게 불신과 증오를 품는다.

돈 때문에 결혼한 어머니를 물건처럼 생각하는 아버지처럼 배남은 세상의 여자들을 감정이 없는 물건으로 치부하여 성인이 된 후 감정변화 없이 살인을 저지른다. 태어나 자라고 먹고 자고 여자를 죽인 공간인 비닐하우스는 다문화가정의 빈곤과 소외를 말해준다. 따뜻함과 모성이 결핍된 배남은 혐오, 분노, 좌절의 감정을 지닌 괴물이 되고 만다. 아버지의 성에다가 자신을 낳은 여자의 나라인 '베트남'을 줄여 '베남', '배남'으로 이름을 짓고 아버지에게서 '이 새끼, 저 새끼'라고 불려진 배남은 중학교에서는 '베트남', 군대에서는 '베트콩', 감옥에서는 '1331번'으로 불리며 마음대로 때리고 괴롭혀도 되는 인간샌드백이자 호구로 살아왔다. 가족이나 학교에서도 소외되었고 한국사회에서도 베트남사회에서도 부인된 다문화가정 2세는 철저히 자신만을 생각하는 비닐하우스 살인마가 된다.

아버지, 친구, 군대동료에게 폭행을 당했던 배남은 거리나 기차에서 "힐끔힐끔 보는 시선", "더럽고 찝찝하며 재수 없다는 눈빛"을 느끼곤 했고 자신을 한없이 무섭고 징그러워했을 엄마('그 여자'로 호칭)에 대한 증오심으로 여자들을 살해한다. 자신이 받았던 온갖 수모와 경멸과 무시, 내면화된 열등감이 주는 굴욕감을 최고의 우월감을 맛볼 수 있는 살인 행위를 통해 떨치고자 한 것이다.

> "법은 비겁하죠. 법적으로는 모든 게 김배남 씨 책임이죠. 그래서 사형을 선고받았구요. 그런데 김배남 씨가 살인마가 된 건 전적으로 김배남 씨 탓인가요? 국제결혼이라는 명목하에 돈을 벌기 위해 외국여성을 헐값에 매매한 조직, 그것을 허락해준 한국 및 동남아시아 정부, 손자를 보겠다는 욕심에 아버지를 끝까지 설득한 할머니, 젊은 여자를 품어보겠다는 욕심에 국제결혼을 하고 당신을 낳아준 여자가 도망간 이후로 매일 술만 마시고 당신과 할머니를 때린 아버지, 편을 가르며 놀았던 한선규와 정상철 군, 따뜻한 사랑이 필요했음에도 엄격하게 대했던 초등학교 때 담임선생, 중학교 때 당신을 괴롭혔던 효길이와 재미로 당신을 괴롭혔던 학생들과 자신이 괴롭힘을 당하지 않는 것에 안심하며, 당신이 왕따를 당하는 걸 침묵하고 있었던 다른 아이들, 그리고 당신의 마음을 거절했던 현희, 돈이 없으면 대학을 갈 수 없게 만들고 가난한 이에게 어떤 도움도 주지 않고 나 몰라라 하며 다 네가 게으르고 못나서 그렇게 된 거라고 말하는 사회, 군대에서 당신을 괴롭혔던 임 병장과 문제 덮기에 바빴던 대대장, 그리고 상사가 시켰기에 잘못된 것인 줄 알면서도 아니 쾌감을 느끼며 당신 신발에 오물을 넣고, 당신의 말을 무시하면서 쾌감을 느꼈던 후임들, 그리고 여인숙에서 당신에게 욕했던 창녀, 당신이 살인자가 된 후, 당신이 싸이코

패스이고 미치광이 살인마라고 떠들어대는 언론들, 아니 당신을 거리
에서 마주치며 경멸과 무시했던 수많은 이름 없는 사람들은 정말 당
신이 이렇게 살인범에 된 것에 책임이 없을까요?"164)

변호사의 변호는 김배남의 범죄야말로 다르게 생겼다는 이유로
경멸, 분노, 멸시의 눈빛으로 쳐다본 우리 모두의 책임임을 항변하고
있다. 우리 사회의 사회구성원으로 다수를 차지하게 될 다문화가정
2세의 정체성에 대한 혼란과 싸늘한 시선에 대해 생각해 보아야 할
때이다. 혼혈아 김배남에게는 자신에게 관심을 갖는 딱 한 사람165)
과 동정이나 냉정의 자세가 아니라 따뜻하고 타자성을 이해하는 시
선이 절실했던 것이다.

3. 목숨을 건 탈북루트와 훼손된 '바리'들 : 김유경의 『청춘 연가』

고난의 행군 이후 북한사회는 굶주림으로 인한 비참하고 궁핍한 생
활로 탈북이 이어지고 있다. 조선족과 구분이 어려운 탈북자들은 두
만강을 넘거나 목숨을 걸고 몽골사막을 횡단하거나 제3국을 통해 목
적국인 한국에 도착한다. 그러나 안도의 한숨을 쉬기도 전에 자본주

---

164) 양성관, 『시선』, 글과생각, 2012, 299~300쪽.
165) 범죄자가 된 『시선』의 주인공 달리 「코끼리」와 『완득이』의 아이들은
탈선하지 않는다. 그 이유는 『시선』의 아버지가 폭력적이고 배남을 진정
으로 사랑하는 누군가가 없는 데 반해 「코끼리」의 아버지는 거칠지만 부
자간에 서로를 아파하고 이해하고 있으며, 『완득이』의 아버지도 아내의
가출 선택을 존중하고 차별 대우를 받을까봐 염려하며 말더듬이이자 지적
장애인 남민구를 가족으로 포용하며 무심한 듯 하면서도 따뜻한 부성애로
아들을 배려하는 타자지향적 자세를 갖고 있기 때문이다.

의 체제에 부적응하거나 그들을 바라보는 야릇한 시선과 배타적 태도로 조선족으로 신분을 위장하거나 다른 나라로 재이주하기도 한다.

북한 출신 작가인 김유경 소설은 체험을 사실적으로 묘사해 정도상의 『찔레꽃』과 비견되는데, 현장 르포나 증언 수기에 가깝다 보니 문학적 형상화엔 다소 미흡하지만 탈북루트의 생생한 보고가 된다. 탈북과 한국 입국 후 하나원에서 머무는 선화, 복녀, 경옥, 영애, 화영 등의 사연을 통해 여성수난과 탈북의 고통, 북한의 처참한 실상을 드러낸다. 대학교수인 아버지를 둔 중학교 교사 정선화는 탈북 후 어머니 약값을 위해 천 원에 팔려 중국남자와 살게 된다. 그러나 남편은 "북조선 거지년"이란 말을 입에 달며 노골적으로 멸시하는 등 물건 취급을 당할 뿐만 아니라 남편의 형제에게 윤간을 당하는 등 만신창이 몸의 우여곡절을 겪은 후 한국에 오지만 악몽을 꾸는 외상후 스트레스 장애를 겪는다. 방송 일을 하며 정착하고자 노력하는 그녀는 중국에 두고 온 딸 메이밍에 대한 그리움과 자궁암 말기라는 판명을 받는 비극적 결말을 맞이한다.

온성여자 복녀는 온전치 못한 중국 남자에게 팔려가 침묵 속에서 2년간의 결혼생활을 하다가 감시와 경계가 늦추어진 틈을 타 아이를 업고 탈출한다. 한국에 오기까지 아내이자 며느리로서가 아니라 씨받이이자 노예적 삶을 견딘 그녀는 또다시 사기와 인신매매에 걸려 여성으로서 견디기 힘든 고초를 당하고 나서 목적국인 한국에 도착하여 순댓국집 식당을 인수, 운영한다. 무산여자 신영애는 매질과 굶주림, 강도 높은 노동을 하다가 탈출한 후 중국남편을 불러들이고 노래방에 근무하며, 회령여자 강화영은 목숨을 건 몽골사막 행군을 통해 한국으로 들어와 여러 남자를 거치며 몸을 훼손한다. 평양처녀미선과 누구의 아이인지도 모른 채 임신한 경옥도 인신매매와 성착취, 중노동, 임신 등의 학대를 겪는다. 그녀들은 한국 자본주의사회에서도 주변부로 밀려나 고통스럽게 살고 있다.

태어난 곳에서 살지 못하고 탈국경한 탈북 디아스포라는 강제수용소, 인신매매, 사막 행군, 끔찍한 결혼생활을 거쳐 행복한 미래를 꿈꾸며 한국에 도착했지만 악몽과 정신적 장애, 질병, 부적응, 차별적 태도와 배타적 시선에 시달리며 소외된다.

4. 디아스포라의 여행하는 삶과 난민의식 : 서경식의 『디아스포라 기행』

자이니치 출신 교수 및 학자이자 에세이스트인 서경식은 주옥같은 산문집[166]을 발표함으로써 그의 존재감을 한국사회에 표출한다. 재일조선인 2세인 강상중, 윤건차와 더불어 일본과 한국 사이에서 빛나는 지성으로 평가받는 서경식은 근원적인 사유와 여행구조, 예술감상을 통해 독자들에게 디아스포라 운명과 형벌적 삶을 반성하고 성찰하게 한다. 일련의 에세이들은 우리에게 생소한 '디아스포라'라는 단어를 상기시키고 '자이니치'로서의 삶이 어떤지를 각성시키므로 일본에서뿐만 아니라 한국에서도 서경식마니아 독자군이 형성되

---

166) 『청춘의 사신』, 『소년의 눈물』, 『디아스포라 기행』, 『난민과 국민 사이』, 『시대의 증언자 프리모 레비를 찾아서』, 『시대를 건너는 법』, 『고뇌의 원근법』, 『경계에서 춤추다』, 『언어의 감옥에서』를 발간하였으며, 1995년 『소년의 눈물』로 일본 에세이스트클럽상을, 『시대의 증언자 프리모 레비를 찾아서』로 일본 이탈리아 문화원에서 시상하는 마르코폴로상을 받음으로써 가장 아름다운 문체로 글을 쓰는 우리 시대의 대표적인 에세이스트로 평가받고 있다.

고 있다. 한국 근대사와 서경식 가족의 삶은 밀접한 관계[167]를 지님으로써 일본과 한국 사이에 낀 경계인이자 이방인으로서의 정체성은 작가의 삶의 근간이 되고 있다. 조국과 고국과 모국이 다른 디아스포라는 지구촌 사회의 모순과 불합리, 부조리함에 끊임없이 의문을 제기하고 탈경계하고자 하며 인권과 정체성, 환대와 소수자 연대를 제시한다. 에드워드 사이드, 가야트리 스피박, 한나 아렌트, 프란츠 파농과 같은 망명지식인이나 비서구 출신의 서구유학파들의 연구들은 자신의 뿌리와 정체성, 조국의 가난함에 대한 원인규명과 사유에서 위대한 사상을 낳으며, 재독학자이자 예술가인 송두율, 윤이상과 같은 경계인간이자 이방인으로서의 신산한 삶에서도 디아스포라 운명이 나타나고 있다.

작가는 여행산문집[168]을 계속 발표함으로써 여행과 예술과 인생에 대한 깊이 있는 성찰과 진리를, 바닥까지 내려가 고통스럽고 처절할 정도로 슬프게 사유함으로써 빛나는 문체를 바탕으로 독자를 감동시킨다. 1990년대 여행의 자유화 이후 우리 사회에도 여행산문집이 유행처럼 번져 여행구조 및 여행서사는 문학의 한 경향으로 자리 잡고 있다. 디아스포라란 한순간도 땅을 딛지 못하는 고아의식과 난민의식, 여행자의식을 갖고 살기 때문에 여행모티프와 여행구조는

---

167) 저자의 두 형인 서승과 서준식이 고국인 한국으로 유학 왔다가 용공사건에 휘말려 감옥생활을 하게 됨으로써 가정이 해체되고 정신적으로 파괴된 사건은 서경식의 삶을 흔들어 놓았다. 일제 식민지로 인해 일본으로 건너가 재일조선인의 삶을 살게 되고, 분단, 반공, 레드 콤플렉스, 빨갱이라는 남북한 대결구도로 수많은 지식인들이 고통당하는 일련의 사건들은 한국 근대사의 비극과 절망이 낳은 결과들이다.

168) 예술에 대한 풍부한 지식과 탁월한 감상을 지닌 서경식은 『디아스포라 기행』(돌베개, 2006), 『나의 서양미술순례』(창비, 1992), 『나의 서양음악순례』(창비, 2011)를 발표하였으며, 그의 형인 서승도 최근 『서승의 동아시아 평화기행』(창비, 2011)를 발간하였다.

디아스포라 출신 작가에게 적합한 글쓰기 방식이다.

'추방당한 자의 시선'이라는 부제목에 나타나듯이 이 여행산문집은 '고독한 나그네의 눈길'로 여행지 곳곳을 탐색한다. '국민' 혹은 '민족'의 바깥과 외부에 위치 지어진 디아스포라의 관점은 여행자이자 마이너리티로 혹은 고아이자 난민의 시선으로 타자의식과 자의식을 갖는다. 고국과 국적은 한국이고 모국은 일본이며, 모국어는 조선어이고 모어는 일본어인 재일조선인은 '한국 국적 소지자', '조선적 소지자', '한국 국민 소지자'의 세 부류로 나누어짐으로써 전근대, 근대, 탈근대라는 시간과 한국, 북한, 일본이라는 공간 사이에서 아슬아슬하고 위험하게 살아간다. 긴장과 분열, 경계와 무국적 상태에 놓인 불안하고 긴장된 관계야말로 디아스포라의 가치관을 형성한다. 작가는 여행을 하며 미술, 음악, 연극 등의 예술작품을 감상하는 것이 즐거움이지만 여행지에서는 즐거움보다 우울과 고통을 느낄 때가 많다고[169] 고백한다. 그의 여행지는 런던의 마르크스 무덤, 토리노의 프리모 레비의 무덤, 독일 윤이상 무덤, 파울 첼란의 무덤 그리고 광주 망월동 5・18 묘역과 같이 죽음, 고독, 고통, 비관과 대면하는 여정이 많다. 그에게 미술은 예쁘기만 한 게 아니라 현실의 어둠과 고통을 직시하는 힘이었으며 그것을 창조하는 방식으로 형상화하는 재능인[170] 것이다. 일본의 차별과 배제 그리고 고국을 찾은 두 형에게 가해진 고문과 형벌을 지켜본 작가에게 세상은 긍정적일 수도 낙관적일 수도 없으리라.

여행산문집에 등장하는 인물들도 유대인 망명자인 한나 아렌트,

---

169) 서경식, 김혜신 역, 『디아스포라 기행』, 돌베개, 2006, 28쪽.
170) 권성우, 「고뇌와 지성」, 『세계한국어문학』 4집, 2010, 66쪽.

나치 강제수용소에서 살아남은 증인 프리모 레비와 장 아메리, 윤이
상, 화가 펠릭스, 재일조선인 1세인 김하일 시인, 해외입양인 화가
조미희 등이다. 이들은 강제로 추방당한 디아스포라 운명을 경험하
거나 주류로부터 괴롭힘과 따돌림, 배제와 차별을 당했기에 "죠센"
이라고 놀림 받고 자란 작가의 타자적 정체성과 동일시된다. 가혹한
고문과 옥살이, 분신까지 한 형들의 지난한 고생과 고통을 지켜보고
두 아들의 석방을 보지 못하고 돌아가신 아버지의 한까지 내재된 작
가에게 세상과 예술은 아름답거나 희망적이고 낙관적이지 않다. 삶
보다는 자살, 죽음의 정서에 가깝고 유대인, 여성, 불법체류자, 망명
자, 추방당한 자, 해외 입양인에게 관심과 애정을 드러낸다. 동일성
과 전체성, 근대의 잣대가 된 내셔널리즘을 극복하고자 하며 식민지
배, 인종차별 같은 부조리함에 분노한다. 서경식의 유연하고 심미적
인 문체와 표현에 드리워진, 모순된 근대, 국가, 민족, 인종 등의 경
계에 대한 반발은 단호하고 의지적으로 표출된다. 서경식의 여러 에
세이들은 디아스포라의 운명과 자이니치 출신이라는 타자성이 얼마
나 고단하고 가혹하며 처절한 삶인지를 격조 있는 문체로 서술함으
로써 우리 사회에 큰 반향을 일으키고 있다.

5. 버림받은 고국에서의 정체성 · 뿌리 찾기 : 조미희의 『나는 55퍼센트 한국인』

해외 입양인 출신 화가이자 액티비스트인 조미희의 산문집인 『나
는 55퍼센트 한국인』은 모국 탐방을 통한 자신의 정체성과 뿌리 찾

기가 주제인 디아스포라 에세이이다. 1953년 전쟁고아의 해외 입양이 시작된 이후로 "세계 최대 어린이 수출국"이 된 한국은 남성중심의 핏줄잇기가 강한 탓에 고아들을 외국에 보내고 있다. 최근 이들이 자라 여행 혹은 정착을 위해 한국을 방문하는 사례가 많아졌다. 이 산문집의 제목이 말하듯이 한국인도 외국인도 아닌 입양인들은 어느 곳에서도 안주하지 못하고 이방인의식 내지 고아의식을 갖고 살아간다. '조미희', '미희 나탈리 르므안느', '김별'이라는 세 개의 이름을 갖고 있는 저자는 이름만큼이나 복잡하고 다중적인 정체성을 지닌다. 생후 2개월 만에 남의 집 대문 앞에 버려져 벨기에라는 먼 나라로 입양된 저자는 '6·25 전쟁의 나라', '개고기를 먹는 나라', '자동차랑 아이들을 수출하는 나라' 출신의 '누렁이', '노란 발발이'라는 놀림을 받으며 성장한다. 14살에 양어머니와 다툰 후 집을 나와 독립한 저자는 한국에 와서 친어머니와 담담하게 상봉한 후 한국 생활을 체험한다.

입양인이라는 것만으로도 자신을 불쌍하고 불행한 사람으로 대하거나 서양에서 동양여자가 인기가 많은 이유가 단지 자기주장이 강하지 않고 억세지 않은, 순종적인 여자라는 오리엔탈리즘적 인식 때문이고, 마마보이로 자식을 키우기에 남의 시중을 받는 데 익숙한 한국남자들의 의존성을 비판한다. 또한 여행경비를 스스로 충당하는 유럽청년과 달리 부모님에게 지원받는 것에 대해 경악하거나 예쁘지 않은 외모를 지적하는 무례함이 다반사인 한국사회의 문제점을 지적한다. '찢어진 눈'으로 상징되는 인종적·신체적 타자성이 낙인찍힌 벨기에에서의 저자는 외모를 지적을 지적하는 한국사회의 병폐를 비판한다. 이방인이자 디아스포라는 의문을 제기하는 자 혹은 질문하는 자로서 바깥의 시선으로 안을 들여다봄으로써 우리 사회의 모순을 지적하고 균열을 내는 자이다.

저자는 존중하지 않는 동정과 자선에 대해서도 문제를 제기하며 도움과 자선은 분명히 다르다고 말한다. 이주자나 입양인을 동정과 계몽의 대상으로 인식하는 자민족중심주의적 태도와 한국적 동일화 시각이 이들을 타자화시키는 것이다. 동정을 표시하는 것은 경멸의 표시로 느껴지기도 하는데 어떤 사람에게 동정을 입증하게 되면 곧 자신은 더 이상 공포의 대상이 아니라는 사실이 분명해짐으로써 동등한 수준 아래로 전락[171]하게 되기 때문이다. 긍지도 없고 위대한 정복의 전망도 없는 사람들에게는 동정이 가장 편안한 감정이자 매춘부의 덕[172]인 것이다.

해외 여성입양인에게 한국으로의 귀환은 자기구성방식과 자아찾기의 과정이다. 저자는 백인사회에서 백인의식을 갖고 성장했기에 지구 반대쪽에 있는 한국에서의 외모와 피부색이 같은 황인들을 보고 놀란다. 동양 외모의 서구적 사고를 지닌 분열된 자아로서의 삶은 스무 살 넘어 새로운 정체성의 형성과 55% 한국인이라는 인식에 이른다. 화가이자 〈입양〉이라는 영화에도 출연한 저자의 예술활동은 백인서구사회에서 아시아/유색인종/어린이/여성이라는 다층적 억압이 중첩된 타자로 살아온 삶과 의식의 반영물[173]이다.

조선족이나 자이니치, 고려인이 한국사회에 진입해 한국인과 마찰

---

171) 프리드리히 니체, 김미기 역, 『인간적인 너무나 인간적인 II』, 책세상, 2002, 264쪽.
172) 프리드리히 니체, 안성찬 외 역, 『즐거운 학문 메시나에서의 전원시 유고』, 책세상, 2005, 85쪽.
173) 유진월, 「이산의 체험과 디아스포라의 언어」, 『정신문화연구』 32권, 2009, 57쪽.

하고 갈등하는 이유 중의 하나가 한민족 뿌리를 지녔지만 의식이나 정서는 성장한 곳의 가치관을 갖고 있기 때문이다. 저자는 순종적이기를 바라는 한국인에게 자신은 벨기에적 교육과 의식을 지닌 주체라고 항변한다. 교포와 입양인은 이처럼 디아스포라 운명을 지녔기에 어느 한곳에서도 적응하지 못하고 주변부이거나 소수자로 인식되어진다. 저자는 입양인과 교포의 차이를 입양아는 친부모를 따라 외국에 간 것이 아니라 혼자 외국으로 보내짐으로써 한국말이나 한국문화를 알게 해줄 사람이 없다는 점이라고 말하며, 입양아는 자신을 달걀이라고 부르며 교포들은 자신을 바나나라고 부른다고 설명한다. 달걀은 누런 껍질을 벗기면 흰자가 나오고 그 안에는 또 노른자가 있는데, 겉모습은 한국사람인데 속은 서양 사람이고 그런데도 결국은 한국사람이기 때문이다.

그러나 저자는 자신을 한국인이기도 하고 유럽인이기도 하며 세계인이기도 한 존재의 풍요로움을 지녔다고 말한다. 유기, 원망, 배신, 분열, 차이, 생성, 긍정의 과정을 거친 저자의 자아 찾기와 정체성 확립은 모국과 부모에게 버려진 아이가 입양과 고국방문이라는 사건을 거쳐 분열된 자아를 정리하고 정체성을 성립하는 조형력[174]을 보여준다. 타자적 정체성을 지닌 해외 여성입양인은 탈식민주의, 페미니즘, 다문화주의라는 관점하에 섬세한 분석이 요구된다. 세계적으로 인정받는 예술가로서 활발하게 활동하는 이들은 한국문학의 영역을 확대시키고 있다.

---

174) 스스로 고유한 방식으로 성장하고, 과거의 것과 낯선 것을 변형시켜 자기 것으로 만들며, 상처를 치유하고 상실한 것을 대체하고 부서진 형식을 스스로 복제할 수 있는 힘을 말한다(프리드리히 니체, 이진우 역, 『비극의 탄생·반시대적 고찰』, 책세상, 2005, 292쪽).

6. 타자지향적 윤리와 포괄적 성원권의 요구

이중문화, 이중언어를 지닌 이주자는 긍정적인 이방인의식을 지닌 경계인으로서 두 나라 사이를 오가며 다문화적 사유와 이중문화를 통한 창의적인 문화중개자이자 트랜스내셔널 주체자로 코스모폴리턴이자 세계시민으로서의 무한가능성을 지닌 자이다. 국경이 개방된 다문화사회와 융복합 통섭의 시대에 가교 역할을 할 수 있는 이들이야말로 시대가 요구하는 글로벌 인재이자 초국가적 하이브리드 시민주체(transnational hybrid citizen subject)이지만 현실 속의 그들은 동일적 정체성을 지닌 자국민의 폐쇄적인 태도와 차별적 시선 때문에 신산하고 쓸쓸한 이주생활을 한다. 동양인의 외모와 성장한 나라의 의식을 지닌 디아스포라는 서구에서 한국인이 당했던 차별을 그대로 이주자에게 행사함으로써 비인간적이고 반윤리적이며 정의롭지 못하다. 국가 중심의 국민 만들기에서 배제된 미등록 이주노동자, 해외 한인동포, 해외 입양인, 외국인 노동자는 21세기 문학의 주인공으로 등장한다. 이들은 인권과 낯선 사람들과의 공존, 정체성의 다양성에 대해 화두를 던진다.

이방인과 어우러지기 위해서는 국가, 국민, 국경이 옅어지고 퇴색해져가는 가운데 타자지향적 윤리의식과 세계시민의식 그리고 유연하고 포괄적인 성원권과 유연한 시민들(flexible citizen)의 수용이 필요하다. 레비나스는 진정한 주체의 자각은 타인을 수용하고 받아들이고 책임지고 그를 대신해서 짐을 지고 사랑하고 섬기는 가운데 있다[175]

---

175) 강영안, 앞의 책, 75쪽.

고 말한다. 반다문화적이고 반문화상대주의적 태도는 세계화 시대에 조화롭고 아름다운 공존을 위한 걸림돌이 되고 있다. 국민과 비국민 (난민), 다문화공간과 비다문화공간, 시민권과 인권의 경계를 허무는 융통성을 발휘할 때 지구촌 사회는 갈등과 배척, 인권유린, 자국민 중심에서 벗어날 수 있다.

이주자는 자신들을 위한 특별한 프로그램이나 특별대우를 요구하기보다는 다르게 보지 않는 시선과 태도만으로도 충분하다고 말한다. 스스로 극복할 수 있는 힘을 가질 수 있도록 무심히 바라보는 시선만으로도 그들을 돕는 것이다. 한국 다문화사회의 특수성을 인식해서 이에 대한 준비를 철저히 하고 타자를 포용하는 열린 자세가 절실하다. 이제 지구촌 사회는 포괄적 다문화주의 시민권을 요구받고 있으며 이주자를 사회적 구성원으로 보지 않는 억압과 착취가 지금처럼 진행되지 않도록 개방적인 자세가 절실하므로 열린 국경만큼이나 열린 마음을 가져야 할 것이다.

제4부

이주 · 여성 · 타자성

1장 조선족 이주여성의 타자적 정체성

1. 월경(越境)을 택한 길위의 여성들

2000년대 소설에 등장하는 조선족 이주여성은 타자적 정체성과 주변부 위치를 지닌다. 한국사회에서의 동화주의적·가부장적 시선은 '조선족'이자 '여성'이라는 이중 억압으로 이주여성을 고통 받게 만든다. 외국인 이주자 중 언어, 피부색, 민족적 동질성을 공유했음에도 불구하고 탈북자와 더불어 부당한 편견에 노출되고 있다. 중국의 개혁개방과 1992년 한·중 수교, 1994년부터 불기 시작한 '한국바람'으로 조선족이 한국사회에 편입되었다. 중국에 거주하는 2백만 명의 소수민족으로 흑룡강성, 길림성, 요녕성 등에 모여 사는 조선족은 재중한국인, 한국계 중국인, 조선계 중국인으로 불리는 이름[1]만

---

1) 1945년까지 조선인, 조선사람, 재만조선인, 만주조선인으로 불리었으나 중국 정부의 강력한 제도개편의 일환으로서 귀국을 포기하고 중국을 선택한 만주조선인이 중국 국적 가입과 함께 반드시 겪어야 할 예정된 입문절차

큼이나 복합적인 정체성을 갖는다. 이들은 광복으로부터 1950년대까지 자의적 선택에 의해 중국에 남았으나 타의적이자 정치적으로 중국사에 편입[2]된 중국의 한 소수민족의 일원으로 한국소설에 자주 등장한다.

최근의 이주현상은 이주의 여성화, 여성의 빈곤화, 성별적 이주라는 특징을 보이며, 이로 인해 가족 해체, 성적 일탈, 아시아적 몸의 훼손과 같은 디아스포라여성의 타자성을 특징으로 한다. 조선족 이주여성은 자본주의적 삶에 적응하지 못하고 젠더(성별화)와 섹슈얼리티(성적 대상화)의 중첩으로 위험하고 불안한 삶을 영위한다. 한국에서 큰돈을 벌 수 있다는 코리안 드림으로 국경을 넘는 이주여성은 가정부 혹은 식당종업원[3]으로 일하거나 내국여성이 기피하는 서비스 부분에 유입된다. 이주여성의 경로이동은 1998년 국제결혼중개업체가 등록제에서 자유업으로 변하면서 노동이주에서 혼인이주로 바뀌는 양상인데 그 이유는 이주비용이 덜하고 불법체류에서 자유롭기 때문이다. 조선족 이주여성은 조국과 고국과 모국이 각기 다른 디아스포라적 운명을 지님으로써 민족정체성이 불확실하고 자존감이 낮지만 한편으로는 적극적인 삶의 자세와 강인한 여성상을 보이기도 한다. 그녀들은 동남아시아 외국인보다 심정적으로 민족적 동질성이 가깝지만[4] 한족/조선족/한민족, 중국어/조선어/한국어, 중국/소수민족지역

로서 '만주조선인'→'조선민족'→'조선족'으로 명칭이 바뀌어 가게 되었다(이해영, 『중국조선족 사회사와 장편소설』, 역락, 2006, 65쪽).

2) 위의 책, 57쪽.

3) 한국에서의 직업으로는 식당종업원 45%, 가정부 29%, 여관 11%, 공장연수 5.4%로 나타나고 있다(이혜경 외, 「이주의 여성화와 초국가적 가족」, 『한국사회학』 40집, 2006, 268쪽). 통계에 나타나듯이 일반적으로 조선족 이주여성은 어눌한 연변사투리를 구사하며 식당에서 일하는 중년여성 이미지로 한국사회에 각인되어 있다.

(주로 연변지역)/한국의 경계적 위치성을 지님으로써 정체성의 혼란을 겪는다.

변화하는 한국사회의 현실을 반영하는 다문화서사가 2000년대 이후 발표되고 있다. 천운영의 『잘 가라, 서커스』, 공선옥의 「가리봉 연가」, 김애란의 「그곳에 밤 여기의 노래」에 재현된 조선족여성은 보편적 이름인 "~화"로 끝나는 '림해화'(『잘 가라, 서커스』), '장명화'(「가리봉 연가」), '임명화'(「그곳에 밤 여기의 노래」) 들이다. 보다 나은 삶을 위해 국경을 넘는 조선족 이주여성의 삶과 모습이 소설 속에 어떻게 재현되고 재생산되고 있는지 살펴봄으로써 디아스포라여성의 타자적 정체성을 확인할 수 있다.

2. 다문화공간의 위치성과 타자들의 결합

『잘 가라, 서커스』는 시동생(윤호)과 형수(림해화)의 교차 시점으로 남편이자 형(인호)을 매개로 그려짐으로써 자국민 남성의 시각과 이주민여성의 시각을 동시에 관찰하게 한다. 1, 3, 5, 7, 9, 11 홀수는 시동생의 시선으로, 2, 4, 6, 8, 10 짝수는 조선족 이주여성의 시선으로 서사가 진행된다. 시동생과 형수의 시점은 근친상간을 그린 「배따라기」의 모티프를 중심으로 불온하고 음험한 사랑 때문에 다가올 불행과 비극을 예고하는 복선의 의미를 지닌다. 중국 중매 관광여행의 일정인 서커스를 구경하는 인호, 윤호 형제는 맞선자리에서 작고

---

4) 국적에 따른 한국인과 외국인의 사회적 거리를 분석한 연구에서는 조선족 > 미국인 > 새터민 > 일본인 > 동남아시아인, 중국인으로 결과 되어, 새터민보다도 조선족에 대해 우호적이고 친밀감을 드러내고 있음을 알 수 있다(김병조 외, 『한국의 다문화 상황과 사회통합』, 한국학중앙연구원출판부, 2011, 78쪽).

예쁘고 위험해 보이는, 서커스여성과 닮은 림해화를 선택한다. 공중에 매달린 곡예사처럼 문화, 언어, 관습이 다른 나라로 월경하여 정착하고자 하는 이주여성의 디아스포라 운명은 아슬아슬하고 위험하다. 한국행을 위해 비자 준비 절차를 밟는 해화는 골목에서 발견한 "구석에 나동그라진 죽은 쥐"와 자신을 동일시하며 다가올 불길한 운명을 예측하게 되고 유독 긴 줄인 한국영사관을 목도하면서 한족, 조선족의 코리안 드림을 확인한다. 해화는 시동생과의 불경한 욕망 때문에 남편의 의심과 성적 학대를 받다가 가출한다. 이 소설에 등장하는 조선족여성인 해화, 그녀의 친구 영옥과 화순, 장춘 출신의 식당아줌마는 고단하고 힘든 불법체류를 하거나 성적 위험에 노출되면서까지 한국 정착을 꿈꾸는 여성들이다.

서울의 위성도시 부천에 살고 있는 장애인 한국남성과 조선족여성의 지리적 위치와 거리감은 그들의 만남이 주변적[5] 결합임을 나타낸다. 시골 출신인 장애인 한국남자와 마찬가지로 변두리 출신인 조선족여성의 위치성은 중국에서도 한국에서도 용인되거나 포섭되지 못하고 배제되는 소수민족과 주변인과의 결합이다. 이는 국제결혼이 성사된 해화에게 앞으로 정착할 '부천'이란 발음이 "너무 낯설고 이물스러운" 지명으로 한국 지도를 펼쳐 손가락을 짚어가며 찾았지만 "아무 감흥도 없는 그저 무의미한 지명"으로 느껴진다는 점에서 알 수 있다. 신부의 가족을 만나기 위해 비행기와 버스를 타고 긴 여정을 떠나는 인호, 윤호 형제에게도 지리적 거리는 심적 거리감과 미래의 불안감으로 다가온다. 지역적 거리와 위치는 이들의 타자적 위

---

5) 해화의 집은 비행기를 타고 옌지(延吉)로, 옌지에서 다시 버스를 타고 세 시간을 달려 둔화(敦化)에 도착하여 사허옌(沙河沿)까지 작은 버스를 타고 삼십 분 걸려 집에 도착하기까지 무려 사십 시간이 걸린다.

치와 주변적 신분을 제시한다.

「가리봉 연가」의 장명화는 씩씩하고 적극적이며 진취적인 여성[6]이다. 돈을 벌기 위한 것이 이주의 첫째 목표인 명화는 억척스럽고 생활력이 강하며 강인한 성품을 지니고 있다. 흑룡강 해림에 전남편 용철과 딸 향미를 두고 처녀라고 속이고 결혼한 명화는 농촌생활에 적응하지 못해 가출한 후 가리봉 북경노래방 도우미로 취직한다. 결혼생활을 했던 전라도 시골, 가출·상경한 가리봉동, 노래방, 여인숙 등의 공간은 소외계층이 머무는 타자적 지역이다. 가리봉동 옌벤거리는 위험하고 지저분한 곳이라는 인식 때문에 점차 고립되는 영역화의 과정을 겪지만 조선족에게는 구인, 구직, 사업 등의 정보를 얻는 데 유용[7]한 그들만의 네트워크가 형성된 다문화공간이자 우범지대, 사건사고 다발지역, 가출 청소년 아지트로 명화가 강도에 의해 피살된 곳[8]이다. 안산, 오이도, 흑룡강 해림시 신향 강북촌 등은 조선족이 주거하는 곳으로 한국과 중국의 열등한 위치성을 대변하는 곳이다.

「그곳에 밤 여기의 노래」의 임명화도 보다 나은 삶을 위해 밀항하여 한국땅에 정착한다. 한국어, 북한의 조선어, 조선족의 조선어가 뒤섞인 도시 지린성 옌지 출신으로 중국어, 조선어, 한국어를 할 줄

---

6) 조선족여성은(이념적인 양성평등인) 사회주의 경험과 일찍부터 사회생활(취업)의 경험, 개혁, 개방 이후 먼저 상업에 뛰어드는 경험, 친정식구를 불러들이는 과정을 통해 적극적인 삶의 자세와 강인한 여성성을 보여준다고 한다(이혜경 외, 앞의 글, 285쪽).
7) 최병두 외, 『지구·지방화와 다문화 공간』, 푸른길, 2011, 83쪽.
8) 박찬순의 「가리봉 양꼬치」의 배경인 구로공단 가리봉 오거리 시장통은 연길양육점, 금란반점, 연변구육관, 닝안반점 등 한자로 쓰인 허름한 간판이 즐비하고 진한 향로냄새가 풍기는 곳으로 조선족 출신 주인공이 동료에게 칼로 찔리는 범죄행위가 일어나는 곳으로 묘사되고 있다.

아는 명화는 곧 자신의 언어가 "조상들의 말이 아닌, 단순히 타지 사람이 쓰는 노동자의 언어일 뿐"임을 깨닫는다. 주변부 언어를 구사하고 낮은 임금의 품팔이를 하며 고단한 생활을 하는 그녀는 함께 밀항한 여동생 려화가 불구가 되자 중국에 되돌려 보내기 위해 빚을 지게 되고, 성북동 기사식당에서 일을 하다가 택시기사 용대를 만나 결혼한다. 보신탕 가게를 하는 어머니의 사랑을 받고 자랐지만 "가족의 수치, 가계의 바보, 가문의 왕따"로 주위의 홀대와 따가운 시선을 받는 용대는 처음으로 자신을 진지하게 대해주는 조선족 여자의 친절에 마음을 빼앗긴다. 군 제대 후 중국집 배달, 이발소 보조, 술집 웨이터, 아파트 경비 일을 전전하다가 상경하여 하루 14시간씩 일하는 택시기사 용대는 찜질방 청소, 발마사지, 가정부, 서빙, 모텔 청소 등 안 해본 일이 없으며 가족, 고용주, 손님을 위해서만 살아온 명화를 보고 타자성을 공유하며 "늙은 추방자들"처럼 합치게 된다.

그들의 데이트와 결혼생활은 조선족 특유의 말투 때문에 거리에서 힐끔거리는 차별적 시선을 받으며 아무리 불법체류자라지만 참한 처자가 열 살 연상의 별 볼 일 없는 남자와 만나는 건 뭔가 문제가 있는 게 아니냐는 의심의 수군거리는 목소리를 들으면서 시작된다. 이러한 배제적 시선은 중심지역인 홍익대 근처 카페에 앉게 되면서 극대화된다. 자본주의의 럭셔리 열풍과 소비주의의 쾌락적 도시공간인 카페에서 도시노동자와 조선족 이주여성은 카페 손님들과 어우러지지 않음으로써 어쩔 줄 몰라 하며 불편해하다가 그곳을 벗어난다. 집안의 자랑인 변호사 친척 동생에게조차 무시당하는 용대는 주변부 인생인 한국에서 벗어나 기회의 땅인 중국행을 위해 중국어 공부를 한다. '언젠가 나는 여길 떠날 사람'이란 말로 위안을 받는 용대와 소수민족으로서의 타자적 삶에서 벗어나기 위해 한국에 왔지만 위암에 걸려 생을 마감한 명화는 지구촌의 타자들이다.

이 소설은 지역적 차별성과 계급적 차별성과의 연관성을 시간과 공간적 묘사로 대조하여 표상한다. 용대가 주로 움직이는 시간대는 '겨울밤', '별 없이 맑은 밤', '서울의 밤', '쌀쌀한 밤'으로 어둠과 암담함을 표상한다. 상류계급인 오촌동생 변호사가 관련된 공간은 서초동 S호텔, 도곡동 아파트, 서울 한복판, 홍대 카페, 종로타워 레스토랑인 중심지역인 데 반해 용대와 명화의 공간은 성북동 기사식당, 반지하방, 주변부로 위치적 차별과 안정/불안이라는 장소감을 갖게 한다. 택시를 운행하는 용대에게 관찰된 창밖의 서울 풍경은 "서양인 얼굴을 한 마네킹 커플이 한복을 입은 채 웃고 있거나", "9,900원 중국산 광어가 몸을 트는 수조" 같은 곳으로, 조선족과 한국인과의 거리 혹은 다문화주의를 표방하지만 다문화 없는 다문화사회의 부조화와 모순을 보여준다. 우리 사회의 다문화적 분위기는 거리풍경처럼 이질적이고 파편적이며 부자연스럽다. 또한 "담배를 파는 애완견 센터", "목 잘린 두상들이 진열된 미용기자재"처럼 무관한 것들이 혼합된, 낯설고 괴이하며 그로테스크한 사회이다. 중심/주변, 남/북, 제1세계/제3세계 간의 관계는 발전한 자본주의 국가와 후진국 간의 관계를 표현하는 공간적 메타포[9]로 이러한 차이는 지구적 공간에서 뿐만 아니라 한국사회 안에서도 이분법화되고 혼종화된 분위기를 조성하며 타자를 소외시킨다.

『잘 가라, 서커스』의 '부천'이나 「가리봉 연가」의 '가리봉동', 「그곳에 밤 여기의 노래」의 '서울 주변'은 조선족이 모여 사는 주변부

---

9) 최병두 외, 앞의 책, 20쪽.

인생들의 공간이다. 초국가적 활동과 네트워크는 특정장소에서 구성
되고 배치되고 뿌리내리는 다양한 프로젝트로서 구체적이고 현실적
인 장소에서 위치 지어지는 것[10]이다. 안산시 월곡동, 서울 가리봉
동 옌벤거리, 마석 필리핀 노동자집단 등이 외국인들 밀집지역으로
한국인에 의해 지리적 차별화와 소외의 지역으로 자리 잡은 다문화
공간이다.

　결혼이주여성은 이주국에서도 소외된 주변부라는 위치[11]에 놓이
며, 그녀들과 결혼한 한국남편 역시 주변부 인생들이다. 언어장애를
가진 인호와 의족을 한 어머니, 장애인 형이 있는 윤호(『잘 가라, 서커
스』)나 가출한 연변 출신 아내를 찾기 위해 상경하여 일일잡역부가
된 화전민 출신의 기석(「가리봉 연가」), 택시기사이자 가족의 수치인
용대(「그곳에 밤 여기의 노래」)도 주변적 위치에 놓인, 자존감이 낮은 인
물들이다. 아내를 얻기보다는 자신의 유아기로의 퇴행적인 보호본능
을 충족시켜줄 욕구의 대상[12]이자 돌봄 도우미 역할이 필요한 장애
인 남편과, 누군가의 보호자가 되기보다 보호받길 원하는 림해화의
국제결혼은 불완전한 결합으로 비극을 예고한다. 자신 때문에 형이
장애인이 되었다는 트라우마를 지닌 시동생과 첫사랑과의 이별과 가
난 때문에 국경을 넘은 이주여성과의 일탈된 욕망 또한 상처를 지닌

---

10) 위의 책, 77~78쪽.
11) 『잘 가라, 서커스』의 지리적 공간인 부천은 안산, 시흥과 더불어 이주민이
　　많이 사는 지역으로, 서울의 변방으로서 변방에서 변방으로라는 현대 이주
　　의 양상인 이주의 빈곤화에 드러나는 이동의 경로를 내포하고 있다(문재
　　원, 「이주의 서사와 로컬리티」, 『한국문학논총』 54집, 2010.4, 311쪽). 이는
　　「가리봉 연가」의 배경인 가리봉동, 월곡동 등이 조선족 이주민이 모여 사
　　는 곳으로서의 변방이라는 지리적 특징과 같은 맥락이다.
12) 이재복, 「추락하는 것은 아름답다」, 『본질과 현상』 3호, 본질과현상사,
　　2006, 234쪽.

타자들끼리의 끌림이었다. 이주여성이 안주하고 정착할 수 있는 곳이란 장애인, 노인, 육아 등을 돌보아야 하는 돌봄노동이나 가사노동이 필요한 곳이다. 성별노동분업의 문화 속에서는 남성에게 기본적인 자유주의적 범주들(자율성, 공적 활동, 경쟁)을 부여하고 여성에게는 가족적 유대라는 사적인 영역을 부여하는 식으로 그 지위에 차등을 두고 있기 때문에[13] 이주와 젠더가 중첩된 조선족여성의 위치는 열악할 수밖에 없다.

오빠의 간암 치료와 친정식구의 한국행을 위한 수단으로 국제결혼을 택한 장명화와 화전민 출신으로 기를 펴지 못하고 성장한데다가 조카까지 돌보아야 하는 농촌총각 기석의 만남 역시 불화를 예견한 타자들의 만남이다. 말을 할 줄 모르는 인호와 언변이 어눌한 기석은 목소리를 갖지 못한 서발턴 계급이며, 위암 말기 환자 명화와 집안의 수치인 용대의 결혼도 주변부 인생들의 결합이었다. 조선족여성의 결혼생활 주거지는 시골, 농촌, 서울 주변, 변두리이며, 그녀들이 가출하거나 밀항하여 일하기 시작한 곳도 골프장, 식당, 여관, 노래방에서의 가정부나 식당종업원, 도우미와 같은 성별화된 직종에 한정된다.

부천, 전라도 농촌, 가리봉동, 서울 주변에 거주하는 타자들의 삶은 공간적·계급적·시간적·문화적 위치성을 지니고 있다. 타자의 언어, 타자의 지역, 타자의 정체성을 지닌 조선족 이주여성은 한국사회의 민족적 동질성을 확인받지 못한 채 주변부에 위치 지어진다. 주로 식당, 공장에서 일하거나 이주민이 생활하는 다문화공간(multicultural space)[14]인

---

13) 슬라보예 지젝, 이현우 외 역, 『폭력이란 무엇인가』, 난장이, 2011, 204쪽.
14) 이 용어는 "지구·지방화 과정에서 이루어지고 있는 인종적·문화적 교류 및 혼재에 관련된 사회공간적 현상들"로서 이러한 경험적 현상들을 지리

서울 변두리 지역은 이주민의 타자적 위치성을 대변한다. 「가리봉연가」의 함께 가출한 미정엄마가 명화를 찾아간 가리봉동은 처녀시절에 그녀가 다녔던 공장이 있었던 곳이며, 이주민이 모여드는 안산 월곡동은 반월공단과 시화공단에서 일하는 한국인 노동자들의 거주지였던 곳이었고, 마석의 경우는 미사를 보는 종교시설이 있어 필리핀 노동자 집단이 형성된 곳이다. 국경을 넘는 지리적 위치성은 경계인 혹은 이방인으로서의 디아스포라적·타자적 운명을 표상하며, 「그곳에 밤 여기의 노래」의 용대가 테이프를 들으며 읊조리는 "리쩌리 위안 마(여기서 멉니까?)"라는 말처럼 이주민의 타자적 위치성에 대한 지리적 의미를 내포하고 있다.

3. 이주의 여성화와 풍문으로 재생산된 조선족 이미지

조선족 출신의 결혼이주여성에 대한 이미지는 부정적이고 비판적이다. 그 이유는 조선족여성이 국적획득을 얻기 위한 수단으로서 사기결혼 내지 위장결혼을 감행하기 때문이다. 초창기 결혼이주여성의 대부분이 중국 조선족과 한족이었으나 최근에는 베트남, 캄보디아, 필리핀 등의 동남아시아여성들이 많아졌다.

> 말이 안 통해야 도망도 못 가는 거라고. 한 이 년 살살거리다가 재산 홀랑 집어들고 도망가는 년들이 어디 한둘이야. 친척들 불러다가 일자리 마련해줘, 뭐 해줘, 다 소용없다니까. 조선족들은 하나같이 어떻게 등쳐먹

적으로 설명하고 이와 관련된 구체적 정책이나 계획을 지역적 특성에 맞게 입안·시행할 수 있도록 하며 나아가 이러한 현상이나 정책이 지향하는 규범적 윤리의 구체적 공간을 설정할 수 있는 개념적 기반을 제공하기 위한 것이다(최병두 외, 앞의 책, 6쪽).

을까 어떻게 하면 돈이나 많이 벌어갈까. 그 궁리만 한다구.[15]

　명화더러, 한국 국적 얻으려고 순진한 한국 남자 꼬셔서 위장결혼을
했던 게로구나, 라고 말하며 명화 너 같은 사람들 때문에 우리 중국 동
포들 인상이 더 안 좋아진 거라던 숭애는, 저 자신이 요즘 미국 시민권
을 가진 교포와 결혼을 해서 미국으로 들어갈 꿈을 꾸고 있는 중이었
다. 그런데 그 교포가 나이 많은 장애인이라고 했다. 숭애야 어차피 결
혼이 목적이 아니라 미국으로 들어가는 것이 목적이니까, 남자가 어떤
사람이라도 상관없을 테지만 교포라는 남자는 숭애를 어떤 마음으로 생
각할는지가 명화는 좀 아리송했다.[16]

　같은 조선족 출신끼리도 서로를 비난하는 부정적 이미지는 여러
소설에서 묘사[17]되고 있다. 「가리봉 연가」의 식당에서 일하는 중국
아줌마의 "내도 중국에서 왔지만 중국 사람들 돈밖에 모릅네다"라고
하는 말이나, 조선족 이주노동자인 용철의 입을 통해 한국으로 돈
벌러 간 처가 돈 한 푼 보내지 않고 한국남자와 살림을 차린 실화를
언급함으로써 이주여성으로 인한 중국 조선족사회의 풍기문란과 가
족해체 현상을 고발한다. 풍문과 속설로 구성된 조선족 이미지는 확
대 재생산되어 결혼 혹은 직장생활에 영향을 끼친다. 『잘 가라, 서커
스』의 시모는 조선족 며느리가 거짓결혼으로 도망갈까 봐 염려하여
림해화에게 당부하며, 그녀 또한 수많은 소문을 들었다.

---

15) 천운영, 『잘 가라, 서커스』, 문학동네, 2005, 10쪽.
16) 공선옥, 「가리봉 연가」, 『유랑가족』, 실천문학사, 2005, 62쪽.
17) 가령 네팔 이주노동자와 결혼한 조선족 출신 여성이 남편의 가난과 비보
　　험 등을 견디지 못하고 아이를 버리고 가출한, 김재영의 「코끼리」에서나,
　　"연변 여자들은 믿을 수 없는 사람이 많지만 베트남 여자들은 백프로 숫처
　　녀에다가 연변 여자들처럼 도망치려야 도망칠 데도 없다"고 평가하는 이순
　　원의 「미안해요, 호 아저씨」, 신부가 필요한 한국 노총각과 한국행 비자가
　　필요한 조선족 여자의 결혼을 교환으로서의 결합이라고 진단하는 김인숙의
　　「바다와 나비」에서도 연변 출신의 아내는 가정을 지키지 못하고 바람이 나
　　거나 사기를 치거나 도망가는 이미지로 그려지고 있다.

> 애초부터 이악스러운 맘으로 결혼을 하는 여자들 얘기는 익히 알고
> 있었다. 한국에 가기 위해 몰래 이혼을 했다가 다시 결합하는 부인들
> 이나 비자만 따내고 나서 결혼생활은 하지 않는 여자들도 있었다. 그
> 런가 하면 처음부터 좋은 맘으로 한국에 갔다가도 만신창이가 되어
> 돌아오는 일도 심심찮게 들려왔다. 웬 중늙은이에게 시집간 여자는 하
> 루에도 몇 차례나 요구하는 잠자리에 질려 도망을 쳤다고도 했고, 술
> 추렴이나 폭력에 시달렸다는 여자들도 있었다. 대학까지 나와 교원질
> 하던 여자가 생판 해보지도 않은 돼지농장에서 고생만 하다가 겨우
> 이혼하고 돌아온 경우도 있었다.[18]

이주민끼리 떠도는 입소문과 험담은 공공연한 소문으로 이어져 여
론(public opinion)을 형성하게 되어 조선족을 열등한 타자적 이미지로 고
착화시킨다. 또한 조선족이 바라보는 한국인 이미지 역시 마찬가지인
데, '조선족 알기를 쌀의 뉘처럼 대한다'고 말하는『잘 가라, 서커스』
의 식당에서 일하는 조선족여성이나 한국을 '한국사람 모두 조선족
부려먹는 땅'으로 그리는「가리봉 연가」, 그리고 여성을 동물이나 상
품 고르듯 하는 국제결혼 맞선 장면에서도 조선족이 바라보는 한국인
은 우호적이거나 긍정적이지 않다. 경제적·문화적 차이와 한국문화
가 갖는 이질감에 좌절하고 불안을 느끼며 한국인이 자신들을 대하는
태도나 방식에 분노한다.[19] 조선족과 한국인과의 갈등과 서로에 대한
실망감은 다문화사회가 앞으로 극복해야 하는 문제점으로 드러난다.

최근 아시아 지역 내 노동시장의 특징 중의 하나가 이주의 여성
화[20]이다. 국내에 체류하는 조선족여성의 규모는 남성의 2배 이상으

---

18) 천운영,『잘 가라, 서커스』, 앞의 책, 60쪽.
19) 최병우,「조선족 소설에 나타난 민족의 문제」,『현대소설연구』42호, 2009,
    531쪽.
20) 이주의 여성화(feminization of migration)는 양적인 측면에서 국가 간 노동인
    구의 50% 이상이 여성이주자에 의해 이루어지고 있는 현상으로 남편을 따
    라 이동하는 동반이주자로서가 아니라 여성 스스로가 주체적인 노동자의

로 이주의 여성화 현상이 유독 중국 조선족의 현상[21]에서 나타난다. 가족부양의 책임을 맡는 빈곤의 여성화가 여성을 해외로 내몰게 되었는데,[22] 내국인여성이 기피하는 가사서비스 즉 감정노동[23]을 위해 국제결혼이나 성산업으로 유입되는 성별화된 이주방식으로서 젠더/섹슈얼리티의 문제에 직면하게 된다. 아시아여성의 몸은 훼손되고 유린당하며 성희롱과 성폭력에 노출된다. '세계의 하녀' 혹은 '제7인간'[24]으로 취급받는 이주노동자의 열악한 환경 속에서 이주여성은 인권유린과 여성문제에 노출되어 있다.

『잘 가라, 서커스』의 림해화는 언어장애를 앓고 있는 남편의 시중을 들고 그의 목소리가 되기 위해 국제결혼을 선택하지만 시동생과 함께 중국으로 돌아가고 싶은 불경스런 욕망을 꿈꾼다. 시모가 죽고 시동생이 집을 떠나자 장애인 남편의 의처증은 해화의 일상을 피폐하고 견딜 수 없게 만든다. 열 살 때 만난 첫사랑이 한국으로 떠나면서 결별하고, 시동생과의 운명적인 사랑으로 결혼생활까지 실패하는

신분으로 이주하는 취업이주자가 많아졌다는 것을 의미한다(이혜경 외, 앞의 글, 259쪽).

21) 이러한 현상은 1990년대까지만 해도 탈북자 대부분이 남성이었다가 2002년 이후 여성의 비율이 78%에 달할 정도로 높아진 바 이는 중국에서 가사도우미를 하면서 아이들을 배곯게 하지 않겠다는 강한 모성애가 작용한 것이다(『경향신문』, 2010. 10. 7). 즉 빈곤이 여성에게 더욱 치명적이고 절실하게 영향을 끼치고 있는 것이다.

22) 정현주, 「이주·젠더·스케일」, 『대한지리학회지』 43권, 2008, 898쪽.

23) 감정노동(emotional labour)이란 고객과 직접 접촉하는 부분에서 노동자의 감정 상태나 감정적인 표현을 조절하는 능력이 활용되는 노동이다. 여성이 수행하는 일에서 미소, 친절, 상냥한 말씨 등을 필요로 하는, 특히 서비스 업종에서 상품화된 감정노동으로 정의된다(강이수, 『여성과 일』, 동녘, 2001, 148쪽).

24) 존 버거와 장 모르는 터키노동자와 같은 빈곤층들이 국경을 넘어 다른 공간을 찾아 떠돌게 되는 국경 없는 노동자를 '제7의 인간'으로 명명하는바 한국으로 온 산업연수생으로 불법체류자가 되어 열악한 조건의 노동자들이 이에 해당된다(고정갑희, 「여자들의 공간과 자본」, 『한국여성학』 21권, 2005, 15쪽).

해화의 이산은 불행하고 비극적이다. 이 소설에서 해화는 '서커스 여인', '사과배', '죽은 쥐', '발해 해동성국의 공주' 등으로 표상된다. 이주여성은 한국남성이 서커스 관람에서 본 곡예사처럼 아슬아슬하고 언제 추락할 지 모르는 처지임을 의미하며, 조선의 사과와 연변의 참배나무를 접목시켜 탄생한 혼합종인 사과배는 용정의 특산물로서 조선족의 처지를 대변한다. 비자발급을 위해 가던 길거리에서 본 죽은 쥐는 '앞길을 운명짓기라도 할 것처럼' 압사당할 것 같은 이주국에서의 삶을 예언한다. 중국과 한국의 경계에 놓인 발해의 위치성과 사라진 왕국의 공주로서의 미미한 존재감은 중국에서는 소수민족으로서, 한국에서는 주변인으로서의 조선족의 타자성을 상징하고 있다.

호텔에서 안마사로 일했던 해화와 흑룡강성 출신인 친구 영옥, 화순 등도 한국행을 유일한 희망으로 생각하는 조선족여성이다. F-2비자를 얻기 위해 동거도 마다하지 않는 화순은 한국남성에게 버려지고, 세 명의 동생과 부모를 부양하며 가족의 생계를 책임져야 하는 처녀가장 영옥도 해화의 시동생과 관계를 맺고 한국행을 꿈꾸지만 그 만남은 불안하고 허전한 타자들의 몸부림일 뿐이다. 국적취득이나 돈벌이를 목적으로 하는 국제결혼은 적은 비용으로 부모까지 올 수 있는 용이한 방법이기에 혼인이주가 증가하는 현상을 보이지만, 사랑을 전제로 하지 않는 결혼이기에 파탄하거나 조선족여성에 대한 불신과 부정적 이미지가 재생산되는 이유가 된다.

「가리봉 연가」의 장명화 역시 간암에 걸린 오빠를 치료하기 위해 한국행 돈벌이를 선택한다. 불법체류자가 되는 게 두려워 혼인이주를 결정한 명화는 어눌한 기석이 맘에 들지 않지만 처갓집 식구들까지 한국으로 오게 하겠다는 중매단체의 말을 믿고 결혼을 결심한다. 그러나 경제적으로 빈곤하고 무능력한 기석과의 결혼생활에 만족하지 못하고 읍내 식당을 다니다가 배사장의 꾐에 넘어가 서울로 도주한다. 가리봉동 조선족노래방의 '카수'로 통하는 명화는 배사장에게도 사기를 당한다. 바람을 핀 전남편 용철, 무기력한 현 남편 기석, 사탕발림뿐인 배사장에게 그녀는 의지할 수 없는 디아스포라여성의 허전함과 외로움을 갖고 있다. 누군가 나타나서 당신이 좋다는 말만 들어도 간이고 쓸개고 다 빼어줄 수 있을 것만 같은 명화의 이국생활은 허약하고 불완전한 것이었다. 상경하여 명화가 거주하는 곳은 노래방, 중국집, 여인숙, 단란점, 식당으로 그녀가 만난 조선족 해랑과 승애 역시 해랑반점과 김포순댓국집에서 하루 17시간씩 일을 하며 과로와 심문단속을 불안해하며 지낸다.

「그곳에 밤 여기의 노래」의 중국어에 능통한 사려 깊은 임명화는 불법체류자, 여성, 조선족이라는 삼중억압과 성별분업으로 허드렛일이나 3D 업종에 관한 일을 한다. 용대와 함께 한 달 동안의 행복한 신혼생활을 만끽하며 처음으로 일을 놓던 명화는 위암 판정으로 죽음을 맞이한다. 아내의 병을 고치기 위해 전세에서 월세로, 다시 작은 방으로 이동하면서 병원비를 마련하지만 비자도 없고 돈도 없고 갈 데 없고 병드니까 네게 붙은 것이라며 당장 헤어지라는 친척들의 조선족여성에 대한 편견과 비난에 동요하면서 아내를 의심하고 폭언을 퍼붓기도 한다.

> 아내는 공부할 짬이 나지 않으면, 근무 시간을 활용해 보라고 말했다. 편안하게 하루 한 문장 정도만 외워보라고. 티브이에서, 그런 식으로 5개 국어를 배운 정비공을 봤다고 했다. 중국말을 한마디 할 때마다 그의 탁하고 무지한 눈 속에는, 그가 한 번도 가보지 못한 나라―

광활하고 오래된 대륙, 믿을 수 없고, 믿고 싶은 소문이 무성한 고장
의 풍경이 흔들렸다. 용대는 제가 하는 말을 곰곰 되씹었다. 워는 나,
더는 −의. 쩌웨이와 짜이는 각각 자리와 어디라는 뜻. 이어 붙이면
워 더 쩌웨이 짜이날. "제 자리는 어디입니까?" 어디 언제나 '어디'가
중요하다. 그걸 알아야 머물 수도 떠날 수도 있다고. 그녀는 '짜이날'
이란 단어를 잊지 말라 했다. 그 말이 당신이 원하는 곳으로 데려갈
줄 거라고.[25]

중국어 공부를 권유하는 아내가 남긴 회화 테이프를 들으며 그녀
가 잊지 말라던 '짜이날'이라는 말을 통해 주변인이자 소수민족인
용대와 명화의 디아스포라 운명과 참혹하고 비극적인 디아스포라의
위치를 알 수 있다. 부모와 어린동생을 먹여 살리기 위해 대부분의
돈을 고향에 송금한 탓에 건강을 돌볼 여유가 없었던 명화는 한국땅
에 뿌리내리지 못하고 생을 마감한다.

세 명의 '∼화'인 림해화, 임명화, 장명화는 조선족여성의 일반적
인 이름이다. 가족의 생계를 부양해야 하는 그녀들에게 빈곤은 국경
을 넘을 정도로 위험하고 치명적이다. 부양자 역할을 하는 딸들은
팔려가는 희생제의적 여성이자 아시아적 신체[26]로서 21세기의 이주
와 젠더가 중첩된 타자이다. 자신을 위해 살지 못하는 조선족여성의
이국생활은 타자적·디아스포라적 운명과 상황에 놓여 비극적인 결
말에 이른다. 한민족이라는 민족적 동질성을 갖고 한국에 왔으나 자
본주의화와 세계화된 한국사회나 가부장적 결혼생활에 적응하는 일
은 쉽지 않으며 동화주의적이고 가부장적인 한국남성의 시선 속에서

---

25) 김애란, 「그곳에 밤 여기의 노래」, 박민규 외, 『아침의 문−2010 이상문학
상 작품집』, 문학사상사, 2010, 246쪽.
26) 재일조선인 작가 양석일은 소외되고 고통받는 아시아 민중의 삶을 아시아
적 신체라고 명명한다(양석일, 김응교 역, 「삼십육만 원의 아시아적 신체」,
『어둠의 아이들』, 문학동네, 2010, 397∼410쪽 참조).

그녀들은 제한적이고 선별적인 삶을 영위해야 했다. 언어가 통한다는 측면에서는 한국인이지만 사회주의 체제인 중국사회에서 태어나고 성장했기에 중국과의 문화적·심리적 거리가 더 가깝게 느껴짐으로서 한국에서의 차별적 경험을 한 후 한국인들과 자신들의 차이를 인정하며 중국공민이라는 국민 정체성을 확인[27]하기도 한다.

소설 속의 '~화'로 명명된 조선족 이주여성은 착하고 온순하고 무기력한 반면 생활력이 강하고 적극적인 면을 동시에 갖고 있다. 여린 듯하지만 강인한 그녀들은 고국과 지속적인 관계를 맺으며 정착지와 고국을 지속적으로 이동·횡단하며 민족적 경계 개념으로 규정하기 어려운 트랜스내셔널 사회적 공간들을 만드는 긍정적인 이방인[28]이라는 양면적 특성을 지닌다.

4. 질병/죽음 모티프를 통해 본 이주여성의 타자성

질병은 늘 사회가 타락했다거나 부당하다는 사실을 생생하게 고발해주는 은유로 사용[29]되어왔다. 소설 속에 등장하는 여성이주자의 결말이 가출 후 질병을 얻거나 죽음과 살해로 끝나는 것은 이주국에서의 정착의 어려움과 부적응을 상징적으로 보여준다.

『잘 가라, 서커스』의 림해화는 시모의 죽음과 시동생의 가출 이후 남편에게 성학대를 받으며 몸에 상처를 입고 두려움에 집을 떠나고 만다.

---

27) 최병우, 앞의 글.
28) 이용일, 「다문화시대 고전으로서 짐멜의 이방인 새로 읽기」, 『독일연구』 18호, 2009, 184~189쪽.
29) 수전 손택, 이재원 역, 『은유로서의 질병』, 이후, 2002, 106쪽.

나는 눈을 뜨자마자 소스라치게 놀라 손목부터 감싸쥐었다. 아무것도 묶어 있지 않았지만 손목을 옥죄었다. 팽팽한 전선의 느낌이 슬그머니 되살아났다. 문이 열리고 환한 불빛이 몰려왔다. 절로 눈이 감겼다. 가느스름하게 눈을 뜨고 문 쪽을 바라보았다. 불빛을 등지고 아짐이 서 있었다. "송장 치우는가 했더니, 아이 죽었네. 딱 시체처럼 자더라 말이?" 몸을 움직이자 잔등에 얼음물을 끼얹은 듯 씀벅씀벅 어지럼증이 일었다. 겨우 벽에 머리를 기대고 앉았다.30)

가출 이후에도 남편에게 당했던 성적 학대는 손목에 흔적으로 남아있고 그녀의 무의식에 작동된다. 그녀는 여관 일을 하던 중 주인에게 성적으로 유린당할 뻔하다가 쫓겨나게 되고 결국 유산하고 만다.

하혈은 일주일간 계속되었다. 자고 일어나 이불을 들쳐보면 핏자국이 선연했다. 아랫배의 찢어질 듯한 고통은 줄었지만 어지럼증과 노곤한 피로감이 아득하게 휘몰아치곤 했다. 하혈이 멈춘 후에도 정신을 놓고 메하니 앉아 있을 때가 많았다.
유산되면서 미처 따라 나오지 못한 찌꺼기들이 엉겨 질을 막았고 매달 해야 할 달거리까지 막은 거라고, 그래 복통이 계속되었던 거라고, 산부인과 의사가 쇠꼬챙이 같은 기구로 다리 사이를 쑤셔대면서 말했다. 마취도 하지 않은 채였다. 나는 생살이 긁히는 아픔보다도 내 발목과 팔목을 옥죄고 있는 단단한 고무줄이 더 무서웠다.31)

길지 않은 결혼생활이 해화에게 남긴 것은 몸의 고통과 정신적 고문, 상처뿐이었다. 행복한 결혼생활을 꿈꾸었으나 그녀의 삶은 체념과 불건강, 육체적 소진과 상처뿐이었기에 그녀의 가출은 생존을 위한 어쩔 수 없는 선택이었다. 정신 상태를 극화하는 언어, 신체를 통해 말을 하는 의지32)인 질병이 이주노동자에게 나타나는 것은 열

30) 천운영, 『잘 가라, 서커스』, 앞의 책, 170쪽.
31) 위의 소설, 229쪽.
32) 수전 손택, 앞의 책, 69쪽.

악한 노동환경뿐만 아니라 정신적 불안감과 초조함 때문이기도 하다. 국적을 취득하지 못해 불법으로 체류한 일상이란 고단하고 힘들며 언제 추방될 지 모르는 상황 속에서 법적·윤리적·제도적 보호를 받지 못하는 호모 사케르[33], 산주검(Undead)[34], 추방자로서의 생존을 의미한다. 자신이 속한 사회에 포함되거나 소속될 수 없는 불법체류자의 가슴 졸임과 심적 고통은 육체적 질병을 야기하는 것이다.

「그곳에 밤 여기의 노래」의 명화, 려화 자매도 불구가 되거나 암에 걸려 죽는다. 동생 려화는 설거지 도중 세제가 튀어 한쪽 눈을 잃은 채 보상도 받지 못하고 중국으로 돌아간다. 이주노동자의 몸의 훼손은 열악하고 불평등한 노동조건과 노동환경 때문이다. 돈을 벌기 위해 밀항선을 타고 한국에 온 그녀들의 삶은 쉴 새 없이 노동해야 했으며 피폐하고 빈곤했다. 중국어와 한국어를 할 수 있다는 명화의 자신감은 곧 자신의 언어가 노동자의 언어인 조선족의 조선어임을 실감한 채 성별분화된 감정노동, 돌봄노동으로 편입된다. 도시노동자 남편을 만나 잠깐 행복을 꿈꾸었던 명화는 위암에 걸려 "나쁜 냄새를 풍기며, 바싹 쪼그라든 채" 죽는다. 그녀가 자길 정말 좋아했는지 의심하는 남편 용대는 "씨발년아, 미친년아, 개 같은 년아"를 반복하며 욕설을 퍼붓는다. 나쁜 냄새와 토하는 징후(signe)들은 앞으로 일어날 일을 예측하게 하며 과거의 일어난 일을 회상시키고 현

---

33) 아감벤의 용어인 호모 사케르는 난민, 수용소 수용자, 인간 모르모트와 같이 쫓겨난, 추방령을 받은, 터부시되는, 위험스러운 자, 속세 영역에 배제된 자로 경계영역에 놓이며 정치질서 속에 포함시키는 근원적인 예외를 성립시킨 벌거벗은 생명들이다(조르조 아감벤, 박진우 역, 『호모 사케르』, 새물결, 2008, 180쪽).

34) 이 용어 역시 아감벤의 용어를 빌어 자신이 속한 현실의 총체에 포함될 수 없고 자신이 이미 포함된 집합에 소속될 수 없는 불법체류자, 노숙자, 난민, 유맹(流氓) 등을 뜻한다(복도훈, 「산주검」, 『문학과 사회』, 2007.가을, 276쪽).

재 진행 중인 상황을 진단[35]한다. 19세기 당시 암 환자들은 과도한 활동과 긴장 때문에 암에 걸린 사람들이라고 생각했는데 이들은 기가 꺾인 감정으로 충만한 사람들[36]로서 이주노동자, 결혼이주여성의 삶의 조건에 해당한다. 려화와 명화의 불구와 질병은 밤배를 타고 밀항하며 국경을 넘는 순간부터 불안하고 위험한 이주의 삶을 전제하는 것으로 장시간의 노동시간, 저임금과 같은 열악한 노동환경 속에서 이루어지는 일의 고단함과 과로로 점철된 몸의 결과이다. 밀항선을 타고 월경하여 불법으로 체류하는 이주여성의 불안감과 긴장감이 야기하는 심리적 억압은 질병을 야기할 정도로 큰 것이었다.

「가리봉 연가」의 명화는 가출하여 밤에만 불기가 들어오는 여인숙에서 고단하고 불안한 생활을 하며 노래방 도우미로 생계를 유지한다.

> 눈은 떠졌지만 명화는 도통 일어날 수가 없다. 몸이 찌뿌드드하고 무거운 것이 아무래도 어젯밤에 무리를 하긴 한 모양이다. 목울대 부분이 따끔거리고 아프다. 고질인 편도선이 또 부은 것이 틀림없다. 으슬으슬 춥고 사지가 꼭 누구한테 작신 얻어맞기라도 한 것처럼 욱신거린다. 이럴 때는 병원에 가서 주사 한 대만 맞으면 직방일 텐데, 그 돈조차도 아까워 명화는 그냥 가만히 누워만 있다.[37]

거리에서 강도에 찔려 죽는 이주여성의 삶이 "가리봉 연가"로 끝나는 이주민의 현실을 보여준다. 가족을 버리고 서울로 탈출하여 돈을 벌기 위한 선택을 했지만 남자에게 사기와 배신을 당하고 길바닥에서 최후를 맞이하는 것이다. 씩씩하고 강인한 명화는 타자에 대한 배척

---

35) 미셸 푸코, 홍성민 역, 『임상의학의 탄생』, 인간사랑, 1993, 166쪽.
36) 위의 책, 81쪽.
37) 공선옥, 「가리봉 연가」, 『유랑가족』, 실천문학사, 2005, 60쪽.

이 심한 현실의 벽을 넘지 못하고 외롭게 타국 땅에서 죽고 만다.

현대문학은 삶과 인간적 조건의 손상이나 사회적·정치적 이상 현상을 질병의 비유화[38]로 드러내듯이 21세기 이주여성의 질병과 몸의 훼손은 디아스포라여성의 타자성을 상징하고 있다. 조선족여성의 피폐하고 신산한 이국생활은 가출, 죽음, 질병의 상징성이 보여주듯이 불행하고 비극적인 것이었다. 그만큼 국경을 넘는 위험한 선택을 한 여성들이기에 타자적·디아스포라적 운명과 싸울 수밖에 없는 것이다. 결혼생활의 불안함, 한국문화의 부적응, 불법단속으로 인한 추방의 위험, 성산업 혹은 3D업종의 중노동으로 과로하면서 심리적·육체적 불안정이 질병, 가출, 죽음, 폭력, 살해로 귀결되는 것이다. 특히 질병은 미리 정해진 운명으로부터 도피할 수 없는 개인적 무력의 징표[39]로서 『잘 가라, 서커스』의 림해화나 「그곳에 밤 여기의 노래」의 임명화 같은 이산여성에게 나타나고 있다.

5. 조선족 이주여성의 디아스포라적 삶

다문화사회에 진입하면서 한국사회에는 조선족, 이주노동자, 결혼

---

38) 이재선, 『현대소설의 서사주제학』, 문학과지성사, 2007, 12쪽.
39) 홀스트 템리히와 잉그리드 템리히는 질병의 비유 기능을 다음과 같이 11개항으로 분화하여 설명하고 있다. ①신성력이나 섭리의 징표 ②괴로움을 받는 개인과 사회의 도덕적 성격의 시금석 ③도덕적·사회적 부패의 순환적 은유 ④집단적·사회적 재난의 비전 ⑤미리 정해진 운명으로부터 도피할 수 없는 개인적 무력의 징표 ⑥복합적인 모티프 및 다차원적인 상징 ⑦정서적·지적·도덕적 호기심이나 초월성의 징표 ⑧전략이나 추방의 구제수단 ⑨죽음에의 인지를 고양하는 수단 ⑩인간의 삶에 침투하여 생을 파괴하는 이질적이고 불가능한 힘 ⑪수수께끼의 기능을 떠맡으며 미래의 해결에 있어 예리함과 긴장을 높임(위의 책, 재인용, 16~17쪽).

이주여성, 탈북자 디아스포라들이 사회적 약자이자 소수자로 부각된 소설이 발표되고 있다. 민족적 동질감을 갖는 조선족 출신 이주노동자 및 결혼이주여성은 한족/한민족, 중국어/한국어, 중국/한국의 경계적 위치성을 지니며 디아스포라적 혼란을 겪는다. 중국에선 소수민족으로, 한국에선 주변인으로서 조선족이 이주하고 정착한 다문화공간인 농촌, 부천, 가리봉동, 서울 주변은 이들이 공간적·계급적·문화적으로 타자임을 알리는 위치성을 말해준다. '~화'로 지칭되는 조선족 이주여성에게는 성별화된 돌봄노동이나 가사 일만 제한적으로 주어져 고단하고 불안한 이산을 경험한다. 이산은 풍문으로 떠도는 입소문으로 부정적인 이미지가 확대 재생산되거나 고착화되어 조선족 이주자의 디아스포라 운명을 더욱 고통스럽게 한다. 젠더와 이주, 계급적으로 중첩된 조선족 이주여성은 불법 체류의 위험에 노출되어 질병을 얻거나 비극적인 삶을 살게 된다. 암, 불구, 유산, 죽음과 같은 몸의 훼손은 사회적 약자에게 가해지는 사회적 부당함을 상징적으로 드러낸다. 위험하고 불안하며 국민으로 포섭되지 못하며 여린 듯하면서도 적극적인 조선족 이주여성은 트랜스내셔널 사회적 공간들을 만드는 긍정적 이방인으로서 자신이 태어나고 성장한 지역과 이주국 사이를 넘나들면서 영향을 주고받는 경계인으로서의 삶을 몸으로 체현함으로써 다문화사회의 가능성과 문제점을 우리 사회에 안겨준다.

2장 '만들어진' 한국며느리와 저항/동화하는 베트남 이주여성

◆ 서성란의 「파프리카」, 정지아의 「핏줄」

1. 베트남 이주여성의 유입과 농촌다문화가정

최근 우리 사회의 변화 중의 하나는 다문화사회화이다. 한국에서의 다문화정책은 불법적이고 귀환대상인 이주노동자보다는 합법적이고 통합대상인 결혼이민자에 치중되고 있다. 국민 내부에 포섭된 결혼이주여성은 심정적으로 사회구성원으로 인정받지 못함으로써 피폐하고 비극적인 결혼생활을 감내한다. 도시보다 보수적인 농촌에서 문화충격[40]을 받는 이주여성은 언어, 기후, 음식, 관습, 노동, 시댁문화 등 낯선 상황에 직면해 부부갈등과 시댁억압을 겪는다. '여성', '이주자', '빈곤국 출신', '검은 피부색' 등의 타자성을 지닌 그녀들은

---

40) 사람들이 완전히 다른 문화환경이나 사회환경에 있을 때 느끼는 감정의 불안을 말하며, 증상으로는 슬픔과 외로움, 향수병, 불면증이나 불규칙적인 수면, 우울증(혹은 새로운 곳에서 어떻게 할 줄 몰라 느끼는 무력감), 감정의 기복, 정체성 혼란, 자신감 소멸, 불안감 증진 등이 있다(조원탁 외, 『다문화사회의 이해와 실천』, 양서원, 2012, 24~25쪽).

멸시하고 경계하며 다르게 보는 시선을 받으면서 피폐해진다. 결혼
중개업소가 개입되어 이루어지는 국제결혼은 매매혼적 성향이 강하
다. 남성의 경제적 지원하에 결혼이 성사됨으로써 팔려가는 신체가
된 이주여성은 상품화되고 식민화된다. 한국남성은 자신의 낮은 경
제적 지위와 한국여성을 아내로 소유할 수 없다는 열등감으로 외국
인아내에게 폭력과 성적 학대를 하거나 그녀들을 방치, 소외시킨다.
신뢰와 사랑을 바탕으로 하지 않는 상업화된 국제결혼은 이주여성의
외모와 몸에 따라 상품가격이 매겨지면서 각각 다르게 인식된다.

　정부차원의 농촌총각 결혼추진정책으로 국제결혼이 급증하였다.
처음에는 언어적·민족적 동질감을 동반하는 조선족을 포함한 중
국인이 63.2%로 가장 많고 베트남, 필리핀, 태국을 포함한 동남아
시아 출신이 20.3%, 일본이 8.5% 순[41]이었으나, 조선족아내의 사기
및 위장결혼이 사회문제가 되면서 베트남여성이 결혼대상자로 부
각되었다. 베트남여성은 '어리고', '착하고', '예쁘고', '순진할' 뿐
아니라 '부모님 공경 잘하고', '생활력까지 강한' 이미지 때문이다.
이런 이미지는 가부장제적인 가족이 필요로 하는 여성성에 관한
최상의 가치들을 모두 구현하고 있는 것으로 현재 한국여성에게는
기대할 수 없는 가치들[42]이다. 동화되지 않으면 추방되는 결혼이주
여성은 사라져버린 '한국적'인 것을 '공연'[43]하는 경우가 많다. 순

---

41) 강휘원, 「한국 다문화사회의 형성 요인과 통합정책」, 『국가정책연구』 20권,
　　2006, 19쪽.
42) 이상화 외 역, 『지구화 시대의 현장 여성주의』, 이화여대출판부, 2007, 210쪽.
43) 대중매체에 재현된 이주여성은 한복을 입고 아침, 저녁으로 시부모에게
　　문안을 드리거나 김치를 버무리며 김치와 한국을 사랑한다고 말하는 모습
　　이다. 이는 한국사회가 보고 싶어 하고 듣고자 하는 이미지를 이주여성에
　　게 덧씌우려는 한국인들의 자문화중심주의적 욕망을 드러내고 있다(이주여
　　성인권포럼, 『우리 모두 낯선 사람들』, 오월의봄, 2013, 72~73쪽).

종적이고 내면적인 아시아여성의 스테레오 타입화는 전지구적으로 고착화되고 있다. 베트남여성의 국내이주 열풍은 영업을 하기가 상대적으로 수월하고 이윤을 많이 남길 수 있기 때문에 한국남성을 베트남으로 유도하는 중개업소와 여성인구가 과다하여 남성배우자가 부족한 젠더불균형과 근대성에 대한 열망[44]을 지닌 베트남사회에 기인한다.

다문화소설에 나타난 이주여성 연구는 다문화가족[45]과 이주여성 자체[46]로 나누어진다. 정혜경은 우리 사회가 이전과 다른 형태의 가족을 적극적으로 구성하면서 다문화주의 담론에 기여하고 있음을 주장하며, 박정애는 다문화가족 구성에 있어 한국여성과 외국인남성으로 구성된 다문화가정에 대한 차별적 시선을 통해 여성이 도덕적·가부장적 잣대가 되고 있음을 비판한다. 강진구는 여성작가에 의해 창작된 결혼이주여성 재현방식이 파국으로 끝나거나 범죄의 희생양으로 그려지며 불임과 유산으로 정주의 가능성을 차단해 버림으로써 문제점을 노정한다고 지적한다. 연남경은 「파프리카」의 관능적·성적 대상으로만 여겨지는 베트남 이주여성이 한국 남성주체의 욕망을 통해 언어가 제거된 몸만이 매개물로 작동함으로써 다문화가정의 비극성을 분석하였고, 송명희도 파편화된 성적 여성으로서의 이주여성을 배려하지 않는 동화주의정책의 문제점을 논의하였다.

외국인이라는 이방인과 공존했던 역사적 경험이 없는 우리 사회

---

44) 김영옥 외, 『국경을 넘는 아시아 여성들』, 이화여대출판부, 2009, 19~20쪽.
45) 박정애, 「2000년대 한국소설에서 다문화가족의 성별적 재현 양상 연구」, 『여성문학연구』 22호, 2009, 정혜경, 「2000년대 가족서사에 나타난 다문화주의의 딜레마」, 『현대소설연구』 40호, 2009, 강진구, 「한국소설에 나타난 결혼이주여성의 재현양상」, 『다문화콘텐츠연구』 11권, 2011.
46) 송명희, 「다문화소설에 재현된 베트남 여성」, 『현대소설연구』 51호, 2012, 연남경, 「다문화소설과 몸 구현 양상」, 『한국문학이론과 비평』 48집, 2010.

는 사회통합이라는 문제에 봉착해 있다. 국제결혼이 전체 결혼건수의 10%를 상회하며 농촌에서는 10명 중 4명이 국제결혼을 하지만 한국농촌사회야말로 타문화, 타인종에 대한 관용성과 배려정신이 낮다.[47] 연령은 높고 학력은 낮으며 정치적으로는 보수적인 집단으로서 단일민족을 중시하는 경향이 높기 때문이다. 1992년 한·베 수교를 배경으로 한·베 커플이 증가하는 가운데 베트남여성의 '만들어진' 이미지화와 일방적이고 동화적인 국민/한국며느리 만들기 프로젝트화의 문제점을 지적하며 보수적 농촌사회에 나타난 문화혼종성으로 인한 균열과 변화 그리고 다문화주의 가능성을 고찰해본다.

2. 섹슈얼리티와 출산도구로서 대상화된 이주여성

국제결혼과정은 출발부터 동등한 관계를 형성하지 못하고 상업적인 경향을 띤다. 이는 결혼중개업소의 이윤창출을 위한 사기정보 및 불신에서 비롯되며 국제중매에 임하는 한국남성의 무책임하고 일회적인 자세에도 그 책임이 있다. 맞선과 결혼비용을 남성이 모두 지불하는 시스템 속에서 구매―판매되는 매매혼적 특성 때문에 이주여성은 결혼 이후의 삶에서도 예속되고 억압당한다. 동등한 관계가 아닌 종속적인 관계에서 결혼이 성사되기 때문이다. 가족의 부담을 덜기 위해 몸과 성을 매매하는 아시아여성은 낯선 이국땅에서 홀로 이산생활을 시작한다.

「파프리카」의 베트남신부인 츄옌은 시내에 있는 문화센터와 선미

---

47) 김병조 외, 앞의 책, 134쪽.

엄마 옷가게, 목욕탕을 가는 것이 유일한 낙이자 기쁨이지만 남편의 허락을 받아야만 외출이 가능하다. 부르기 어렵다는 이유로 '츄옌'에서 '수연'으로 불리는 외국인아내는 힘겨운 파프리카 농사와 일방적인 남편과의 섹스, 고된 시집살이를 감내한다. "아기 울음소리가 사라진 오래된 마을"에서 마흔을 훌쩍 넘긴 중일은 "산자락 아래 외진 마을"에 시집와서 시어머니를 모시고 파프리카를 재배할 한국아내를 얻지 못해 천만 원이 넘는 국제결혼 알선 경비를 지불하고 베트남 맞선에 응한다. 베트남호텔 객실에서 15명의 예쁘고 날씬하고 어린 여자들과 선을 본 중일은 겁이 많고 순종적으로 보이는 츄옌을 선택한다. 몸에 꽉 끼는 아오자이를 입은 베트남처녀의 발목과 종아리를 훔쳐보는 중일은 성애화된 상상력과 신체 이미지로 아내를 결정한다. 통역이 낀 대화보다는 외모와 육체가 기준이 되는 결혼과정에서 가난한 아시아여성은 성적 대상이 되고 있다. 소설의 첫 장면이 '파프리카'(식욕)와 '이주여성'(성욕)을 동일시하는 에로틱한 성교 장면에서 시작되듯이 이 소설은 오로지 베트남여성의 몸을 탐하는 한국인 남성주체의 욕망만이 시선의 움직임을 통해 소설 내부를 가득 채우고 있다.[48] 중일의 일방적인 성적 욕망으로 그려지는 성적 권력관계는 여성의 인간존엄성과 인권침해를 영속화시키는 억압[49]이며, 성적 차이, 인종적 차이는 유색인여성을 타자이자 열등한 사람으로 만든다.

시집 온 첫날부터 시어머니와 마을노인들에게 아기부터 낳으라는 압박감에 시달리는 츄옌은 노동력 재생산자와 출산의 도구로서 인식된다. 한국에서 이주여성이 '국민' 성원이 될 수 있는 것은 '아이'의

---

48) 연남경, 앞의 글, 158쪽.
49) 캐슬린 배리, 정금나 외 역, 『섹슈얼리티의 매춘화』, 삼인, 2002, 351쪽.

어머니일 때, 즉 한국의 인구 재생산에 기여할 때만 적용[50]된다. 팔려온 여성으로 낙인찍힌 베트남아내는 마을과 읍내에서도 타자적 시선을 받기에 불편한 생활을 영위한다. 언어, 기후, 음식, 풍습 등 한국생활에 부적응하는 츄옌을 가장 힘들게 하는 것은 언어문제와 차별적 시선이다. 외국인 며느리가 마땅찮은 시어머니는 임신을 못한 츄옌에게 밥값도 못한다며 역정을 내고, 목욕탕이나 길거리에서도 다르게 보는 시선을 받음으로써 집 안팎 어느 곳에서도 쉴 자리가 없다. 아내의 육체만 탐하는 남편에게 그녀는 구매된 성적 대상일 뿐 동등한 아내로 인식되지 않는다. "자신의 이름을 삐뚤삐뚤 적거나 더듬더듬 이야기하는" 아내에게 한글을 가르치기보다는 욕심을 채우기에 급급한 남편 때문에 츄옌은 사회와 단절되고 남편에게 의지할 수밖에 없다. 언어나 사유가 배제되고 가치관, 정서적 교감이 이루어지지 않는 부부관계는 불완전한 관계이다. 사람들 간의 관계 속에서 느끼고 구성되며 서로 돌보고 공유하는 감정과 행위를 포함하는 사랑과 친밀성이 없는[51] 결혼이란 의무와 지루함, 츄옌처럼 감금에 대한 숨막힘을 느끼게 할 뿐이다. 섹스화된 몸으로 환원된 이주여성은 인간성, 인격, 존엄성이 파괴된다. 아내를 아끼며 평생 살고 싶다고 생각하는 중일의 사랑은 아내의 자존감과 자기발전을 저해하는 남성중심적인 방식이다. 아내에게 돈과 외출을 허락지 않는 남편에 의해 보호받고 관찰되고 명령받는 츄옌은 타자화되고 유아화되고 있다.

「핏줄」의 '그'는 마흔이 넘도록 결혼을 하지 못한 아들 때문에 고

---

50) 김영옥 외, 앞의 책, 204쪽.
51) 이재경, 「사랑과 경제의 관계를 통해본 이주여성」, 『여성학논집』 26집, 2009, 188쪽.

민하다가 국제결혼을 선택한다. 대가 끊어질 지경에 이르자 한민족 핏줄인 조선족처녀를 며느리 삼기로 결심하지만 사기를 당하면서 연변여자, 태국여자, 필리핀여자, 베트남여자까지 얻게 되는 과정 속에서 6천여만 원의 돈과 시간을 버린다. 아들이 연변 방문을 통해 선택한 조선족여성은 "까만 속옷만 걸친 어여쁜 처녀"이자 "홀랑 벗은 사진을 남부끄러운 줄도 모르고 버젓이 들이민 낯짝 두꺼운 여자"로 상품화되고 상업화된 아시아여성이다. 자신들 고유의 목소리가 제거된 채 한국남성의 응시를 거쳐 시각적 타자가 된 여성들은 남성 시선에 포획된 익명적 존재이다. 송금 후 연락을 끊은 조선족여인에게 사기당한 아들은 태국여자와 필리핀처녀와도 헤어진다. 결혼부터 이혼까지 논 닷마지기를 팔아야 하는 대가를 치렀지만 여전히 며느리와 손자를 얻지 못한 그는 노구를 끌고 아들과 함께 베트남 맞선여행에 동참한다. 짧은 시간동안 여러 명을 만나 결정해야 하는 동남아 맞선에서 농촌노총각의 선택은 외모와 섹슈얼리티에 의존한다. 관광형 맞선 자체가 관광이 주는 여흥 속에서 반려자를 선택해야 하므로 찰나적이며 즉흥적으로 결정될 수밖에 없다. 시모는 장바닥서 물건 고르듯이 외국인 며느리를 뜯어본 후 "기왕지사 월남꺼정 갔으면 쓸 만헌 것을 주워오제 워디서 생기다 만 땅깨비 겉은 것을 주워 왔냐"며 생김새를 타박하며 물리자고 한다.

　두 편의 소설에 묘사된 대규모 맞선과정은 외모체크나 순결제시라는 품질보증 절차를 거쳐 인신매매화된 베트남처녀를 가난하고 무지하며 순종적인 이미지로 만든다. 국제결혼이 반품, 교환, 환불 등의 경제적 교환처럼 상업적으로 거래되는 것이다. 부계 혈통 지키기가 목적인 한국남성과 시부모에 의해 국적, 피부색, 혈통이 다른 외국인아내는 철저하게 우생학적으로 선택된다. 결혼비용을 한국남성이 전담하면서 베트남여성은 얼굴, 피부색, 관능미, 성적 호기심 등의 외양적 조건이 중시되며, 동등하게 대우받지 못하고 몸과 성과 자유를 통제받는다. 성적 대상과 출산도구라는 목적하에 이루어진 아시아여성과의 결혼은 비극적이고 불행한 결말을 예고한다. 「파프리카」에서는 강아지 다섯 마리를 낳은 일과 츄옌의 불임이 대비되어 정주의 어려움과 불모성을 드러낸다. 이주국이 요구하는 국민 재생산을 이루지 못한 츄옌은 새끼를 출산한 짐승만도 못한 존재로 취급된다. 「핏줄」의 쑤언도 한국남성의 혈통 잇기에 동원되어 한산 이씨 26대손을 위한 수단으로 여겨지고 있다.

3. 농촌사회의 한국며느리 만들기 프로젝트화

국가에 의해 주도된 다문화가족 만들기 프로젝트는 동남아여성을 일방적으로 한국문화와 전통, 관습에 동화시킨다는 점에서 불완전하고 반다문화주의적이다. 다문화소설에 재현된 결혼이주여성의 삶은 타문화이주 정서적응의 위기단계가 주로 그려지는 두 번째 단계로 초기의 신혼시기가 끝나고 이민사회에의 적응에서 좌절, 불안, 분노, 부적절함을 느끼는 단계[2]이다. 이는 국제결혼이 성공하기가 어려운 현실과 다문화를 주창하는 우리 사회의 모두를 대변한다. 「파프리카」

---

52) 오버그는 타문화이주적응을 네 단계로 구분한다. 첫째는 밀월단계로, 새로운 문화와 만나서 황홀, 감탄, 열정을 느끼는 단계, 세 번째 단계는 회복단계로 적응과정에서의 위기를 해결하고자 적극적으로 대처하며 이민사회의 문화를 배워가는 단계, 마지막 네 번째 단계는 적응단계로 새로운 환경을 즐기고 기능적으로도 유능해지는 단계를 거친다고 한다(조원탁 외, 앞의 책, 25쪽).

의 시모와 「핏줄」의 시아버지는 외국인 며느리에 대해 부정적이고 동화주의적 태도를 취한다. 한국의 시어머니는 언어와 문화가 전혀 다른 곳으로 시집온 외국인 며느리의 사정을 이해하지 못하고 한국인 며느리에게 요구하는 것을 똑같이 원하기 때문에 고부갈등이 심화[53]된다. 「파프리카」의 츄옌은 입에 맞지 않는 음식과 익숙하지 않은 환경과 무엇보다도 추운 날씨를 힘들어한다. 남편 중일은 이러한 아내를 애틋해 하고 평생을 함께하고 싶어 하지만 한국생활에 적응하도록 한국어나 살림방식을 가르치거나 이웃과 친해지도록 돕지 않는다. 한글을 배우기 위해 시내에 있는 문화센터를 방문하는 것을 못마땅해 하고, 살림을 맡기지 않으며 시어머니와의 불화에도 관여하지 않는다. 발음하기 힘들다는 이유로 일방적으로 이름을 바꾸거나 외출을 금지하는 중일은 아내를 억압하고 통제할 뿐이다. 가부장적이고 권위적인 남편의 관심과 사랑은 한국생활 적응에 도움을 주기는커녕 아내를 점점 더 고립시키고 외부와의 관계를 단절시킨다.

여성을 남성 생계부양자에게 경제적으로 의존하게 만드는 근대가족제도의 분업과 법적 현실적인 여성의 종속하에[54] 이주여성은 이중의 젠더억압에 놓인다. 농촌가족형태에서 나타나는 고전적인 가부장적 확대가족에서는 연장자 남성이 가족의 통합 및 통제를 할 수 있는 권위를 부여받으며, 그 집의 여자는 나이든 여자 특히 시어머니에게 종속[55]된다. 관습, 미신, 속설을 신봉하는 시모는 츄옌이 시집온 그 해 파프리카가 하품등급을 받자 그 책임을 외국인 며느리에

---

53) 한건수, 「농촌지역 결혼이민자 여성의 가족생활과 갈등 및 적응」, 『한국문화인류학』 39호, 2006. 216쪽.
54) 낸시 홈스트롬, 유강은 역, 『페미니즘, 왼쪽 날개를 펴다』, 메이데이, 2012, 167쪽.
55) 위의 책, 240쪽.

게 전가한다. 이는 집안에 여자가 잘 들어와야 된다는 속설에 기인하며 시집살이에서 약자일 수밖에 없는 여성의 위치를 대변한다. 샐쭉한 눈과 곱지 않은 말로 시모는 비싼 돈을 주고 사온 며느리가 한국음식을 만들지도 잘 먹지도 않고 의사소통이 되지 않으며 작물을 망친 데다가 태기가 없다는 이유로 츄옌을 구박한다. 한국 부계 혈통주의 문화의 담지자 및 전수자의 역할을 맡고 있는 시모는 한국식 고유문화를 반복적으로 강요함으로써 가부장제의 젠더 불평등에 기반[56]하고 있다. '팔려온 며느리', '도망가는 며느리'에 대한 불안감이 감시와 억압, 언어폭력으로 나타난다. 늘 허기와 추위를 느끼는 츄옌은 자신의 문화를 이해받지 못하고 한국 전통문화에도 적응하지 못한다.

「핏줄」에서는 '그'인 시아버지의 핏줄 잇기를 위한 외국인 며느리 수용과정을 그리고 있다. "임진왜란 때 생긴 신작로가 있는" 전라도 시골에서 60년간 농사를 짓는 그는 고분고분하던 아내가 악다구니를 쓰자 김치 묵은 것은 물에 헹궈 쌈이라도 싸먹지 여자 묵은 것은 천하에 쓸 데가 없다는 옛말을 신봉하는 구시대적·가부장적 가치관을 갖고 있다. 쇠락하긴 했으나 일곱 명의 판서를 배출한 명문가의 자손인 그가 외국인 며느리를 얻기로 결정하기까지는 손주를 얻기 위해 자존심과 체면을 포기한 선택이었다.

> 외국 처녀를 며느리로 들이면 어떻겠냐고 은근히 옆구리를 집적인 것은 아내였다. 까무잡잡한 아이들이 서너 집 걸러 하나씩 태어나기 시작한 즈음이었다. 그는 분이 솟구쳐 냅다 목침을 집어던졌다.
> "썩을…니가 한산 이씨 우리 문중을 멋으로 보고 시방……."

---

56) 김영옥 외, 앞의 책, 207쪽.

어찌나 분이 올랐는지 그는 제대로 말도 잇지 못했다. 시집와 난생 처음 남편의 폭력에 놀라 어리둥절 눈을 껌뻑인 것도 잠시, 아내는 코웃음을 치며 야무지게 쏘아붙였다.

"그놈의 족보로 뒤를 닦을라요? 코를 풀라요? 귀허디귀헌 내 자석을 총각귀신으로 늙힘시로 문중 좋아허시네. 외국 각시 아니먼 그놈의 한산 이씨 대가 끊기겠다 그 말이요, 시방 내 말이!" (중략) 망연자실한 그 앞에 아내는 종주먹을 들이대며 다그쳤다.

"조선족처녀로다 혀!" 이것이 한산이씨 26대손 이필두 씨의 마지막 자존심이었다. 아무리 그래도 수백 년 순결하게 지켜온 한산 이씨 핏줄에 외국피가 섞이는 것만은 그가 두 눈 시퍼렇게 뜨고 살아 있는 한 두고 볼 수 없었다.[57]

결혼대상으로 조선족여성이 선호되었던 것도 단일민족신화, 순혈주의, 부계가족의 원리, 혼혈에 대한 공포와 거부를 유지하기 위한 방편이었다. 조선족여성에게 사기당한 후 베트남 출신을 맞이함으로써 혼혈성, 피의 섞임을 받아들인 그는 며느리가 못마땅해 화풀이를 해대곤 한다. 그의 불만은 며느리의 잘못이라기보다는 인종주의적 시각과 검은 피부색에 대한 편견, 못생긴 외모에 대한 아쉬움, 혼혈 손주에 대한 거부감 때문이다. 백인선호를 지향하는 한국사회는 인종차별적인 유교적 가족의 집합성을 갖고 있으며,[58] 특히 농촌 거주 남성노인은 가부장적 혈통주의와 배타적 민족 감정을 바탕으로 한 민족주의 색채가 짙다.

며느리는… 까맣다. 더 타고 자시고 할 것도 없이 새까맣건만 며느리는 이른 아침부터 커다란 밀짚모자를 쓰고, 팔에는 긴 토시를 차고 있다. 해가 지기 전까지 며느리는 모자와 토시를 제 몸의 일부인 양 절대

---

57) 정지아, 「핏줄」, 『숲의 대화』, 은행나무, 2013, 159~160쪽.
58) 한명환, 「한국소설의 흑인상을 통해본 한국가족의 탈경계적 전망」, 『탈경계 인문학』 4권, 2011, 212쪽.

로 떼지 않는다. 며느리가 화생방 훈련하는 군인처럼 중무장을 하고 처음 밭일에 나서던 날 그는, 헹, 더 탈 것이 어딨다고 유난시럽기는… 고로코롬 타는 것이 싫으면 요론 촌으로 시집은 왜 왔디야, 저도 모르게 불퉁거리고 말았다. 그러지 말아야겠다 마음을 다잡아도 새까만 며느리의 얼굴을 보면 그는 괜스레 심사가 뒤틀려 저도 모르게 한마디 쏘아붙이고 마는 것이었다.[59]

검은 피부에 대한 배타적 감정에는 유교적 혈통주의와 백인 선호가 뿌리 깊게 박혀있다. 해방공간 및 1950년대의 미군 병사와 양공주 사이에서 태어난 혼혈에 대한 부정적 인식도 작용한다. 한국사회는 민족, 인종의 차이뿐만 아니라 피부색 자체가 문제이며 백색신화, 단일민족신화는 다양성을 추구하는 글로벌 사회에 걸림돌이 되고 있다.

시아버지는 며느리가 새벽부터 축사 청소를 끝내고 논까지 둘러보고 오거나 베트남음식이 밥상 위에 올라올 때마다 고함을 지르고 불평을 늘어놓음으로써 순혈의 갈망에 대한 좌절과 분노를 표출한다. 조상, 깨끗한 피, 전통의식에 얽매인 그는 지리산 골짜기 농촌마을에서 이목구비가 남다른 아이들을 볼 때마다 혼란스러워하며 혼혈 손자가 태어나는 순간까지도 복잡한 내면심리를 드러낸다. 개방화되거나 포용적인 도시가 아닌 농촌에서 혼종화 현상과 다문화적 환경으로의 변화에 대해 준비되지 않음으로써 이주여성과 다문화가정 2세는 혹독하고 배타적인 분위기에 놓인다. 며느리를 쏙 빼닮아 새까맣고 오종종한 아이를 한산 이씨 28대손으로 받아들이는 순간까지도 "엉거주춤 아이를 안은 채 화석처럼 굳어 있어" 다양성을 인정하고 포용하는 일이 전통적인 농촌가정의 시부모나 나이든 남성에게 쉽지 않음을 말해준다. 「핏줄」은 가문에 대한 자부심이 강한 한산 이씨

_____

59) 정지아, 「핏줄」, 앞의 책, 152~153쪽.

26대손인 시아버지가 27대 종부를 베트남여성으로, 28대 손주를 혼혈아로 수용하고 인정하는 과정을 해학적이고 리얼하게 그린다. 이 소설은 혈통 중심의 한국 전통의식과 다문화의식 사이에서 길항하는 우리의 모습을 한 농촌가정을 통해 보여준다.

4. 타자의 저항/동화 및 문화혼종성

사회주의적인 베트남사회에서 성장한 이주여성은 남녀평등의식이 강한 편이므로 남성중심의 유교적 질서가 공고한 한국 농촌생활이 녹록치 않다. 베트남여성은 대가족 환경에서 성장했으므로 가부장적인 한국문화와 시집살이에 저항하지 않고 잘 적응할 것이라는 환상에서 결혼대상으로 각광받고 있지만 이러한 이미지는 '만들어진' 동양에 자의적으로 소리를 부여하는 오리엔탈리즘적인 시각이다. 한국 남성의 심상지리적 상상력에 의해 상상된, 신비하고 전통적이며 관능적이고 이질적인 베트남여성상[60]은 환상에 가까운 이미지일 뿐이다. 선량해 뵈는 큰 눈으로 고요한 표정을 짓는 유순한 이미지로 정형화된 그녀들은 식민지적 타자성의 형상을 지닌 정적과 침묵의 하위주체이다.

---

60) 2007년 6월 23일부터 방영한 SBS드라마 〈황금신부〉에서 베트남 출신 이주여성인 응우엔진주(이영아 주연)는 착한 여자형으로 그려지며, 실제보다 더 궁핍하거나 무지하거나 불쌍하게 재현되고 있다. 한국의 문명성과 베트남의 야만성이 강조되는 오리엔탈리즘적 특성으로 부당하게 그려지는 것이다. 또한 남편에 의존하는 연약한 진주의 모습은 한국 가부장적 사회가 필요에 의해 바라보는 이미지로서 그녀들의 입장으로 재현되지 않고 있다(당김중, 「드라마 〈황금신부〉에서 재현된 베트남 결혼이주여성에 대한 연구」, 인하대 석사학위논문, 2011, 54~57쪽 참조).

「파프리카」의 츄옌은 "낮은 목소리"로 베트남 욕설을 하고, 「핏줄」의 쑤언도 "억눌린 신음소리"로 "비명조차 마음껏 지르지 못하고" 해산함으로써 이주국에서 무의식적으로 존재감을 드러내지 않고자 하며 온순하고 조용한 이미지를 연기하는 긴장된 이산생활을 한다. 이산환경에 놓인 빈곤국 출신 이주여성의 목소리와 발언은 수용되지 않기 때문이다. 그녀들은 저개발된 문화에 속한 것으로 재현되어 왔으며, 종속적이고 수동적이며 오직 전통에 의해서만 움직이는 상투적인 '타자'의 이미지로 낙인[61]찍힌다. 풍문이나 매스컴을 통해 재생산된 이주여성의 이미지는 국경을 넘는다는 점에서 성적 타락과 불결한 집시 이미지가 덧씌워지며, 문명화된 '백인'여성보다 자연에 더 가깝고 더욱 성적인 대상[62]으로 인식된다. 따라서 돈 벌러 온 피부가 까만 동남아시아 이주노동자와 결혼이민자는 고유성을 지닌 단독자가 되지 못하고 집단적으로 타자화된다. 소문으로 회자되는 성적·도덕적 불신이라든지 뉴스나 신문기사에 실린 개인적인 범죄사건으로 평가됨으로써 이주자는 개별성을 가진 개인으로 인정받지 못한 채 '실종된 인격'[63] 이미지가 형성된다. 한국여성이 거부하는 현모양처로서의 호명에 저항하는 결혼이주여성은 배제되며 이런 과정에서 주체성은 사라지고 만다.[64]

이국품종인 파프리카와 동일시되는 츄옌은 '이주여성들'의 하나로 집단적으로 타자화되지만, '만들어진' 베트남여성 이미지와는 다른

---

61) 김영옥 외, 앞의 책, 207쪽.
62) 린다 맥도웰, 여성과공간연구회 역, 『젠더·정체성·장소』, 한울, 2010, 372쪽.
63) 서양인이 이주민의 시선, 존재를 보지 않음을 말하는 것으로 일정의 보이지 않는 눈, 동양적 정형이다(호미 바바, 나병철 역, 『문화의 위치』, 소명출판, 2002, 116쪽).
64) 강진구, 앞의 글, 176쪽.

여성이다. 그녀의 첫인상은 "커다란 눈동자 때문에 겁이 많고 순종적으로 보였지만 다물고 있는 입매에 고집과 강단"이 느껴지며 "깎은 듯이 오뚝한 코"는 자존감이 높고 주관이 뚜렷한 성격을 갖고 있다. 한국어가 서툴고 일꾼이나 주부로서의 역할이 완벽하지는 않지만 "입만 열지 않는다면 누구도 자신을 이방에서 온 여자라고 생각하지 못할, 한국적인 그러나 아름다운 얼굴"이라고 스스로 생각할 정도로 자부심과 자의식이 강한 여성이다. 남편인 중일과 몸을 섞을 때 나 일병을 생각하지만 죄책감을 갖지 않는 그녀는 지배헤게모니 안에서 그것에 균열을 내고 파열시킬 수 있는, 지배구조에 포획되어 있으면서도 거기에 저항하는 타자성을 지녀 완전히 전유할 수 없게 하는 대항헤게모니의 가능성[65]을 보인다.

가족과 공감대를 형성하지 못하는 츄엔은 남편의 말엔 눈만 멀뚱멀뚱 뜨고 말뜻을 알아들었다는 듯이 천천히 고개를 끄덕이며, "여시같은 년, 요살을 떤다, 밥값도 못하는 년, 육시럴 따위의 욕설"을 하는 시모가 총알처럼 빠르게 말할 땐 언제나 겁먹은 얼굴로 순종하겠다는 뜻으로 고개를 숙이지만 표정은 거리를 둠으로써 교활한 공손함(sly civility)으로써 저항하는 혼종성(hybridity)[66]을 드러낸다. 그녀는 감시하고 관찰하는 가족이 없는 목욕탕에서 발목을 접질렸을 땐 "메끼엡!"이라는 베트남 욕설을 연거푸 내뱉음으로써 억눌린 분노를 표출한다. 그녀는 이주국이 요구하는 한국며느리 수행과 개성 있는 단독자 사이에서 분열되고 파편화된 이중적 정체성을 지닌 채 고립(분리)되고 있으며 이주국의 전통적 질서와 가부장적 권위에 자신을 가

---

65) 태혜숙, 『대항지구화와 '아시아' 여성주의』, 울력, 2008, 40쪽.
66) 이경원, 『검은 역사 하얀 이론』, 한길사, 2011, 436쪽.

두려는 권력으로부터 벗어나 그 분열의 틈새에서 타자의 저항[67]을 보여준다. 이주여성 일반으로 취급되는 츄옌은 "젊은 병사들의 호기심 가득한 시선이나 흘깃거리는 여자들의 눈빛"을 견디며 이주자를 소유하고 경계하고자 하는 정착민의 편집증적 태도에 분열된다. 한의원, 목욕탕, 거리에서 느껴지는 타자적 시선은 이주여성의 현존을 부정하는 인종주의적·남성주의적 시선의 왜곡된 충족을, 고통스러운 부재를 지닌 것으로 제시함으로써 전복[68]시킬 수 있다. 자신의 문화적·성적 차이를 부인하는 차별적 시선에 대해 츄옌은 욕설과 거리두기, 자기 자신의 부재, 나 일병을 향한 마음으로 대항하고 있다.

「핏줄」에서의 쑤언은 「파프리카」의 츄옌보다 결혼이주생활에 적극적이며 적응력이 뛰어나지만 자국민의 시선으로 관찰되고 있어 이주여성의 내면심리가 나타나지 않는다는 점에서 「파프리카」의 츄옌과 다를바 없다. 쑤언은 이미 세 번의 국제결혼을 치른 전과가 있는데다가 예쁜 여자만 취하는 남편과 얼굴을 타박하던 시모의 마음을 지극정성으로 돌려놓는다. 시모는 일주일에 한 번은 국제전화를 하게 하고 딸에게서 받은 용돈을 주어 베트남에 보내라고 하며 시아버지의 화풀이를 막아준다. 시모는 '쑤언'이 '봄'이라는 뜻임을 알게 되고 베트남음식을 만들며, 며느리도 전라도 사투리를 구사하고 한국음식을 조리한다. 베트남 음식/된장찌개가 어울린 밥상, 베트남어/전라도 사투리의 섞임은 문화의 혼종과 다문화사회의 조화로운 공존을 보여준다. 토속음식을 선호하는 시아버지는 며느리가 건네는 베트남식 부침개 쌈을 거부하며 손사래를 친다. 음식을 함께 먹는 것

---

67) 호미 바바, 나병철 역, 앞의 책, 16쪽.
68) 위의 책, 117쪽.

은 친족관계의 확인이자 친밀함을 의미[69]하므로 시아버지의 베트남 음식 거부는 며느리를 '식구(食口)'로 받아들이지 못하는 것이다. 농사와 출산, 살림을 완벽하게 해내며 순종하지만 부당한 대접을 받는 쑤언은 정체성, 상식, 인식의 범주를 생산하고 유통하고 관리하는 국가이데올로기[70]와 전통사회 관습에 의해 정립되고 주입되고 있다. 정확히 알지 못한 채 규범을 반복하고 계속된 반복을 통해 규범화된 규제적 허구들을 재인용하면서 허구에 생기와 권위를 불어넣는 수행[71]을 하는 이주여성은 음식, 언어, 문화 등에 균열을 낸다.

「파프리카」의 선미엄마와 나 일병/시모와 남편, 「핏줄」의 시모/시아버지의 언어소통과 외국인을 수용하는 태도를 통해 문화적 다양성을 인정하고 자매애적 유대감을 드러내는 다문화주의적 자세와 타자적 응시로 대하는 동화주의적 자세가 대조적으로 나타나고 있다. 배려 없이 빠르게 말하는 시모와 달리 언제나 천천히 또박또박 말을 끊어서 하며 그래도 못 알아들으면 좀 더 쉬운 말을 찾아 대화하는 선미엄마, 어린아이 취급하며 자신을 외국인으로 바라보는 남편과 달리 한국인과 똑같이 대해주는 나 일병, 자매애적 유대감으로 외국인 며느리의 고통을 이해하는 시모와 혈연의식에서 벗어나지 못하는 시아버지의 대립은 이방인에 대한 우리 사회의 두 가지 대응방식이다.

> ⋯츄옌은 번번이 무거운 바구니를 든 채 출구를 찾지 못하고 두리번거린다. 틈 없이 빽빽한 식물들 속에서 츄옌은 길을 잃고 허둥거린다. (중략) 중일은 온실 안의 온도를 맞춰주고 습도를 조절해 주고 산소와 햇빛이 부족하지 않도록 꼼꼼하게 관리를 했다. 줄기에 맨 줄을 천장에

---

69) 캐롤 M. 코니한, 김정희 역, 『음식과 몸의 인류학』, 갈무리, 2005, 48쪽, 125쪽.
70) 이화인문과학원 편, 『문화혼종과 탈경계주체』, 이화여대출판부, 2013, 126쪽.
71) 위의 책, 95쪽.

가로로 세로로 뻗어 있는 쇠파이프에 친친 감아 놓지 않았다면 식물은 열매의 무게를 견디지 못하고 풀썩 고개를 꺾었을 것이다.

저 줄은 수확이 끝날 때까지 줄기가 버텨낼 수 있도록 힘을 주는 생명줄이다. 츄옌은 그렇게 생각했다. 수확이 끝나면 가차 없이 떼어낼 줄이기도 했다. 파프리카는 코코넛 야자나무나 파파야나무와 달랐다. 사람이 돌보지 않아도 자연의 힘으로 열매를 맺는 오렌지나 바나나 나무가 아니었다. 매년 파종을 하고 때맞춰 이식과 정식을 해서 온실 안에서 정성을 기울여야 했다. 아기를 키우듯 돌보지 않으면 병이 생기고 볼품 없는 열매를 맺을 것이다.[72]

빨강, 노랑, 초록, 보랏빛이 제각각인 파프리카는 온실 안의 온도와 습도와 산소와 햇빛을 조절해주고 꼼꼼하게 관리해주어야 하며 쇠파이프에 줄을 매어 기대지 않으면 열매의 무게를 견디지 못하고 버텨내지 못하는 외국품종이다. 파종과 이식과 정식을 해서 온실 안에서 정성을 기울여야 열매를 맺는 파프리카는 이주자를 비유한다. 파프리카처럼 츄옌에게도 돌봄과 정성, 관심이 필요하며 이산생활을 견딜 수 있는 강한 생명줄이 필요하지만 시모와 남편에게 기대는 줄은 금방이라도 끊어질 듯 아슬아슬하다. 아기처럼 보살핌을 받는 파프리카와 달리 방치되고 소외된 츄옌은 언제든지 용도 폐기되는 줄 같은 처지라고 여기며 소속감과 안정감을 갖지 못한 채 길을 잃고 헤맨다.

꿈속에서 친정어머니가 만든 베트남쌀국수를 먹다가 깬 츄옌은 현실에서 시모와 함께 만든 달걀 고명 가루를 얹은 한국식 국수를 물끄러미 바라본다. 남편과 새끼를 낳은 개에게만 삼계탕과 닭죽을 챙겨주는 시모에게 차별받는 불임녀인 츄옌은 꿈속에서나마 친정어머니의 정성과 사랑이 담긴 퍼보찐을 먹으며 향수병에 시달린다. 이

---

72) 서성란, 『파프리카』, 화남, 2009, 52쪽.

주자에게 고국의 토속음식은 고향과 가족에 대한 향수를 상징하며, 꿈/현실, 베트남쌀국수/한국식 국수, 친정엄마/시모와 대비되는 따뜻함/차가움, 보살핌/소외됨, 정주/방황을 함축한다. 「핏줄」에서는 생일날 한국식으로 한 상 차려준 시모가 베트남요리를 배워 며느리를 감동시킨다. 반쎄오라는 베트남음식과 된장찌개가 어울린 밥상은 시아버지를 제외하고 이 가족의 행복과 문화적 수용을 상징한다. 츄옌과 쑤언에게 베트남음식은 소울푸드(soul food)로서 고향과 가족에 대한 허기를 달래주는 위로가 되는 음식이다. 결혼이주여성은 낯선 타국에서 어린 시절 먹었던 음식으로 상처를 치유하고 위로받는다. 쑤언의 시모가 베트남어에 관심을 갖고 베트남음식을 만드는 것은 다문화주의적 · 타자지향적 자세를 드러내는 것이자 결혼한 여성이라는 동질감을 형성함으로서 가능하다.

'퍼보찐(phobochin)'과 '반쎄오(Banh Xeo)'를 먹으며 스쿠터와 오토바이를 타고 파프리카와 하우스 오이 재배농사일을 돕는 츄옌과 쑤언은 한국농촌사회에 베트남문화를 전파한다. 그러나 「파프리카」의 츄옌은 매운 음식과 비린 생선의 한국음식보다는 파프리카를 썰어 소스도 없이 집어먹거나 쌀밥과 국수, 과일로 끼니를 대신하는 등 주변화[73]되고 있다. 동일화를 거부하며 스스로 타자이기를 선택하는 츄

---

73) 소수민족집단 이민자의 문화변용엔 4가지 유형이 있는데, 거주국의 주류사회에 활발하게 참여하면서 자신의 고유한 전통과 문화를 유지하는 통합(다문화), 자신의 고유문화와 정체성을 상실하고 주류집단에 흡수되는 동화, 거주국 사회에 참여 안 하면서 문화정체성을 강하게 유지하는 고립(분리), 문화에도 참여 안 하고 자신도 잃어버리는 문화해체(주변화)로 나눠진다. 이와 같이 문화적응유형에 있어 주변화와 분리는 부정적으로, 동화와 통합은 이주문화와의 긍정적 관계를 추구하는 것으로 이해되고 있다(이윤효, 「베트남 국제결혼가정 이주여성의 문화적응 스트레스에 관한 연구」, 강남대 석사학위논문, 2006, 10~11쪽).

옌에게 고국음식과 목욕탕은 정서에 장소가 결합한 토포필리아 (topophilia)적[74] 상징물이다. 모든 민족에게 환경은 단순한 자원을 넘어 깊은 정과 사랑의 대상이자 기쁨과 확실성의 원천인바[75] 그녀에게 목욕탕은 베트남의 기온과 습기를 느낄 수 있는 고향과 같은 곳으로 생기를 불어넣으며, 자기 또래의 나 일병이 있는 곳이다. 몸을 다쳐도 말하지 않은 채 농사와 살림을 묵묵히 해내고 목욕탕에서도 베트남사람이라고 행여 표를 주지 않으면 어쩌나 하는 걱정을 매번 하며 파프리카 수확과 파종까지 집안에 갇혀 있게 될까봐 숨이 막히는 츄옌에게 집은 안온하고 육친적인 스위트홈과는 거리가 먼 억압적 공간이다.

그에 비해 「핏줄」의 쑤언은 한국어를 구사하고 한국식 밥상을 차릴 줄 알며 시아버지에게 구박을 받아도 긍정적으로 대처하여 한국 다문화사회에 적응하지만 자신의 문화를 배제시키고 동화적 입장을 보인다는 점에서 한계가 보인다. 고국이 그리워 초승달을 보며 울지만 늘 웃는 얼굴로 가족을 대하는 쑤언은 권력이 부과한 역할연기 (impersonation)를 수행하고 있다. 미미하나마 저항과 분노를 표출하는 츄옌에 비해, 쑤언은 고향과 부모를 그리워하는 베트남 얘기를 입에 올린 적이 없고 시댁 문화와 한국음식, 농사일에 동화되어 순종으로 일관하기에 츄옌의 분노와 저항만큼이나 위험하다. 자기 문화의 핵심적 속성을 유지하면서 동시에 새로운 문화를 받아들이는 통합(다문화)적 자세가 아닌 일방적으로 이주국에 흡수됨으로써 불안과 불만족이 은폐되고 있기 때문이다. 모성이나 특정역할로만 환원하면서

---

74) 이-푸 투안, 이옥진 역, 『토포필리아』, 에코리브르, 2011, 175쪽.
75) 위의 책, 12쪽.

여성을 상징적 존재로 간주하는 민족주의적 시각[76]은 쓰언을 한국 며느리로만 호명받는 대상이 되게 만든다. 이와 같이 베트남 이주여성은 본질적인 내적 자아와 그것을 가리고 위장하는 가면으로서의 수행적 자아 사이에서 갈등하고 충돌[77]하며 츄옌은 저항으로, 쓰언은 동화로 표출된다. 그녀들은 '한국인', '정착민', '남성(가부장)', '시부모', '한국문화', '사회적 담론'이라는 주체에 의해 비정상, 기형성, 타자성 등으로 끊임없이 비천화되고 배제되고 억압된[78] 우울증적 주체들이다.

5. 단독자이자 인권의 주체로서의 이주여성

농촌총각의 신부부족현상으로 야기된 국제결혼의 성사와 다문화가정의 탄생으로 변화를 싫어하는 농촌사회는 다문화주의적 자세를 요구받고 있다. 가문의 핏줄 잇기가 중차대한 보수적인 공동체에서 외국인 며느리와 혼혈손주를 받아들이는 일은 쉽지 않다. 새로운 국민으로서 포용하고 배려하지 못하는 한국 농촌사회의 분위기로 인해 어린 베트남 신부의 이주생활은 신산하고 비극적이며 고립되어 있다. 특히 동화주의적 응시로 가득한 유교적 가부장제의 담지자인 시부모와의 공동생활은 문화적·경제적·성적·지리적 타자인 외국인 며느리의 불안정하고 불행한 결혼생활로 귀결된다. 국가에 의해 주도된 다문화가정과 한국며느리 만들기 프로젝

---

76) 이희원 외,『페미니즘 차이와 사이』, 문학동네, 2011, 160쪽.
77) 조현준,『주디스 버틀러의 젠더 정체성 이론』, 한국학술정보, 2007, 381쪽.
78) 위의 책, 499쪽.

트화는 외국인여성의 고유성과 이문화적 특징을 말살하는 반인권적인 태도와 동화주의적 관점에서 이루어진다는 점에서 문제점이 드러난다.

최근 순종적이고 한국인과 비슷하다는 이유로 베트남 출신 이주여성이 국제결혼대상으로 부각되고 있는데, 이는 오리엔탈리즘 시각이 부여한 '만들어진' 이미지이다. 단독자로 인정받지 못하고 주체가 요구하는 이미지를 연기하는 이주여성은 양가적이고 분열된 타자이다. 나이차가 많이 나는 한국남성과 단시일 내 맞선과 혼인, 첫날밤까지 일사천리로 진행되기 때문에 신부쇼핑(bride shopping)과 같은 결혼성사과정에서 그녀들은 인신매매적 이미지를 갖게 되고 결혼 이후까지 영향을 미치면서 인격이 실종된다. 성적 대상과 국민을 재생산하는 출산도구로서 타자화된 이주여성은 전통적·유교적·가부장적 결혼문화와 충돌하며 일방적인 한국문화를 강요받는다. 정서적 친밀감과 사랑은 간과된 채 출산, 농사일, 돌봄노동을 위한 도구적 성격이 강함으로써 「파프리카」의 츄옌과 「핏줄」의 쑤언은 언제든지 반품, 교환, 환불 대상이 될 수 있는 타자적 존재이다. 언어, 문화, 기후, 음식에 낯선 이주여성은 남편에게 전적으로 의지한 채 시부모의 구박과 잔소리를 들으며 고립화된다. 그러나 결혼이주여성은 저항 및 동화적 자세로 우리 사회에 균열을 내고 혼종성을 드러내며 다양성과 타자지향의 가능성을 보임으로써 미세하게나마 다문화사회를 이해하고 공생하려는 변화를 보인다. 동일성 지향의 가부장제 가족에서 타자지향적인 다문화가족이 형성되고 있는 우리 사회는 새로운 가족의 편제와 더불어 사회통합으로서의 문화통합 및 혼종성이 나타나고 있다. 따라서 일방적인 한국며느리 만들기보다는 개성과 고유성을 지닌 단독자이자 인권의 주체로 이주여성을 대해야 하며 베트남신부들이 왜 탈국경하고 다문화가정의 구성원이 되었는지를 이해하고 우리 스스로 포용하고 변화해 나가야 한다.

3장 고려인 이주여성의 오리엔탈리즘적 재현과 여행모티프

◆박찬순의 「발해풍의 정원」

1. 자본의 지구화와 후기산업의 이동성

　다문화 혹은 세계화라고 명명되는 21세기는 지구촌의 유민들이 끊임없이 떠도는 사회로서 일제강점기 강제로 조국을 떠난 중앙아시아 고려인, 중국 조선족 등 한민족 이주자들이 우리 사회에 편입되거나 유대가 강화되었다. 교통과 숙박의 발달로 인한 시공의 단축을 특징으로 하는 포스트모더니즘 사회가 형성되면서 재외한인들과의 교섭도 빈번해졌다. 60여만 명의 조선족과 2만 6천여 명의 탈북자가 국내로 이주하였으며 고령화, 출산율 저하, 노동력 부족 현상으로 외국인 노동자가 유입되었고 국가가 기획한 다문화가정 만들기 프로젝트화로 새로운 가족이 재편됨으로써 단일민족신화와 순혈주의가 공고한 한국사회에 균열을 내고 장소와 정체성을 구성하는 질서를 교란하고 있다. 세계화는 지구촌 시민에게 다양한 기회를 제공하는 동시에 좌절과 분노를 낳고 있다.

한민족 혈통의 코리안 디아스포라는 두 문화 사이에서 분열된 이중자아로 빈곤의 문학적 은유 혹은 정체를 파악할 수 없는 타자로 표상된다. 경계인이자 이방인의식을 갖고 사는 이들은 거주국에 동화되면서도 자신의 뿌리를 잊지 않아 두 체제, 두 문화, 두 민족 사이에서 분열되고 방황하며, 거주국에서는 소수민족으로, 고국에서는 주변부로 위치 지어진다. 그러나 문학 속에 재현된 이들의 모습이 희생자, 피해자, 폭력과 억압의 대상으로만 반복 재생산되고 있다는 점에서 다양하고 긍정적인 이방인상의 재현이 요구된다. 카레이스키[79] 디아스포라는 한국사회와 한국문화에 접속됨으로써 이중문화 사이에 길항하며 디아스포라적 삶을 영위한다. 토박이가 아닌 이방인은 외부로부터 도래한 낯선 자로서 자기 권리를 주장하지 못하는 배제된 자이자 다른 체계, 다른 전통을 가지고 있는 자[80]이다. 혼종성, 상호작용, 이동성, 객관성, 자유자라는 짐멜의 이방인상과 더 이상 필요하지 않을 경우 돌아가야 하는, 일시적 머묾만이 허락된 자[81]라는 타자의 표상인 디아스포라 재현방식은 후자에 치우쳐 왔다. 박찬순[82]의 중편소설 「발해풍의 정원」에 주목하는 이유는 문화

---

79) 러시아, 우크라이나, 벨라루스, 몰도바, 카자흐스탄, 우즈베키스탄, 투르크메니스탄, 키르기즈스탄, 아르메니아, 아제르바이잔, 그루지야 등 독립국가연합 내에 거주하는 한인교포들을 총체적으로 일컫는 러시아어이며 현지의 한인 교포들은 스스로를 고려사람(Koryo-saram)이라고 부른다(전병국, 「고려인 강제이주 원인과 민족정체성」, 『러시아어문학연구논집』 35권, 2010, 201~202쪽).

80) 김애령, 앞의 책, 39~40쪽.

81) 이용일, 「다문화시대 고전으로서 짐멜의 이방인 새로 읽기」, 『독일연구』 18권, 2009, 186~193쪽.

82) 작가는 1946년 경북 영주 출신으로 2006년 예순의 나이에 『조선일보』 신춘문예에 단편 「가리봉 양꼬치」가 당선되어 문단에 등단했다. 방송국 교양 PD와 외화번역가 일을 거쳐 현재 대학교수인 그녀는 오랜 번역작업을 통해 다양한 문화와 전통문화에 대한 해박한 지식과 타문화에 대한 열린 사

중개자로서의 다문화경계인 역할을 하는 디아스포라를 그리고 있기 때문이다. 작가는 이주자야말로 21세기에 필요한 글로벌 인재임을 주창한다.

최근 발표되고 있는 다문화소설에 여성이 주인공으로 등장하는 경향이 많은데[83] 이는 이주의 여성화 현상[84]과 더불어 여성이야말로 타자성을 표상하기 때문이다. 국제노동분업에서 이주여성은 값싼 노동력의 제공자로 전락하였으며, 성적 훼손과 인권유린에 노출되고 있다. 자본의 지구화로 인한 국제노동분업의 재편은 이주여성을 성별화된 직종, 값싼 임금과 열악한 노동환경으로 끌어들이고 있으며 21세기의 새로운 가족부양자이자 희생양이 되고 있다. 디아스포라여성은 결혼과 노동 혹은 생계를 목적으로 탈국경하여 젠더화되고 섹슈얼리티화된 직종에서 차별과 성적 대상화, 폭력에 직면한다. 가부장제의 성적 타자이자 근원을 알 수 없는 소수자이며 침묵하는 서발

고를 갖고 있다.

83) '이주자', '가난한', '유색인종', '제3세계 출신'과 더불어 '여성'이라는 타자적 요소가 더 많은 이유로 여성디아스포라들이 소설의 주인공으로 등장하고 있다. 경제적·성적 타자인 외국인 이주여성은 가부장적 정착민 남성에 의해 존엄성이 파괴되고 몸이 훼손되며 인권이 상실됨으로써 소수자적·타자적 특징이 더욱 부각된다. 정도상의 「찔레꽃」(『창작과 비평』, 2007.가을호), 황석영의 『바리데기』(창비, 2007), 김재영의 「아홉 개의 푸른 쏘냐」(실천문학사, 2005), 서성란의 「파프리카」(『한국문학』, 2007.가을호), 강영숙의 『리나』(랜덤하우스코리아, 2006), 천운영의 『잘 가라, 서커스』(문학동네, 2005), 한수영의 「그녀의 나무 핑궈리」(민음사, 2006), 이명랑의 『나의 이복형제들』(실천문학사, 2004), 정지아의 「핏줄」(『통일문학』, 2008. 하반기) 등에서 국제결혼이라는 합법적인 절차를 밟거나 밀입국 같은 불법체류를 통해 성별화된 직종에 종사하는 이주여성의 피폐하고 고통스러운 이산생활의 주인공들로 여성들이 재현되고 있다.

84) 국가 간 노동인구의 50% 이상이 여성이주자에 의해 이루어지고 있는 현상으로 남편을 따라 이동하는 동반이주자로서가 아니라 여성 스스로가 주체적인 노동자 신분으로 이주하는 취업이주자가 많아졌다는 것을 의미한다(이혜경 외, 앞의 글, 259쪽). 이는 돌봄, 서비스직, 성산업과 같이 젠더화되고 섹슈얼리티화된 직종에서 남성보다 여성이주자의 수요가 더욱 많음을 시사한다.

턴으로 인식되는 이주여성은 풍문과 집시 이미지로 가볍고 무책임하게 다뤄진다. 「발해풍의 정원」의 고려인 3세 알료나는 서구화된 남성주체의 오리엔탈리즘적 시선에 의해 전유됨으로써 타자의 은유이자 소수자의 표상으로 재현되지만 트랜스내셔널한 글로벌 인재로서 직업인의 모습을 형상화하고 있다는 점에서 기존의 다문화소설을 극복하고 있다.

또한 이 소설은 한국남성인 '나'의 출장과 답사를 통한 자기반성적 사유를 한다는 점에서 여행서사로 읽힌다. 젊은 날의 내가 무책임하게 결별했던 여성을 찾아 헤매며 잃어버린 청춘과 순수, 한민족의 역사이자 자기 안의 타자를 회피했었던 지난날을 성찰하고 있다. 다문화주의를 주창하는 우리 사회의 허구와 모순을 알료나의 타자적 정체성을 통해 되짚어보고 탈근대·탈국경 이주와 여행의 의미를 파악해본다.

2. 디아스포라여성의 오리엔탈리즘적 재현과 중개인 역할

「발해풍의 정원」은 타슈켄트에서 만난 두 남녀의 사랑과 한국전통문화의 전수 및 변형에 관한 내용을 담고 있다. 함경도 출신의 구들쟁이인 조부와 부친을 둔 알료나는 이국적인 매력과 한민족 혈통을 지닌 고려인 3세이다. 눈치가 빠르고 절제의 태도를 지닌 소녀가장 알료나는 한국 보일러회사의 타슈켄트 지사에 근무한다. "오알료나"라는 다문화적 이름, 함경도말/우즈베크어/러시아어/한국어, 한국문화/러시아문화, 북한/연해주/중앙아시아 이주에 나타나듯이 이름,

문화, 언어, 지역적 측면에서 그녀는 "러시아여성도 한국인도 아닌" 경계인이다. 그녀는 파견 나온 '나'와 함께 일을 하고 여행을 다니면서 사랑하는 사이가 되지만 무참히 버려진다. 나를 통해 한민족, 한국과 접속한 그녀는 상처와 고통을 받게 됨으로써 조국과 고국 모두로부터 타자적 존재임을 재확인한다.

타국생활이 힘든 나를 돌보고 간호하던 그녀는 신체부위로 부분적으로 기억된다. "뒷목과 귓불을 어루만지던 손", "미음을 떠먹이던 손", "내 이마를 짚는 여자의 손", "터번을 감는 정성스러운 손"으로 묘사되는 그녀는 피부접촉을 통해 파편화되며, 보일러 소리나 "그녀에게 풍기던 알 수 없는 이국적 향기", 이국풍의 얼굴, "곱게 흘러내린 어깨선"과 같이 공감각적 이미지로 구성된다. 길가 어디서나 볼 수 있는 좌판에서 단물이 철철 흐르는 잘 익은 과육을 베어 물듯이 "터질 듯 탱탱한 몸"을 힐긋거리는 내게 그녀는 서구화된 한국 남성 주체에 의해 성적으로 대상화되고 있다.

또한 그녀는 역사나 천상, 꿈, 전설, 동화 속의 존재로 인식되며 "아련한 환상"이나 "지난 날" 속의 인물로서 과거, 기억, 흔적으로 표상[85]된다. 나의 시선 속에 그녀는 서구가 잃어버린 것을 간직하고 있는 동경과 향수의 대상으로 미화되거나 지나치게 이국적으로 독

---

85) ①그 몸짓은 마치 날갯짓을 하는 한 마리 푸른 새처럼 보였다. 그 깃털에서 어디에서도 찾을 수없는 어수룩함과 풋풋함이 느껴졌다. 어쩌다 돌과 돌을 부딪치는 장난 끝에 기적처럼 불을 발견하고, 그 불씨를 잃을까 안절부절못하는 원시의 소녀처럼.(15~16쪽) ②그럴 때의 그녀는 딱히 어느 곳이라고는 이름 붙일 수 없는 신비한 나라에서 온 소녀 같았다.(20~21쪽) ③그때 홀연 환영처럼 푸드득 하는 소리와 함께 한 마리 푸른 새가 보였다.(38쪽) ④…진 교수에게서 멀어지면 멀어질수록 알료나는 마치 붉은 토기 속의 여인처럼 강강술래를 하는 자세로 푸른 날개를 펼친 채 내 앞으로 다가왔다.(40~41쪽) ⑤…마트료시카를 보일러 위에 올리고 널따란 소매를 활짝 폈다가 합장하던 한 마리의 푸른 새.(62쪽)

해[86]된다. 알료나는 나뿐만 아니라 온돌체험방의 손님인 목화농장 주인과 건강한 남성고객들 그리고 우즈베크남편에게 식민지 원주민 여성이자 가부장제의 성적 타자, 목소리를 갖지 못한 서발턴으로서 남성판타지 속에서 전유되고 있다.

우즈베크 전통의상 혹은 이슬람문화권의 옷을 입은[87] 고려인여성 은 "신비한 나라에서 온 소녀"로 "한복이 잘 어울릴 체형"을 갖고 있다. 혼종적인 그녀의 이미지는 열등하고 후진적이고 미성숙하며 베일에 싸인 신비한 여성으로 왜곡된다. 이국풍의 얼굴과 한국형 체형, 이슬람 전통복장을 입고 함경도 사투리와 우즈벡어를 구사하며 한국어를 배우는 알료나는 다문화적 정체성을 지닌다. 여러 지역을 이주한 그녀의 타자성은 피진어 사용에서도 드러나는데 "갔슴두?", "왔스꾸마"와 같은 함경도말은 한국인인 나의 귀를 거슬리며 또박또 박 책에서 배운 어색한 서울말, 한민족 혈통이 말하는 러시아어, 우즈베크어는 경계언어이자 타자의 언어이며 근대 자본주의 사회가 조장한 중심권력언어를 지니지 못한 이방인의 언어이다.

의상은 사회조직에서 한 개인의 지위를 매우 정확히 드러내는 사회적 정체성을 부여[88]하는데 알료나의 문화혼종적 이미지는 공동체 바깥의 이방인의 흔적이 되고 있다. 신비롭고 몽환적인 그녀는 한없

---

86) 김현미, 『글로벌시대의 문화번역』, 또하나의문화, 2005, 51쪽.
87) ①깃과 치마 가장자리에 흰색의 화살촉 무늬가 수놓인 푸른색의 원피스를 입고 머리가 납작한 황금색 추비체이카를 쓴 알료나.(15쪽) ②머리에는 노랑과 파랑, 자주색의 술이 달린 황금색의 납작한 모자를 쓰고 있었다. 푸른색 바탕에 흰색 꽃무늬가 수놓인 벨벳원피스는 소매가 넓어 앉아 있을 땐 바닥에까지 닿았다.(20쪽) ③푸른색의 실크 드레스에 납작한 황금색 모자를 쓴 알료나가 왼손을 가슴에 대고 우주베크어로 공손히 인사하며 손님들을 맞았다.(27쪽)
88) 다이애너 크레인, 서미석 역, 『패션의 문화와 사회사』, 한길사, 2004, 28쪽.

이 매력적으로 느껴지는 동시에 타자화된 이주여성으로 인식된다. 한국남성에게 촌스러운 그녀는 계몽과 문명화의 대상일 뿐이며, 러시아남성에게는 남의 나라에 얹혀사는 이주자이자 집시 이미지의 타락한 여성으로 비춰진다. 자신의 능력으로 가족의 생계를 부양하고 산업일꾼이 되고자 했던 알료나는 온돌체험방에서 타자의 몸으로 구경거리가 되거나 관음증적 남성욕망의 대상이 된다.

어수룩하고 풋풋한 첫인상을 지닌 그녀는 어린 시절부터 굶주림 속에서 장난감 하나 없이 목화밭에서 노동을 해야 했던 소녀가장으로 빈곤의 표상으로 묘사된다. 옷감을 사주면 입이 귀에 걸리며 좋아하는 알료나는 아이같이 순진하며 동물처럼 본능적인 식민지 동양여성으로 그려진다. 나는 구원의 손길을 갈구하는 그녀가 이슬람남성의 네 번째 아내가 되도록 방관한다. 나는 알료나를 버리고 사내결혼을 한다. 아픈 어머니의 병간호를 위해 사랑하지 않는 남성의 여러 아내 중의 하나가 된 알료나는 둥지를 틀지 못한 새처럼 디아스포라 운명에서 벗어나지 못한다.

자신의 역사와 문화와 뿌리를 침묵당한 고려인 3세는 함경도 사투리와 체형에 흔적이 남아 있다. 그녀는 복화술사나 구원자를 기다리지만 타자를 억압하는 남성주체에 의해 실종된다. 목소리를 갖지 못한 그녀는 남편에게 "사랑은 오직 하나"라는 말을 남기고 가출한 후 동생들과 정처 없이 떠돈다. 그녀를 찾는 남편과 나에게 주체로 호명되지 못하고 본능적·후진적·여성적으로 기억되는 알료나는 레비나스나 니체가 명명하는 우발적이고 비본질적인 존재로 재현되거나 경제적·성적 착취대상일 뿐이다. 우리와 타자를 구분하는 관행이자 지배-피지배의 권력을 가시화하는 견고한 이방인 이미지로서의 성적 방탕과 야만성, 열등성을 지닌 타자로서 알료나는 비유럽인, 프롤레타리아, 여성, 어린아이, 동물과 같은 타자의 전유물로 귀속[89]되고 있다. 지구화와 국제노동분업은 이주여성에게 또다른 억압과 고통을 주며 전세계적인 가부장적·제국주의적·오리엔탈리즘적 시선에 포획되어 파편적으로 전유됨으로써 절망의 나락으로 떨어뜨린다.

그러나 알료나는 직업인이자 문화중개자로서의 역할을 담당한다. 국제노동분업과 가속화된 초국적 노동 거래는 이주의 여성화와 노동의 여성화[90]를 강화시킨다. 유연한 지구적 자본주의에서 아시아 여성노동이 공장과 비가사 서비스 분야로 흡수되는 젠더 동역학[91]이 나타나는 것이다. 다국적기업의 공장 노동자나 동남아시아 출신의 결혼이주여성과 성산업에 종사하는 여성, 그리고 임시직 현지인 등 국제성별분업의 핵심에는 주변부 국가 여성의 섹슈얼리티와 성 정체성, 타자화된 몸과 이를 근거로 한 노동력이 자리[92]한다. 알료나는 구들유전자를 간직한 조상 덕에 한국회사에 취업하여 가족을 부양한다. "반은 러시아, 반은 우즈베크 여자가 다 된 카레이스키"이지만 전통찻집에 온돌방을 만드는 아이디어를 제안하거나, 아플 때 뜨거운 구들방에 지지기만 해도 병이 개운하게 낫는다는 사실을 몸으로 알고 있는 알료나는 한민족 후예임에 틀림없는 것이다. 한국기업들은 외국에 상품을 팔기 위해 그 지역의 문화적·사회적 정보와 통역에 도움이 되는 값싸고 순종적이며 이중언어능력이 있는 디아스포라

89) 설혜심, 「제국주의와 타자의 몸 만들기」, 『역사와 문화』 6권, 2003, 129쪽.
90) 가족의 생계가 어려워 이에 대한 대책으로 여성들이 서비스업이나 다국적 기업의 공장에서 낮은 급여를 받는 일에 취업하는 것을 가리킨다(가야트리 스피박 외, 태혜숙 역, 『서발턴은 말할 수 있는가?』, 그린비, 2013, 324쪽).
91) 위의 책, 325쪽.
92) 이수자, 「이주여성 디아스포라」, 『한국사회학』 38집, 2004, 197쪽.

여성을 활용한다. 전문대학 출신으로 목화 따는 일 외에 스펙이라곤 없는 그녀는 온돌체험을 한 사람만이 생각할 수 있는 아이디어를 제안해서 한국 보일러회사의 타슈켄트 지사에서 근무할 수 있었다. 그녀는 본사에서 파견 나온 나와 의기투합하여 차이하나 전통찻집에 온돌방을 설치하고 현지인에게 체험시킴으로써 보일러 홍보와 수출에 일익을 담당한다. 온돌은 발해시대에 전수된 한민족의 우월한 유전자를 증명하는 문화이다. 세계건축사에서 유례가 없는 발명품으로 찜질방으로 이어지는 한국을 대표하는 난방시설[93]인 온돌은 한국 전통생활문화를 상징한다.

나와 함께 고려인 마을과 발해 유적지를 다니곤 했던 그녀는 온돌방 아이디어를 창출하고 동네 유지에게 청탁하여 일을 성사시킬 뿐만 아니라 한 번 불을 때면 49일 동안이나 온기를 느낄 수 있는 원자재를 찾아 답사에 동행하는 등 자신의 일에 적극적이고 열정적이다. 그녀는 신발을 벗고 올라가서 바닥의 따뜻함을 느끼는 한국인 고유의 난방방식을 체험하는 온돌방에 한국과 우즈베크 소품들을 장식하여 다문화적인 공간을 만들어낸다. 이곳에서 그녀는 새로운 온돌문화를 우즈베키스탄 사람들에게 신명나게 설명하며 자신의 직업에 사명감을 갖고 있다. 한국과 러시아 두 나라의 문화와 무역의 가교역할을 하는 알료나는 짐멜이 말하는 긍정적 이방인상으로 탈국경 다문화사회야말로 다중적 정체성을 지닌 디아스포라의 역할이 주요함을 보여준다. 한국제품의 수출을 도우며 우즈베키스탄의 정보와 지식을 전하는 일을 통해 그녀는 코리안 드림과 정착을 꿈꾼다. 온돌이나 보일러처럼 타오르는 육체와 정열적인 삶의 열망을 지닌 그

---

93) 강인욱, 『춤추는 발해인』, 주류성, 2009, 206쪽.

녀에게 한국인남성과 보일러(구들)는 안주를 향한 꿈이었다. 목화일이 고작이었던 그녀에게 온돌전통문화에 기술을 개발한 보일러사업은 이중문화, 이중언어 사이에 낀 자신의 역량을 발휘할 수 있는 일이자 영원한 이방인으로 둥지를 틀지 못하는 디아스포라의 운명을 바꾸는 일이다.

그러나 그녀는 성적 대상으로 취급되며 가부장적인 한국남성에게 외면당한다. 서울 본사에서의 나에게 그녀는 "먼 대륙에 있는 이방인"에 불과했던 것이다. 작가는 다문화경계인이자 문화중개자인 디아스포라야말로 차별과 폭력의 대상이나 타자가 아니라 글로벌 인재임을 주창한다. 이주민은 오알료나처럼 두 나라의 산업과 문화를 연결해주고 새로운 아이디어를 창출하고 교섭하는 일에 적합하기 때문이다. 다른 작품들이 디아스포라를 생활 속의 폭력에 희생당하는 피해자로만 그리는 것과는 다르게 문화를 전달하고 변형하는 중개자로 그리고 있다는 점에서 박찬순 소설은 의미[94]가 있다.

3. 남성주체의 과거회상 및 자기반성적 여정

이 소설은 한국 보일러회사를 다니는 직원이 타슈켄트 지사로 파견되어 만난 고려인여성과의 사랑과 별리를 그리고 있다. 남성주체인 '나'에 의해 알료나는 관찰되고 묘사되어진다. 후기 산업은 자본

---

94) 박찬순은 「발해풍의 정원」뿐만 아니라 「가리봉 양꼬치」, 「지질시대를 헤엄치는 물고기」에서 고려인, 조선족, 북한이탈주민을 각각 등장시켜 주거(온돌), 음식(양꿰), 생태(자그사니) 문화를 중개, 접속, 변형, 창출하는 트랜스내셔널한 경계인 디아스포라의 역할과 가능성을 보여주고 있다.

과 노동의 탈국경 이동을 가져왔고, 수출을 위한 교역과 출장, 파견 근무가 많다. 10여 년 만에 타슈켄트로 출장 온 나는 차이하나 전통 찻집에 온돌체험방을 만들어 현판을 걸던 날 손이 부르트도록 박수를 치던 알료나를 회상한다. 젊은 날의 '일'과 '사랑'이었던 '보일러'와 '알료나'는 자신과 한 몸이었지만 자신의 미래였던 그녀와의 언약은 나의 배신으로 물거품이 된다.

10여 년 전 보일러 열풍으로 타슈켄트 지사로 발령받은 나는 알료나와 보일러에 대한 열정과 한민족 정서라는 동질감으로 사랑에 빠지며 미래를 언약한다. "보일러를 껴안고 뒹굴던" 청년 시절의 나는 "살붙이 같은 부품"이 "탱글탱글한 촉감"처럼 느껴진 보일러가 알료나에게 투사되어 전이되면서 사랑에 빠진다. 외국생활에 힘들고 고독한 자신을 간호해주고 위로해주며 일도 열심히 돕는 그녀와 구들원자재 탐사를 위한 답사여행을 하며 한국에 데려갈 것이라는 희망을 주었던 나는 아픈 어머니의 병간호를 위해 이슬람남성의 네 번째 아내가 되는 알료나의 애절한 눈빛을 피한다. 일시적이고 찰나적인 타국 출장생활의 외로움과 젊은 날의 치기로 시작된 나와의 사랑은 무책임하고 자기중심적이며 가부장적인 태도로 인해 비극적이고 불행하게 끝이 난다.

그녀를 매정하게 떠나 사내결혼을 하고 두 아이의 아비가 되어 행복했던 나는 출장, 여행, 답사를 통해 일과 사랑을 잃어버린 젊은 시절의 순수와 열정을 그리워하며 그녀를 찾아 헤맨다. 한국여성과의 행복한 결혼생활은 경제 불황으로 위기를 맞게 되고 전통찻집을 폐쇄하기 위해 또다시 타슈켄트를 방문한 나는 양심의 가책과 죄의식을 느끼며 사랑, 순수, 청춘, 미래로 표상되는 알료나의 흔적을 찾아 나선다. 이와 같이 「발해풍의 정원」은 여행소설로도 독해되는데 무책임하고 가벼운 마음으로 인연을 맺은 한 여성에게 깊은 상처를 준 내가 부끄러움을 느끼는 자기반성적이고 성찰적인 과거회상의 서사구조로 이루어지기 때문이다. 쾌락원칙이 작동된 상상계의 시원성을 갖는 그녀와의 관계를 끊고 현실원칙이 지배하는 상징계로 편입했던 나는 또 다른 삶의 위기에 처하자 실종[95]된 그녀를 찾고 싶어하며 내 안의 부끄러움, 당황스러움, 계면쩍음을 느낀다. 타인이 비우고 떠난 자리에서 태어나서 나의 것인 죽음의 소환명령을 이미 받아놓고 오직 나에게만 열리는 가능성들을 파악하는 나는 타자들의 타자성에 내재된 타자들을 발견[96]하는 것이다.

평직원 시절 보일러에 대한 열정이 차츰 시들어가듯이 나는 그녀를 언제까지나 사랑할 마음으로 끌어안은 것일까 아니면 계속 넘보고 있다가 기회를 포착했던 것일까를 회의한다. 그녀와의 키스와 밀착된 관계만으로도 자신감이 팽팽해지곤 했던 나의 사랑에 대한 혐의를 추궁하는 나는 최초의 쾌락자아가 최종적인 현실자아에 의해 재정립되었다는 표식으로서의 현실적인 판단[97]을 한 선택을 했지만 가혹한 현실은 또다시 나를 과거로 퇴행하게 한다. 그녀를 버린 대가로 지금의 나는 퇴행의 길이며 억압으로의 회귀[98]인 환영에서 벗

---

95) ①하지만 알료나는 이제 이곳에 없다.(15쪽) ②그러나 그녀는 이제 여기에 없다.(16쪽) ③그녀는 어디로 갔을까. 몇 년 전 그녀는 갑자기 사라졌다. … 몇몇 아는 고려인들에게 수소문해보았지만 타슈켄트 어디에서도 그녀의 자취는 찾을 수 없었다.(36쪽) ④어디에도 알료나의 흔적은 없었다. 하지만 그들도 알료나의 행방을 모른다.(39쪽) ⑤그녀는 내 곁에 없다.(69쪽)
96) 알폰소 링기스, 김성균 역, 『아무것도/공유하지 않은/자들의/공동체』, 바다출판사, 2013, 64쪽.
97) 폴 리쾨르, 김동규 외 역, 『해석에 대하여』, 인간사랑, 2013, 454쪽.
98) 위의 책, 478쪽.

어나지 못하며 그녀를 버린 죄를 추궁당하는 악몽에 시달리며 식은 땀을 흘린다.

출장을 오는 길에 연해주 콕사로프카 발해유적답사를 따라갔던 것도 그녀 할아버지의 고향 우수리스크를 둘러보기 위해서이다. 그러나 드넓은 성터의 크기조차 헤아릴 길 없는 크나큰 공허와 그녀에 대한 상실감으로 도망치고 싶은 감정에 사로잡힌다. 나는 자신의 논리에 따라 타자를 편집하고 재구성하는 동일자의 제국주의적 생산물[99]로서 알료나를 봤던 것이고, 그녀를 성적(性的)·성적(聖的)으로 대상화했던 것이다. 길위에 서있는 그녀의 깊이와 울림, 모성을 피상적이고 무책임하며 가볍게 여겼던 나는 한민족 후예이자 디아스포라 운명을 지닌 알료나야말로 내 안의 타자임을 깨닫는다. 조상의 땅 북한 회령, 조부의 고향 연해주, 자신이 태어나고 성장했던 우즈베키스탄의 분위기가 어우러져 묘한 조화를 이룬 이국적 이미지 때문에 잊지 못한 그녀야말로 한민족의 신산한 역사였던 것이다.

보일러와 알료나에 대한 나의 사랑은 한민족문화인 발해문화에 대한 관심으로 이어진다. 자신의 뿌리와 역사, 문화를 은폐한 채 타민족, 타문화, 타언어에 적응해야 했던 알료나와 붉은 발해 토기에 그려진 처녀들처럼 함께 춤출 날을 기약하며, 발해풍 정원의 심장인 차이나 카레야의 그녀를 회상하는 나는 재회를 꿈꾼다. 알료나는 일제강점기의 남루함과 발해문화의 영광을 동시에 간직한 한민족 근원으로서 내게 숨기고 싶은 과거와 대면하며 자신의 뿌리를 인식하는 계기가 되고 있다. 그녀의 혼종적 모습 속에서 나는 봇짐을 싸서 고향을 떠났던 조부모의 모습과 새로 찾은 고향 우수리스크에서 정

---

99) 이종영, 『가학증·타자성·자유』, 백의, 1996, 137쪽.

붙이다가 느닷없이 화물열차에 짐짝처럼 실려 우즈베키스탄에 떨어진 광경과 그 와중에 실성과 병마와 죽음에 이르는 재이주의 참상을 영상화한다. 천하대장군이 서 있고 청국장 띄우는 냄새가 진동하는 고려인 마을도 우리의 과거로 거슬러가는 풍경이며 콕사로프카 발해 답사에서도 나는 수백, 수천 년 전에 망한 나라가 자기네 땅이라고 우겨대는 것의 황당함을 토로하며 온돌난방을 상업적으로 판매하는 일에만 전력하고자 한다. 그러나 애써 외면하던 중앙아시아에서의 우리 민족의 잔영이자 흔적인 알료나, 발해문화, 고려인들과의 대면은 나에게 깊은 잔상으로 남아 잊을 수 없는 고통과 아픔으로 자리 잡는다. 그녀의 사랑은 나를 특별한 사람이 된 듯 하게 만든 자부심을 갖게 했으며, 발해 온돌문화 역시 조상들의 지혜로움과 슬기를 알게 해주었기 때문이다. 그러나 이 또한 슬픈 과거이자 나라를 잃은 비루함이며 한민족의 떠도는 운명이기에 알료나를 외면하듯이 부인한다. 그녀는 불편하고 망각하고 싶지만 자신의 또 다른 자아이자 타자였던 것이다.

　　……전에도 그랬지만 이번에도 구제받을 대상은 그녀가 아니라 바로 나라고 일러주는 소리를. 나는 항상 내 자신을 그녀에게 뭔가를 주는 사람으로 착각해 왔다. 도리어 내가 그녀에게서 계속 무언가를 받고 있었다는 것을 이제는 안다. 나는 계속 착각하는 인간이다. 진실 앞에 요리조리 피하고 숨어버리는 인간, 비겁자, 추하고 두렵지만 인정하지 않을 수 없는 내 모습을 나는 기어코 보고 만다. 가슴이 점점 무겁게 내려앉는다. 폐허가 된 구들 터에 솥을 걸고 둘이서 밭을 매면서 모든 것을 다시 시작할 수도 있을 텐데, 그녀는 내 곁에 없다. 그녀의 발길이 어디쯤에 멈추어 설지 나는 알지 못한다. 붉은 발해 토기에 그려진 처녀들처럼 알료나가 친구들과 손잡고 둥글게 돌며 춤출 날이 언제쯤 올지, 그녀가 푸드덕푸드덕 푸른 날개를 펼치고 키릴 문자

대신 자신의 필체로 바뀐 새 현판 **발해풍 정원** 앞에 날아와 앉게 될 날이 언제가 될지도. 그때가 되면 우리는 굵은 땀을 흘려 향기로운 피곤을 맞이하고, 나머지 시간엔 시를 배우고…… 어쩌면 오늘처럼 차이 하나를 둘러싼 자작나무에 얼음꽃이 열린 그런 날일지도 모른다.(69쪽)

"상극이 만나 서로 다독이며 치켜세우며 가장 큰 힘을 내는" 보일러처럼 한국인과 코리안 디아스포라는 다른 환경 속에서 만났음에도 불구하고 타자화했기에 알료나가 떠난 텅 빈 온돌방에서 뒤늦게 깨닫는다.

이 소설에서는 나 이외에 우즈베크남편이 가출한 알료나를 찾고 있다. 병사한 형들의 두 아내인 형수들을 책임져야 하는 이슬람 결혼문화로 알료나를 네 번째 아내로 맞이할 수밖에 없었던 우즈베크 남성은 그녀 어머니의 병간호를 도우며 진정으로 사랑하고 미안해함으로써 무책임했던 나를 부끄럽게 만든다. 알료나를 공유했던 두 남자와의 만남에서 자기 감정에 충실했고 떳떳하게 행동한 남편에 비해 비겁했던 나는 침묵과 헛기침, 말더듬과 계면쩍음의 증세를 보이며 용기 없음에 괴로워한다. 타국에서 젊음을 발산하며 한 여성의 삶을 불행과 비극의 나락으로 빠뜨렸던 나는 지난날의 방종과 과오를 처절하게 인식한다. 시원, 모성, 간호, 돌봄, 자연 등 여성적 원리의 표상인 알료나는 남성들에게 진정성과 존재감을 확인받지 못하고 버림을 받거나 가출하며 실종된다.

남성중심 가부장적 분위기에서 디아스포라여성은 남성주체의 자기동일성을 위한 가교역할을 할 뿐 진정한 주체로 인식되지 않는 것이다. 그러나 뒤늦게 그녀를 찾아 방황하는 남성들은 일과 사랑에 진정성을 갖고 최선을 다했던 알료나와 달리 이름을 갖지 못한 나와 남편의 몰적인 지각능력으로 미처 볼 수 없었던 의지적인 여성을 찾아 헤매며 불안하고 흔들리고 있다. 삶의 풍파에 단단해지고 강한 그녀는 남성에게 기대지 않고 홀로 선다. 혹한의 추위를 감내하는 자작나무 위의 얼음꽃처럼 바닥의 온돌방이나 장식된 백자의 여백을 채우고자 했지만 사랑을 확인받지 못한 알료나는 길위의 여성, 집밖의 여성이 되어 러시아를 헤매는 것이다. 자아의 한계를 뛰어넘어 동일자의 논리를 벗어나 타자의 타자성을 수용하지 못한[100] 두 남성은 침묵하지만 끊임없이 외쳤던 알료나의 절실함과 진정성을 보지 못함으로써 그녀는 남성들 사이에서 가장 찬란하게 존재했지만 사실 부재되었던 것이다.

4. 망각과 은폐 속의 '발해풍의 정원'과 '마트료시카'

일제강점기에 함경북도 회령에서 연해주로 옮긴 알료나의 조부모는 우스리스크에 제2의 터전을 잡지만 강제로 화물열차에 짐짝처럼 실려 맨몸으로 우즈베키스탄으로 재이주된다. 회령-연해주-우스리스크-타슈켄트로 이주하는 동안 함경도 말-러시아어-우즈베크어까지 배워야 하는 상황 때문에 고려인의 삶은 처절하고 고달프다. 카레이스키는 지역적으로나 역사적으로나 억압과 질곡의 재이주를 경험했기에 조선족과는 또다른 맥락에서 이해해야 한다. 1937년 스탈린의 강제이주에 의해 '일본개', '스파이'라는 죄를 뒤집어쓰고 40여 일이 넘는 기차여행을 통해 척박한 중앙아시아로 내던져진 이들

---

100) 위의 책, 138쪽.

은 처벌받을지 모르는 상황에서 철저히 순응함[101]으로써 문화, 역사 그리고 언어를 상실할 수밖에 없었다. 가혹한 소수민족에 대한 분리, 차별정책으로 은폐되고 망각된 카레이스키는 특히 강제이주에 대해 침묵하고 부인함으로써 자신의 뿌리를 내면화한다. 남의 땅에서 민족적 축출을 당할까봐 노심초사하면서 통제되고 검열당한 고려인이야말로 생물학적 조에(Zoe)인 벌거벗은 생명이었던 것이다. 최근 중국과 러시아와의 수교 채택과 여행의 자유화로 무역과 산업뿐만 아니라 학술, 답사, 여행을 목적으로 연해주 지역을 오가며 교류가 활발해 지면서 코리안 디아스포라에 대한 관심이 높아졌다. 코리안 디아스포라는 '고려인(재소한인)', '조선족(재중동포)', '재일조선인(재일교포)'처럼 '고려', '조선'과 같은 과거의 역사에서 벗어나지 못하고 있으며 한국 근대사의 운명을 함께 한다.

나는 전문교수가 가이드를 해주는 연해주 콕사로프카 발해 유적답사에 참여하면서 고려인과 조선족의 무의식 속에 전해 내려온 발해문화의 자취야말로 한민족 정체성의 상징적 의미임을 알게 된다. '발해풍의 정원'으로 재현된 민속촌과 고려인 마을은 한국사회가 잃어버린 전통문화를 간직하고 있다. 문자와 빗살 토기, 온돌을 발명한 발해는 연해주 지역의 코리안 디아스포라에게 한민족의 근원이자 자부심이다. 연해주와 연변을 포괄하는 간도지역은 발해의 옛 땅인 동시에 19세기말부터 고려인이 정착하고 또 일제에 대항하여 독립운동을 한 거점[102]이기도 하다. 역사 속에 기록된 발해는 사람들이 손을 잡고 춤을 추는 답추(踏鎚)가 토기에 그려질 정도로 백성들이 태평성

---

101) 강진구, 「중앙아시아 고려인문학에 나타난 기억의 양상 연구」, 『국제한인문학연구』 1권, 2004, 331쪽.
102) 강인욱, 앞의 책, 7쪽.

대하게 살았다. 고구려계 유민들이 주체가 된 나라로 당나라 지방봉
건세력이 아니라 황제국을 지향했던 엄연한 독립국인[103] 발해는 코
리안 디아스포라에게 이상향으로 자리 잡는다. 조상에게 전해 내려
온 발해문화는 족자나 민속촌, 재현된 관광지, 조선족과 고려인 마을
에서 '발해치과' 같은 간판에 흔적이 남아 있다. 뿌리를 지닌 고구려
와 발해를 경영하면서 쌓았던 북방의 경험과 연해주에서 중앙아시아
에 이르기까지 우리 민족이 겪었던 유랑과 시련이야말로 미래의 통
일한국에 정신적인 자산으로 작용할 수 있을 것[104]이라 여기는 작가
는 「발해풍의 정원」에서 한민족이 지향하고자 하는 유토피아를 '발
해풍의 정원'으로 상정한다. 이 공간은 우리 민족의 전통문화와 고
유의 생활양식이 복원되어 평화롭게 태평성대를 누리는 장소이다.
차이하나 전통찻집에서 뜨개질이나 바느질, 공기놀이, 윷놀이를 하거
나 붓글씨를 쓰곤 했던 알료나는 한글로 쓴 **'발해풍 정원'**이란 글귀
를 남기는데, 이 글은 가족이 이주할 때마다 챙기곤 했던 족자 속의
내용이다. 알료나와 여행했던 교포마을은 잊어버린 고향집의 옛 모
습을 닮아 있다. 그곳에선 태권도 시범을 보여주는 고려인 청소년들,
당의를 입고 족두리를 쓴 채 어설픈 부채춤과 장구춤을 추던 처녀
들, 큰절하는 법을 배우던 어린이들의 공연과 러시아 노래를 부르는
뒷풀이에서의 고려인을 만난다.

① 마당 한쪽 자리 잡은 절구와 떡판, 디딜방아는 민속촌의 것처럼 전시
   용이 아니라 자주 사용하는지 떡가루가 허옇게 묻어 있고 고추색이
   벌겋게 배었다. 그때 내 머릿속에서는 이것이 바로 발해풍의 정원이

103) 위의 책, 17쪽.
104) 박찬순, 앞의 글, 54쪽.

아니겠는가 하는 생각이 들었다. 열심히 가꾼 들에 풍년이 들어 살림 살이는 넉넉하고 이웃과도 화목하게 지내고, 추수가 끝난 들판에서는 춤과 노래가 이어지고…… (47쪽)

② 빈부 차별 없이 발해의 모든 백성들은 구들이 놓인 집에서 살았다는 기록을 어느 책에선가 읽은 적이 있었다. 갑자기 비옥하지도 못한 땅에서 억척스레 철제 농기구를 두드려 만들고 허리가 휘어지도록 농사일을 하는 발해인의 모습이 평지 성터 안에 또렷이 드러나는 듯하다. 윤택한 생활 속에 서로 예의를 지키면서 오순도순 살아가는 미쁜 발해인들. 붉은 토기 속 치마 입은 여인들이 춤추는 모습도 수이자 해독문의 발해인 생활상과 크게 거리가 있어 보이지 않는다. 풍년이 든 들녘에서 달밤에 발해의 여인들이 둥글게 손잡고 노래하며 춤을 추지 않았을까. 그렇게 풍년이 든 들판에서 노래하며 춤추는 모습이 곧 발해풍의 정원 모습이 아니었을까.(58~59쪽)

교포마을이나 민속촌에 재현된 발해풍의 정원은 한민족의 뿌리이자 전통적 복원으로 한민족 디아스포라의 망각 속에 복원된 이상향으로 제시된다. 억압과 자기검열 속에서 부여잡았던 발해풍의 정원과 우리 민속전통문화에 대한 간직은 고국을 잊지 않으려는 고려인의 간절한 소망이자 기원이었던 것이다.

이 소설에서는 온돌체험방 보일러 위에 올려놓았거나 현관문에 풍경처럼 달아놓은 붉은 입술에 노란 스카프를 쓰고 연지를 찍은 건강한 새색시 모양의 러시아 목각인형인 마트료시카가 언급되는데, 이 인형은 다산과 풍요의 상징이다. 양파처럼 한 개의 인형을 열면 점점 작아지면서 나오는 인형이 직장도 청춘도 연인도 잃은 내겐 필요하지만 행운을 가져다준다며 알료나가 선물한 마트료시카가 이젠 없다. 마트료시카는 러시아여성, 우즈베크여성, 북한여성, 한국여성의 다중적 정체성을 지닌 알료나의 수많은 퍼소나로서 사랑과 정착을 갈망했지만 둥지를 틀지 못한 여러 자아들이다. 겹겹이 계속 나오는 인형의 내면처럼 분열된 채 인권의 주체가 되지 못한 이주여성은 수많은 인격을 간직한 채 타자화된다. 때로는 한민족 동질감을 갖는 인형이었으나 이질적인 러시아나 북한 정체성을 지닌 인형으로 출몰하기도 하는 알료나는 수많은 자신의 정체성과 인격 사이에서 갈등하고 파괴되며 분열되는 디아스포라여성이다.

이와 같이 발해풍의 정원과 마트료시카는 이주여성 알료나의 무의식에 은폐되고 망각된 복합적 정체성을 상징한다. 러시아에서 소수민족으로 살면서 북한이 고향인 조부 밑에서 한국인을 대면하는 알료나는 억압된 함경도 사투리를 내 앞에서 구사하며, 가난한 자신의 모습을 드러내지만 식민지, 가난, 촌스러움의 표상인 그녀를 외면하고 유기한 것이다. 믿고 의지했던 나에게만 억압되고 긴장된 모습을 해제하고 손길과 눈길, 맨몸을 드러내며 한민족 언어를 썼던 알료나는 나의 응답과 책임을 요구했다. 타자는 자신의 취약한 두 눈과 맨손과 판단과 모욕들에 스스로를 노출하는 말들로써 자신을 나에게 노출하는데 그런 타자는 나를 괴롭히면서 정언명령처럼 나에게 호소하는 고통의 표면으로서 노출[105]하는 것이다. 나는 실종된 그녀를 찾아다니고 발해문화를 탐사하면서 그녀 역시 자신의 기원이자 뿌리였음을 알게 된다. 망각되고 가려진 한국인의 과거이자 흔적인 알료나는 탈국경 시대에 만난 같은 민족에게 인정받지 못하고 폐기된다. 그럼에도 불구하고 이중문화를 지닌 경계인이자 이방인으로서의 문화전수자로서의 역할을 강조하고자 하는 주제의식은 고평할 만하다. 전세계에 흩어진 코리안 디아스포라의 전통과 뿌리를 일깨워주고 이주자가 지닌 역량과 자산을 발휘하여 새로운 문화를 창출하

---

105) 알폰소 링기스, 김성균 역, 앞의 책, 64쪽.

고 산업에도 기여할 수 있는 긍정적 의미를 험난하고 차별적인 현실을 배경으로 그린다는 점에서 설득력을 얻고 있다.

5. 탈근대·탈국경 이주와 여행의 의미

지구촌 사회는 다문화와 세계화라는 이름 아래 탈국경과 이주(이산)를 특징으로 하는 사회이다. 그러나 디아스포라여성은 21세기의 가장 비천하고 남루한 타자로 은유되며, 희생자 혹은 피해자로 재현된다. 이들은 국가의 외부, 민족의 바깥 영역에서 소수민족이자 주변부로서의 삶을 영위한다. 박찬순의 중편 「발해풍의 정원」은 카레이스키 디아스포라 3세인 알료나의 일과 사랑을 통해 자본의 지구화와 국제성별분업이 이주여성을 서발턴이자 식민지 여성타자로 재현하고 성적으로 타자화함으로써 고통스럽고 신산한 디아스포라의 운명을 그리고 있다. 타자의 몸으로 부분적으로 파편화되는 이주여성은 계급적·성적·민족적·인종적·문화적·지리적 타자의 흔적으로 표상된다. 이는 오리엔탈리즘적이고 남성중심적 시각에서 비롯된다. 그럼에도 불구하고 기존의 다문화소설에 나타난 젠더화되고 섹슈얼리티화된 희생양 이미지뿐만 아니라 이중적 정체성을 지닌 경계인으로서 한민족 혈통과 구들유전자를 지녔기에 두 나라의 무역에 기여하는 트랜스내셔널한 글로벌 인재로서의 역할과 가능성을 보여주고 있다는 점에서 주목되며, 반복 재생산되는 다문화소설의 한계를 극복하고 있다고 평가할 수 있다.

또한 이 소설은 한국남성인 '나'의 시선으로 답사와 여행을 한다

는 점에서 여행서사로도 읽힌다. 한민족의 비극적 과거이자 찬란한
역사이기도 한 디아스포라 운명과 발해문화는 우리 민족의 모습이
다. 무책임하고 비겁하게 버림으로써 러시아 전역을 떠도는 알료나
를 찾아다니는 자신의 부끄러움과 참회의 자기반성적 여정을 하는
나는 잃어버린 순수, 젊음, 꿈을 찾아 방황한다. 「발해풍의 정원」은
발해풍의 정원으로 표상되는 한민족 정체성에 대한 한국남성의 자각
과 수많은 퍼소나를 가진 고려인 3세 여성의 타자적·오리엔탈리즘
적 재현 양상을 보여주고 있다.

4장 집시와 심청(바리)의 환생, 21세기 이주여성

◆ 다문화적 탈식민 페미니즘 관점으로

1. 21세기의 타자, 이주여성의 위치

글로벌 경제와 전지구화는 자본과 노동의 이동을 가져왔고, 생존을 위해 국경을 넘는 제3세계 이주자의 출현은 민족국가의 위기와 다문화사회의 도래를 예고하고 있다. 최근의 국제이주는 2억 명에 이르며, 한국에 거주하는 외국인도 불법체류자까지 합치면 150만 명으로 전체의 3%에 가까운 인구구성을 보임으로써 우리 사회는 다민족·다인종·다문화사회로 이행 중이다. 따라서 '다문화주의', '다문화사회', '다문화의식'이 우리 사회의 화두가 되고 있지만 과연 우리 사회는 세계시민의식과 관용, 배려를 갖고 이방인을 대하고 있는가? 이제 이러한 자기성찰과 점검이 필요할 시점이다. 2000년대 다문화 소설 특히 이주여성이 등장하는 텍스트엔 이주자의 타자적 정체성과 우리 사회의 반다문화주의적·반여성주의적 시각과 그로 인한 갈등과 문제점이 드러나고 있다. 글로벌 경제는 계급, 인종, 성 사이의 빈부 차이를 벌어지게 하였고, 전지구적으로 작동되는 자본주의 가부장제 생산양식하에서 여성의 몸과 섹슈얼리티가 어떻게 연관되는 지를 이주여성이라는 특성 속에서 살필 수 있을 것이다.

초창기 이주양상은 건설업이나 공장노동 위주의 남성 이주노동자가 많았는데, 최근 여성이 많아진 이주의 여성화 현상은 빈곤이 여성에게 더 취약한데다가, 감정노동[106], 돌봄(보살핌)노동 같은 직종이나 유흥업소 같은 성산업에서 여성 수요를 필요로 하기 때문이다. 여성에게 이동은 프롤레타리아트화와 연관된 일로, 지역적 자본과 다국적 자본이 점점 더 많은 수의 여성을 신국제분업상의 임금 노동력으로 끌어들이고[107] 있다. 공사분리가 해체되고 있지만 젠더화된 인식은 여전히 작동되는바, 가족을 두고 온 이주여성은 가족 해체, 성적 일탈이 야기하는 타자적 정체성을 지닌다. 내국여성이 기피하는 3D 업종일이나 농촌총각과의 결혼을 통해 입국한 이주여성은 국경을 넘는 과정에서 신체 훼손, 성희롱 혹은 성폭력의 위험에 노출된다. 이외에도 외국인 혐오증(이주)[108]과 여성혐오증(젠더)[109]이 중첩

---

106) 공적 영역, 특히 서비스 업종에서 상품화된 감정노동을 말하며, 고객과 직접 접촉하는 부분에서 노동자의 감정 상태나 감정적인 표현을 조절하는 능력이 활용되는 노동으로 여성이 수행하는 많은 일에서 미소, 친절, 상냥한 말씨 등의 요소를 필요로 한다(강이수 외, 『여성과 일』, 동녘, 2001, 148쪽).

107) 린다 맥도웰, 여성과공간연구회 역, 앞의 책, 22쪽.

108) 제노포비아(xenophobia)라고 하며, 이방인이나 외국인에 대한 혐오를 의미한다. 이 현상은 종족적 동일성이라는 신화의 창출을 통해 자국민을 하나의 민족으로 형성하고 외국인들을 배제하는 매커니즘을 발전시키는 민족주의적 관계와, 노동자들이 하나의 계급으로 단결되는 것을 막기 위해 노동자들을 항상 분열시키고 위계적인 노동 분업 체계 속에 편입시키려는 자본주의적 관계 속에서 제노포비아를 활용하고 이를 통해 제노포비아 현상을 심화시킨다(김세균 외, 『유럽의 제노포비아』, 문학과학사, 2006, 20쪽).

됨으로써 신산하고 비극적인 이산생활을 감내한다. 코리안 드림으로 국경을 넘는 이주여성은 가정부 혹은 식당 종업원[110]으로 일하거나 예술흥행비자(E-6)로 입국하여 서비스업에 종사하며 방문동거비자(F-1), 거주비자(F-2)에 해당하는 국제결혼을 통해 유입되지만 빈곤국 출신, 유색인종, 여성, 이주자라는 사중 억압으로 인해 행복한 이산의 꿈은 좌절되고 만다. 이주여성은 문화적 편견과 언어를 갖지 못했다는 점에서 스스로를 말할 수 없는 서발턴[111] 계급으로 위치 지어진다. 국경을 넘는 과정에서 섹슈얼리티의 위험에 노출되며, 이주국에서도 관음증적·타자적 시선에 자유롭지 못한 이주여성을 고찰한다는 것은 그녀들이 외국인/이주자이자 여성이자 제3세계 출신이라는 점에서 다문화주의, 페미니즘, 탈식민주의 관점을 요구한다.

이주여성에 대한 논의는 다문화적 상상력, 탈국경 상상력, 디아스 포라적 상상력의 관점으로 연구가 진행되었다. 문재원은 탈북여성을 대상으로 국경의 변방지대를 유린하는 리나(들)의 위치성을 통해 국민적 정체성과 글로벌 시민 정체성의 모순과 갈등을 제시하며, 폭력과 감시의 시선에 포획된 심청이 자매애적 연대성을 통하여 보살핌과 배려의 공간을 생성해낸다고 분석한다. 이러한 분석은 유경수의 논문에서도 희망과 연대를 형성하는 소통의 공간으로 해석함으로써

---

109) 종교개혁과 마녀사냥의 전진으로 특징지어지는 격렬한 여성혐오의 시대가 16세기에 도래했고, 이러한 마녀 박해는 1990년대 세계 곳곳에서 재등장한 오랜 전통하에 형성된 것이다(실비아 페데리치, 황성원 외 역, 『캘리번과 마녀』, 갈무리, 153쪽, 343쪽).

110) 한국에서의 직업으로는 식당종업원 45%, 가정부 29%, 여관 11%, 공장연수 5.4%로 나타나고 있다(이혜경 외, 앞의 글, 268쪽).

111) 서발턴(subaltern)은 그람시의 용어를 스피박이 차용한 것으로, 피식민지인, 여성, 노동자와 같은 하위계층을 일컬으며, 이들의 경제적 불평등과 성적 예속으로 인해 이중으로 주변화된 서발턴은 스스로 말할 수 없다(스티븐 모튼, 이운경 역, 『스피박 넘기』, 앨피, 2005, 119쪽).

황석영의 『심청』, 『바리데기』의 탈북이주여성의 긍정적인 면을 설명[112]한다. 고인환[113]의 경우 젠더적인 측면보다는 탈북문제에 주목하여 탈근대와 근대 담론으로 다문화소설을 분석하였고, 김은하는 탈북여성을 마이너리티로 적극 호명함으로써 사회구조적 폭력을 나타냈지만 능동적인 행위자로서가 아닌 동정과 연민의 대상으로 묘사되고 있으므로 재현의 오리엔탈리즘에서 벗어나야 한다[114]고 비판한다. 송명희는 공선옥 소설을 연구대상으로 국가 간 차별이나 젠더차별보다는 인권과 빈곤의 계층문제를 드러냄으로써 복지제도의 확대와 다문화주의적 가치관이 요구된다[115]고 설명한다. 이주여성연구는 장편 『심청』, 『바리데기』, 『리나』, 『유랑가족』 등 작품론 위주로 제한적으로 연구되었거나 탈북자, 조선족으로서의 한민족 디아스포라 관점으로 분석되어 총체적인 이주여성연구가 필요하다. 따라서 2000년대 다문화소설을 중심으로 이주여성이 어떻게 재현되고 재생산되는지를 살펴보고자 한다. 결혼이민자와 이주노동자는 중첩되기도 하는데, 노동이민 후 결혼을 하거나, 국제결혼 이후 가출, 이혼 등으로 노동자가 되는가 하면 직업을 가진 주부이기도 하기 때문이다. 여성수난소설로서의 탈국경 여성서사는 팔려가는 여성으로서의 심청(바리) 모티프가 21세기에도 유효하며, 이주여성은 중첩된 소수자 정체성을

---

112) 문재원, 「황석영 『심청』의 근대성과 탈근대성」, 『한국문학논총』 43집, 2006, 351~375쪽, 문재원, 「경계넘기의 서사적 재현」, 『현대문학이론연구』 41집, 2010, 231~255쪽, 유경수, 「다원적 소통을 향한 디아스포라적 상상력」 17집, 2009, 437~461쪽.
113) 고인환, 「탈북자 문제 형상화의 새로운 양상 연구」, 『한국문학논총』 52집, 2009, 215~245쪽.
114) 김은하, 「탈북여성 디아스포라 재현의 성별 정치학」, 『한국문학논총』 55집, 2010, 365~394쪽.
115) 송명희, 「다문화 소설 속에 재현된 결혼이주여성」, 『한어문교육』 25집, 2011, 133~154쪽.

지님으로써 몸을 훼손당하고 인권유린과 성적 착취 하에서 '벌거벗은 생명'116) 혹은 '지구화가 생산한 쓰레기'117)로 인식되고 있다.

2. 젠더화·섹슈얼리티화된 직종과 사회인식

여성이주노동자는 남성이주자와 달리 젠더화된 사회인식으로 성화되고 성별화된다. 국경을 넘는 아시아여성은 월경하는 순간부터 몸의 훼손과 섹슈얼리티의 자기결정권에서 자유롭지 못한 상황에 노출118)된다. 국제결혼을 통한 다문화가정의 행복을 성취하기 위해 입국한 결혼이민자는 언어, 피부색, 문화적 차이, 기후, 가부장적 순혈주의를 극복하지 못함으로써 가출하거나 이혼하여 불법체류자가 된다. 이주여성의 취업은 식당종업원, 가정부, 여관, 공장 순으로 조선족의 경우 '식당에서 일하는 한국말이 어눌한 중년여성' 이미지로 각인되거나, 노래방, 나이트클럽, 다방과 같은 유흥업소로 양분된다. 내국인여성이 기피하는 3D 업종인 가사도우미 같은 가사(돌봄)노동이나 성적 서비스 업종으로 한정되는 것이다. 노동의 여성화 현상은 불안정한 저임 노동의 전지구적 구조119) 속에서 성적·심적 권한의

---

116) 아감벤의 용어로 장치에 의해 포획되는 생명체를 이르는 호모 사케르로서 그 자체로서 분리되고 배제된, 자신의 형태/속성을 박탈당한 순수한 생명을 말한다(조르조 아감벤·양창렬,『장치란 무엇인가?』, 난장, 2010, 153쪽).

117) 바우만은 피난민, 망명자, 이주자들을 절대적 외부인, 잉여인간으로서의 불합격품, 불량품, 폐기물, 찌꺼기, 쓰레기라고 설명한다(지그문트 바우만, 장일준 역,『쓰레기가 되는 삶들』, 새물결, 2008, 32쪽, 124쪽).

118) 황석영의 『바리데기』(창작과비평사, 2007), 정도상의 『찔레꽃』(창작과비평사, 2008), 강영숙의 『리나』(랜덤하우스코리아, 2006) 등의 작품엔 이주여성이 국경을 넘는 동안 강간을 당하거나 창녀촌에 팔려가는 등의 고초를 겪는 과정이 참혹하게 묘사되고 있다.

박탈과 빈곤화를 특징으로 한다.

김인숙의 「바다와 나비」의 식당에서 주방일을 하는 조선족 채금의 어머니는 적은 월급과 과중한 노동을 감수해야 하는 불법체류자이다. 그녀는 25살의 어린 딸을 마흔이 넘은 남자와 결혼시켜 국적 취득 후 헤어지게 할 작정이다. 두 차례의 만남 이후 결혼을 추진하는 채금은 중국에서 한국말을 배우며, 한국 갈 준비를 하고 있다. 채금의 어머니는 아들의 대학 학비를 위해 한국행을 택했으나 남편이 다리를 잃고 아들이 교통사고로 목숨을 잃었을 때도 돌아오지 않는 "지독하고 그악스러운 여편네"로 그려진다. 어린 시절 사람이 죽는 걸 목격한 일로 인해 불구자가 된 채금의 아버지는 한국에서는 할 일이 없어 중국에 머물며, 아내는 식당일을, 어린 딸은 국제결혼을 위해 한국행을 선택하는 이주의 여성화와 가족해체가 나타나고 있다. 조국도 국적도 믿지 않는 조선족은 믿을 건 돈밖에 없다며 수단방법을 가리지 않고 한국행을 결심하며, 비자를 얻기 위해 불법과 몸의 훼손까지도 각오한다. 이 소설은 남편과의 불화로 아이와 함께 중국에 온 한국여성과 결혼을 위해 이주를 결심하는 중국여성의 이중적 서사구조로 되어 있다. 바다를 건너기 위해 팔과 다리를 계속 날갯짓하는 어린 나비처럼 국경(바다)을 넘는 이주여성(나비)의 존재란 고통스럽고 아슬아슬한 것임을 소설제목을 통해 상징적으로 보여준다.

김애란의 「그곳에 밤 여기의 노래」의 보다 나은 삶을 위해 밀항을 한 조선족 임명화에게 주어진 일자리란 찜질방 청소, 발마사지, 가정부, 서빙, 모텔 청소 등과 같은 단순노동뿐으로 코리안 드림은 좌절되고 만다. 3D 업종 이외에는 일자리를 내주지 않는 자국민의

119) 태혜숙, 『탈식민주의 페미니즘』, 여이연, 2001, 152쪽.

차별적 인식 때문이다. 이와 같이 「그곳에 밤 여기의 노래」의 임명화와 여동생 려화, 「바다와 나비」의 조선족 주방아줌마, 『완득이』의 베트남 출신인 완득이 엄마는 식당에서 설거지나 요리를 한다. 식당종업원이나 가정부 이외에 「가리봉 양꼬치」에서의 간병인, 「그녀의 나무 핑궈리」에서처럼 공장에서의 미싱일이 고작인 이주노동자는 성별분업화된 한국사회에서 전문직이나 사무직에 취업하기 어려우며 가사일 같은 제한적인 일을 함으로써 프롤레타리아트화[120]된다.

식당종업원 혹은 식당아줌마로 규정되는 3D 업종 이외에 이주여성이 할 수 있는 일은 섹슈얼리티, 몸, 성과 관련된 노래방, 나이트클럽, 다방 등에서 일하는 성산업이다. 전라도 농촌총각과의 지루한 결혼생활을 못 견뎌 가출·상경한 공선옥의 「가리봉 연가」의 장명화는 가리봉동 북경노래방의 '카수'로 소문날 정도로 유명한 노래방 도우미로 생활하며 억척같이 살지만 길거리에서 칼에 찔려 무참하게 죽는다. 정도상의 『찔레꽃』의 은미는 탈출한 북한여성으로 조선족만큼이나 탈북자 이미지가 좋지 않아 회사에서도 식당에서도 취업이 되지 않는다. 외국인 노동자보다도 차별이 심한 한민족 디아스포라에 대한 한국사회의 배타적 태도 때문이다. 인신매매로 일 년 동안 중국 농촌에서 고생을 하다가 지인에게 돈을 떼이고 우여곡절 끝에 한국땅을 밟았지만 그녀에게 주어진 일자리는 노래방 도우미일 뿐이다. 결국 돈을 벌기 위해 이차까지 나가게 되는 은미는 함흥냉면을 먹고 찔레꽃을 키우며 고향을 그리워한다. 인간답게 살기 위해 한국에 왔으나

---

120) 파레나스는 유럽이나 미국에서 일하는 필리핀여성을 '세계화의 하인들(global servants)'이라고 명명함으로써 이주여성이 후기 자본주의 시대에 최하층으로 등장하고 있다(기계형, 「이주의 여성화에 대한 비판적 성찰」, 『아시아여성연구』 49권, 2010, 264쪽).

도우미에서 매춘부로 전락한 그녀는 대학생이 되고 싶은 마음을 접고 브로커에게 진 빚 때문에 위장결혼까지 생각하는 상황에 처한다.

김재영의 「코끼리」에서 5호실 쪽방에 사는 러시아아가씨 마리나는 빅토리아 관광나이트 클럽의 무희로 벗은 모습으로 포스터에서 상품화된다. "젖가슴을 반 이상 드러낸 까만 브래지어와 반짝이 팬티를 입고 엉덩이 뒤쪽으로 공작 꼬리처럼 생긴 화려한 인조깃털을 매단 의상을 입고 빨간 입술과 틀어 올린 금발머리"의 그녀는 아버지가 체첸전쟁에서 죽고 어머니마저 병들자 배를 타고 한국행을 선택한 이주여성이다. 그녀는 늘씬하고 서구적인 서양인으로, 성산업에서 성적 서비스가 비싸게 거래되고 성적 판타지를 가장 많이 불러일으키는 러시아 백인여성[121]이기 때문에 입국할 수 있었다. 「아홉 개의 푸른 쏘냐」의 러시아 민속무용단원이었던 쏘냐는 이태원 로즈이클럽의 무희로 남성에게 착취당하고 성적 폭력과 욕설과 매질을 타국에서 견디며, 자작나무숲이 있는 고향을 그리워한다. "가슴과 음부만을 구슬이 잔뜩 달린 무대복"을 입고 무대에서 춤을 추어야 할 뿐만 아니라 아파서 일을 못할 경우에도 몸을 팔아야 하는 쏘냐는 브로커 최에게 여권을 강탈당하고 헤로인 주사를 맞으며 강제 섹스를 해야 한다. 끊임없이 웃음을 발산하고 몸을 흐느적대며 춤추는 그녀는 인권을 유린당하며 거리의 창녀로 전락한다.

그녀들의 이동경로는 민속무용 일자린 줄 알고 왔지만 중개업체의 거짓말에 속거나 사기를 당해 매춘을 하게 되는 경우가 많다. 외국인여성이 선택할 수 있는 입국 및 이산의 조건은 산업연수나 국제

---

121) 김은실, 「지구화, 국민국가 그리고 여성의 섹슈얼리티」, 『여성학논집』 19집, 2002, 40쪽.

결혼이 아니면 단기 연예인 비자(E-6)를 통해서이며, 그녀들은 주체와 타자, 보는 자와 보이는 자, 한국남성과 이주여성으로 이분법화되어 시각적이고 에로틱한 효과로 코드화되는 보임의 존재[122]가 되고 있다. 이국적이고 관능적이며 신비화된 이주여성은 관음증적 욕망의 대상이 되어 성적으로 상품화된다. 자국에서보다 나은 삶을 위해 선택한 이주에서 그녀들은 과로와 성적 노동, 저임금, 협박에 시달리는 고통스러운 나날을 보낸다.

박찬순의 「가리봉 양꼬치」의 분희는 공장에서 일하다가 가리봉동 다방으로 옮기게 되는데 고객으로부터 성희롱을 당하더라도 월급이 제대로 나오기 때문에 육체노동보다 낫다고 생각한다. 이명랑의 『나의 이복형제들』의 장미다방 레지인 중국여자 또한 고객에게 몸을 훼손당한다. 한국어 공부에 집착하는 그녀는 남편의 가혹한 폭력에 시달리면서도 주민등록증을 갖기 위해 학대와 고통을 온몸으로 감내한다. 그녀는 인도 출신 이주노동자와 일란성 쌍둥이처럼 서로를 기대면서 미래를 꿈꾸지만 신체폭행과 성폭행에 노출되며 탈출을 위한 자금을 마련하기 위해 티켓을 끊는 매춘행위까지 하게 된다.

3. 이동경로/이산생활에서의 몸의 훼손과 질병의 징후

전지구화와 자본주의 가부장적 생산양식은 가난한 여성들을 한없이 주변부로 밀려나게 함으로써 월경하는 모험과 위험까지 감수하게 만든다. 이주여성은 국경을 넘는 과정에서 교환가치로서의 성상품으로

---

122) 미콜라스 미르조에프, 임산 역, 『비주얼 컬처의 모든 것』, 홍시, 2009, 286쪽.

인식되어 브로커에게 막대한 자본과 몸을 손상당한다. 『찔레꽃』[123]의 은미는 함흥을 떠나 중국을 거쳐 한국으로 오는 여정에서 이름이 여러 번 바뀔 정도로[124] 견디기 힘든 고초를 국경을 건널 때마다 겪는다. 비법월경자의 만신창이 몸이 된 은미는 이주의 목적지인 남한사회에 와서도 편안하고 안정된 생활을 하지 못하고 있다. 「그곳에 밤여기의 노래」의 명화, 려화 자매는 밤배로 밀항하는 동안 가슴 졸임과 미지의 세계에 대한 두려움과 공포로 위축되며, 천운영의 『잘 가라, 서커스』의 림해화는 의처증과 성적 학대를 못 이겨 가출한 후 여관에서 잡일을 하면서 사장에게 성희롱을 당한다.

사장은 얼굴을 바싹 들이댔다. 그러고는 뜨뜻한 입김을 훅 불어넣으며 은근한 소리로 말했다. "내가 좋은 사람 소개시켜줄게. 젊은 나이에 여관방에 혼자 누워서 재미가 안 나잖아. 나이도 좀 있고 사회적으로다가 안정도 되고 돈도 좀 있고. 그런 사람이 좋거든. 경험도 풍부하고 말야. 돌봐주기도 하고 애인도 삼아주고. 젊은 놈들이야 그저 껄떡댈 줄이나 알지, 진짜 맛은 모르거든. 애인만 하는 게 싫으면 결혼을 해도 돼. 한 이 년만 살면 주민증도 나오잖아. 그럼 불법체류도 아니고 얼마나 좋아. 돈 들여서 위장결혼도 하는 마당에. 어때, 내가 중신 좀 서볼까?" "일없습다. 관계하지 마십쇼. 저 그만 일어나겠습다." 말을 마친 나는 서둘러 자리에서 일어났다. 사장의 얼굴이 검붉게 달아올랐다. 내가 너무 단단하게 말해 버린 것은 아닌지. 사장의 화를

---

123) 『찔레꽃』은 7편의 단편소설을 모아 엮은 연작의 형태로 주인공 충심이 고향 함흥을 떠나 남양→중국 헤이룽쟝성 농촌→션양→남한으로 이동하는 이주여성의 수난을 그린 장편이지만 각각의 발표 시기도 다르고 각각의 단편으로 독립적으로 읽히므로 본고에서는 단편 「찔레꽃」(『창작과 비평』, 2007.가을호)을 텍스트로 삼는다.
124) 디아스포라는 여러 개의 이름을 갖게 됨으로써 정체성의 혼란과 분열을 겪게 되며, 충심→미나→소소→은미의 변형 속에서 다양성과 다국적성을 지닌다. 디아스포라의 다양하고 혼종적인 이름을 통해 이들의 삶이 얼마나 복합적이고 계속되는 이동으로 정주가 어려움을 말해준다.

돋우어 해가 되지는 않겠는지. 신을 신고 방을 나오기까지 머릿속에 많은 생각이 들었다. "여자가 그리도 뻣뻣해서 살아남겠어, 어디?" 사장의 목소리가 빈 복도에 울려퍼졌다. 방문을 닫고 가름쇠를 잠갔다. 정신이 번쩍 들었다. 문득 내가 혼자라는 사실을 깨달았다. 나는 나 스스로를 보호하고 지켜야 했다.[125]

고향에서의 첫사랑과의 이별 그리고 시동생과의 음험한 사랑, 남편의 성적 학대와 폭행 등의 상처뿐인 결혼생활의 실패로 가출한 림해화는 고향을 멀리 두고 온 이국땅에서 어느 누구의 보호도 받지 못한 채 언제 추방될 지도 모르는 불안감과 고독감에 휩싸인다. 자신을 성적 대상으로 삼는 여관 사장의 비위를 맞추며 생계를 유지해야 하는 디아스포라여성 앞에 암담하고 참혹한 현실만이 놓여 있을 뿐이다. 여관 사장의 태도에서 보듯이 이주여성을 대하는 한국남성의 가부장적이며 무책임하고 가벼운 자세는 그녀를 불안하고 위기상황에 직면하게 한다. 이 소설에 등장하는 장춘 출신의 식당 아줌마도 식당주인에게 겁탈당하고 그 아내로부터 모진 고문과 폭력을 당하며, 중국에서 마시지일을 하는 림해화의 친구 영옥과 화순은 코리안 드림을 꿈꾸며 한국남성에게 몸을 허하지만 버려지거나 미래가 불투명한 관계가 형성될 뿐이다.

공적 영역에서 일을 하는 이주여성은 풍문이나 속설로 재생산되어 성적으로 방탕한 이미지로 그려진다. 이는 여전히 집밖의 여성, 거리의 여성은 강간이나 성폭력의 위험에 노출될 수밖에 없는 상황을 표출하며, 공적 영역에서 활동하는 여성은 가혹한 평가를 받거나 처벌되었다. 근대적인 것과 공적인 것이 남성을 대변한다면 전통적

---

125) 천운영, 『잘 가라, 서커스』, 앞의 책, 193~194쪽.

인 것과 사적인 것은 여성을 대변하므로, 자율적 주체나 동일자로 규정될 수 없는 길위의 여성은 창녀로 취급받거나 부정적이고 사악한 여성으로 인식되었다. 특히 남편과 시댁의 동화주의적·가부장적 태도와 마을사람들의 배제적 시선을 감내해야 하는 다문화가정의 결혼이민자나, 미등록 신분으로 성적 대상화된 이주노동자 모두에게 집안/집밖 어느 곳에도 자신의 몸 하나 편히 누일 공간이 없는 것이다.

『나마스테』의 사비나는 6년 전 한국행을 택했으나 동거와 강간 등 망가질 대로 망가져 자신을 쫓아 한국까지 온 첫사랑 카밀의 사랑을 포기하고 만다.

> "……내가 한국에 가서 처음 당한 일이 뭔지 알아?"
> "강간이야. 첫 직장 과, 과장이 날 환영한다면서 술을 먹이고, 가불해 준다면서 얼르고, 카트만두로 돌려보낸다고 협박하고…… 그게 시작이야. 여권을 빼앗겨서 도망갈 수도 없었어. 얼마 후엔 또 부장이 불러. 물론 좋은 한국 남자 많아. <u>그치만 어떤 한국 남자들, 못사는 나라에서 돈 벌러 온 여자, 자기 맘대로 해도 상관없다고 생각해. 옛날 미국 사람들이 흑인 노예 보듯 보는 거지.</u> 한번 당하면 한번에서 끝나지 않아. 죽을까 생각한 적 많았어. 거울 앞에서 내 얼굴, 내가 손톱으로 긁는 일도 있었지. 차라리 더 밉거나 더 흉측하게 태어났더라면 얼마나 좋을까 하고. 그렇게 1년인가 2년인가 보냈는데, 카밀이 내 앞에 나타난 거야. 내가 어떻게 옛날처럼…… 카밀을 받아들일 수 있었겠어?"[126]

남성 이주노동자들이 선원이나 공장 및 건축노동자로 국경을 넘는 데 반해 여성들은 가사노동, 성적 서비스업, 연예인이나 매춘여성, 상업화된 결혼을 통해 이주함으로써 여성의 몸, 성 같은 생산성[127]이 작용된다. 『나의 이복형제들』에서는 다방에서 일하는 중국

---

126) 박범신, 『나마스테』, 한겨레신문사, 2005, 374쪽.
127) 김은실, 앞의 글, 33쪽.

조선족 출신 이주여성의 신체 훼손을 통한 젠더화된 인식이 드러난다. 계급적·인종적·문화적·성적으로 차별화되는 이주여성은 성화될 수밖에 없다는 점에서 남성이주자보다 더한 질곡에 놓인다. 국경을 넘어 밀입국하는 순간부터 불안하고 위험한 이산생활을 각오해야 하는 이주여성은 장시간의 노동시간, 저임금과 같은 열악한 노동환경 속에서 이루어지는 일의 고단함과 과로로 건강을 해친다. 돌봄/감성/친밀노동과 같은 (재)생산노동이 성, 계급, 인종적으로 하위에 속하는 여성을 배치함[128]으로써 성별화되고 있기 때문이다.

「아홉 개의 푸른 쏘냐」의 쏘냐는 짓궂은 손님에게 시달려 억지로 술을 마셔대야 하며, 반라의 몸으로 상스러운 농담을 받아야 하는데다가 무대에서 경련을 일으키며 쓰러져도 치료는커녕 클럽 지배인으로부터 가혹한 폭력과 폭언에 시달린다.

> "에이, 재수없어. 쌍년들아, 기분 더럽게 울긴 왜 울어?" 그때 한 사내가 무대 위로 올라가 쏘냐의 몸 위에 샤리프를 덮었습니다. 콧수염을 기른 건장한 몸의 그 사내는 로즈이의 지배인이었는데 쏘냐를 어깨에 들쳐 메더니 황급히 무대 뒤쪽으로 데려가 분장실에 <u>짐을 부리듯 내동댕이쳤습니다. 이어 그녀의 몸으로 가혹하게 쏟아진 발길질과 욕설</u>……. 쏘냐는 신음 소리조차 제대로 내지 못하며 속으로 잦아드는 울음을 울다가 어느 순간부턴가 시체처럼 전신을 늘어뜨렸습니다. 지배인의 발길질에 충격을 받은 제가 의식을 잃은 것도 그 순간이었나 봅니다.[129]

인간으로 인정받지 못하고 '짐', '시체', '인형'처럼 다뤄지는 쏘냐는 브로커를 칼로 찔러 범죄자로 전락한다. 밀항선을 타고 월경하여

---

128) 태혜숙, 『대항지구화와 '아시아' 여성주의』, 울력, 2008, 29쪽.
129) 김재영, 「아홉 개의 푸른 쏘냐」, 『코끼리』, 실천문학사, 2005, 64~65쪽.

불법으로 체류하는 이주여성의 불안감과 긴장감이 야기하는 심리적·육체적 억압은 질병을 야기할 정도로 큰 것이었다. 소설 속에 등장하는 이주여성의 결말이 가출 후 질병을 얻거나 죽음과 살해로 귀결됨으로서 정착의 어려움과 부적응을 보여준다.

『잘 가라, 서커스』의 림해화는 남편의 학대로 집을 떠난다. 가출 이후에도 남편에게 당했던 성적 학대는 손목에 흔적으로 남아있고 그녀의 무의식에 작동되어 몸의 고통과 정신적 고문, 상처로 기억된다. 행복한 결혼생활을 꿈꾸었으나 체념과 불건강, 유산 같은 육체적 소진뿐이었으며 그녀의 가출은 생존을 위한 어쩔 수 없는 선택이었다. 자신이 속한 사회에 포함되거나 소속될 수 없는 불법체류자의 가슴 졸임과 심적 고통은 육체적 질병을 야기하게 된다. 「그곳에 밤 여기의 노래」의 명화, 려화 자매도 불구가 되거나 암에 걸려 죽는다. 동생 려화는 설거지 도중 세제가 튀어 한쪽 눈을 잃은 채 보상도 받지 못하고 중국으로 돌아간다. 돈을 벌기 위한 목적으로 밀항선을 타고 한국에 온 그녀들의 삶은 피폐하고 빈곤했으며, 쉴 수 없이 해야 하는 노동뿐이었다. 밀항선을 타고 월경하여 불법으로 체류한 이주여성의 불안감과 긴장감은 위암이라는 질병에 노출되어 "나쁜 냄새를 풍기며 바싹 쪼그라든 채" 죽어간다.

「가리봉 연가」의 명화는 가출하여 밤에만 불기가 들어오는 여인숙에서 "목울대 부분이 따끔거리고 아프지만" 병원비조차 아까워 치료를 하지 못하는 고단한 이산생활을 하고 있다. 21세기 이주여성의 질병과 몸의 훼손은 디아스포라여성의 타자성을 상징하고 있다. 추방당할 위험과 섹슈얼리티 훼손의 불안감 그리고 타자적 시선에 노출된 이주여성의 타자적 삶이 다양한 질병으로 표상되고 있는 것이다. 남성 이주노동자가 주로 폭행이나 열악한 작업환경으로 인한 몸의 불구나 상해[130)로 나타나는 반면 이주여성의 경우 질병이나 은유화된 상처로 표출되고 있다. 탈국경 과정에서의 브로커, 이산생활에서의 토착민남성과의 관계망 속에서 자본과 섹슈얼리티, 국적 문제를 안고 있는 이주여성의 침묵과 억압이 질병으로 제시되고 있다.

4. 집시/희생양 이미지로 재생산된 타자적 정체성

풍문이나 매스컴을 통해 재생산된 조선족여성과 탈북여성에 대한 비판적 이미지는 그녀들의 이산생활을 더욱 피폐하고 열등한 타자적 위치로 전락시킨다.

> ① 그렇게 한국으로 시집온 조선족 여자들이 어느 날 자기 몸으로 낳아놓은 아이까지 내팽개치고 주민등록증 한 장만을 달랑 챙겨 도망가 버린다는 그래서 심각한 사회적 문제가 야기되고 있다는, 그런 이야기는 한동안 신문과 TV뉴스에서도 자주 보았던 것이다. 어쨌거나 나하고는 상관없는 일이었다.[131)

---

130) 김재영의 「코끼리」에서 파키스탄 출신 알리와 쿤은 프레스에 손가락이 잘렸고, 아카스의 아버지는 폐가 나달나달해졌으며, 박범신의 『나마스테』에서 학바는 공장에서 일하다가 얼굴과 팔과 눈에 화상을 입고, 나왕은 기계공장에서 무릎을 다쳐 장애인이 된다. 네팔인 구릉도 입국 3개월 만에 프레스에 손가락 두 개를 잃고, 덴징 역시 몰매를 맞아 장파열과 어금니 손실, 무릎 골절상과 늑골이 부러진다. 손홍규의 「이무기 사냥꾼」의 조선족 출신 장웅은 과로로 맹장파열, 복막염에서 패혈증이 심해져 오한과 고열로 결국 죽게 된다. 이와 같이 남성들은 산업일꾼이 대부분인 반면 여성들의 경우 연예종사자나 불법체류의 위험에서 벗어나기 위해 국제결혼을 선택하는 경우가 많다.
131) 김인숙, 「바다와 나비」, 김인숙 외, 『바다와 나비-2003 이상문학상 수상작품집』, 문학사상사, 2003, 16쪽.

② "……<u>연변여자들은 믿을 수 없는 사람들이 많지만</u> 베트남 여자들은 백프로 숫처녀에다가 연변여자들처럼 도망치려야 도망칠 데도 없고 얼굴도 우리하고 비슷해서 아를 낳아도 전혀 혼혈인 같지 않다고."[132]

③ "<u>암튼 탈북자년들은 대가리가 졸라 이상해.</u> 손님이 있어도 멋대로 빠져나오고 지랄들이야 지랄이." 얼굴이 화끈 달아올랐다. 마음 같아선 따귀를 한 대 올려붙이고 싶지만, 녀석의 말이 온통 틀린 것만은 아니었다. 불고깃집에 나가던 무산의 성희는 일이 힘들다며 사흘 만에 말없이 나와 버렸고, 고속도로 휴게소에 취직했던 회령의 정림은 하루종일 서 있는 게 싫다며 일주일 출근하고는 드러누워 버렸다. 남자에 대해서도 마찬가지였다. 성희와 함께 무산에서 나온 홍단은 툭하면 동거를 했고, 그나마 석 달을 넘기지 못했다. 벌써 네 번째를 내보내고 다섯 번째 동거를 시작하려고 남동공단 입구에 카센터 총각을 밤마다 불러들이고 있었다. 대전에 있는 영희는 호프집에서 만난 남자와 동거를 시작했다고 전화에다 수다를 떨었다. 그것도 자랑이냐며 속으로 욕을 퍼부었다. 이미 중국에서 몸을 버릴 만큼 버린 터라 모두들 그까짓 것 하며 살았다.[133]

이와 같이 이주여성의 이미지는 부정적이거나 비판적이다. 여성이 국경을 넘는다는 것은 19세기 집시들을 타락했다고 여기는 경향이 여전하다는 점에서 성적 타락과 불결함으로 인식된다. 여성들이 한 그룹 전체로 '타자화'되듯이 소수민족의 여성은 두 배로 '타자화'를 당하며, 문명화된 '백인'여성보다 자연에 더 가깝고 더욱 성적인 대상[134]으로 인식된다. 자유롭게 이동하고 노동하는 여성의 몸을 파괴하고 종속시키는 고문이야말로 자본의 본원적 축적수단이었으며, 여성 몸의 박해야말로 근대사회의 출현과 연결[135]된다. 이러한 성차적

132) 이순원, 「미안해요, 호 아저씨」, 『첫눈』, 뿔, 2009, 109쪽.
133) 정도상, 『찔레꽃』, 창비, 2008, 201쪽.
134) 린다 맥도웰, 여성과공간연구회 역, 앞의 책, 372쪽.
135) 태혜숙, 『대항지구화와 '아시아' 여성주의』, 앞의 책, 144쪽.

관점은 집시(이주)여성뿐만 아니라 유색인종여성에 대한 담론형성에서 전형화되고 있다. 일반적으로 가정은 휴식과 안전의 영역이자 사랑의 장소로 구축되어 가정 안의 여성은 천사(Angels of the home), 순결하고 성스러운 존재로 미화되므로, 공적 영역에서 활동하는 가정 밖의 여성은 부정적인 이미지를 갖게 된다. 품행과 성관계를 의심받으며 공포와 혐오의 대상이 되는 이주여성 이미지는 타자적 정체성을 구성하는 요소가 되고 있다.

「가리봉 양꼬치」의 분희는 자동차 부품공장에서 일하다가 지하다방으로 자리를 옮겨 어린 시절 연인인 양꼬치 요리사를 만나면서도 뭇남자들과 성적 거래를 하며 그들에게 애인의 레시피를 넘기는가 하면 위험에 빠지게 한다. 『나마스테』의 사비나 역시 동향 출신이자 학교 동창인 카밀의 진정어린 사랑을 끊임없이 이용하여 그를 괴롭히고 돈을 갈취하는 이기적인 여성으로 그려진다. 이주여성에 대한 부정적인 이미지는 남성중심 가부장적 분위기 속에서 적응해야 하는 탈국경여성들의 열악한 조건을 말하는 동시에 젠더화된 인식 때문이다.

다문화소설 속의 이주여성은 '나비'(「바다와 나비」), '파프리카'(「파프리카」), '사과배', '서커스 여인'(『잘 가라, 서커스』), '수입품', '핑궈리'(「그녀의 나무 핑궈리」), '인형'(「아홉 개의 푸른 쏘냐」, 『나의 이복형제들』) 등으로 상징화되고 있다. 경계인인 그녀들의 운명은 바다를 건너는 여린 나비나, 언제 추락할 지 모르는 이산생활의 아슬아슬함을 서커스 여인으로 표상하며, 조선의 사과와 연변의 참배나무를 접목시켜 만든 혼합종으로 용정의 특산물인 사과배나 핑궈리처럼 성공적인 정착을 소망하는 이미지로, 또한 파프리카나 수입품처럼 한국에 잘 이식할 수 있도록 조심스럽고 섬세하게 배려해야 함을 드러낸다. 또한 비인간인 인형으로 취급받는 그녀들은 섹슈얼리티의 자기결정권을 갖지 못한 채 낯설고 먼 이국땅에서 불행하고 비극적인 삶을 영위하며 집시 이미지와 희생양 메커니즘[136]이 중첩되어 마녀사냥의 대상이 되고 있다. 이농과 도시 중심의 자본주의 생산방식에 의한 유럽 경제가 대두하면서 결혼제도 속에 편입되지 않은 여성들은 춤, 사기, 노래, 매춘으로 생계를 유지하는 가난한 군중으로 영락[137]하거나 매춘부로 격하되었다. 이러한 전통과 사회적 분위기는 21세기 성노동(sex work)에 종사하는 이주여성 이미지에 덧씌워짐으로써 무시당하고 함부로 다루어지며, 최소한의 인권조차도 유지할 수 없게 한다. 국경을 넘는 순간 몸 자체가 화폐가치로 환산되어 버리고 국경에서 야기하는 온갖 풍문과 속설 그리고 집시 정체성을 지닌 이주여성은 손쉽게 교환되고 폐기되며 착취되는 성상품[138]으로 만들어 지는 것이다.

5. 심청(바리) 모티프와 폭력적인 가부장제 가족형태

가족의 생계를 부양해야 하는 이주여성에게 빈곤은 국경을 넘을 정도로 위험하고 치명적이다. 18만 명으로 전체 인구의 3%를 차지

---

136) 희생양 메커니즘은 하나의 희생양으로서 모든 가능한 희생양들을 대신하는 것으로, 사회적인 비정상을 표적으로 삼아 제의적 희생양으로 삼는 것이다. 여인, 아이, 노인과 같이 약한 사람이나 외국인, 타향인, 고아, 명문가 자제나 빈털터리, 장애자, 민족적·종교적 소수파, 강간·근친상간·수간 등의 성적 범죄자 등이 해당된다(르네 지라르, 김진식 역, 『희생양』, 민음사, 1998, 25~38쪽).
137) 위의 책, 144쪽.
138) 소영현, 「마이너리티, 디아스포라」, 『여성문학연구』 22호, 2009, 82~83쪽.

하며 국민으로 형성되고 있는 결혼이주여성은 현모양처형 아내나 순종적이고 동화된 한국며느리라는 가부장적 가족의 틀로만 인식되어져 인권문제를 야기한다. 결혼이민자의 결혼동기는 가족부양이나 생계를 짊어지기 위한 심청(바리)[139]과 가부장제의 희생양 역할에 기인한다. 딸과 아내는 국가의 위기의 순간마다 희생되었는데, 고려시대 조공으로 중국으로 간 환향녀(還鄕女)나 식민지 시대에 아버지의 무능함으로 채무첩, 기생, 카페 여급이 되어 스스로를 희생했던 경험, 1950년대의 기지촌 여성, 1970년대 일본 기생 등 가부장제 사회에서 가족과 국가를 위해 몸을 바치는 관습이 21세기에도 여전히 유효하다.

「가리봉 연가」의 장명화는 간암에 걸린 오빠의 치료비와 친정가족을 한국에 데리고 올 목적으로 마음에 들지 않는 전라도 농촌총각과의 결혼을 선택했고, 「미안해요, 호 아저씨」의 오익의 세 번째 아내도 가족 때문에 결혼한 것이라고 한국남편에게 첫날밤 고백하며, 「파프리카」의 수연은 여동생에게 오토바이를 사주었고, 「그녀의 나무 핑궈리」의 조선족아내 만자 씨도 병든 아버지의 약값과 초청장을 기다리는 남동생을 위한 결혼이었다. 「번지점프대에 오르다」의 가구 공장에서 일하면서 단속할 때마다 마음을 졸이며 숨어야 하는 필리핀 출신 오로라는 소작농인 아버지를 위한 물소 한 마리와, 개조한 중고 지프 한 대를 마련해 관광객을 태우고 다니는 일을 하고 싶어하는 남동생을 위한 차 한 대를 장만하면 고국으로 돌아갈 수 있다

---

139) 고전문학 속의 주인공인 심청과 바리는 자식의 도리를 다하기 위해 목숨을 버리거나 생명수를 찾아 디아스포라가 되는 가부장제의 희생양들이다. 가족을 위해 탈국경하는 21세기의 이주여성이야말로 전지구적 자본주의 가부장 체제에서 자행되는 불평등한 권력관계의 표상이다.

고 고백한다. 팔려가는 여성 혹은 심청(바리) 모티프는 여성의 교환이 이루어지던 오랜 가부장제 역사 속에서 21세기까지 이어지고 있다. 「찔레꽃」의 은심은 노래방을 서너 번 옮기며, 엄마와 이모에게 돈을 보내기 위해 이차까지 나갈 결심을 하며, 「아홉 개의 푸른 쏘냐」의 클럽 무희 쏘냐 역시 고향의 어머니를 모셔와 신장이식수술을 시켜야 하는 부채감으로 거리의 여인이 되고 만다. 제3세계 출신 아시아 여성은 섹슈얼리티, 성, 몸의 훼손을 감수하며, 자신을 위해 살지 못하고 남을 위해 사는 고단하고 불안한 이산생활 속에서 경제적·성적 타자로 위치 지어진다.

1990년대부터 중국과의 수교 이후 연변처녀와 농촌총각의 짝짓기 사업이 추진되면서 국제결혼이 급증하였다. 여성들은 가족부양이나 신분상승을 위해, 남성들은 아내를 얻기 위한 방편으로 이루어진 것이었다. 그러나 맞선과정에서 무차별적이고 인권유린적인 상황이 전개[140]됨으로써 빈곤국 출신의 검은 피부를 가진 이주여성은 상품처럼 다뤄지거나 팔려온 여성 취급을 받으며 가족구성원으로 인정받지 못하고 있다. 『찔레꽃』의 노래방 도우미 은미나 「아홉 개의 푸른 쏘냐」의 나이트클럽 무희 쏘냐처럼 브로커의 횡포와 자본에 묶이는 이주노동자나 한국남성의 일방적인 금전적 부담으로 이뤄지는 맞선과 결혼과정으로 인한 결혼이민자의 국내유입은 불평등한 노동조건과 결혼생활로 이어진다. 이순원의 「미안해요, 호 아저씨」, 『잘 가라, 서커스』, 서성란의 「파프리카」에서는 물건이나 짐승 고르듯이 이뤄지

---

140) 예를 들어 국제결혼 중개업의 인신매매적 광고현수막엔 "초·재혼 상관없음/나이 상관없음/장애인 가능", "도망가면 책임짐", "후불제", "염가제공", "도망가면 다시 책임지고 주선함", "베트남 숫처녀" 등과 같이 여성을 상품화하거나 성적 대상화하는 내용들이 걸려 있다.

는 맞선장면 과정을 묘사하고 있다. 『나의 이복형제들』의 중국여성은 얼굴 한 번 본 적 없는 한국남자와, 「바다와 나비」의 조선족 채금도 단 두 번의 만남으로 결혼이 성사된다.

결혼중개업소 브로커의 횡포, 남성에게만 일방적으로 주어지는 정보독점, 결혼비용의 남성 부담으로 이뤄지는 맞선과정은 선택하는 자/선택받는 자라는 주체와 타자관계의 불평등으로 성사되어 외국인 신부를 팔려가는 여성 혹은 매매혼적 대상으로 여겨 결혼생활에서조차 배제되거나 소외시킨다. 문화, 언어, 피부색, 민족의 경계를 넘어 어렵게 정착한 결혼이민자의 결혼생활은 신산하고 비극적이며 불안정하다. 한국남성과 이주여성의 국제결혼은 주변부 혹은 타자끼리의 결합인데다가 농촌과 시골일수록 부계적 혈통주의나 가부장적 가족형태가 강화되어 외국인신부의 결혼생활을 힘들게 한다. 맞선과정부터 불리한 조건 속에 형성된 국제결혼은 그녀들의 목소리를 배제함으로써 주변화·타자화되고 있다. 따라서 이주여성은 가족구성원의 주체가 되지 못하고 가부장적 온정주의의 대상이 되거나 동화주의적 태도 때문에 다문화가정 안에서 소외되며 감시의 망에서 자유롭지 못하다.

『잘 가라, 서커스』의 림해화는 남편의 성적 학대와 의처증으로 전선줄로 몸을 묶이거나 24시간 감시를 받는 결혼생활을 하고 있다. 그러한 몸의 고통은 가출한 이후에도 손목을 옥죄거나 소스라치게 놀라는 후유증으로 남는다. 「그곳에 밤 여기의 노래」의 임명화의 결혼생활도 처음 한 달 이외에는 행복하지 못하다. 결혼 전 안 해본 일이 없이 몸을 혹사시킨 명화는 결국 암 선고를 받게 된다. 비자도 돈도 갈 데도 없으니 네게 붙은 것이라는 친척들의 말을 들은 남편은 아내를 의심하면서 폭언과 욕설을 퍼붓는다. 「파프리카」의 베트남 출신인 수연도 남편과 시모의 고함과 욕설, 역정소리를 들으며, 자유롭게 외출을 할 수도 없고, 돈을 만질 수도 없는 감시와 훈육의 대상일 뿐이다. 눈치껏 말을 알아듣는 소통의 불편함과 추운 날씨, 입에 맞지 않는 음식과 익숙하지 않은 문화적 환경은 한국생활을 적응하기 어렵게 한다. 목욕탕이나 길거리에서 차별적 시선을 느끼고 무시당하면서 빨리 아이를 낳으라고 닦달하는 시어머니와 아버지뻘 되는 남편에 의해 보호받고 관찰되고 명령받는 대상으로서 타자화되고 유아화되는 것이다.

「그녀의 나무 핑궈리」의 만자 씨는 무능력하고 폭력적이며 가출·외도까지 일삼는 남편 동배에게 늘 얻어터져 얼굴에 멍이 나 있다. 그녀는 하루 종일 공장에서 미싱을 돌리지만 돈을 빼앗기거나 남편의 외도를 목격해야 하는 비참하고 고통스러운 나날을 보낸다. 이 소설은 개의 시점으로 전개되는데, 자기를 전리품으로, 만자 씨는 수입품으로 표현함으로써 타자적 정체성을 지닌 이주여성이야말로 공동체 일원이 될 수 없는 동물이나 물건 같은 존재임을 드러낸다. 「파프리카」의 수연 역시 외래종인 파프리카의 특성과 비유하여 그려진다. 그녀들은 조심스럽게 환대해도 정주하기 쉽지 않은 이방인임에도 불구하고 배려 없이 동질화시키려 하기 때문에 이국생활은 더욱 고단하고 쓸쓸하다.

『나의 이복형제들』의 중국여자인 머저리는 장미다방 레지로 성희롱을 당하며 남편의 온갖 폭행에 시달린다.

머저리는 남편의 주먹질에 익숙해 있었다. 남편의 주먹에 힘이 들어갈 때마다, 남편의 발이 배를 걷어찰 때마다 적절하게 몸을 웅크렸다. 머저리는 어떻게 맞아야 덜 아픈지를 알고 있는 사람이었다. 남편의 주먹다짐이 시작된 바로 그 순간, 머저리는 양팔을 두 귀에 바짝 가져다 붙였는데 고막이 터지거나 머리가 깨져보지 않은 사람이라면 미처 흉내 낼 수도 없을 만큼 재빠른 동작이었다. (중략) 머저리는 아무것도 걸치지 않은 맨몸이었다. (중략) 남편이 머저리의 머리채를 움켜잡았다. 머리채를 움켜쥔 손에 힘이 가해지자 머저리는 두 발로 일어섰다. 머리채를 잡고 있는 손이 머리채를 잡아 흔들 때마다 머저리는 사지를 부르르 떨었다. 머저리는 끈에 묶인 인형이었다.[141]

중국여자는 비인간, 산주검의 형상으로 인간과 비인간/동물 사이의 경계에 위치한다. 영등포 시장에서 그녀는 남성들의 성적 노리개가 되며 남편에게도 폭력의 대상이고 동네사람들에게도 마녀사냥의 표적이 된다. 성, 계급, 이주, 민족적 차별로 최소한의 존엄성과 자율성을 인정받지 못하고 자유의 권리, 활동의 권리마저 박탈당한 중국여자는 더 이상 인간일 수 없는 동물이자 인형이 되고 만다. 남편 때문에 통장을 개설할 수도, 자기 돈을 가지거나 타인과 접촉할 수도 없는 중국여자는 주민등록증을 위해 이 모두를 참아내는 디아스포라여성이다. 불법체류자는 증 없는 인간으로 주체의 공동체에서 축출되거나 추방당한 자이다. 무국적자는 단지 시민권을 빼앗기는 데 그치지 않고 인간의 모든 권리를 박탈당하는 것[142]이다. 영등포 시장통에서 중국여성은 소수자이자 마이너리티로서 차별적·배제적 시선을 받으며, 다방 고객과 남편에 의해 몸이 훼손된 채 짐승만도 못한 이산생활을 영위하고 있다. 이주여성은 애초부터 대체되기 위해 고용된 일을 하므로 탈주체화된 존재이며 소비될 수 있는 존재자

---

141) 이명랑, 『나의 이복형제들』, 실천문학사, 2004, 157~158쪽.
142) 세일라 벤하비브, 이상훈 역, 『타자의 권리』, 철학과현실사, 2008, 76쪽.

의 극단인 '버릴 수 있는 인간'[143]인 것이다. 가부장적인 정착민 한국남성의 신체적·언어적 폭력뿐만 아니라 경제적·정서적 통제로 인해 이주여성의 존엄성은 파괴되고 공동체로부터 소외되며 피폐화되고 있다.

6. 가족의 부양자이자 여성수난소설의 주인공들

세계 인구가 70억을 넘었고, 한국사회에 150만여 명의 외국인이 상주하고 있다. 낯섦에 대한 경계와 제노포비아로 인해 우리 사회는 세계시민의 자세를 갖추지 못한 채 불관용과 배타적 민족의식 속에 다문화사회에 진입하고 있다. 문학적 상상력이란 타인의 고통을 이해하는 능력이므로 이방인, 외국인, 이주민에게 환대와 타자지향적 자세를 실천해야 한다.

전지구화와 글로벌 경제는 국경을 넘는 디아스포라를 양산하고 있다. 특히 이주여성은 국경을 넘어 이주국에서 정착하고자 하나 전지구적·가부장적 생산양식하에서 집시 이미지와 희생양 메커니즘의 대상이 되어 차별적·배제적 시선에 놓인다. 그녀들은 빈곤국 출신, 제3세계 아시아인, 여성, 이주자라는 사중의 억압으로 타자적 정체성을 확인할 뿐만 아니라 산주검, 비국민, 무국적자로서 공동체 구성원으로 받아들여지지 않는다. 가족의 부양자 역할을 하는 그녀들은 21세기의 새로운 타자, 심청(바리)의 환생인 여성수난소설의 주인공으로 등장하고 있다. 국적과 혈통이 동일하지 않은 결혼이민자

---

143) 조르조 아감벤·양창렬, 앞의 책, 147쪽.

는 결혼하여 국적을 취득했다고 할지라도 유아화·타자화·대상화되어 명령과 감시, 훈육의 대상이 될 뿐이며 이주노동자도 젠더화되고 섹슈얼리티화된 노동조건 하에 불평등한 대우를 받음으로써 종일토록 남을 위해 일하거나 성적으로 학대당하는 성산업종사자이미지를 갖게 한다.

집밖의 여성, 집시 이미지로 덧씌워진 이주여성은 타자적 정체성을 지닌 경제적·성적 약자로 확인된다. 이주여성은 이주국의 집밖과 집안 모든 공간에서 배척당한 채 자신의 몸 하나 누일 곳을 찾지 못하는 신산하고 비극적인 이주생활을 하고 있다. 이주와 젠더가 중첩된 이주여성의 아픔과 슬픔이 곧 자신의 문제임을 자매애적 유대감 속에서 해결해야 할 과제로 남아 있으며, 기존의 다문화소설에 그려진 피해자, 희생자 이미지뿐만 아니라 다양한 이주여성의 재현이 필요하다. 바다를 건너 탈국경하는 이주여성은 나비와 같다. 고통과 위안과 산고라는 과정을 통해 결실을 맺고자 하지만 자신의 껍질을 깨고 나가려고 껍질을 힘껏 잡아당겨 찢어버리는 순간 미지의 빛과 자유의 왕국이 나비를 눈부시게 하고 혼란[144]스럽게 만드는 것이다. 여성디아스포라의 운명이란 이다지도 가련하고 슬프고 애처로운 삶이다.

---

144) 프리드리히 니체, 김미기 역, 『인간적인 너무나 인간적인 I』, 책세상, 2001, 120쪽.

5장 팔려가는 타자와 아시아적 신체의 훼손

◆ 결혼이주여성을 중심으로

1. 다문화시대의 타자들

세계가 글로벌화되면서 사회적 배제는 심화되고 있으며, 폐쇄적이고 여성 배제적인 노동조건은 빈곤의 극한으로 아시아여성을 몰아간다. 빈곤한 아시아에서의 매춘관광이 성행하고 있으며, 국경을 넘는 탈북여성과 결혼이주여성, 여성노동자에 대한 차별과 배제가 심각하다. 여성뿐만 아니라 난민, 탈북자, 제3세계 노동자, 재일조선인 등 소수자의 월경을 통한 이국생활은 갈등과 폐해를 야기한다. 이들은 이방인 혹은 경계인의 디아스포라적 삶을 견지하면서 고국과 이주국, 그 어느 곳에서도 법의 보호를 받지 못하는[145] 호모 사케르[146]

---

145) 18년간 한국에 거주해 한국어가 더 편하다는 네팔인 미누를 강제로 추방한 사건이나 한국의 장애인 남편의 폭행으로 사망한 베트남 신부 이야기, 이주노조위원장 미셸 카투이라에 대한 출국명령 등을 통해 이민자의 신분이 얼마나 불안하고 인권유린과 불법의 위험에 놓여 있는지를 알 수 있다.
146) 조르조 아감벤, 박진우 역, 앞의 책, 180쪽.

이자 산주검(undead)[147]의 정체성을 지닌다. 예외의 형상에 포함된 벌거벗은 생명으로서의 타자들은 어느 곳에도 포함되거나 소속될 수 없는 벌거벗은 삶을 영위하며 헐벗은 몸, 유순한 몸을 요구받는다.

전지구화로 인한 디아스포라의 출현은 윤리문제에 대해 성찰하게 한다. 동일성의 횡포를 고발하면서 타자에 대한 인정, 차이의 윤리를 주창한 레비나스는 타자를 동일자로부터 보호하고 우리 삶에서 타자가 나타날 여러 가능성과 조건을 분석하며 타자와의 만남이 갖는 윤리적 뜻(the ethical)을 정식화하고자 노력[148]하였다. 타자에 대한 열림을 윤리[149]라고 말하는 알랭 바디우의 윤리학도 주목받고 있다. 왜 다시 윤리학인가? 20세기가 전쟁과 폭력의 시대라면 21세기야말로 윤리의 시대가 되어야 한다고 주창하는 가라타니 고진에게 세계시민으로서의 도덕인 윤리문제는 자신이 속한 공동체 내의 사고에 대해 의심해보는 데서 시작[150]되어야 했다. 자본과 노동의 이동은 새로운 타자를 양산하였는바, 인종을 차별하거나 이민자들을 배제시키는 민족주의, 자신과 다른 규칙을 갖고 있거나 다른 문화를 지닌 타자를 배척하는 단일문화주의, 가부장적 질서를 고착화하여 여성의 몸과 섹슈얼리티를 희생시키는 반여성주의 담론은 윤리문제를 재인식하게 하였다. 승자독식사회에서 주변부로 밀려나는 젠더화된 서발턴, 빈곤국 출신의 이민자의 타자성과 이타성이 윤리와 접촉한 것이다. 전지구적 자본주의

---

147) 복도훈은 "자신이 속한 현실의 총체에 포함될 수 없고 자신이 이미 포함된 집합에 소속될 수 없는" 예외적 인간이라는 아감벤의 말을 인용하여 불법체류자, 노숙자, 난민, 유맹(流氓) 등을 예로 설명하고 있다(복도훈, 앞의 글, 276쪽).
148) 콜린 데이비스, 김성호 역, 『엠마누엘 레비나스』, 다산글방, 2001, 13쪽.
149) 알랭 바디우, 이종영 역, 『윤리학』, 동문선, 2001, 25쪽.
150) 가라타니 고진, 송태욱 역, 『윤리21』, 사회평론, 2001, 221쪽.

가부장 체제 아래서 이주노동자나 결혼이주여성을 목적(자유)으로 취급하지 않고 수단으로만 대하는 비윤리성이 21세기의 화두가 되고 있다.

세계화의 추세가 지속되는 가운데 한국사회도 출산과 경제에 기여할 외국인이 급증하고 있다. 국제결혼은 한국인여성과 외국인남성이 주류를 이루다가 1995년 이후 역전되었는데, 이는 국내여성의 고학력화, 만혼화 및 독신인구의 증가 등의 요인으로 신부부족현상이 심화되면서 중국동포여성, 중국 한족여성, 베트남, 필리핀, 일본, 태국, 몽골 출신 여성이 합류[151]하였기 때문이다. 외국인 150만 명을 넘는 인구구성의 한국사회에서 이주노동자와 결혼이주여성이 절대다수를 차지[152]하고 있다. 그러나 이들은 한 국가의 노동과 국민 2세 생산을 책임지고 있음에도 불구하고 피부색이 다르거나 언어가 능숙하지 못하다는 이유만으로 멸시당하며 한 국가의 생산수단으로 이용할 뿐 불필요하거나 자국의 이익에 반하면 언제든지 내쳐지는 위치에 있다. 세계자본주의 상황 속에서 주변의 희생으로 이득을 보는 제국주의적 경향이 나타나며[153] 제3세계 노동자 역시 유동적이지만 자유롭지 못하다.

단일민족사회에서 다민족사회로 변화되는 한국사회는 이에 대한 대비가 부족한 실정이다. 아시아적 신체[154]의 훼손에서 지적하듯이

---

151) 한건수 외, 『이주자가 본 한국의 정책과 제도』, 한국여성정책연구원, 2007, 4~5쪽.
152) 이주노동자는 등록 50만 명과 미등록 17만여 명 등 70만 명에 달하며, 결혼이주여성도 125,087명이다. 국적별로는 중국 52.8%, 베트남 24.1%, 필리핀 5.1%, 일본 4.1%로 집계되었다(법무부 보도자료, 「2009년 총출입국자 3천 5백 20만 명으로 전년 대비 7.9% 감소」, 2010. 1. 9).
153) 조지 소로스, 향선호 역, 『세계 자본주의의 위기』, 김영사, 1998, 161~162쪽.
154) 양석일은 소외되고 고통 받는 아시아 민중의 삶을 아시아적 신체라고 명명하고 있으며, 최근 태국에서 자행되는 아동폭력, 아동매춘, 장기매매를 그린 소설을 발표하였다(양석일, 김응교 역, 앞의 글, 397~410쪽 참조).

국제적 분업화와 세계화는 아시아여성과 아동 같은 사회적 약자에게 극심하다. 차별과 폭력 속에서 소외되고 고통 받는 이들의 매춘이나 장기매매 실태는 충격적이며 인권의 사각지대에 놓여 있음을 증명한다. 비교적 부강한 일본, 한국, 대만, 싱가포르를 제외한 태국, 필리핀, 인도네시아, 베트남, 캄보디아 여성노동자들은 성노동에 종사하거나 화폐교환의 대상으로 인식된다. 인권유린적인 맞선을 통해 유입된 결혼이주여성은 배달민족신화에 차단되어 이주사회에서 뿌리내리지 못한 채 국민/비국민 경계에 서 있다. 여성이 빈곤해질수록 국제결혼을 통한 여성의 이주화는 이주의 여성화, 빈곤의 여성화를 초래한다. 아시아여성의 국제결혼은 탈식민주의, 다문화주의, 여성주의라는 중첩된 이데올로기로 혼종화되어 복잡한 양상을 띠고 있다.

2000년대 한국소설[155]에서도 이와 같은 현실을 반영하는 탈국경서사 혹은 다문화서사가 출현하고 있다. 따라서 결혼이주여성의 한국 유입과정과 다문화가정을 이룬 후 겪는 사회적·심리적 차별과 배제적 경험을 살펴보고자 한다. 또한 결혼이주여성의 결혼생활이 소설 속에서 어떻게 구현되고 있는지를 통해 다문화사회의 지향점과 그 문제점을 진단해 본다.

2. 이주와 젠더의 타자성 : 맞선·심청 모티프

전지구화와 세계화는 국경을 해체시키고 다문화사회를 형성한다.

---

155) 이에 대한 소설들이 많지만 본고에서는 결혼이주여성을 다룬 이순원의 「미안해요, 호 아저씨」(2009), 천운영의 『잘 가라, 서커스』(2005), 서성란의 「파프리카」(2007), 공선옥의 「가리봉 연가」(2005)를 대상으로 한다.

신자유주의의 광풍으로 노동과 자본의 이동이 자유로워졌지만 대다수의 이주는 주변부에서 주변부로의 이주로 빈곤을 재생산한다. 아시아 이주민 특히 아시아여성의 대부분이 빈곤 탈피를 위해 결혼과 구직 목적으로 월경을 한다. 그러나 언어와 피부색, 문화적 차이는 또 다른 고통과 갈등을 초래하므로 이주국에서도 불안정하고 불행한 삶을 영위한다. 순혈주의의 자부심을 지닌 한국사회는 사회문제나 국가분쟁156)을 야기하고 있어 한국 혐오 및 인권문제를 일으킬 소지가 다분하다.

이순원의 「미안해요, 호 아저씨」에서는 국제 맞선장면이 상세하게 그려진다. 대관령 기슭의 우추리가 고향인 소설가는 동창모임에 참석하기 위해 귀향157)한다. 소설가는 서울과 경기도의 경계지점에 내걸린 현수막에 적힌 "초혼 재혼 * 베트남 처녀와 결혼하세요"라는 낯선 광고문과 현수막의 풍경에서 기묘함을 느낀다. 일산에서 신촌으로 가는 버스에서 보이는 현수막의 위치는 지리적인 차별과 중심/주변부의 경계에 위치한다는 점에서 빈곤국에서 부유국으로 이동하는 생계형 이주민의 지리적 위치를 상징한다. 고향에서도 엽기적인 현수막을 발견한 소설가는 500만 원을 준비해서 연변처녀와 맞선을 보라는 고모 성화에 시달린다는 38살의 후배작가의 말과 세 번 결혼한 45세의 동창 오익의 맞선 이야기를 듣는다. "초혼, 재혼, 장애자,

---

156) 2010년 7월 8일에 일어난 베트남 신부 살해사건 등은 한국 혐오 및 분쟁을 야기할 뻔했으나 사건 발생 직후 한국정부에서 긴급히 신부 유족과 베트남정부를 위로하고 나서 무마되었다. 우리나라에 시집온 지 8일 만에 정신지체장애를 가진 남편에게 흉기로 찔려 살해당한 베트남 신부 탓티황옥 씨(20) 사건과 같은 유사한 일들이 계속 발생하고 있다.

157) 이순원의 후기소설은 대개가 자신의 고향을 배경으로 초등학교 동창생들의 이야기를 주로 담아냄으로써 전통지향적 · 보수적 · 과거회귀적 · 남성중심적 성향을 드러내고 있다.

연세 많으신 분", "절대 도망가지 않습니다!!"라는 인권유린적인 현수막은 이 서사를 이끄는 데 주요 모티프가 되고 있다. 소설가는 현수막과 후배소설가, 동창의 맞선 이야기를 통해 공양미 삼백 석에 팔려오는 처녀들을 향한 동정적 시선으로 제3세계 여성의 비인권적이고 차별적인 맞선 행태를 비판한다.

오익은 농촌에서 살기 싫어하는 도시여성에게 첫 번째 이혼을 당했으며, 결혼경력이 있는 것을 숨긴데다가 두 달 만에 패물을 가지고 도망간 연변여자와의 두 번째 결혼 역시 파국을 맞는다. 오익의 세 번째 결혼을 위한 맞선과정은 동물 고르듯이 19세에서 22세까지의 처녀를 일렬로 줄 세워서 키와 치아, 몸에 난 상처를 검사한 후 경비 1,200만 원을 낸 남성이 선택을 하는 수순을 밟는다. 자신의 아버지보다도 나이가 많은 남성과 동침하기까지 돈과 시간이 그리 많이 요구되지 않으며 남성 측의 비용으로 결정되기 때문에 매매혼의 성격을 띤다. 이국아내들은 언어장벽, 국가, 피부색, 나이, 문화, 세대 차이를 초월한 결혼 이후에도 폭력, 노역, 인격모독 등에 시달린다. 여성의 상품화와 성적 대상화된 이미지 때문에 이주여성은 결혼 후에도 소외될 수밖에 없다.

소설가는 현수막 아래에서 작은 보퉁이를 안고 서 있는 베트남 여자아이의 환영과 꿈속까지 쫓아온 어린 여자아이의 슬픈 운명을 보면서 그녀의 첫사랑과 호 아저씨에게 미안하다고 말한다. 「미안해요, 호 아저씨」는 미인대회나 미아리 창녀촌과 같은 과정을 겪는 맞선의 비인권적이고 반윤리적인 측면을 비판하면서도 단지 어린 베트남여성이 불쌍하다는 온정적이고 시혜적인 입장을 견지하는, 가부장적이고 보수적인 작가의식을 드러낸다. 또한 베트남의 혁명가이자 지도자인 호치민에게 미안하다고 함으로써 여성문제를 남성이 해결하거나 종속시키는 남근주의적 태도를 보여준다. 인도의 독립을 이끈간디도 서발턴인 인도 여성의 인권을 책임지지 못하고 토착 가부장제 사회로 회귀하였듯이, 호 아저씨에 대한 한국민의 사과란 남성의시선으로 여성문제를 해결할 수 있으리란 안이한 남성질서방식일 뿐이다. 이러한 남근주의적 시선은 오익의 두 번의 결혼 실패를 여성들에게 전가하는 데서도 나타난다. 아이를 지우고 시골생활을 거부하는한국여성은 이기적이고 허영심이 가득 찬 이미지로, 패물을 훔쳐 달아난 연변여성은 이미 결혼한 적이 있는 사기결혼의 당사자로 그려짐으로써 한국 농촌총각의 결혼문제를 여성에게만 책임 지운다. 민족주의적·남성중심적 시선으로 이주여성의 문제를 인식하는 이순원의소설은 다문화주의적·여성주의적 시각의 한계를 드러낸다.

　서성란의 「파프리카」에서의 수연(쮸옌)은 마흔이 훌쩍 넘은 중일과국제결혼을 한다. 결혼에 대한 절박감에 시달렸을 뿐 신부를 구하러이국땅을 밟는 것에 대한 확신이 서지 않은 중일은 15명의 예쁘고날씬하며 어린 베트남처녀들과 호치민시의 한 호텔에서 맞선을 본다. 중간에 통역자가 껴서 나이와 학력, 직업, 형제관계, 부모의 직업을 말하고 방을 나가면 또 다른 처녀들이 들어와 똑같이 자신의 신상을 말하는 맞선과정이 「미안해요, 호 아저씨」와 유사하다. 중일은자신보다 21세나 어린 수연과 한 달 동안 두 번 만난 다음 결혼식을치른 후 한국으로 데려온다. 맞선 및 결혼과정 자체가 물건 고르듯이 이루어진다는 점에서 인권유린, 결혼중개업소 브로커의 횡포와더불어 남성/여성, 부유국/빈곤국, 선택하는 자/선택받는 자라는 이항대립의 불평등이 드러난다. 이러한 첫 출발은 내면의 진정한 이해에 이르지 못하고 결국 폭력이나 강제성관계로 이어지는데다가 문화적 차이로 심각한 결과를 초래한다.

천운영의 『잘 가라, 서커스』는 림해화의 한국 정착과 비극적인 결혼생활을 통한 타자적 정체성을 그리고 있다. 이 소설에서도 한국남성과 조선족여성과의 국제중매과정이 상세하게 묘사된다. 말을 잘하지 못하는 장애인 형과 함께 3박 4일의 맞선여행에 동반한 '나'는 서커스구경과 관광을 포함한 일정을 소화하면서 목적이 비슷한 동행 남성들의 대화에 거부감을 느낀다. 자신의 형처럼 장애자이거나 유난히 키가 작다든지 얼굴에 붉은 점이 있거나 결혼이 세 번째인 그들의 아내 선택 기준은 순종적이거나 도망을 가지 않거나 몸매만 봄으로써 여성을 사물화하거나 대상화한다. 국제결혼을 선택할 수밖에 없는 주변부 남성들은 자존감이 무척 낮으며 여성관도 지극히 성적이고 무책임하다.

차례대로 방으로 들어오는 여성들에 대해 냉험한 면접관처럼 의심의 눈초리로 형수 될 사람을 결정하는 나는 형이 선택한 조선족여성을 운명적으로 사랑한다. 사십 시간이나 걸려 맞선을 보러온 림해화는 일주일 만에 결혼한 후 좋은 아내가 되리라고 다짐하지만 그녀에게는 첫사랑의 남자가 있다. 남편의 학대로 가출한 조선족형수를 찾아 나선 나는 "베트남처녀와의 결혼, 재혼 환영, 성사 보장"이라고 쓰인 교각 옆에 붙은 작은 플래카드와 환하게 웃는 형의 얼굴을 본다. 교각이나 다리에 붙어 있는 현수막과 플래카드에 쓰인 문구야말로 여성을 사고파는 일에 익숙한 남성중심질서의 현실을 반영하며, 결혼이주여성의 삶이 다리나 교각처럼 아슬아슬하고 불안하며 위험한 상황임을 상징적으로 나타낸다. 글의 문구에서 '가난한', '유색인',

'여성'으로서의 삼중적인 억압에 처한 하위주체임을 표시함으로써 아시아, 빈곤국, 식민지라는 이주여성의 타자성을 확인할 수 있다. 전지구화 시대에 서발턴여성은 엘리트가 아닌 여성을, 자본주의적 가부장제 사회의 헤게모니적 남성 권력구조로부터 서발턴적 위치에 있는 여성[158]을 가리킨다. 남의 빈곤국들에 살고 있는 토착 비엘리트 여성인 「파프리카」의 베트남여성 츄옌과 한국아내를 얻지 못한 열등감을 가진 한국 농촌노총각 중일과의 결합은 하위주체끼리의 만남이며『잘 가라, 서커스』의 말더듬는 남편 역시 서발턴이다.

「파프리카」의 수연과 『잘 가라, 서커스』의 림해화가 소극적이고 위축된 여성인 데 반해 「가리봉 연가」의 명화는 적극적이고 생활력이 강한 여성이다. 조선족여성 명화는 중국에 딸까지 있는 처지이지만 처녀인 척 속이고 전라도 농촌총각과 결혼한다. 그녀는 집안을 도와주겠다는 중매업자의 말에 속아 한국으로 오지만 가난한 농사꾼 남편은 경제적 능력이 없는 사람이다. 명화 역시 병든 오빠의 치료비를 위해 자신을 희생한 것이지만 농촌의 결혼생활에 만족하지 못하고 이웃집 주부까지 유혹해 함께 서울로 도망을 친 후 이주민이 많은 가리봉동에서 노래방을 전전하다가 칼에 맞아 죽는다.

아시아 출신의 어린 여성들은 관광형 맞선을 통해 한국남성에게 선택받는 상품이 되며 남편 될 사람들의 정확한 정보도 알지 못한다. 그리고 일주일이 안 되어 합방하거나 한 달 안에 결혼까지 성사되는 일이 관행화된다. 중개업자에 의한 국제결혼방식은 아시아여성의 몸과 인격이 구매 가능한 '상품'이라고 인식하게 함으로써 여성을 삶의 동반자로 보지 않고 관리, 통제 가능한 소유물로 이해하는

---

158) 태혜숙,『대항지구화와 '아시아' 여성주의』, 앞의 책, 44쪽.

경향을 강화[59]시킨다. 만남부터 인권문제가 제기되는 맞선 방식은 결혼생활에서도 이어져 반인권적·반여성적·반다문화적 요소를 품게 된다.

이와 같이 한 가족의 생계를 책임지는 위치에서 딸들은 희생제의적 성격을 지니며, 자신의 몸을 희생한 국제결혼에 대한 대가로 가족들은 물질과 돈을 얻는다. 사랑을 전제로 하지 않는 만남의 과정에서 나타나는 인권문제와 물물교환적 조건은 결혼생활에서도 아내를 동반자로 여기지 않으며 감시의 대상, 출산의 수단으로 이용하는 불건전하고 비도덕적 윤리의식을 동반한다. 고국, 음식, 기후, 언어, 문화, 첫사랑을 두고 떠나온 이주여성은 자신보다 훨씬 나이가 많은 남편과의 세대 차이뿐만 아니라 낯선 환경에 적응하지 못하기에 고통스럽고 불행하다. 「미안해요, 호 아저씨」의 결혼이주여성은 첫사랑을 두고 단지 가난 때문에 매매되어 한국에 와서 차별을 받을 것이며, 「파프리카」의 수연도 자신의 의지와 상관없이 이름이 바뀌게 되고 음식과 기후로 고생하며 고된 시집살이를 하는데다가 남편과의 문화적·세대적·성별적 차이를 느끼면서 자기 또래의 군인에게 마음이 간다. 『잘 가라, 서커스』의 중국 변두리 출신 림해화도 장애인 남편의 성적 학대와 폭력으로 가출하고 만다. 그녀는 첫사랑과 결혼하지 못하고 자신보다 다섯 살 많은 시동생과의 음험한 사랑을 품게 됨으로써 결혼생활은 파탄된다.

팔려가는 여성 혹은 심청 모티프는 식민지 시대 소설에서도 등장하였다. 여성의 교환이 이루어지던 오랜 가부장제 역사 속에서 디아

---

159) 차옥승, 「다문화통합사례」, 『동아시아의 국제이민과 다문화가구』, 이화여대 사회과학연구소, 2008, 88쪽.

스포라 상태는 여성정체성의 일부[160]이기에 여성의 이주화 현상은 필연적이다. 일제강점기 빈곤은 특히 여성에게 취약했으며, 아내와 딸들은 매음, 인신매매의 대상이 되었는바 이는 식민지 궁핍 상황과 가부장적 현실 때문이었다. 식민지 여성은 가족의 생계를 책임지기 위한 자발적 희생의지로—물론 이 또한 남근 중심적인 사회분위기 때문이지만—기생, 여급, 채무첩이 되거나 남편, 아버지에 의해 강제로 팔렸다. 오늘날의 탈국경사회에서도 여전히 여성을 희생시키는 사회적 환경이 조성되는 바 이는 이주와 젠더의 중첩의 결과이다. 「미안해요, 호 아저씨」의 오익의 세 번째 베트남아내는 가족 때문에 결혼하는 거라며 첫날밤 한국남편에게 고백하며, 「파프리카」의 수연도 여동생에게 오토바이를 사주었고, 『잘 가라, 서커스』의 림해화는 호텔 안마사로 근무하다가 국제결혼을 선택한다. 「가리봉 연가」의 조선족여성 명화 역시 간암에 걸린 오빠를 치료하기 위한 희생이었다. 여자를 돈과 물물교환의 수단으로 소통하는 남성중심적 질서에서 아시아의 딸들은 매매되고 있다. 아시아의 빈곤국에서 온 그녀들은 가난한 출신이라는 이유만으로도 집단적 폭력을 당했으며, 국민으로 인정받지 못한 채 계급, 젠더, 민족적으로 배제되었다. 국제결혼 중매업자의 무책임하고 비인권적인 맞선절차와 집안의 생계를 떠맡아야 하는 여성의 지위는 열악하고 나아지지 않고 있다. 가족부양을 위해 공양미 삼백 석에 팔려오는 결혼이민자야말로 훼손된 아시아적 신체이자 가부장제의 희생양이다.

---

160) 이수자, 앞의 글, 196쪽.

3. 아시아여성의 훼손된 몸과 신산한 결혼생활

결혼이주여성은 한국사회에 재편되어 노동과 자식 생산이라는 국가의 중차대한 일을 담당함에도 불구하고 가난한 나라 출신이거나 피부색이 검거나 언어가 어눌하다는 이유만으로 배척당하는 이방인이다. 한국남성의 가부장적·성적 편견에 방치되고 있는 결혼이주여성은 온정적·시혜적 대상이 됨으로써 더욱 주변화[161]될 뿐 온전한 가족구성원이 되지 못한다. 처음에는 조선족여성이 국제결혼대상자였으나 한국어에 능통한 이들이 사기를 치거나 가출이 잦아 가정이 파괴되자 중국 한족, 베트남, 캄보디아여성으로 대상이 바뀌고 있다. 말조차도 가질 수 없는 그녀들의 발화는 한국민, 한국어라는 재현의 지배적인 정치체계 안에서 들려지지 않거나 인식될 수 없는 서발턴의 목소리인 것이다. 보수적이고 가부장적인 한국남편과 시모의 폭행과 폭언, 폭력 때문에 이국 아내는 신산하고 비극적이며 외로운 결혼생활을 한다. 또한 국제결혼에 대한 한국남성의 결혼관과 여성관도 남근주의적 태도를 보이고 있다.

> "……연변여자들은 믿을 수 없는 사람이 많지만 <u>베트남 여자들은 백프로 숫처녀에다가 연변여자들처럼 도망치려야 도망칠 데도 없고 얼굴도 우리하고 비슷해서 아를 낳아도 전혀 혼혈인 같지 않다고.</u> 괜히 여기 콧대 높은 여자나 연변여자 잘못 데려와 속 끓는 것보다 베트남여자가 백번 낫다는 거여."[162]

---

161) 태혜숙, 『대항지구화와 '아시아' 여성주의』, 앞의 책, 212~213쪽.
162) 이순원, 「미안해요, 호 아저씨」, 앞의 책, 109~110쪽.

"베트남 아가씨들이 훨씬 더 순종적이다 아입니까. 라이따이한이 얼마나 많은교. 우리가 아버지 나라라 이 말임더."

"이 사람들이 뭘 몰라도 한참 몰라요. 말이 안 통해야 도망도 못 가는 거라고. 한 이 년 살살거리다가 재산 홀랑 집어들고 도망가는 년들이 어디 한 둘이야? 친척들 불러다가 일자리 마련해줘. 뭐해줘. 다 소용없다니까. 조선족들은 하나같이 어떻게 등쳐먹을까. 어떻게 하면 돈이나 많이 벌어갈까. 그 궁리만 한다구."

"여자들이야 러시아 여자들이 최고지. 몸매 하나는 죽이잖아. 한국에선 한 번 데리고 자려면 그게 얼만데. 경비까지 계산한다고 쳐도 열 번만 자면 남는 장사잖아. 근데 부부가 어디 열 번만 자? 여기서 괜찮은 여자 없으면 우리 러시아로 한 번 더 가자구. 어때 응?"[163]

국제결혼에 임하는 남성들의 결혼조건은 여성의 섹슈얼리티와 순결이데올로기 집착, 그리고 가부장적 질서에 순응하는 유순한 몸이 절대기준이다. 이국적인 외국여성의 성적 매력과 남성의 경제능력이 결합된 매매혼은 여성을 타자화시키고 성적으로 대상화한다. 낯선 이주국에서 성욕, 돌봄, 2세 생산, 노동 등을 감당해야 하는 여성타자는 수단으로만 대해진다.

파프리카 농사를 짓는 중일과 결혼한 「파프리카」의 수연은 서양채소인 파프리카의 한국 이식만큼이나 조심스럽고 섬세하게 배려해야 하지만 결혼생활은 충만하지 못하다. 생계 방편인 파프리카를 정성스럽게 다루는 채소만큼도 대접받지 못하는 베트남아내는 농사와 고국에 대한 향수로 신산하고 무덤덤하며 수동적인 결혼생활을 유지한다. 눈치껏 말을 알아듣는 소통의 불편함과 추운 날씨, 입에 맞지 않는 음식과 익숙하지 않은 환경은 한국생활을 적응하기 어렵게 한다. 추위와 노동과 고향을 향한 그리움으로 생동감과 삶의 의미를

---

163) 천운영, 『잘 가라, 서커스』, 앞의 책, 9~10쪽.

잃어가는 수연을 위해 남편 중일은 시내에 있는 문화센터를 보내지만 외출조차도 남편의 허락을 받아야만 한다. 수연은 하루 종일 파프리카 농사를 하고 밤에는 남편의 욕망을 채워주어야 하며 아이를 낳으라고 닦달하는 시모의 시집살이를 견뎌야 하는 고단하고 고독한 일상을 보낸다.

남편과 시모의 고함과 욕설, 역정에 지친 수연의 유일한 낙은 일주일에 한번 시내에 나가는 외출허가이다. 공중목욕탕에서 목욕하는 걸 좋아하는 수연은 차별적 시선을 늘 느끼지만 카운터에서 돈을 받는 자신과 또래인 나 일병을 흠모하는 것으로 마흔을 훌쩍 넘은 남편의 욕망과 욕설을 늘어놓는 시모의 시집살이를 겪어낸다. 그녀의 불온하고도 은밀한 사랑은 나 일병에게 파프리카 하나를 건네는 것으로 끝이 나지만 고향, 가족을 멀리 떠나와 아버지뻘 되는 남편과 고단한 결혼생활, 풍습과 언어의 차이 속에서 지쳐갈 수밖에 없다. 가부장적인 중일은 외출을 금하거나 자신이 가계부를 쓰고 돈을 주지 않는 등 아내를 평등한 대상으로 여기지 않고 보호하고 명령한다. 한국남편은 자기 식대로 아내를 사랑함으로써 그녀는 유아화되고 있다.

공선옥의 「가리봉 연가」에서의 조선족아내 명화는 가출하여 탈선한다. 가난한 사람들의 이야기를 가장 핍진하고 일관성 있게 그린 공선옥의 『유랑가족』 연작 중의 한 편인 「가리봉 연가」에서는 명화의 이야기가 전개된다. 시골에 사는 기석은 37세에 농촌지도소의 주선으로 연변처녀와 결혼한다. 미용에 관심이 많은 명화는 돈 많이 벌어 양친과 동생들을 불러들이는 게 꿈이었지만 종 생활 같은 결혼생활 속에서 식당일을 하다가 가출한다. 바람을 핀 전남편 용철과 헤어진 후 한국으로 와 처녀라고 속이고 기석과 결혼한 그녀는 간암에 걸린 오빠를 치료하기 위해 돈을 벌어야 했다.

『잘 가라, 서커스』의 림해화는 시어머니의 이해와 배려 속에서 결혼생활을 영위하지만 시모의 죽음과 시동생의 형수에 대한 흠모로 가정은 파괴된다. 장애인 남편의 성적 학대와 폭행을 견디다 못해 그녀는 가출한다. 거리 노점에서 다이어트 약을 팔거나 여관에서 허드렛일을 하다가 유산된 그녀는 성희롱의 위험에 노출되며 여관 사장에게 해고된다. 가난한 빈곤국 출신의 여성노동자는 일하러 간 곳에서 늘 능욕당할 수 있는 위험에 처한다. 림해화는 꿈속에서 옌지의 거리나 고향집을 떠돌며 깊은 잠에 빠져듦으로써 한국과 중국 어느 곳도 자신의 몸을 편히 눕지 못하는 호모 사케르적 위치에 처한다. 림해화의 고단하고 불안한 삶은 '무덤'으로 표상되는데, 어둠, 죽음, 적막, 엄습과 같은 이미지를 상징하는 발해의 정효공주 묘는 이주여성의 비극적이고 암담한 타자적 기호로서 이해할 수 있다. 따라서 발해의 유적탐사를 통한 민족의 정체성 찾기[164]라거나 개인의 원형적인 공간일 뿐만 아니라 발해라는 기표를 덧입으면서 민족의 기원지로 확대[165]된다는 견해는 남성중심적 독법으로 해석되었다고 볼 수 있다.

「파프리카」와 『잘 가라, 서커스』에서는 결혼이주여성의 이주가 수입재배나 모종이식만큼 적응하기 어렵다는 사실을 '파프리카' 재배나 '사과배' 접목으로 상징화한다. 모든 것이 다르고 익숙하지 않은 상황에서 홀로 외국 땅에 떨어져 정착하는 외국인아내는 파프리카나

---

164) 송현호, 「『잘 가라, 서커스』에 나타난 이주 담론」, 『현대소설연구』 45호, 2010, 253쪽.
165) 문재원, 「황석영 『심청』의 근대성과 탈근대성」, 앞의 글, 315쪽.

사과배만큼이나 배려와 정성, 관심이 필요하며 생존율이 높지 않다. 언어를 소유하지 못한[166] 서발턴인 결혼이주여성은 만들어지고 교정되고 복종하고 순응하고 능력이 부여되거나 혹은 힘이 다양해질 수 있는 순종적인 신체[167]가 되어 일방적으로 동화되길 한국사회는 바라기 때문이다. 그러나 사과배와 같은 해결방식은 아시아여성의 이주 및 젠더문제를 해결하는 데 미흡하다. 국제성별분업과 타자화, 섹슈얼리티, 문화의 혼종 등의 복합적 양상을 띠기에 가난한 유색 이주여성 출신 작가가 아닌 이상 추상적으로 그려질 수밖에 없다. 우리 사회는 자민족과 타민족과의 상생과 공존을 위한 이주정책과 타자적 사유와 무조건적 환대가 필요하다. 글로벌화는 혜택을 누리는 계층이 있는 반면 생존을 위해 월경하는 타자들을 양산했다. 특히 아시아여성들의 빈곤과 매춘, 인신매매는 심각한 지경이다.

4. 복합적 정체성과 반여성적·반다문화적 시선들

20세기가 이데올로기의 정치가 압도했던 시대라면 21세기는 정체성 정치의 시대인바, 쪼개고 분리하는 정체성은 '우리'를 만들기 위해 '그들' 즉 우리와 다른 사람들을 만들어내는 과정으로 그 경계에 많은 갈등을 야기[168]했다. 특히 외국인, 국외자야말로 국가적 안위의

---

166) 이는 힘을 박탈당한 특정집단들이 말을 할 수 없다는 얘기가 아니라 그들의 발화 행위가 재현의 지배적인 정치체계 안에서는 다른 사람들에게 들리거나 인식되지 못한다는 뜻이다(스티븐 모튼, 이운경 역, 앞의 책, 127~129쪽).
167) 푸코는 고전주의 시대의 권력의 대상이자 표적인 신체는 매우 치밀한 권력의 그물 안에 포착되는 것이고 그 권력에 신체의 구속이나 금기, 혹은 의무를 부과해 왔다고 설명하고 있다(미셸 푸코, 오생근 역, 『감시와 처벌』, 나남출판, 1994, 204~205쪽).

명목으로 나타나는 외국인 혐오증, 인종차별, 반유태인 감정과 같은 마녀사냥의 반복적 현상[169]이었던 것이다. 이들은 복합적인 다중적 정체성을 지닌 채 동화, 주변화, 다문화적 상황에 놓인다.

「파프리카」의 '파프리카'는 베트남에서 온 수연을 상징한다. 외국 과일이기에 한국에서 정착하고 열매를 생산하기까지는 보살피고 기다려주는 배려가 필요하다. 매년 파종을 하고 때맞춰 이식과 정식을 해서 온실 안에서 아기 키우듯 정성을 기울여야 하는 파프리카 같은 존재인 수연은 수단과 상품과 의심으로 대하는 남편과 시모 때문에 건강하지 못하고 시들어간다. 베트남아내의 원래 이름은 '츄옌'이지만 발음이 어렵다며 남편 마음대로 '수연'으로 바뀐다. 이름은 정체성을 드러내는 가장 기본적인 요소인데, 베트남이름에서 한국이름으로 바뀜으로써 그녀는 정체성의 혼란과 균열을 느끼며 한국 결혼풍속에 동화되기를 강요받는다. 자발적이거나 상의 없이 한국남편에 의해 강제적으로 바뀐 이름만큼이나 수연에게 국제결혼은 처녀의 자기를 모두 버리고 새로운 정체성으로 재구성하는 일이다. 다문화적 자세가 아닌 동화주의적 관점에 놓인 가부장적·단일문화적 시선이기에 동등한 부부관계가 형성되지 않는다. 변형된 그녀의 이름은 디아스포라의 삶이 얼마나 복합적이며 정착하지 못하고 있는가를 알게 한다. 수연은 목욕탕, 한의원, 거리에서 수없이 차별적 시선을 느끼며 생활한다.

플라스틱 앉은뱅이 의자에 앉아 때를 밀고 있던 여자들이 <u>힐끔거렸지만 츄옌은 아랑곳하지 않고 한쪽 다리를 절뚝거리면서 밖으로 나갔</u>

---

168) 조너선 색스, 임재서 역, 『차이의 존중』, 말글빛냄, 2007, 29~30쪽.
169) 리처드 커니, 이지영 역, 『이방인·신·괴물』, 개마고원, 2004, 71~72쪽.

다. 열쇠로 옷장 문을 열고 마른 수건을 꺼내 젖은 몸과 물이 뚝뚝 떨어지는 긴 머리칼을 대충 닦아내고 프릴이 달린 분홍색 팬티와 브래지어를 입었다. 옷을 벗고 있던 젊은 여자가 흘깃거렸지만 츄옌은 신경 쓰지 않았다. 공중목욕탕에서 옷을 벗고 입을 때마다 늘 따라다니는 시선은 자신이 이방인이기 때문만은 아니라는 사실을 츄옌은 알고 있었다.[170)

중년의 한의사는 츄옌의 발목보다 그녀가 가난한 나라에서 시집온 외국인 신부라는 사실에 더 관심을 갖는다.[171)

젊은 병사들의 호기심 가득한 시선이나 흘깃거리는 여자들의 눈빛도 이제 견디기 어렵지 않았다.[172)

한 집에 사는 시어머니는 "총알처럼 빠른 말"로 밥값을 하라거나 임신을 압박하는 등 이국 출신 며느리에 대한 배려가 부족하며, 남편은 한국생활에 적응하기 위한 한국어 교육보다는 성적 본능에만 시간을 할애하는 남성 위주의 사랑방식을 취함으로써 고부간의 갈등 해소와 아내의 한국생활 적응에 도움이 되지 못한다. 언제나 천천히 또박또박 말을 끊어서 하거나 쉬운 말을 찾아 표현하는 읍내 옷가게 선미 엄마와 욕설을 퍼붓는 시모, 어느 나라에서 왔는지 호기심과 비웃음을 띤 얼굴로 묻지 않고 다른 손님들에게 대하듯 깍듯이 인사를 하는 나 일병과 일방적인 남편과의 대조는 수연의 마음을 한쪽으로 기울어질 수밖에 없게 한다. 가난한 남아시아 출신 여성을 편견과 흥미로 대하는 마을사람들과 가족 때문에 수연은 복합적 정체성을 지닌 디아스포라여성의 고단한 생활을 한다. 외출조차도 남편의

---

170) 서성란, 「파프리카」, 앞의 책, 42쪽.
171) 위의 소설, 60쪽.
172) 위의 소설, 61쪽.

허락을 받아야 하는 평등부부가 아닌 남성, 제국, 부유국의 타자인 여성, 식민지, 빈곤국의 타자적 위치에 놓이는 것이다.

『잘 가라, 서커스』에서의 림해화는 시어머니에게 용정에 있는 사과배에 대해 설명한다. 사과배는 조선에서 이주해오면서 가져온 사과 묘목과 연변 참배나무를 접목시켜 탄생한 혼합종이다. 사과배는 용정의 특산물이 됨으로써 조선족의 처지를 대변하고 있다. 이주자의 생존확률은 사과배만큼이나 적응하기 어려운 디아스포라 운명을 갖는다. 림해화는 한국의 복사꽃을 통해 고향의 사과배꽃을 떠올리며 향수를 달랜다. 도망 갈까봐 의심하는 시모와 가족에게서 림해화는 가족으로 인정받지 못하는 관찰보호대상이자 장애인 남편을 돌보아야 하는 도우미일 뿐이다. 남편의 성적 폭력에 시달리다 못해 여권, 외국인 등록증, 가방을 그대로 두고 가출한 조선족아내는 강제출국, 불심검문, 단속, 공안의 위험에 처하면서 고된 여관 청소 일을 하게 된다. 여관과 샹그리라 모텔을 소유한 사장은 처음에는 림해화에게 친절을 보이다가 성적 요구를 거절당하자 그녀를 쫓아내고 만다. 림해화와 같은 빈곤국 출신 이주여성에게 한국은 '샹그리라'라는 이름처럼 환상적이고 아름다운, 고난도 시기도 없는 평화롭고 풍요로운 골짜기 같은 곳이다. 「가리봉 연가」의 명화가 노래방 도우미로 일하거나 『잘 가라, 서커스』에서의 해화가 여관 허드렛일을 하거나 주인으로부터 성희롱 위험에 노출됨으로써 성산업, 3D 업종에 종사하는 아시아여성의 섹슈얼리티와 젠더 문제가 심각하다.

이 소설은 이민자의 생존을 아슬아슬하고 불안하며 곧 추락할 것만 같은 서커스에 비유한다. 림해화의 사랑과 결혼도 추락하며, 정체성을 확인하기 위해 발해사를 연구하는 그녀의 첫사랑인 불법이민자도 자신의 위치를 '이방인', '저렴한 노동력', '외국인'의 정체성을 지닌 서커스 같은 삶이라고 고백한다.

> "아니요. 저는 모르겠습니다. 제가 알게 된 건… 어쨌든 여기서 저는 이방인이라는 거죠. 아니면 저렴한 노동력이든 가요."
> "밀항을 할 겁니다. 일본으로 가는 밀항선을 알아두었습니다. 가서 탐사대가 입성하는 걸 볼 겁니다. 그리고 거기서 살 겁니다. 중국에서 소수민족으로 사는 것도, 여기서 외국인으로 사는 것도 싫습니다."
> "한 판 서커스를 끝내고 난 기분입니다. 이젠 그만 두어야겠습니다. 서커스 짓거리말입니다."[173]

『잘 가라, 서커스』의 '부천'이나 「가리봉 연가」의 '가리봉동' 지역은 조선족이 모여 사는 곳이다. 결혼이주여성은 한국에서도 소외된 주변부라는 위치[174]에 놓인다. 중국에선 소수민족으로, 한국에서는 외국인으로 배제되는 호모 사케르인 이주자의 디아스포라 운명은 서커스처럼 위험하고 불안정하다.

5. 다문화사회를 향하여

결혼이주여성에 대한 사회적·정책적 관심은 높은 편이다. 이민국이 아닌 한국사회는 이주노동자에게는 가혹하지만 결혼이주여성에

---

173) 천운영, 『잘 가라, 서커스』, 앞의 책, 221쪽.
174) 『잘 가라, 서커스』의 지리적 공간인 부천은 안산, 시흥과 더불어 이주민이 많이 사는 지역으로, 서울의 변방으로서 변방에서 변방으로라는 현대 이주의 양상인 이주의 빈곤화에 드러나는 이동의 경로를 내포하고 있다(문재원, 「황석영 『심청』의 근대성과 탈근대성」, 앞의 글, 311쪽). 이는 「가리봉 연가」의 배경인 가리봉, 월곡동 등에도 조선족 이주민이 모여 사는 곳으로서의 변방이라는 지리적 특징을 나타내고 있다.

대해서는 호의적인 편인데 국민을 생산하는 그녀들은 국민의 범주에 들 가능성이 높기 때문이다. 그러나 법적으로 한국인이 되었다고 하더라도 차별적이고 배제적인 시선을 받으며, 주변화되거나 동화되어야 하는 현실에 놓인다. 언어, 기후, 문화적 차이와 향수의 어려움을 겪는데다가 남편과 시모로부터의 폭언, 폭력을 감수해야 하는 결혼이주여성은 신산하고 비극적이며 고독한 결혼생활을 영위한다. 이는 인신매매적이고 인권유린적인 맞선과정 속에서 결혼이 이루어지며, 가족을 위한 희생제의적인 여성을 바라보는 심청 모티프가 21세기에도 작동하기 때문이다. 매매혼적 성격을 지닌 결혼알선업체를 통해 돈을 주고 사오는 이국아내에 대한 남편과 시댁의 자세는 타자의 동화를 통해 타자를 전유하고자 하기에 이주여성은 타자적 삶을 영위할 수밖에 없다. 그녀들은 결혼생활의 가족구성원이나 주체가 되지 못하고 가출한 후 빈곤국, 여성, 이주라는 타자성으로 혹독한 이주현실을 실감한다. 빈곤국 출신의 유색 아시아여성 이주민은 섹슈얼리티, 젠더문제와 중첩되어 벌거벗은 몸, 유순한 몸을 요구받는다.

소설 속에 묘사된 결혼이주여성의 삶을 통해 우리 사회는 '다문화사회', '다문화주의' 혹은 '다문화'를 부르짖고 있지만 윤리적으로 외국인을 포용하지 않으며, 도구적 수단으로서만 국제결혼을 지향하고 있다. 21세기는 윤리의 시대가 되어야 한다고 주창한 가라타니 고진은 사회나 공동체의 도덕과 대립되기도 하는 윤리의식은 타자를 수단으로서만이 아니라 동시에 목적으로 대하라는 칸트의 보편적 도덕법칙을 대안으로 제시한다. 후진국이나 외국인 노동자를 수단으로 삼음으로서 선진국과 중심, 자국민의 행복이 추구되는 지금의 상황에서 벗어나기 위해서는 수단에 불과한 타자들을 목적(자유)으로 취

급해야만 한다는 것이다. 언어가 어눌한 서발턴인 이주여성은 빈곤
국 출신의 스스로 말할 수 없는 주체이기에 배려와 관심이 절실하
다. 또한 결혼이민자에 대한 관리나 지도 혹은 온정적이고 시혜적
자세가 아닌 동등하고 평등한 시선으로 대해야 하는 다문화가정의
인식 개선이 필요하다. 한국소설의 한 특징으로 자리 잡은 소설 속
의 외국인 출현과 지역적 확대를 특징으로 하는 다문화서사는 외국
인의 증가만큼이나 계속될 것이므로 이제 다문화 문제에 고민할 때
이다. 소설에 나타난 결혼이주여성의 삶이 고단하고 차별적이며 인
권유린적 상황에 놓여 있기 때문이다.

제5부

맞음말

맺음말

유동하는 액체근대사회는 여행자와 이주자, 난민들의 탈국경 이동이 많은 지구촌 사회이다. 동일성, 전체성, 귀속성을 기준으로 타자를 만들어내어 그들을 닦달하고 경계 밖으로 내모는 근대사회에서 탈근대사회로 변화하는 가운데 국가, 민족, 가족, 문학의 범주에 대한 경계가 옅어지고 있다. 이데올로기에서 정체성으로 전환되는 과정에서 단일성과 귀속성의 정체성은 폭력과 희생양, 배척과 고통을 낳고 있으며, 21세기의 가장 비참하고 비극적인 타자로 이주자가 문학 속에 등장한다. 이들은 디아스포라, 이방인, 경계인간으로 명명되며 단일민족, 자국민의 배제적·타자적 시선으로 상처를 받지만 이중언어, 이중문화, 복합적 정체성을 지닌 글로벌 인재이자 세계시민으로서 무한한 가능성과 잠재능력을 갖고 있다.

2부의 '차이·생성·현대성'에서는 최근의 문학적 경향과 특징을 다루었다. 해이수의 소설에서는 호주, 네팔, 아프리카, 유럽으로 이민, 유학, 취재, 여행 온 2, 30대 백수청년이 백인 서구 남성중심사회에서 존재감 없는 동양인의 고통스러운 삶을 그리고 있다. 이동과 불안이 키워드인 그의 문학은 단일문화적이고 인종차별적인 우리 사회의 문제점을 국가 바깥에서 지적하며 무한경쟁의 정글에 내몰려진 청춘들의 불안과 생존문제를 치열하게 묘사하고 있다. 구효서의 『랩소디 인 베를린』에서는 윤이상, 서경식, 요한 세바스찬 바흐, 프리모 레비와 같은 디아스포라에 영감을 받은 작가가 디아스포라 운명을 지닌 재일조선인 출신 음악가의 삶을 추적한다. 확대된 시공간을 배경으로 근대가 저지른 가장 끔찍한 사건인 독일의 유대인 수용소와 한국의 안기부 고문실에서의 국가권력이 작동됨으로써 감금되고 배제되고 고문을 당한 음악가들의 아픔을 그린다. 국가, 사랑, 예술 그 어느 것에도 안주할 수 없었던 자이니치 디아스포라 김상호는 영원한 경계인이자 이방인 의식을 갖고 살다가 자살한다.

손홍규의 『이슬람 정육점』에서는 다문화적 사유와 타자지향적 응시가 나타난다. '이슬람'과 '정육점'이라는 이질적인 것과의 결합처럼 자국민과 이주자 사이의 조화롭고 아름다운 공생을 위해서는 배려와 환대, 타자지향적 자세가 요구된다. 이 소설은 학교, 가족, 혈연과 같은 관계가 아닌 흉터와 상처를 공유한 사람끼리 다문화공동체를 형성한다. 그에게 좋은 문학이란 구획과 경계를 정하지 않고 끊임없이 생성하는 정치적이고 실험적이며 차이를 통한 생성의 문학이다. 그의 소설은 21세기 포스트모더니즘 사유의 틀 속에서 문학의 방향성을 상실한 작가에게 길을 제시해주는 변혁적이고 다문화적이며, 언제나 삶을 긍정하고 과거를 망각하여 새로운 것을 추구하는 어린아이의 시각으로 글을 써야 한다고 말하고 있다. 조해진의 『로기완을 만났다』는 탈북 디아스포라인 '로'의 삶을 작가가 추적하는 여행서사이다. 이 소설은 여행을 통해 소설쓰기에 대한 고민을 함께 한다는 점에서 소설가소설로도 읽힌다. 벨기에 여행을 하는 작가는 낯선 공간에서 타자와 대면하면서 상처 치유, 자기 수련, 소설 창작을 통한 작가로서의 입문, 탈북 디아스포라의 성숙이라는 입사의례적 여정을 통과한다. 여행은 입문, 성숙, 발견과도 연관되는데, 작가는 이 소설을 통해 여행자와 이주자의 출현과 지구촌 소수자의 인권 문제, 소설의 주제와 창작방법론에 대한 고민, 타자들의 연대를 제시함으로써 최근 문학의 특징을 보여준다.

3부인 '경계인·혼종성·다문화성'에서는 다문화주의적 관점에서 소설을 살펴보았다. 최근 우리 사회에 다문화의식, 다문화가정, 다문화주의라는 말이 유행처럼 번지고 있는데, 아주 다른 낯선 사람들과 공존하는 다문화사회가 진행 중이기 때문이다. 외국인 노동자, 결혼이주여성, 조선족, 탈북자와 같이 국적, 피부색, 인종, 민족, 문화, 언어적 측면에서 이질적인 이주자들이 노동과 국제결혼, 국민재생산을 위해 우리 사회에 진입한 것이다. 그러나 준비하지 못한 채 맞이한 급작스러운 사회적 변화는 인종차별, 단일민족신화, 백인 선호, 천민자본주의, 오리엔탈리즘적 시선으로 차별과 배제, 폭력과 소외, 따돌림, 고립, 주변화시키는 사회문제를 낳는다.

1장의 이주노동자의 재현 양상에서는 한국사회의 식민성과 배타적 민족의식을 비판하고 '죽은 시늉', '죽은 척', '꼼짝 않기'로 상징되는 산주검 혹은 노바디로서의 고통과 소외를 묘사한다. 이주노동자의 인권유린과 차별적 상황을 통해 최악의 생활환경 속에서 숨죽이고 살아가는 이들의 모습을 재현하며, 인권, 배려, 공존이라는 화두가 필요함을 보여준다. 2장의 다문화가정의 탄생과 다문화가정 2

세의 성장서사에서는 혼혈인과 고아인 10대 소년들이 등장하는데 이주노동자, 불구, 외국인인 아버지와 가출한 엄마를 둔 불우한 가정환경 속에서 조숙하고 사려 깊은 상처받은 영혼의 성장과정을 보여준다. 다문화성장소설이 일반적인 성장소설과 다른 점은 비교육적·반인권적·비위생적인 환경 속에서 이주라는 타자성이 더해짐으로써 훨씬 열악하고 어렵다는 사실이다. 피진어와 같은 타자의 언어를 구사하고 외모가 다르며 폭력과 욕설을 당하는 아버지를 포용하고 이해하는 다문화가정 2세는 일찍부터 세상을 알아버린 영어덜트이다. 3장의 다문화공간에 나타난 지리적 타자성에서는 자국민과 이주자가 비다문화공간과 다문화공간에 구획되고 경계되어 함께 어우러지지 못하고 타자적이고 우범적이며 빈곤한 공간으로 표상되고 있음을 지적하였다. 노동환경이나 집값, 종교적 이유로 조성되는 다문화공간은 로컬, 주변부, 에스닉, 타자적 공간으로 표상되며 불법과 범죄의 온상, 하층민 계급의 표상, 빈곤과 추방의 온상으로 '우리'와 '그들'을 구분하고 차별화하고 분할하는 기표가 된다. 가리봉동, 이태원, 공단지역인 부천과 고양시 등의 열악한 노동환경과 주거환경은 최소한의 타자의 권리마저 빼앗고 있다.

4장의 다문화경계인으로서의 한민족 디아스포라에서는 조선족, 고려인, 탈북자가 등장하는 박찬순의 단편소설을 살펴보았다. 박찬순은 한국민=가해자, 이주자=피해자라는 이분법적 도식 속에서 폭력과 고통의 대상으로만 재현되었던 한민족 디아스포라의 다문화경계인이자 글로벌 인재로서 역할을 부각시킨다. 기존의 배척당하는 이주자와 더불어 긍정적 이방인의식을 지닌 문화중개자이자 트랜스내셔널하고 코즈모폴리턴적인 경계인으로 묘사함으로써 디아스포라의 양면성을 다면적으로 포착한다. 그녀의 문학은 생활양식으로서의 문화뿐만 아니라 온돌(주거문화), 양꼬치(음식문화), 자그사니(생태문화)와 같이 문화 자체에 초점을 맞추며, 발해풍의 정원으로 표상되는 한민족 정체성을 복원하고자 한다.

5장 다문화텍스트에 나타난 이방인의 목소리에서는 이주체험을 했거나 현장체험을 한 작가의 작품들을 살펴보았다. 베트남 출신 며느리와 함께 온 할머니를 면담한 의사 양성관이 쓴『시선』은 다문화가정 2세 김배남의 일생을 추적하는 이야기로 차별적·타자적 시선 때문에 연쇄살인마가 된 혼혈인의 삶을 추적한다. 탈북작가인 김유경의 소설은 몽골사막 행군, 도강, 제3세계 경유를 통한 목숨을 건 탈북루트의 처참함과 중국에서 짐승대접을 받으며 결혼생활을 한 탈북여성의 한국행을 위한 비극적 삶을 리얼하게 묘사한다. 이 소설은 정도상의『찔레꽃』과 비견하여 르포나 수기적인 경향을 띠지만 하나원에 거주하는 '바리'들의 몸의 훼손, 애끓는 모정, 사기와 인신매매, 매질, 굶주림의 여정을 처절하게 보여준다. 서경식의 여행산문집은 '디아스포라'와 '자이니치'의 삶이 얼마나 절망적인지를 유려한 문체와 격조 있는 표현으로 전달한다. '추방당한 자의 시선'이라는 부제목이 말해 주듯이 조국과 고국과 모국이 다른 상태에서 일본, 한국, 북한 그 어느 곳에서도 자유로울 수 없는 디아스포라 운명을 지성적으로 사유하여 공감을 얻고 있다. 해외 여성입양인 출신 작가 조미희의 수필집은 한국으로의 귀환을 통해 자기구성방식과 자아 찾기의 과정을 보여준다. '찢어진 눈'으로 상징되는 인종적·신체적 타자성이 낙인된 벨기에에서의 자신과 못생긴 외모로 지적받는 한국 사이에서 분열되는 입양인이 자신은 한국인이기도 하고 유럽인이기도 하며 세계인이기도 하는 존재의 풍요로움을 지녔다고 긍정함으로써 자아를 정립하는 과정을 보여준다. 이러한 다문화텍스트를 통해 시민권과 인권의 경계를 허무는 유연하고 개방적인 다문화주의적 자세가 열린 국경만큼이나 필요하다.

4부 이주·여성·타자성에서는 이주와 젠더가 중첩된 타자의 표상이자 은유인 이주여성에 주목한 글들을 모았다. 1장에서는 어눌한 연변 사투리를 구사하며 식당에서 일하는 중년여성 이미지로 한국사회에 각인된 조선족 이주여성의 고달픈 이산생활을 살펴보았다. 한중수교로 인한 한국바람은 조선족을 이주하게 했으나, 한족/한민족, 중국어/한국어, 중국/한국의 경계적 위치성을 지니며 디아스포라적 혼란을 겪게 하였다. '~화'로 지칭되는 조선족여성은 성별화된 돌봄노동이나 가사일에만 제한적으로 주어져 고단하고 불안한 이산경험에 놓인다. 암, 불구, 유산, 죽음과 같은 몸의 훼손은 사회적 약자에게 가해지는 부당함을 상징적으로 드러낸다. 2장에서는 베트남 결혼이주여성을 대상으로 보수적이고 가부장적인 농촌사회에서 '만들어진' 한국며느리를 연기하는 이주여성이 섹슈얼리티와 출산도구로서 대상화되고 있음을 밝혔다. 순종적이고 시집살이에 잘 적응할 것 같은 베트남신부의 인기는 한국인의 욕망이자 바람일 뿐인 환상에 불과하다. 가문의 핏줄 잇기가 목적인 농촌가정의 외국인 며느리와 혼혈손주 수용과정에서 일방적인 동화나 부적응 및 저항이 드러남으로써 서로를 이해하고 배려하는 다문화주의적 시각이 절실하다. 한국며느리 만들기 프로젝트화보다는 왜 어린 베트남신부들이 탈국경하고 낯선 나라에서 다문화가정의 일원이 되었는지 이해해야 하며 그녀들이 개성과 고유성을 지닌 단독자이자 인권의 주체임을 명심해야 한다.

3장에서는 고려인 이주여성의 삶을 그린 「발해풍의 정원」을 연구 대상으로 구들유전자를 지닌 카레이스키 디아스포라 3세인 오알료나가 서구남성시각에 의해 오리엔탈리즘적이고 관능적으로 표상되거나 잃어버린 순수, 자연, 빈곤의 이미지로 그려짐을 비판하였다. 러시아여성, 우즈베크여성, 북한여성, 한국여성의 다중적 정체성을 지닌 그녀는 마트료시카 인형처럼 수많은 인격을 간직하고 있다. 4장에서의 21세기 이주여성에서는 집시와 심청(바리)으로 표현되는 그녀들의 삶이 다문화주의, 탈식민주의, 페미니즘의 복합적 관점에서 이해되어야 함을 밝힌다. 이주여성은 이주국에서 젠더화되고 섹슈얼리티화된 직종에 제한적으로 종사하며 집시와 희생양 이미지로 재생산된다. 소문이나 풍문으로 정절을 의심받으며, 폭력적인 가부장제 가족형태에서 성적으로 대상화되거나 타자화되고 21세기에도 유효한 가족의 부양자이자 희생제의적 대상이 되는 것이다. 나비로 표상되는 이주여성의 디아스포라 운명은 가련하고 슬프고 애처로운 삶이다. 5장에서는 팔려가는 타자와 아시아적 신체의 훼손이라는 제목으로 결혼이주여성을 분석하였다. 맞선·심청 모티프로 이주와 젠더의 타자성을 지닌 결혼이주여성은 차별적이고 배타적인 시선을 받으며 고립되고 소외되며 주변화된다. 고단하고 인권유린적 상황에 놓인 결혼이주여성을 국민으로 수용하고 포용하며, 온정적이고 시혜적 자세보다는 평등한 시선으로 대하는 다문화적 자세가 필요하다.

5장 「다문화텍스트에 나타난 이방인의 목소리」, 강릉원주대학교 다문화연구
소 4회 학술세미나 논문발표, 2013. 11. 27.

4부 이주·여성·타자성

1장 「조선족 이주여성의 타자적 정체성」, 『현대소설연구』 48호, 한국현대소
설학회, 2011. 12.

2장 「'만들어진' 한국며느리와 저항/동화하는 베트남 이주여성—서성란의 「파
프리카」, 정지아의 「핏줄」」, 강릉원주대학교 문화연구소 2회 학술대회
논문발표, 2013. 5. 29.

3장 「고려인 이주여성의 오리엔탈리즘적 재현과 여행모티프—박찬순의 「발
해풍의 정원」」, 『문명연지』 32호, 한국문명학회, 2013. 12.

4장 「집시와 심청(바리)의 환생, 21세기 이주여성—다문화적 탈식민 페미니
즘 관점으로」, 『한중인문학연구』 35집, 한중인문학회, 2012. 4.

5장 「팔려가는 타자와 아시아적 신체의 훼손—결혼이주여성을 중심으로」, 『소
설시대』 19호, 한국작가교수회, 심미안, 2011. 3.

참고문헌

연구대상작품

강영숙, 「갈색 눈물방울」, 『빨강 속의 검정에 대하여』, 문학동네, 2009.
공선옥, 『가리봉 연가』, 실천문학사, 2005.
구효서, 『랩소디 인 베를린』, 뿔, 2010.
김려령, 『완득이』, 창비, 2008.
김애란, 「그곳에 밤 여기의 노래」, 박민규 외, 『아침의 문－2010 이상문학상 작품집』, 문학사상사, 2010.
김연수, 「모두에게 복된 새해」, 『세계의 끝 여자친구』, 문학동네, 2009.
김유경, 『청춘연가』, 웅진지식하우스, 2012.
김인숙, 「바다와 나비」, 김인숙 외, 『바다와 나비－2003 이상문학상 수상작품집』, 문학사상사, 2003.
김재영, 『코끼리』, 실천문학사, 2005.
_____, 「아홉 개의 푸른 쏘냐」, 『코끼리』, 실천문학사, 2005.
박범신, 『나마스테』, 한겨레문학사, 2005.
박찬순, 『발해풍의 정원』, 문학과지성사, 2009.
서경식, 김혜신 역, 『디아스포라 기행: 추방당한 자의 시선』, 돌베개, 2006.
서성란, 『파프리카』, 화남, 2009.
손홍규, 「이무기 사냥꾼」, 『문학동네』, 2005.여름호.
_____, 『이슬람 정육점』, 문학과지성사, 2010.
양성관, 『시선: 어느 혼혈아의 마지막 하루』, 글과생각, 2012.

이명랑,『나의 이복형제들』, 실천문학사, 2004.

이순원,「미안해요, 호 아저씨」,『첫눈』, 뿔, 2009.

이혜경,「물 한 모금」,『틈새』, 창비, 2006.

정도상,『찔레꽃』, 창비, 2008.

정지아,「핏줄」,『숲의 대화』, 은행나무, 2013.

조미희,『나는 55퍼센트 한국인』, 김영사, 2000.

조해진,『로기완을 만났다』, 창비, 2011.

천운영,『잘 가라, 서커스』, 문학동네, 2005.

한수영,「그녀의 나무 핑궈리」,『그녀의 나무 핑궈리』, 민음사, 2006.

해이수,『젤리피쉬』, 이룸, 2009.

＿＿＿,『캥거루가 있는 사막』, 문학동네, 2006.

홍양순,「동거인」,『자두』, 문이당, 2005.

황석영,『바리데기』, 창비, 2007.

논문

강유정,「환대받지 못한 자의 기도」, 해이수,『캥거루가 있는 사막』, 문학동네, 2006.

강진구,「한국소설에 나타난 결혼이주여성의 재현양상」,『다문화콘텐츠연구』 11권, 중앙대 문화콘텐츠기술연구원, 2011.

＿＿＿,「한국소설에 나타난 이주노동자의 재현 양상」,『어문논집』 41호, 중앙어문학회, 2009.

고봉준 외,「타자 마이너리티 디아스포라」,『작가와 비평』 6호, 여름언덕, 2007.

＿＿＿,「연대는 어떻게 가능한가」,『작가와비평』 7호, 2007.8.

＿＿＿,「추방과 탈주」,『작가와비평』 6호, 2007.1.

고정갑희,「여자들의 공간과 자본」,『한국여성학』 21권, 한국여성학회, 2005.

구재진,「국가의 외부와 호모 사케르로서의 디아스포라」,『비평문학』 32호, 한국비평문학회, 2009.

권혁태,「재일조선인과 한국사회」,『역사비평』 78호, 역사문제연구소, 2007.

기계형,「이주의 여성화에 대한 비판적 성찰」,『아시아여성연구』 49권, 아시아여성연구소, 2010.

김경호, 「결핍과 치유: 관계성에 대한 성찰」, 『인문과학연구』 28집, 강원대 인문
과학연구소, 2011.

김광기, 「'이방인'의 사회학을 위한 이론적 정초」, 『한국사회학』 38집, 한국사회
학회, 2004.

김도형, 「레비나스의 인권론 연구」, 『대동철학』 60집, 대동철학회, 2012.

김동환, 「소설의 영원한 내적 형식: 길 그리고 여행」, 『소통과 인문학』 11집, 한
성대 인문과학연구원, 2010.

김명희, 「귀신의 시대는 끝났다, 그저 과잉과 결핍이 반복될 뿐…」, 『민족21』 66
권, 2006.

김미영, 「다문화사회와 소설교육의 한 방법」, 『한국언어문화』 42집, 한국언어문화
학회, 2010.

김미정, 「비루함과 존엄 사이, 도약하는 반인간·비인간들」, 손홍규, 『봉섭이 가
라사대』, 창비, 2008.

김민정 외, 「국제결혼 이주여성의 딜레마와 선택」, 『한국문화인류학』 39호, 한국
문화인류학회, 2006.

김아름, 「한국의 다문화주의 현황과 문화적 지원방안연구」, 경희대 석사학위논문,
2009.

김애령, 「이방인과 환대의 윤리」, 『철학과 현상학 연구』 39권, 한국현상학회,
2008.

김영옥, 「21세기 다문화소설에 나타난 국민개념의 재구성과 탈식민성」, 『한국문
학이론과 비평』 56집, 한국문학이론과비평학회, 2012.

김은실, 「지구화, 국민국가 그리고 여성의 섹슈얼리티」, 『여성학논집』 19집, 이화
여대 한국여성연구원, 2002.

_____, 「지구화, 민족/국적 그리고 여성의 섹슈얼리티」, 『인문연구』 43권, 영남대
인문과학연구소, 2003.

김응교, 「이방인, 자이니치 디아스포라 문학」, 『한국근대문학연구』 21집, 한국근
대문학회, 2010.

김지형, 「순진함으로서의 학생 표상 고찰」, 『한국아동문학연구』 16호, 한국아동문
학학회, 2009.

김진석, 「한국현대소설에 나타난 가족 구성원의 갈등 양상」, 『과학과 문화』 1권,
서원대 미래창조연구소, 2004.

김현미, 「글로벌 신자유주의 경제질서와 이동하는 여성들」, 『여성과 평화』 5권,
한국여성평화연구원, 2010.

김형중, 「출노령기」, 손홍규, 『톰은 톰과 잤다』, 문학과지성사, 2012.

김혜숙, 「여성주의 관점에서 본 다문화주의」, 『철학연구』 76집, 철학연구회, 2007.

김화선, 「청소년 문학에 나타난 성장의 문제: 김려령의 『완득이』를 중심으로」, 『아동청소년문학연구』 12권, 한국아동청소년문학학회, 2008.

당김중, 「드라마 <황금신부>에서 재현된 베트남 결혼이주여성에 대한 연구」, 인하대 석사학위논문, 2011.

도종윤, 「벨기에에서 탈북자를 만나다」, 『한겨레21』, 2006.1.10.

류찬열, 「다문화시대와 현대시의 새로운 가능성」, 『국제어문』 44집, 국제어문학회, 2008.

류 티씽, 「어느 베트남여자가 본 <황금신부>」, 『플랫폼』 5권, 인천문화재단, 2007.

문재원 외, 「이동성과 로컬리티」, 『로컬리티 인문학』, 부산대 한국민족문화연구소, 2011.

_____, 「경계넘기의 서사적 재현」, 『현대문학이론연구』 41권, 현대문학이론학회, 2010.

_____, 「이주의 서사와 로컬리티」, 『한국문학논총』 54집, 한국문학회, 2010.

박경주 외, 「1990년대 이후 조선족소설에 반영된 민족정체성 연구」, 『한중인문학연구』 31집, 한중인문학회, 2010.

박영민, 「쓰기 치료를 위한 개인적 서사문 중심의 자기표현적 글쓰기 활동」, 『한어문교육』 27권, 한국언어문학교육학회, 2012.

박정애, 「2000년대 한국소설에서 '다문화가족'의 성별적 재현 양상 연구」, 『여성문학연구』 22호, 한국여성문학학회, 2009.

_____, 「한국 아동청소년 소설에 나타난 다문화 갈등과 그 해결 양상 연구」, 『현대문학의 이론』 41집, 한국문학연구학회, 2010.

박 진, 「박범신 장편소설 『나마스테』에 나타난 이주노동자의 재현 이미지와 국민국가의 문제」, 『현대문학이론연구』 40권, 현대문학이론학회, 2010.

박진환 외, 「도덕과 교육에서 문학을 활용한 반편견 다문화교육」, 『윤리교육연구』 20집, 한국윤리교육학회, 2009.

박태범, 「프랑스 포스트모더니즘의 인문학적 사유에 대한 기초신학적 이해」, 『가톨릭신학』 21권, 한국가톨릭신학학회, 2012.

서동욱, 「들뢰즈의 문학론은 일관성을 가지고 있는가?」, 『철학과 현상학 연구』 38집, 한국현상학회, 2008.

손철성, 「공동체의 성원권과 외국인 노동자의 지위」, 『윤리교육연구』 29권, 한국윤리교육학회, 2013.

송민애, 「다문화사회에서 이주여성의 몸 경험」, 『신학논단』 54집, 연세대 신과대학, 2008.

신승철, 「경계언어와 특이성 생산」, 『시대와 철학』 22권, 한국철학사상연구회, 2011.

신형철, 「비인의 인간학, 신생의 윤리학」, 손홍규, 『사람의 신화』, 문학동네, 2005.

선주원, 「다문화소설에 형상화된 유목적 존재들의 삶 이해를 통한 소설교육」, 『독서연구』 25권, 한국독서학회, 2011.

송명희, 「다문화소설에 재현된 결혼이주여성: 공선옥의 「가리봉 연가」를 중심으로」, 『한어문교육』 25집, 한국언어문학교육학회, 2011.

＿＿＿, 「다문화소설에 재현된 베트남 여성: 서성란의 「파프리카」를 중심으로」, 『현대소설연구』 51호, 한국현대소설학회, 2012.

송현호, 「「가리봉 양꼬치」에 나타난 이주 담론 연구」, 『현대소설연구』 51호, 한국현대소설학회, 2012.

＿＿＿, 「「이무기 사냥꾼」에 나타난 이주 담론 연구」, 『한중인문학연구』 26권, 한중인문학회, 2010.

＿＿＿, 「「코끼리」에 나타난 이주 담론의 인문학적 연구」, 『현대소설연구』 42권, 한국현대소설학회, 2009.

＿＿＿, 「『잘 가라, 서커스』에 나타난 이주 담론 연구」, 『현대소설연구』 45호, 한국현대소설학회, 2010.

신덕룡, 「90년대 소설에 나타난 가족의 해체와 그 실상」, 『인문과학』 4권, 광주대 인문과학연구소, 1998.

신명직, 「가리봉을 둘러싼 탈영토화와 재영토화」, 『로컬리티 인문학』 6호, 부산대 한국민족문화연구소, 2011.

신승철, 「경계언어와 특이성 생산」, 『시대와 철학』 22권, 한국철학사상연구회, 2011.

연남경, 「다문화소설과 여성의 몸 구현 양상」, 『한국문학이론과 비평』 48집 한국문학이론과비평학회, 2010.

오미란, 「농촌지역 여성 문화권에 관한 탐색」, 『젠더와 문화』 2권, 계명대 여성학연구소, 2009.

우한용, 「21세기 한국사회의 다양성과 소설적 전망」, 『현대소설연구』 40호, 한국현대소설학회, 2009.

유영민, 「디아스포라 음악과 정체성: 재일조선인음악을 중심으로」, 『낭만음악』 84호, 2009.가을호.

유진월, 「이산의 체험과 디아스포라의 언어」, 『정신문화연구』 32권, 한국학중앙연구원, 2009.

윤대선, 「레비나스의 언어철학과 초월성」, 『철학과현상학연구』 31집, 한국현상학회, 2006.

윤여탁, 「세계화시대의 한국문학」, 『국어국문학』 115집, 국어국문학회, 2010.

윤영옥, 「21세기 다문화소설에 나타난 국민 개념의 재구성과 탈식민성」, 『한국문학이론과 비평』 56집, 한국문학이론과비평학회, 2012.

이경수, 「국경을 횡단하는 상상력」, 『작가와 비평』 6호 여름언덕, 2007.

이경자, 「일본 청소년문학의 어제와 오늘」, 『창비어린이』 6권, 창작과비평사, 2008.

이덕화, 「『완득이』에 나타난 타자 윤리학」, 『소설시대』 19호, 한국작가교수회, 심미안, 2011.

이미림, 「고려인 이주여성의 오리엔탈리즘적 재현과 여행모티프」, 『문명연지』 32호, 한국문명학회, 2013.

_____, 「다문화경계인으로서의 코리안 디아스포라 연구」, 『한중인문학연구』 41집, 한중인문학회, 2013.

_____, 「다문화공간에 나타난 지리적 타자성」, 『한국문학논총』 63집, 한국문학회, 2013.

_____, 「디아스포라여성의 오리엔탈리즘적 재현과 여행모티프」, 『문명연지』 32호, 한국문명학회, 2013.

_____, 「유동하는 시대의 이방인들, 이주자와 여행자」, 『한국문학논총』 65집, 한국문학회, 2013.

_____, 「『이슬람 정육점』에 나타난 다문화적 사유와 타자지향적 응시」, 『한민족어문학』 64집, 한민족어문학회, 2013.

_____, 「2000년대 소설에 나타난 조선족 이주여성의 타자적 정체성」, 『현대소설연구』 48호, 한국현대소설학회, 2011.

_____, 「2000년대 다문화소설에 나타난 이주노동자의 재현양상」, 『우리문학연구』 35집, 우리문학회, 2012.

_____, 「집시와 심청(바리)의 환생, 21세기 이주여성」, 『한중인문학연구』 35집, 한중인문학회, 2012.

_____, 「코리안 디아스포라문학에 나타난 예술·사랑·국가」, 『세계한국어문학』 4집, 세계한국어문학회, 2010.

_____, 「팔려가는 타자와 아시아적 신체의 훼손」, 『소설시대』 19호, 한국작가교수회, 심미안, 2011.

_____, 「해이수 소설의 여행·디아스포라·다문화의식」, 『국어국문학』 155호, 국어국문학회, 2010.

이상미, 「호미 바바의 혼종성과 자아정체성의 문제」, 이화여대 석사학위논문, 2003.

이상석, 「나도 똥주 같은 선생 되고 싶다」, 『창비어린이』 6권, 창작과비평사, 2008.

이선주, 「국제노동이주와 젠더: 배제와 제한된 포용」, 『한국여성학』 22권, 한국여성학회, 2006.

이소희, 「초국가적 시민주체: 귀환한 해외 입양인들의 탈경계적 정체성」, 『탈경계인문학』 3권, 이화여대 이화인문과학원, 2010.

이수자, 「이주여성 디아스포라: 국제성분업, 문화혼종성, 타자와 섹슈얼리티」, 『한국사회학』 38집, 한국사회학회, 2004.

이영자, 「신자유주의적 지구화와 페미니즘」, 『성평등연구』 6권, 가톨릭대 성평등연구소, 2002.

이용일, 「다문화시대 고전으로서 짐멜의 이방인 새로 읽기」, 『독일연구』 18호, 한국독일사학회, 2009.

이윤효, 「베트남 국제결혼가정 이주여성의 문화적응 스트레스에 관한 연구」, 강남대 석사학위논문, 2006.

이재복, 「추락하는 것은 아름답다: 천운영의 『잘 가라, 서커스』 서평」, 『본질과현상』 3호, 본질과현상사, 2006.

이해응, 「다문화제도화의 포함/배제논리와 조선족이주여성의 위치성」, 『사회학대회 논문집』 12집, 한국사회학회, 2010.

이혜경 외, 「이주의 여성화와 초국가적 가족: 조선족 사례를 중심으로」, 『한국사회학』 40집, 한국사회학회, 2006.

임안나, 「다문화 청소년의 자아정체성에 관한 연구」, 『교정복지연구』 19권, 한국교정복지학회, 2010.

임헌영, 「한국문학과 다문화주의」, 『세계한국어문학』 3집, 세계한국어문학회, 2010.

임홍배, 「아우슈비츠의 기억과 재현의 문제」, 『뷔히너와 현대문학』 31호, 한국뷔히너학회 2008.

임환모, 「한국문학과 들뢰즈」, 『국어국문학』 158집, 국어국문학회, 2011.

장희권 외, 「전지구화과정 속의 타자와 그들의 공간」, 『코기토』 69권, 부산대 인문학연구소, 2010.

전경옥, 「젠더 관점에서 본 다문화 사회의 사회통합」, 『아시아여성연구』 46권, 숙명여대 아세아여성문제연구소, 2007.

정기문, 「손홍규론」, 『동남어문논집』 32집, 동남어문학회, 2011.

정은경, 「이방인의 윤리」, 『젤리피쉬』, 이룸, 2009.

정재림, 「'우리'였다가 '우리'일 것이었다가 결국 '그들'인」, 『작가와 비평』 6호, 2007. 1.

정현주, 「이주·젠더·스케일」, 『대한지리학회지』 43권, 대한지리학회, 2008.

정혜경, 「2000년대 가족서사에 나타난 다문화주의의 딜레마」, 『현대소설연구』 40호, 한국현대소설학회, 2009.

조규익, 「해외한인문학의 존재와 당위」, 『국어국문학』 152호, 국어국문학회, 2009.

조윤경, 「현대문화에 있어서 노마디즘과 이동성의 의미」, 『불어불문학연구』 66권, 한국불어불문학회, 2006.

조정환, 「민족문학과 세계문학을 넘는 삶문학」, 『작가와비평』 7호, 2007.8.

지용신, 「재현된 서사와 이산 체험의 복원」, 『한국문예비평연구』 27호, 한국현대문예비평학회, 2008.

차옥숭, 「다문화 사회통합: 국제혼인 이주여성 피해실태를 중심으로」, 『동아시아의 국제이민과 다문화가구』, 이화여대 사회과학연구소, 2008.

천연희, 「현대소설을 통해본 이주노동자에 대한 한국인의 태도」, 전북대 석사학위논문, 2008.

최강민, 「초국가자본주의 시대의 다양한 탈국가적 상상력」, 『작가와비평』 6호, 2007.1.

최병우, 「조선족 소설에 나타난 민족의 문제」, 『현대소설연구』 42호, 한국현대소설학회, 2009.

_____, 「한중수교가 중국조선족 소설에 미친 영향 연구」, 『국어국문학』 151집, 국어국문학회, 2009.

최성희, 「폭력의 기원: 르네 지라르의 희생양과 조르조 아감벤의 호모 사케르」, 『새한영어영문학』 52권, 새한영어영문학회, 2010.

최영진, 「들뢰즈의 생성의 개념으로 읽는 이상한 나라의 앨리스의 환상성, 패러독스, 그리고 동물 이미지의 잠재성」, 『인문언어』 12집, 국제언어인문학회, 2010.

최종욱, 「동일성의 해체주의자 아도르노」, 『이론』, 진보평론, 1996.

최진희, 「다문화 시대 문학교육을 위한 이주노동자의 타자성 연구」, 서강대 석사학위논문, 2009.

한명환, 「한국소설의 흑인상을 통해 본 한국가족의 탈경계적 전망」, 『탈경계 인문학』 4권, 이화여대 이화인문과학원, 2011.

허윤진, 「HE, STORYTELLER: 상엿소리를 기록하는 사내」, 랜덤하우스중앙, 2006.

홍원경, 「『나마스테』에 나타난 외국인 노동자의 재현 양상」, 『다문화콘텐츠연구』

7권, 중앙대 문화콘텐츠기술연구원, 2009.

황정미, 「이주의 여성화 현상과 한국 내 결혼이주에 대한 이론적 고찰」, 『페미니
　즘연구』 9권, 한국여성연구소, 2009.

단행본

강영안, 『타인의 얼굴: 레비나스의 철학』, 문학과지성사, 2005.

고명섭, 『니체극장』, 김영사, 2012.

고부응, 『초민족 시대의 민족 정체성』, 문학과지성사, 2002.

_____, 『탈식민주의: 이론과 쟁점』, 문학과지성사, 2003.

김병조 외, 『한국의 다문화 상황과 사회통합』, 한국학중앙연구원출판부, 2011.

김세균 외, 『유럽의 제노포비아』, 문학과학사, 2006.

김영옥 외, 『국경을 넘는 아시아 여성들』, 이화여대출판부, 2009.

김종회 편, 『한민족 문화권의 문학』, 국학자료원, 2003.

_____, 『디아스포라를 넘어서』, 민음사, 2007.

노성숙, 『사이렌의 침묵과 노래』, 여이연, 2008.

도시인문학연구소, 『경계초월자와 도시연구』, 라움, 2011.

문화콘텐츠기술연구원 엮음, 『한국사회의 소수자들: 결혼이민자』, 경진, 2009.

박덕규 외, 『탈북 디아스포라』, 푸른사상사, 2012.

서경식, 김혜신 역, 『디아스포라 기행』, 돌베개, 2006.

_____, 박광현 역, 『시대의 희생자 쁘리모 레비를 찾아서』, 창비, 2006.

_____, 박이엽 역, 『나의 서양음악순례』, 창비, 2011.

_____, 임성모 외 역, 『난민과 국민 사이』, 돌베개, 2006.

_____, 한승동 역, 『나의 서양미술순례』, 창비, 1992.

_____, 『고통과 기억의 연대는 가능한가?』, 철수와영희, 2009.

서동욱, 『차이와 타자』, 문학과지성사, 2000.

서　승, 『서승의 동아시아 평화기행』, 창비, 2011.

세계한국어문학회 비평숲길, 『디아스포라와 한국문학』, 역락, 2012.

아주대 인문과학연구소 편, 『중국조선족문학의 탈식민주의 연구 1』, 국학자료원,
　2008.

_____, 『중국조선족문학의 탈식민주의 연구 2』, 국학자료원,
　2009.

오경석 외, 『한국에서의 다문화주의』, 한울, 2007.

우석훈 외, 『88만원 세대』, 레디앙, 2007.

윤건차, 박진우 외 역, 『교착된 사상의 현대사: 1945년 이후의 한국 일본 재일조선인』, 창비, 2009.

윤인진, 『코리안 디아스포라: 재외한인의 이주, 적응, 정체성』, 고려대출판부, 2004.

이경원, 『검은 역사 하얀 이론』, 한길사, 2011.

이미림, 『우리시대의 여행소설』, 태학사, 2006.

이상화 외 역, 『지구화 시대의 현장 여성주의』, 이화여대출판부, 2007.

이석구, 『제국과 민족국가 사이에서』, 한길사, 2011.

이선주, 『경계인들의 목소리』, 그린비, 2013.

이재선, 『현대소설의 서사주제학』, 문학과지성사, 2007.

이택광, 『마녀 프레임』, 자음과모음, 2013.

이해영, 『중국조선족 사회사와 장편소설』, 역락, 2006.

이화인문과학원 편, 『젠더하기와 타자의 형상화』, 이화여대출판부, 2011.

이희원 외, 『페미니즘 차이와 사이』, 문학동네, 2011.

장시기, 『들뢰즈와 탈근대 문화연구』, 당대, 2008.

장지연 외, 『글로벌화와 아시아여성』, 한울, 2007.

전북대 재일동포연구소 편, 『재일동포문학과 디아스포라』 1, 2, 3, 제이앤씨, 2008.

정병호 외, 『한국의 다문화공간』, 현암사, 2011.

정은경, 『디아스포라문학』, 이룸, 2007.

조원탁 외, 『다문화사회의 이해와 실천』, 양서원, 2012.

조주현, 『벌거벗은 생명』, 또하나의문화, 2009.

조현준, 『주디스 버틀러의 젠더 정체성 이론』, 한국학술정보, 2007.

최강민, 『탈식민과 디아스포라문학』, 제이앤씨, 2009.

최병두 외, 『지구・지방화와 다문화공간』, 푸른길, 2011.

최종렬, 『지구화의 이방인들: 섹슈얼리티・노동・탈영토화』, 마음의거울, 2013.

최현주, 『한국 현대성장소설의 세계』, 박이정, 2002.

태혜숙, 『대항지구화와 '아시아' 여성주의』, 울력, 2008.

_____, 『탈식민주의 페미니즘』, 여이연, 2001.

허영식 외, 『간문화주의를 통한 사회통합과 국가정체성 확립』, 이담, 2012.

가라타니 고진, 송태욱 역, 『윤리21』, 사회평론, 2001.

가라타니 고진, 조영일 역, 『네이션과 미학』, b, 2009.

가스통 바슐라르, 곽광수 역, 『공간의 시학』, 민음사, 1990.

게오르그 루카치, 반성완 역, 『소설의 이론』, 심설당, 1985.

나라 유발-데이비스, 박혜란 역, 『젠더와 민족』, 그린비, 2012.

낸시 홈스트롬, 유강은 역, 『페미니즘, 왼쪽 날개를 펴다』, 메이데이, 2012.

닝왕, 이진형 외 역, 『관광과 근대성』, 일신사, 2004.

데이비드 브룩스, 형선호 역, 『보보스』, 동방미디어, 2001.

데이비드 허다트, 조만성 역, 『호미 바바의 탈식민적 정체성』, 앨피, 2011.

랜던 길키, 이선숙 역, 『산둥수용소』, 새물결플러스, 2013.

레이 초우, 장수현 외 역, 『디아스포라의 지식인』, 이산, 2005.

로널드 보그, 김승숙 역, 『들뢰즈와 문학』, 동문선, 2006.

로버트 D. 매닝, 강남규 역, 『신용카드 제국』, 참솔, 2002.

루시엥 골드만, 조경숙 역, 『소설사회학을 위하여』, 청하, 1982.

르네 지라르, 김진식 역, 『희생양』, 민음사, 1998.

리처드 세넷, 유병선 역, 『뉴캐피탈리즘』, 위즈덤하우스, 2009.

리처드 커니, 이지영 역, 『이방인·신·괴물』, 개마고원, 2004.

리처드 J. 번스타인, 김선욱 역, 『한나 아렌트와 유대인 문제』, 아모르문디, 2009.

린다 맥도웰, 여성과공간연구회 역, 『젠더 정체성 장소』, 한울, 2010.

마르코 마르티니엘로, 윤진 역, 『현대사회와 다문화주의』, 한울, 2002.

마르틴 하이데거, 전양범 역, 『존재와 시간』, 동서문화사, 1992.

마이클 하트, 김상운 외 역, 『들뢰즈 사상의 진화』, 갈무리, 2004.

모리스 블랑쇼/뤽 낭시, 박준상 역, 『밝힐 수 없는 공동체/마주한 공동체』, 문학
　　　과지성사, 2005.

미셸 푸코, 홍성민 역, 『임상의학의 탄생』, 인간사랑, 1993.

미하일 바흐친, 김근식 역, 『도스토예프스키 시학』, 정음사, 1988.

　　　　　　　, 이덕형 외 역, 『프랑수아 라블레의 작품과 중세 및 르네상스의
　　　民衆문화』, 아카넷, 2001.

　　　　　　　, 전승희 역, 『장편소설과 민중언어』, 창작과비평사, 1988.

베네딕트 앤더슨, 윤형숙 역, 『상상의 공동체』, 나남, 2002.

볼프강 벤츠, 최용찬 역, 『홀로코스트』, 지식의풍경, 2002.

세일라 벤하비브, 이상훈 역, 『타자의 권리: 외국인, 거류민 그리고 시민』, 철학과
　　　현실사, 2008.

수전 손택, 이재원 역, 『은유로서의 질병』, 인간사랑, 1993.

스티븐 모튼, 이운경 역, 『스피박 넘기』, 앨피, 2005.

슬라보예 지젝, 라깡정신분석학회 역, 『사랑의 대상으로서 시선과 목소리』, 인간
　　　사랑, 2010.

_____, 이현우 외 역, 『폭력이란 무엇인가』, 난장이, 2011.

실리아 페데리치, 황성원 외 역, 『캘리번과 마녀』, 갈무리, 2011.

아르노 빌라니 외, 신지영 역, 『들뢰즈 개념어 사전』, 갈무리, 2012.

아르준 아파두라이, 장희권 역, 『소수에 대한 두려움』, 2011. 에코, 2011.

아마르티아 센, 이상환 외 역, 『정체성과 폭력』, 바이북스, 2009.

아민 말루프, 박창호 역, 『사람잡는 정체성』, 이론과실천, 2006.

알랭 바디우, 박정태 역, 『세기』, 이학사, 2014.

_____, 이종영 역, 『윤리학』, 동문선, 2001.

_____, 장태순 역, 『비미학』, 이학사, 2010.

알폰소 링기스, 김성균 역, 『아무것도/공유하지 않은/자들의/공동체』, 바다출판사,
　　　　2013.

에드워드 랠프, 김덕현 외 역, 『장소와 장소상실』, 논형, 2005.

에드워드 사이드, 김석희 역, 『에드워드 사이드 자서전』, 살림, 2001.

_____, 박홍규 역, 『오리엔탈리즘』, 교보문고, 1991.

오토 프리드리히 볼노, 이기숙 역, 『인간과 공간』, 에코리브르, 2011.

웬디 브라운, 이승철 역, 『관용: 다문화제국의 새로운 통치전략』, 갈무리, 2010.

윌 킴리카, 장동진 외 역, 『다문화주의 시민권』, 동명사, 2010.

이-푸 투안, 이옥진 역, 『토포필리아』, 에코리브르, 2011.

임마누엘 칸트, 이한구 역, 『영구평화론』, 서광사, 2008.

자크 데리다, 남수인 역, 『환대에 대하여』, 동문선, 2004.

자크 아탈리, 이효숙 역, 『호모 노마드 유목하는 인간』, 웅진닷컴, 2005.

조너선 색스, 임재서 역, 『차이의 존중』, 말글빛냄, 2007.

조르조 아감벤, 김상운 외 역, 『목적 없는 수단』, 난장, 2009.

_____, 김항 역, 『예외상태』, 새물결, 2009.

_____, 박진우 역, 『호모 사케르』, 새물결, 2008.

_____, 이경진 역, 『도래하는 공동체』, 꾸리에, 2014.

_____ · 양창렬, 『장치란 무엇인가?』, 난장, 2010.

조지 소로스, 형선호 역, 『세계자본주의의 위기』, 김영사, 1998.

지그문트 바우만, 권태우 외 역, 『리퀴드 러브』, 새물결, 2013.

_____, 이일수 역, 『액체근대』, 강, 2009.

_____, 장일준 역, 『쓰레기가 되는 삶들』, 새물결, 2008.

_____, 함규진 역, 『유동하는 공포』, 산책자, 2009.

질 들뢰즈, 김상환 역, 『차이와 반복』, 민음사, 2004.

_____, 김현수 역, 『비평과 진단』, 인간사랑, 2000.

_____ · 펠리스 가타리, 이진경 역, 『카프카: 소수적인 문학을 위하여』, 동문
　　선, 2001.

캐롤 M. 코니한, 김정희 역, 『음식과 몸의 인류학』, 갈무리, 2005.

캐슬린 베리, 정금나 외 역, 『섹슈얼리티의 매춘화』, 삼인, 2002.

콜린 데이비스, 김성호 역, 『엠마누엘 레비나스: 타자를 향한 욕망』, 다산글방,
　　2001.

크리스토프 볼프, 변혜련 외 역, 『요한세바스찬 바흐』 1,2, 한양대출판부, 2007.

클레어 콜브룩, 한정헌 역, 『들뢰즈 이해하기』, 그린비, 2007.

테오도르 아도르노, 김유동 역, 『미니아 모랄리아: 상처받은 삶에서 나온 성찰』,
　　길, 2005.

Patrick SAVIDAN, 이산호 외 역, 『다문화주의: 국가정체성과 문화정체성의 갈등과
　　인정의 방식』, 경진, 2012.

프란츠 파농, 이석호 역, 『검은 피부 하얀 가면』, 인간사랑, 1998.

프로이트, 박찬부 역, 『쾌락원칙을 넘어서』, 열린책들, 1997.

프리드리히 니체, 김미기 역, 『인간적인 너무나 인간적인 I』, 책세상, 2001.

_____, 『인간적인 너무나 인간적인 II』, 책세상, 2002.

_____, 안성찬 외 역, 『즐거운 학문 메시나에서의 전원시 유고』, 책세
　　상, 2005.

_____, 이진우 역, 『비극의 탄생 · 반시대적 고찰』, 책세상, 2005.

_____, 정동호 역, 『차라투스트라는 이렇게 말했다』, 책세상, 2000.

프리모 레비, 이현경 역, 『이것이 인간인가』, 돌베개, 2007.

호미 바바, 나병철 역, 『문화의 위치』, 소명출판, 2012.

●● 저자 소개

이미림(李美林)

1997년부터 국립원주대학 교수로 재직하였고 2007년 강릉대학교와 통합되면서 현재는 강릉원주대학교 국어국문학과 교수로 근무하고 있다. 언론원 분원장, 교수학습개발원장, 문화연구소장을 역임했으며, 원주시 새주소부여사업자문위원회, 지명위원회 위원으로 활동하였다. 한국현대소설학회, 한국문학회, 나혜석학회 학술이사, 지역이사, 편집위원을 맡고 있으며, 국어국문학회, 한중인문학회 회원이다.

최근 3년간 원주시에 거주하는 결혼이주여성을 대상으로 한국어 및 한국문화를 교육하는 등 지역사회에 봉사하면서 이주여성, 소수자, 이방인에 관심을 갖게 되었다. 월북작가 「이기영 장편소설 연구」로 박사학위를 받았으며, 여행소설연구와 여행산문집을 출간하였다. 최근에는 다문화, 경계인, 혼종성, 디아스포라, 이주자에 대한 글을 쓰고 있으며 동물, 여성, 지방 등 타자의 권리나 타자의 윤리에 대해 관심을 갖고 있다.

저서로는『월북작가에 대한 재인식』(공저, 1995),『한국현대소설연구』(공저, 1998),『월북작가소설연구』(1999),『내 마음의 산책』(2001),『책 읽어주는 여자』(2002),『내 안의 타자를 찾아서』(2006),『우리시대의 여행소설』(2006),『한국현대소설의 떠남과 머묾』(2007),『한무숙 문학의 지평』(공저, 2008),『세계화 시대의 국어국문학』(공저, 2012),『디아스포라와 한국문학』(공저, 2012),『언어와 교육』(공저, 2012),『박화성, 한국문학사를 관통하다』(공저, 2013) 등이 있다.

21세기 한국소설의 다문화와 이방인들

인쇄 2014년 4월 3일 | 발행 2014년 4월 8일

지은이 • 이 미 림
펴낸이 • 한 봉 숙
펴낸곳 • 푸른사상사
주 간 • 맹문재
편집/교정 • 지순이 · 김소영

등록 제2-2876호
서울시 중구 충무로 29(초동) 아시아미디어타워 502호
대표전화 02) 2268-8706(7) 팩시밀리 02) 2268-8708
메일 prun21c@hanmail.net / prunsasang@naver.com
홈페이지 www.prun21c.com

ISBN 979-11-308-0218-3 93810
  값 29,000원